일러두기

1. 번역에 쓰인 원전은 2013년 중국 장강문예출판사에서 출간한 '이월하 문집' 제1판을 사용했다.
2. 맞춤법과 띄어쓰기는 한글 맞춤법과 외래어 표기법에 따랐다.
3. 한자는 우리말로 표기하고, 꼭 필요한 경우에만 괄호 속에 원음을 병기해 이해하기 쉽도록 했다.
   예 : 다이곤多爾袞(도르곤)
4. 인명과 지명은 우리말로 표기했다. 단, 이미 굳어진 표현은 원지음을 존중했다.
   예 : 나찰국羅刹國(러시아). 이후에는 '러시아'로 표기
5. 본문 중의 괄호 안에 뜻을 풀이한 것은 모두 옮긴이의 설명이다.

【제왕삼부곡 제1작】

중국 최고지도부가 선택한 최고의 역사소설

강희대제

7

얼웨허 역사소설

홍순도 옮김

더봄

康熙大帝

小說 康熙大帝：二月河

Copyright ⓒ 2013 Eryuehe

Korean Translation Copyright ⓒ 2015 by theBOM Publishing co.

Korean edition is published by arrangement with Eryuehe

小說《康熙大帝》出刊根據與原作家二月河的約屬於theBOM出版社. 嚴禁無斷轉載複製.

소설 《강희대제》의 저작권은 원작자 얼웨허와의 독점계약에 의해 출판사 '더봄'에 있습니다.
저작권법에 의해 한국 내에서 보호를 받는 저작물이므로 무단전재와 복제를 금합니다.

강희대제 7권

개정판 1판 1쇄 발행 2015년 6월 28일
개정판 1판 3쇄 발행 2024년 5월 25일

지은이 얼웨허(二月河)
옮긴이 홍순도
펴낸이 김덕문

펴낸곳 더봄
등록일 2015년 4월 20일
주소 인천시 중구 흰바위로59번길 8, 1013호(버터플라이시티)
대표전화 02-975-8007   **팩스** 02-975-8006
전자우편 thebom21@naver.com
블로그 blog.naver.com/thebom21

ISBN 979-11-86589-07-6 04820
ISBN 979-11-86589-00-7 04820(전12권)

책값은 뒤표지에 있습니다.

갑옷을 입은 강희제

강희제는 외몽고 준갈이準噶爾 부족이 청에 대항하자 친히 원정하여 갈이단噶爾丹 칸의
군사를 격파하여 북방을 안정시켰다. 또 갈이단을 지원했던 티베트를 정복하여 청나라
영토에 편입시켜 현대 중국의 국경선을 확정하는 등 천하통일을 이룬 황제였다.

고사기高士奇

1645~1704. 자字는 담인澹人, 호號는 강촌江村이다. 강희제
시대의 대신大臣이기도 하지만 문사철文史哲에 두루 뛰어난
저명학자로 더 알려져 있다.

이광지李光地

1642~1718. 자는 진경晉卿, 호는 용촌榕村이다. 복건성 안계安溪
출신이다. 강희 9년(1670)에 5등으로 과거에 합격하여 이부상서,
문연각대학사 등을 지냈다. 시랑施琅을 도와 대만 정벌에도 기여했다.

3부 천하통일

1장
홍수, 황하를 강타하다

때는 강희 17년 가을이었다. 마치 하늘에 구멍이라도 난 듯 음울한 비가 끊임없이 내리고 있었다. 백로白露가 지나면서부터는 더했다. 하늘은 무슨 억울한 일이 그렇게도 많은지 도무지 눈물을 그치려 하지 않았다. 이런 하염없는 하늘의 울음은 때로는 작고 가는 흐느낌, 때로는 펑펑 터뜨리는 대성통곡처럼 들렸다. 그치지 않는 비 때문에 수심이 가득한 나날이 이어지고 있었다. 직예直隷, 산동山東, 섬서陝西, 하남河南 등지의 새로 닦은 길들은 마치 흙으로 만든 용처럼 아스라이 비의 장막 속으로 뻗어 있는 모습을 연출했다. 또 싯누렇고 혼탁한 물은 농민들이 비를 맞으면서 대충 만들어 놓은 수로를 통해 논에서 도랑으로 사정없이 흘러 들어가고 있었다. 갑작스레 물이 불어난 영정永定, 부양滏陽, 해하海河, 호타滹沱 등의 하천들과 운하들 역시 마찬가지였다. 무섭게 화를 낸다는 말이 과언이 아닐 정도로 세차게 흘러가고 있었다. 동시에 이들 강물은 흙모래와 풀뿌리, 나뭇잎, 볏짚 등 온갖 잡동사니들을 거칠게 휘말아 희뿌연 거품 속에 처넣고는 빠른 속도로 동쪽으로 달려가고 있었다.

대륙에는 매년 이맘때마다 사람들을 무시무시한 공포의 도가니로 휘몰아 넣고는 하는 강이 있었다. 그것은 바로 유사 이래 결코 길들여지지 않는다는 황하黃河였다. 황하의 끝이 없이 펼쳐진 수면에도 음산한 빗줄기가 마치 채찍처럼 내리꽂히고 있었다. 또 그 위로는 거친 비바람이 휘몰아쳐 뭉게뭉게 물안개를 만들어내고 있었다. 그러면서도 강물은 미친 듯이 포효하며 줄기차게 달려가고 있었다. 가까이서 들려오는 우렛소리가 따로 없었다. 거기에 더해 맹수의 그것처럼 혀를 날름거리면서 바짝 추격해오는 혼탁하고 사나운 강물은 금방이라도 끝없는 고난의 행군을 하는 이곳 사람들을 깡그리 삼켜버릴 것처럼 살벌한 기세를 보이고 있었다. 강남江南의 청강清江현은 황하黃河와 회하淮河, 운하의 세 물줄기가 합쳐지는 곳에 위치하고 있었다. 그래서 더욱 피해가 막심할 수밖에 없었다. 가을에 접어들어서는 급기야 회하 상류의 고가언高家堰을 비롯한 수십 개의 제방이 무너져 내리고 말았다. 그 바람에 황하, 회하의 물은 순식간에 청강현을 덮쳤다. 멀쩡하던 청강현은 삽시간에 싯누런 흙탕물에 포위된 채 위기일발의 공포에 휘말리지 않으면 안 됐다.

청강이라는 곳은 역사가 짧았다. 원래 작은 진鎭에 불과할 정도로 규모도 작았다. 하지만 워낙 교통의 요충지였던 탓에 조정에서는 무척이나 중요하게 생각했다. 나중에는 식량과 소금을 운반하는 전용도로까지 만들기도 했다. 북경과 각 지역을 오가는 조운漕運 선박들 역시 자주 머물렀다. 그러다 보니 그 규모가 점차 커져갔다. 홍수가 위협하는 지금은 더했다. 평소에는 고작 1만 명 안팎이던 인구가 사방팔방에서 몰려든 이재민들로 인해 순식간에 10만여 명으로 불어난 것이다. 이로 인해 한적하던 마을은 몸살을 앓기 시작했다. 무엇보다 얼굴이 누렇게 뜬 수재민들이 꾸역꾸역 몰려들었다. 식당이나 역관의 문 앞이 가장 심했고, 나중에는 마구간이나 남의 집 처마 밑 어디나 할 것 없이 수재를 입은 사람들로 넘쳐났다. 자연스럽게 환경이며 인심은 나빠졌다. 예컨대 길가에는 비에 흥건하게 젖어 있는 짐 보따리들이 한 무더기씩 빗속에 방치됐다. 모든 음식점들 역시 일제히 문을 닫아걸었다. 평소에 한 닢이면 살 수 있던 밀가루 빵이 은 한 냥을 주고도 사기 힘들어졌다.

엎친 데 덮친 격으로, 그 무렵 청강 현령인 우성룡于成龍(산동 순무와 하도 총독을 지낸 우성룡과는 동명이인. '작은 우성룡'이라고 불린다)이 직면한 상황도 좋지 않았다. 원인은 그의 관할구역에서 일어난 패륜 사건에서 비롯됐다. 사건을 제때에 처리하지 못했다는 이유로 현령 자리에서 쫓겨나게 된 것이다. 그럼에도 그는 청강현 문턱에 여전히 발을 걸친 채 자신의 자리를 내놓으려고 하지 않았다. 새로운 현령이 아직 부임하지 않았을 뿐 아니라 관직을 파면시키는 임무를 띠고 청강현을 찾은 조정의 관리인 양수의梁守義가 그 시각 꼼짝없이 발이 묶여 있었기 때문이었다. 더구나 그는 자신이 수재 복구의 책임을 떠맡지나 않을까 싶어 상황을 모르는 척하고 동문東門 안에 있는 식량창고로 피신해있었다.

우성룡은 원래 산동山東성 사람이었다. 사촌형이자 동명이인인 '큰 우성룡'은 청렴하기로 유명한 조정의 신하였다. 당시 산동 순무로 재직하고 있었다. 작은 우성룡은 어려서부터 어머니로부터 엄격한 가정교육을 받았다. 자신의 사촌형처럼 청렴하고 강직한 관리가 되기를 원했다. 하지만 1년여 전 양강 총독兩江總督(강소江蘇성과 안휘安徽성, 강서江西성을 관할하였음. 청나라 초기에는 강소성에서 안휘성이 분리되지 않아서 '양강'이라고 했음)인 갈례葛禮의 생일 때 달랑 천으로 만든 신발 한 켤레를 선물로 가져간 것이 큰 화근을 불렀다. 갈례가 너무 보잘것없는 물건을 선물로 가지고 와서는 자신의 체면에 먹칠을 했다면서 크게 화를 낸 것이다. 그

바람에 단단히 미운털이 박혀버리고 말았다. 아니나 다를까, 갈례는 은근히 우성룡에게 앙심을 품고 있다가 마침내 칼을 들었다. 그가 책임지고 있는 지역에서 패륜 사건이 일어났다는 이유를 들어 파면이라는 중징계를 내린 것이다. 사실 패륜 사건은 어느 곳에서나 종종 한두 건씩 발생하고는 했다. 그런 경우 대체로 아래, 위에서 서로 적당히 무마해 넘기는 것이 관례이기도 했다. 하지만 우성룡 만큼은 그러지를 못했다. 갈례가 품은 앙심의 칼에 맞은 것이다.

비는 어느새 잠시 그쳐 있었다. 우성룡은 그 틈을 이용해 나이 50세가 넘은 어머니 우방于方(원래 성은 방씨이나 우씨에게 시집을 간 탓에 우방씨가 됐음)씨를 부축해 청강의 남문으로 나왔다. 두 모자는 멀리 수면 위로 빠끔히 바라보이는 황하의 제방을 근심어린 시선으로 바라보았다. 마치 약속이나 한 것처럼 세찬 강바람에 진저리치듯 몸을 떨었다. 둘의 시야에 물과의 싸움에서 지칠 대로 지쳐 온몸이 진흙투성이가 된 채 여기저기에 큰 대大자로 누워 잠을 자는 40~50여 명의 아역들이 들어왔다.

우방씨가 한참 후 입을 열었다.

"성룡아! 이 날씨가 쉽게 개지는 않을 것 같구나."

우성룡이 어머니의 말에 머리를 절레절레 저었다. 수척한 얼굴에는 표정 하나 없었다. 그가 가슴 속에서 관보를 꺼내 어머니에게 건네주면서 말했다.

"어머니, 조정에서 보내온 관보예요."

그러자 우성룡의 어머니는 관보를 가볍게 밀어냈다.

"나보고 이걸 읽으라고? 갈수록 눈이 침침한 것이 영 좋지 않아. 네가 좀 읽어주려무나."

우성룡이 그러는 어머니를 안쓰러운 시선으로 바라보다 낮은 목소리로 말했다.

"예, 어머니. 하나는 조정에서 안휘 순무인 근보斬輔에게 북경에 와서 새 직책을 맡으라고 명령한 내용입니다. 또 다른 하나는 무원참의장군撫遠參議將軍을 봉천奉天 제독으로 임명한다는 거예요. 아, 또 정주鄭州 화원구花園口의 둑이 무너져 상류인 정주가 위험하다는 내용도 있군요. 여기는 이제 위험한 고비는 넘긴 것 같아요. 걱정하지 마세요, 어머니!"

"나는 이제 살날이 며칠 남지 않은 늙은이야. 죽음도 두렵지 않은데, 뭐가 무서울 것이 있겠니?"

그때였다. 한줄기 찬바람이 불어닥쳤다. 그러자 우방씨가 심하게 기침을 했다. 당황한 우성룡이 황급히 달려가 등을 두드려 주려고 했다. 하지만 우방씨가 거칠게 그 손을 밀어내면서 간신히 입을 열었다.

"나는 괜찮아. 문제는 현 내에 굶주리고 추위에 떠는 십만여 명의 백성들이야. 그들이 어떻게 살아갈 수 있을지가 나로서는 걱정이구나. 너는 어찌됐든 이곳의 백성들을 책임져야 하는 부모관父母官이야. 어서 대책을 강구하지 않고 뭘 꾸물거리고 있는 거냐? 어제도 스무 명이나 굶어죽었다고 하던데!"

우성룡은 어머니의 말에 가슴이 아팠다. 사실 하늘을 찌를 듯 거대한 식량창고에는 군량미가 넘쳐나고 있었다. 그럼에도 수많은 백성들은 굶어 죽어가고 있었다. 가슴을 치고 통탄할 수밖에 없는 상황이었다. 우성룡 역시 그랬다. 그러나 식량창고는 일개 현령인 우성룡의 힘이 미치는 곳이 아니었다. 무엇보다 자신을 파면시킬 목적으로 내려온 양수의가 그곳을 지키고 앉아 있었다. 또 식량창고 하나만큼은 눈을 부라린 채 지키고자 하는 수비守備나 도대道臺 등의 경우에도 역시 그보다는 지위가 몇 등급은 더 높은 관리들이었다. 그가 무력감을 느끼는 것은 너무나 당연했다. 그가 어머니의 말을 되새기면서 한참을 생각하더니 입을 열었다.

"어머니, 저도 멀쩡한 백성들이 굶어 죽어가는 것이 너무 가슴 아파요. 제가 궁여지책으로 양수의 대인과 곽진郭鎭 수비, 또 한춘韓春 도대에게 수재현장을 둘러봐 달라고 사람을 보냈습니다. 아마 곧 무슨 대책이 있을 거예요."

우성룡은 일단 어머니를 위로했다. 그런 다음 어머니를 남문에 있는 전루箭樓(망루의 일종)에 모셔놓고는 아역들을 불렀다.

"식량창고에 같이 한번 가 보세."

우성룡 일행이 막 길을 나설 때였다. 맞은편에서 지방관 몇 명을 앞세운 양수의와 곽진, 한춘 등의 모습이 보였다. 맨 앞에서 걸어오는 인물은 다름 아닌 한춘이었다. 직급이 제일 높은 도대일 뿐 아니라 문무를 겸비한 인물이었다. 그가 우성룡 일행을 보더니 아는 체를 했다.

"자네, 수고가 많군! 아이고 이런, 얼굴 안 된 것 좀 보게! 며칠 사이에 무지하게 고생을 했나 보군. 얼굴에 뼈밖에 남지 않았네그려. 뭐 필요한 것이 있으면 나를 찾아오지 그랬어?"

"한 도대! 양 대인! 곽 대인!"

우성룡이 일일이 인사를 건넸다. 그러면서 셋을 전루의 대청으로 안내했다. 그가 돌 의자에 앉으면서 말했다.

"제가 아침에 우록于祿을 세 분 처소로 보냈습니다. 편지는 받아 보셨죠?"

세 사람은 우성룡의 단도직입적인 질문에 아무 말도 하지 않은 채 서로 얼굴만 번갈아 쳐다봤다. 책임을 미루겠다는 표정이 역력했다. 그때 한춘이 만면에 웃음을 지으면서 입을 열었다.

"그래, 읽었지. 백성들을 향한 자네의 뜨거운 마음에 감동했다네. 그러나 식량창고를 열어 쌀을 나눠준다는 것은 그렇게 말처럼 쉬운 일이 아니야. 허허, 자네는 여기 이 년씩이나 있었으니 내막을 모르지 않을 텐데? 나는 솔직히 마음뿐이지 큰 도움은 못 될 것 같네!"

한춘의 말이 끝나기 무섭게 이번에는 양수의가 거들었다.

"청강이 이번에 의외로 큰 재난 없이 홍수를 비켜갈 수 있었던 것은 모두 자네의 공이야. 자네가 불철주야 인부들을 데리고 노력하지 않았으면 그러기가 어려웠을 거야. 대단한 공로를 세웠지. 나는 이번에 갈례 총독의 명령을 받고 자네를 파면시키러 오기는 했어. 하지만 일단 그 결정을 보류시키려고 해. 돌아가서 갈례 대인께 말씀드려 모든 것을 원위치로 돌려놓을 생각이야!"

우성룡은 셋의 말에서 교묘하게 자신의 질문에 대한 대답을 회피하고 있다는 사실을 간파할 수 있었다. 그가 담담하게 말했다.

"저는 관직에 연연하는 사람이 아닙니다. 법대로 하면 되지 않을까 싶네요. 만약 양 대인께서 당장 저를 파면하지 않으신다면 저는 여전히 여기의 책임자입니다. 나중에 어떻게 될지 장담할 수는 없지만 말입니다. 아시다시피 조정에서 식량을 비축해 두는 것은 백성들을 위해서라고 할 수 있습니다. 여기에서만 사흘 동안 칠십여 명이 굶어 죽었습니다. 이러다가는 백성들의 분노가 폭발할 겁니다. 지금은 외부의 지원도 없고 우리 수중에 병사 한 명 없는 상황입니다. 만약 백성들의 분노가 폭발하면 어떻게 대처하겠습니까? 책임은 누가 지겠습니까? 수습은 또 어떻게 하고요?"

"우리가 여기 온 목적도 바로 그것 때문이네. 백성들은 지금 식량창고를 털 준비를 하고 있는 것 같아. 솔직히 어제도 창고 문 앞에서 법을 무시하고 덤벼드는 세 명의 악질 폭도를 때려죽였지."

침묵을 지키던 곽진이 드디어 불안한 어조로 입을 열었다. 우성룡이 그의 말에 경멸에 찬 웃음을 지었다.

"법을 무시하고 소란을 일으키는 자들이라면 닥치는 대로 없애버려야 합니다. 그런데 왜 세 명밖에 죽이지 않은 거죠? 또 이런 일은 식량창고를 확실하게 지켜야 할 막중한 임무가 있는 수비인 대인께서 모두 책임져야 하는 일입니다. 저한테 얘기해서 뭘 어떻게 하겠다는 겁니까?"

곽진은 원래 주먹깨나 쓰는 건달 출신이었다. 그래서인지 우성룡의 말 속에 담긴 비아냥거림을 알아듣지 못했다. 그가 분위기 파악을 하지 못하고 덧붙였다.

"그 많은 사람들을 내가 어찌 막을 수 있겠는가. 더군다나 식량창고를 지켜야 할 병사들도 모두 이곳 출신이야. 슬슬 뒷걸음치면서 나 몰라라 하지 않겠어? 그러니 난들 어떡하라는 말인가?"

양수의가 곽진의 거친 말투에 양미간을 찌푸렸다.

"나는 여기 온 지 며칠 되지 않았네. 내가 느끼기에 자네는 이 지역에서 덕망이 높은 듯해. 백성들의 신뢰도 대단한 것 같고. 그러니 백성들은 자네의 말이라면 잘 들을 거라고 생각하네. 지금 자네가 나서서 잘 다독이고 달래면 순순히 응해주지 않겠는가. 더구나 며칠만 참고 있으면 위에서 구제 방안을 강구하지 않을 리가 없어. 참는 김에 조금만 더 참게. 기껏해야 열흘 정도일 거야."

그때 전루의 방에 앉아서 넷의 대화에 귀를 기울이던 우방씨가 지팡이를 짚고 나타났다. 도저히 참을 수 없다고 생각한 모양이었다. 입에서 터져 나오는 목소리도 노인치고는 대단히 컸다.

"말이 쉬워 열흘입니다. 열흘 동안 쫄쫄 굶어 보세요. 어떻게 되겠어요? 수천 명의 인명을 가지고 장난을 치겠다는 겁니까, 뭡니까!"

문어귀에 서 있는 우방씨의 흰 머리카락은 가볍게 떨리고 있었다. 얼굴에는 분노의 감정이 여실히 드러나 있었다. 태도로 봐서는 목숨 따위는 안중에도 없는 것 같았다.

"누구야?"

양수의가 갑자기 들려온 무례한 말에 화가 났는지 소리를 질렀다. 동시에 머리를 돌렸다. 그러나 그의 눈에 들어온 사람은 초라하고 볼품없는 늙은이에 지나지 않았다. 그가 다시 무섭게 고함을 질렀다.

"늙은이는 도대체 누구이기에 겁 없이 끼어드는 거야? 이 사람이 진짜……."

한춘은 노인이 우성룡의 어머니라는 사실을 이미 알고 있던 터였다. 때문에 황급히 양수의의 입을 막으면서 더 이상의 무례한 행동을 제지할 수 있었다.

"이분은 우 현령의 어머님이십니다. 노인장, 그래서 우리가 지금 이렇게 머리를 맞대고 상의를 하고 있지 않습니까? 걱정 마시고 들어가 쉬십시오."

그러나 우방씨는 한춘의 말에 꿈쩍도 하지 않았다. 물러가기는커녕 오히려 콧방귀를 뀌면서 아예 의자를 끌어다 앉았다. 그녀가 한참 생각에 잠겨 있더니 드디어 결심이라도 한 듯 입을 열었다.

"여자들이 정사에 대해 물어서는 안 된다는 사실을 내가 왜 모르겠습니까! 하지만 백성을 위해 힘을 모아야 할 마당에 이런저런 규칙을 따질 수가 없어서 내가 이렇게 나섰습니다. 자고로 필부가 거사를 일으켰을 때 백 사람이 들고 일어난 교훈이 역사적으로 엄청나게 많습니다. 이루 헤아릴 수도 없어요! 성 밖의 물은 흙으로 막을 수 있습니다. 그러나 성 안의 물은 배를 뒤집는 법입니다. 이러다가 화약고 터지듯 백성들의 분노가 폭발하면 누가 책임을 지겠습니까?"

우성룡의 어머니가 지팡이로 가볍게 땅을 두드리고 몸을 떨면서 말했다. 눈빛은 희미했으나 얼굴에는 위엄이 서려 있었다.

좌중의 사람들은 전혀 예상치 못했던 노인의 강직한 태도에 짓눌린 듯했다. 하나같이 할 말을 잃고 있었다. 날카롭게 조목조목 따지는 말솜씨와 태연함, 게다가 전혀 비굴하지 않은 자세가 주는 위력은 확실히 놀라웠다.

"그러면 노인장께서는 어떻게 하는 것이 좋다고 생각합니까?"

한춘이 한참 후에야 씁쓸한 표정으로 물었다.

"제 아들 생각이 맞습니다. 지금 형국으로 봐서는 식량창고를 열어 구제를 하는 수밖에 없습니다."

우방씨의 어조는 여전히 냉랭했다. 그러자 한춘이 입가에 냉소를 흘리면서 대답했다.

"식량은 있습니다. 하지만 그건 내 것도 아니고, 우 현령의 것도 아닙니다. 바로 조정의 황량皇糧입니다. 올해 직예로 백만 섬을 보내야 하는데도 미처 못 보내고 있는 실정……."

한춘의 말이 채 끝나기도 전이었다. 우방씨가 갑자기 그의 말허리를 잘라버렸다.

"잘 됐네요, 뭐! 백만 섬이나 남아 있다면 그걸로 발등에 떨어진 불부터 끄고 봐야 합니다. 성룡아, 우선 황량 백만 근斤을 빌린다는 차용증을 네가 써줘라."

"예, 어머니!"

"잠깐!"

양수의가 당황한 듯 황급히 손을 저었다. 그러더니 껄껄 웃으면서 우방씨에게 다가가 뒷짐을 진 채 몸을 앞으로 숙이면서 말했다.

"노인장, 식량이 백만 근이면 일만 섬이라고요! 쌀 한 섬에 오전五錢으로 계산해도 오천 냥입니다. 주머니 사정이 안 좋은 우 현령이 어디에서 그런 천문학적인 돈을 구한다는 말입니까?"

양수의의 말에 우방씨가 크게 웃으면서 대답했다.

"양 대인은 이름 한번 거창하게 잘 지은 것 같습니다. 그러나 내가 보기에는 영 아닌 것 같네요. '수의'守義라고 하면 어렵고 위급한 때일수록 의리가 돋보이는 법 아닙니까! 그런데 대인은 이런 일도 제대로 처리하지 못하면서 무슨 의리를 지킨다고 할 수 있겠습니까? 수천 명의 인명이 왔다 갔다 하는 판에 그까짓 은 오천 냥이 문제입니까? 나는 갚을 수 있어요! 우리 백성들이 그걸 못 갚으리라고는 생각하지 않아요. 성룡아, 붓과 종이를 가져다 써라!"

우방씨의 말이 떨어지기 무섭게 밖에서 귀를 쫑긋 세우고 듣던 아역들이 바로 종이와 붓을 준비해 왔다. 그들 역시 집에 쌀이 떨어진 것을 걱정하고 있었던 터였다.

"안 됩니다! 그 식량은 군비로 남겨둔 겁니다. 시랑施琅 군문에게 보내 군사훈련을 잘하게 하라는 폐하의 특별지시가 있었다고요. 여기에서 한 톨이라도 꺼내는 날에는 여기 앉아 있는 어느 누구도 무사하지 못할 겁니다!"

한춘이 사태의 심각성을 깨달은 듯 서둘러 반대의 입장을 표명했다. 식량창고 문제에 관한 한 그 어느 누구보다 책임이 막중한 그로서는 너무나 당연한 반응이었다.

"소수의 엉터리가 위세를 떨치게 할 수는 없습니다. 그럴 바에는 차라리 필사적으로 물고 늘어져 같이 죽을 수밖에는 없어요! 대인들 몇 명의 목숨이 몇 만 명의 백성들 목숨보다 중요하지 않다는 사실을 내가 보여줄 겁니다!"

우방씨가 모든 것을 각오한 듯 두 팔을 걷어붙였다. 그러자 걱정스런 시선으로 그녀를 쳐다보던 곽진이 황급히 나섰다.

"우리 모두는 폐하의 신하입니다. 노인장, 충효라는 두 글자 중에서 앞에 있는 것은 단연 충자입니다. 그러니 우리가 어찌 감히 천명을 가볍게 어길 수가 있겠습니까?"

곽진의 말이 끝나기 무섭게 우방씨가 다시 매섭게 쏘아붙였다.

"맹자가 말했습니다. 백성이 제일 소중하다고요. 그 다음이 나라이고, 군주는 그 다음입니다. 그것도 몰랐습니까?"

우성룡은 사실 처음부터 식량을 탈취하려는 생각을 하지 않은 것은 아니었다. 오히려 그럴 생각이 굴뚝같았다. 하지만 나중에 자신이 조정으로부터 엄벌에 처해질 경우 문제가 생길 수 있었다. 혼자 남겨질 불쌍한 노모를 걱정하지 않을 수 없었던 것이다. 하지만 그는 권력에 굴하지 않고 자신의 주장을 무섭게 밀고 나가는 노모의 태도에 마침내 힘을 얻은 듯했다. 주저하는 자세는 어느덧 멀리 사라지고 군건한 의지만이 얼굴에 드러났다. 그는 책상으로 다가가서 종이에 뭔가를 줄줄 적어 내려갔다. 이어 두 손으로 한춘에게 내밀었다.

"허락해 주십시오."

한춘은 당초 우성룡을 교묘하게 이용해 난동을 부리는 이재민들을 잠재워 보려고 했다. 하지만 이제는 오히려 발목을 잡힌 격이 되고 말았다. 그는 목숨을 내걸고 달려드는 우방씨의 막무가내에 말문이 막힌 나머지 세 사람을 짜증스런 시선으로 바라보다 얼굴을 일그러뜨리면서 우성룡에게 물었다.

"자네, 나를 협박하려고 그러는 것 같군. ……내가 허락하지 않는다면 어떻게 하겠는가?"

"저는 폐하의 명령을 받들고 이곳을 지키고 있는 관리입니다. 지금 현내에는 십만 명의 이재민들이 굶어 죽어가고 있습니다. 성 밖 역시 온통 홍수로 둘러싸여 있는 비상시국이기도 합니다. 이 성 안에 있는 모든 사람은 전부 저의 자식들이라고 해도 좋습니다. 물론 대인들도 예외는 아닙니다. 지금 성 안의 부자들이 비축하고 있던 식량은 이미 모두 빌린 상태입니다. 누구라도 아직 몰래 감춰둔 식량이 있다면 제가 국법에 의해 처단할 겁니다."

우성룡이 공수를 했다. 세 사람은 우성룡이 견지하고 있는 단호함에 화가 치밀었으나 달리 대응할 방법이 없었다. 그저 분을 참지 못한 나머지 덜덜 떨 뿐이었다. 그러다 얼굴이 돼지 간처럼 벌겋게 달아오른 양수의가 마침내 탁자를 부서져라 내리치면서 고래고래 소리를 질렀다.

"까불지 마, 이 자식아! 지금 당장 그 자리에서 물러나! 알겠어?"

"조금 늦었습니다. 어쩌면 조금 이르기도 한 것 같군요. 제가 솔직하게 말씀을 드릴까요? 대인께서는 처음에 홍수를 막지 못했을 경우를 우려했습니다. 대인께서 책임을 떠안을까 봐서요. 그래서 저의 파면을 보류하겠다고 했습니다. 그러다 이제 와서 물러나라고요? 속 보입니다, 속 보여요! 식량문제가 해결되지 않는 한 저는 끝까지 버티고 있을 겁니다. 물론 문제가 해결되면 자연스럽게 제 자리는 비워드리겠습니다."

우성룡이 머리를 젖힌 채 웃음을 터트렸다. 분위기가 점차 묘해지고 있었다. 더구나 아역들조차 거의 대부분 우성룡의 편을 들었다. 호시탐탐 한춘을 비롯한 세 사람을 노려보고 있는 게 그걸 보여주고 있었다. 한춘은 기가 죽을 수밖에 없었다. 나올 때 고병庫兵 몇 명이라도 데리고 오지 않은 것을 후회했으나 이미 엎질러진 물이었다. 그가 자리에서 일어나 손바닥을 비비더니 다소 비굴해진 어조로 말했다.

"곽 대인! 양 대인! 날도 저물어 갑니다. 이런 꽉 막힌 자식하고 입씨름하지 말고 그냥 갑시다!"

한춘의 말에 양수의와 곽진 역시 바로 일어섰다. 하나같이 얼굴이 굳어져 있었다. 우성룡은 기다렸다는 듯 즉각 의자에 몸을 기대고 앉으면서 아역들을 향해 명령을 내렸다.

"여봐라! 문을 닫아걸어라!"

"예!"

우성룡의 명령에 아역들 수십 명이 일제히 그를 향해 한쪽 무릎을 꿇었다. 그러더니 쾅! 하는 소리와 함께 대문을 단단히 닫아 걸어버렸다. 이어 그들이 범인을 심문하는 것처럼 기러기 모양의 팔자 형태로 우성룡의 양측에 늘어섰다. 그러자 우성룡이 수척한 얼굴에 표정 변화 하나 없이 느릿느릿 말했다.

"대인께서는 이 고장의 큰 부자이십니다. 당연히 대인 댁에도 식량이 산처럼 쌓여 있는 걸로 알고 있습니다. 그러니 식량창고의 군량미를 꺼내오는 것을 부담스러워할 필요가 뭐 있겠습니까? 본 현에서는 본 고장의 백성들을 구하기 위해 식량 만 석을 빌려야겠습니다. 한춘 대인, 허락해주시죠!"

한춘은 화가 나다 못해 얼굴이 창백해졌다. 머릿속도 텅 비어버린 듯했다. 그야말로 어찌할 바를 몰라 했다. 그는 실낱 같은 희망의 끈이라도 잡기 위해 나머지 두 명에게 은근히 도움의 시선을 보냈다. 하지만 소용이 없었다. 둘은 마치 술에 취한 사람처럼 눈동자가 풀린 채 곧 허물어질 듯한 몸을 겨우 가누고 있었다. 겁을 집어먹은 그들의 일거수일투족을 주시하던 아역들은 더욱 기세가 등등한 채 실내가 떠나갈 듯 소리를 질렀다.

"주실 겁니까, 안 주실 겁니까? 오늘이 대인의 제삿날이 되기를 바라는 겁니까?"

한춘은 계속 멍하니 서 있었다. 뾰족한 수도 떠오르지 않고 요구를 들어줄 수도 없었으니 그럴 수밖에 없었다. 하지만 그는 곧 정신을 바짝 차린 채 하나같이 두 눈을 부릅뜨고 있는 아역들을 둘러봤다. 소름이 끼칠 정도로 살기가 등등했다. 조금만 지체하면 뼈도 못 추리고 맞아죽을 것만 같았다. 자신은 그래도 명색이 조정의 4품 관리가 아닌가.

만약 맞아죽었다고 하면 그야말로 만고에 오명을 '길이길이' 남길 것이 분명했다. 한춘은 거기에까지 생각이 미치자 그나마 마지막 체면이라도 유지하려는 듯 이를 악물었다.

"장애물이 나타나면 유연하게 비켜갈 줄도 아는 물의 지혜를 지닌 자야말로 진짜 사내가 아니겠는가? 좋아, 어디 마음대로 해보게. 폐하의 삼척三尺 왕법이 두렵지 않다면!"

한춘은 말이 끝나자마자 아역이 내민 종이에 자신의 이름을 휘갈기듯 적었다. 그런 다음 툭! 하는 소리가 나도록 붓을 분질러 땅바닥에 내동댕이쳤다

"음, 진작에 그렇게 나올 일이지요! 식량만 내주신다면 이 정도 무례는 너그럽게 봐드릴 수 있습니다."

우성룡이 종이를 들어 미처 마르지 않은 먹을 입김으로 불어 말리면서 말했다. 그리고는 식량 차용증을 자신의 부하에게 건네주면서 지시했다.

"이걸 가지고 식량창고로 가. 사람들을 불러 식량을 현 아문의 뒤편에 있는 관제묘에 가져다 놓으라고. 내가 직접 나눠줄 테니."

곽진은 본디 무관武官 출신이었다. 진작부터 손이 근질거리던 차였다. 하지만 우성룡의 기세가 너무나도 만만치가 않았다. 게다가 그의 사촌형 우성룡은 어쨌든 조정의 이름난 관리가 아니던가. 나중에 잘못 해서 꼬투리라도 잡힌다면 문제가 커질 수도 있었다. 한마디로 이러지도 저러지도 못한 채 벙어리 냉가슴만 앓았다. 한참 후 한춘이 차용증에 서명을 하자 그가 우성룡에게 말했다.

"원하는 대로 해줬으니, 우리는 이제 가 봐도 되겠지?"

자신의 어머니를 바라본 다음 우성룡이 입술을 꾹 깨물며 대답했다.

"억울하시겠지만 참아온 김에 조금만 더 참아주시죠. 저는 식량이 제

손에 들어올 때까지는 안심할 수가 없어요. 또 우리가 한때는 형님, 동생 하면서 지내지 않았습니까? 더구나 왕법을 어긴 이 아우가 조만간 엄청난 화를 입을 수도 있습니다. 위로라도 조금 해주고 가면 안 되겠습니까? 여봐라, 술 있으면 한잔 내어 오도록 하라."

양수의가 역시 껄껄 웃으면서 말을 받았다.

"이럴 때 술 한잔 하는 것도 나쁘지는 않겠지. 하지만 우리 셋은 오늘 저녁 공동 명의로 보고서를 올려야 하네. 총독 대인에게 자네의 공로를 조정에 전해주라는 내용을 써야 한다고!"

"마음대로 하세요!"

우방씨는 아들에 대한 협박에도 전혀 흔들리지 않는 모습을 보였다. 아무렇지도 않은 듯 그렇게 쏘아붙이고는 뒤도 돌아보지 않은 채 돌아섰다.

그날 저녁 우성룡은 한시도 눈을 붙이지 못했다. 관제묘로 운송된 식량을 직접 수재민들에게 나눠주고 나니 몸조차 지탱할 수 없을 만큼 다리가 후들거렸다. 당연히 한춘 무리들은 식량창고로 돌아오자마자 바로 우성룡에 대한 탄핵안을 상부에 제출했다. 그후 불과 열흘이 지나지 않아 총독부의 명령문이 청강으로 내려왔다. 우성룡을 다시 한 번 해임한다는 내용이었다. 뿐만이 아니었다. 아문으로 압송해 처리를 기다리라는 명령도 하달됐다. 소식을 들은 백성들이 가만히 있을 까닭이 없었다. 여기저기 뛰어다니면서 거의 전원이 참여하는 공동탄원서를 제출하기에 이르렀다.

우성룡을 탄핵하는 총독 갈례의 상주문은 그다지 시간을 다투는 것은 아니었다. 따라서 달포가 지나서야 북경에 도착했다.

당시 조정 내의 내로라하는 봉강대리封疆大吏들은 높은 직위에 앉은 사람들답게 적지 않은 특권을 가지고 있었다. 저마다 북경에 자신들의 상주문을 읽고 처리해줄 참모를 따로 두고 있는 것도 그 중 하나였다. 그랬으니 이들 참모들은 정보에 빠를 수밖에 없었다. 때문에 인맥이 대단한 고관이나 귀인들의 집에 식객으로 머무르고 있었다. 더불어 상주문이 도착하면 먼저 읽어보고 북경의 정세와 조정의 분위기를 제대로 짚은 다음 황제에게 건넬지 여부를 결정하고는 했다. 갈례의 상주문을 주로 책임진 참모는 진석가陳錫嘉와 그의 형인 진철가陳鐵嘉였다. 또 이들의 스승인 왕명도汪銘道 역시 함께 갈례의 상주문을 다루고 있었다. 그들 모두 상서방의 대신인 색액도의 집에 머무르고 있었다.

진석가는 며칠 전에 백성들이 경양종景陽鐘(원래는 조정대신들의 입궐을 알리는 종. 신문고의 일종으로도 기능했음)을 울려 우성룡을 위한 탄원에 나선 사실을 알고 있었다. 때문에 그로서는 봉강대리가 보내온 상주문에 대해 잘 이해가 가지 않을 수밖에 없었다. 때문에 그는 형인 진철가를 찾아갔다. 진석가가 갈례의 상주문을 흔들면서 말했다.

"넷째 형! 갈례 총독께서 우성룡에 대한 탄핵을 요구하는 상주문을 올렸어요. 반대로 백성들은 그의 죄가 없다는 탄원을 하고 있고요. 이런 상황에서 이 상주문을 올려 보내야 할지 말아야 할지 모르겠네요."

진씨 형제는 모두 다섯 명이었다. 이름은 가嘉자 돌림에 금金, 은銀, 동銅, 철鐵, 석錫 순서로 이어졌다. 위로 세 명의 형들은 모두 출세를 했다고 할 수 있었다. 최소한 외지의 주현州縣에서 책임자로 있었다. 그러나 둘에게는 아직 관운이 따라주지 않고 있었다. 색액도는 이런 상황을 무척이나 안타깝게 여겼다. 둘을 한꺼번에 식객으로 데려온 것도 그 때문이었다. 동생의 말을 듣고 난 진철가가 곰방대를 힘껏 빨아 연기를 내뿜고 나서 대답했다.

"올려 보내야지. 우성룡 그 자식은 내가 좀 알아. 거만하기 이를 데가 없어. 솔직히 그거 빼면 시체라고 해도 좋아. 색 대인도 무지 싫어해.

지금 조정은 여기저기 식량을 쑤셔 박아 넣을 곳이 한두 곳이 아니라고. 그야말로 곳곳에서 아우성을 치고 있어. 그런 마당인데 자기가 뭐라고 마음대로 황량에 손을 대. 한 방 얻어맞고 싶어 환장을 한 게 아니겠어?"

두 사람은 상의 끝에 상주문을 올려 보내기로 결정했다. 곧 상주문을 상자에 넣고는 밀봉을 했다. 색액도가 돌아오면 보내려고 미리 준비해 둔 것이다. 그러나 날이 어둑어둑해지도록 색액도는 돌아오지 않았다. 궁금함을 참지 못한 진석가가 문지기인 채대蔡代에게 물었다.

"대인께서는 돌아오셨는가?"

"아직 돌아오지 않으셨습니다. 그러나 말씀은 있었습니다. 왕명도 어른에게 전하라고 했습니다. 오늘 대내大內로 들어가 봐야 할지 모른다고요!"

진석가는 채대의 대답에 말없이 잠시 생각에 잠기더니 바로 상주문 상자를 겨드랑이에 끼고 가마에 올랐다. 이어 즉각 호부아문으로 향했다.

밖에는 음울한 구름이 낮고 두껍게 내려앉아 있었다. 그래서인지는 몰라도 어둠이 더욱 빨리 찾아오는 것 같았다. 최근 들어 북경에는 심각한 식량난이 이어지고 있었다. 조정에서 금주령을 내렸을 정도였다. 때문에 길가에는 문을 열어 놓은 음식점이 거의 보이지 않았다. 호떡과 순두부 등 간단한 먹거리를 파는 상인들조차 찾아볼 수가 없었다. 그저 저 멀리 한산한 시장터에 과일가게들만 여기저기 보일 뿐이었다. 그 와중에도 반딧불이 불빛이 바람에 흔들리면서 그 밤의 처량함을 더해 주고 있었다.

진석가가 호부아문에 도착했을 때는 저녁 7시가 넘은 시각이었다. 그가 가마에서 내리자 호부아문의 문지기가 아는 체를 하면서 다가왔다.

"다섯째 도련님, 잘 오셨네요. 안 그래도 조금 전에 색액도 대인께서 상주문 상자를 가져오라고 사람을 보내는 것 같았어요."

진석가는 별생각 없이 머리를 끄덕여 보이고는 안으로 들어가려고 했다. 그때 멀지 않은 곳에서 다급한 발걸음 소리와 함께 완전 거지행색을 한 여자가 달려오는 모습이 보였다. 머리가 마구 헝클어진 채 허둥지둥 달려오고 있었다. 진석가가 어정쩡하게 서 있는 사이 그녀는 어느새 호부아문 앞에까지 달려오더니 대뜸 풀썩 무릎을 꿇었다. 그런 다음 가쁜 숨을 몰아쉬면서 사정했다.

"어르신들, 저 좀 살려주세요! 뒤에서 누가 쫓아와요. 저자들이 사람을 죽였어요……."

여자는 뭔가에 쫓기는 듯 정신없이 말을 뱉어내고는 가슴을 쓸어내렸다. 그러더니 계속 머리를 조아리면서 알아듣지도 못할 몽고어를 입에 올렸다. 그때 뒤에서 10여 명의 사내들이 역시 몽고어로 뭐라고 지껄여대면서 살기등등한 모습을 한 채 쫓아오고 있었다. 문지기인 요생우廖生雨는 즉각 사태의 심각성을 알아차렸다. 바로 진석가를 안으로 들여보내고는 황급히 여자를 몸 뒤에 숨겼다. 그런 다음 부하를 시켜 안에 들어가 보고하도록 조치했다. 10여 명의 몽고인 사내들은 저마다 자줏빛 장포長袍를 입고 털모자를 눌러쓰고 있었다. 호부아문 앞까지 쫓아온 그들은 서슬 퍼런 장검을 휘두르면서 서슴지 않고 여자에게 손가락질을 해댔다. 또 알아듣지도 못할 온갖 욕설을 퍼부었다. 그러고도 성에 차지 않는지 곧 여자에게 달려들어 잡아가려고 했다.

"뭐하는 사람들이오? 여기가 어디라고 감히 그런 난폭한 행동을 일삼는 거요? 당신네들에게는 왕법도 없단 말이오?"

요생우는 사내들을 질책하면서 하나하나 눈여겨보는 것을 잊지 않았다. 알고 보니 그들은 부근 역관에 머물고 있는 준갈이準噶爾 부족의 2천여 몽고인들 중 일부였다. 조공을 바친다는 핑계로 북경에 우르르 몰려와서는 거의 매일이다시피 사고를 치는 사람들이었다. 아무래도 큰 사달을 일으킬 것처럼 보이더니, 기어코 호부아문까지 와서 소란을 부린 것이다. 화가 난 요생우가 바로 고함을 내질렀다.

"여기는 엄연히 나라의 심장부에 해당하는 중요한 곳이오. 그런데도 완전히 무법천지로군! 당신들의 수령인 갈이단噶爾丹이 사사로이 칸汗을 자칭한 것도 폐하께서 가만 놔두지 않을 텐데, 이런 무례함까지 일삼다니!"

바로 그때였다. 무리 중의 한 사내가 보기만 해도 소름이 끼치는 칼을 들고 다가왔다. 그리고는 통통한 볼살을 턱 아래로 한껏 늘어뜨린 채 눈을 무섭게 부릅떠 보였다. 동시에 그의 입에서 거칠고 쌍스러운 말들이 튀어나왔다.

"나는 다이제多爾濟라는 사람이오! 저 여자는 객이객喀爾喀 부족에서 도망 나온 노예요! 객이객의 토사도土謝圖 칸과 우리 서몽고西蒙古는 철천지원수요. 우리가 막북몽고漠北蒙古(고비사막 북쪽의 외몽고 지역)를 칠 때 뒤에서 우리의 가축과 식량을 빼앗아가는 등 우리 후방을 괴롭혔소. 그러다 박석극도博碩克圖 칸의 천병天兵에 의해 전멸을 당했소. 그런데 원수는 외나무다리에서 만난다고, 오늘 우리의 사신使臣인 격륭格隆이 저년을 발견했다는 것 아니오! 그런데 당신이 뭔데 저년을 가로막고 서 있는 거요?"

"박석극도 칸인지 뭔지 하는 사람은 내가 알 바 아니고……. 나는 그저 여기가 우리 천조天朝의 아문이라는 것밖에는 모르오! 이유야 어찌됐든 여기까지 쳐들어온 것 자체가 불법이오. 죄가 된다는 말이오! 더구나 이 여자는 당신들이 사람을 죽였다고 고발하겠다고 하잖소. 조사해 봐야겠소. 여봐라!"

요생우가 사내를 윽박질렀다. 그런 다음 고함을 치면서 소매를 휘저었다.

"하나도 빠짐없이 전부 잡아들여라!"

그러자 다이제가 징그럽게 웃으면서 받아쳤다.

"어른께서 나를 살인범으로 지목하고 잡아들이려고 하는 거요? 좋소, 얘기하리다. 그 빌어먹을 식당 주인이라는 놈이 저년을 도망가게 해 줘서 죽였소. 그게 뭐 어때서? 어른께서 과연 나를 어떻게 처벌할 것인지 궁금하기 그지없소."

요생우는 화가 머리끝까지 치밀었다. 급기야 고래고래 소리를 내질렀다.

"잡아 처넣어!"

2장
강희, 우성룡을 무죄방면하다

잔뜩 못마땅한 기색으로 다이제 일행을 노려보던 요생우의 부하들이 즉각 대답했다. 이어 다짜고짜 달려들어 다이제 일행을 잡아들이려고 했다.

그러나 다이제는 두렵거나 당황한 기색을 전혀 보이지 않았다. 오히려한 발 더 성큼 다가섰다. 그러더니 눈 깜짝할 사이에 독수리가 병아리 잡아채듯 요생우의 멱살을 잡아 한껏 들어 올렸다. 이어 칼을 요생우의목에 가져다 대면서 악에 받친 듯 소리쳤다.

"저 새끼들한테 물러나라고 명령을 내리지 못하겠어? 단칼에 죽여버리기 전에!"

요생우는 몇 년 동안이나 아문의 문지기로 일했다. 하지만 이토록 무지막지한 경우는 처음 겪었다. 그러나 그는 비록 하급 관리일망정 조정의 관리였다. 수많은 부하들이 보는 앞에서 당해서는 안 될 모욕을 당하는 것은 있을 수 없는 일이었다. 체면이 구겨질 대로 구겨지면 나중에 다시 지금의 자리에 서는 것도 어쩌면 불가능해질 수 있었다. 요생우는 거기에까지 생각이 미치자 멱살을 잡혀 다리를 버둥대면서도 고개를 빳빳하게 쳐들고 소리를 질러댔다.

"병신, 머저리 같은 새끼들 같으니라고! 덤비지 않고 뭘 해? 잡아들이라니까……"

그러나 그것은 완전히 요생우의 판단착오였다. 호통이 채 끝나기도 전에 그의 머리가 순식간에 떨어져 나가 저만치 굴러가는 횡액을 당하게 된 것이다.

장내는 삽시간에 아수라장이 되고 말았다. 눈이 뒤집힌 요생우의 부하들은 문을 걸어 잠근 다음 욕설을 퍼부으면서 달려들었다. 곧 하늘을 진동하는 북소리가 울려 퍼졌다. 나중에는 마침내 형부아문의 병사들까지 출동하는 지경에 이르게 됐다. 그제야 사납고 용맹하기로 소문난 몽고 사내들도 꼼짝 못하고 짐짝처럼 꽁꽁 묶여버리고 말았다.

색액도는 진석가를 통해 호부아문 앞에서 발생한 일에 대해 듣고 진작에 알고 있었다. 그럼에도 귀찮은 일에 휘말릴까봐 일단은 관여하지 않으려고 모르는 척했다. 태자태부太子太傅이자 상서방 대신上書房大臣 웅사리, 호부 상서인 다제多濟와 함께 식량을 조달해 배분하는 일에 대해 상의중이라는 평계도 있었다. 그러나 일이 예상 외로 커진 마당에 마냥 모르는 척할 수는 없었다. 결국 그는 웅사리에게 은근하게 묻는 애매한 태도를 보였다. 감히 '칸'을 자칭한 갈이단에 대한 강희의 입장을 정확히 점칠 수 없었기 때문이었다.

"웅 대인, 이건 이번원理藩院(내·외몽고를 비롯한 변경의 번藩 문제를 다루는 기관)이나 호부戶部에 속하는 사건이라고 볼 수 있지 않겠소? 어떻게 처리하는 게 좋겠습니까?"

"한줌밖에 안 되는 조무래기들이 감히 어디라고 까불어. 이대로 내버려 뒀다간 자꾸 기어오르려고 하겠지? 다 대인께서 나가보는 것이 어떻겠습니까? 그 도망 나온 여자는 도대체 어떻게 된 것인지도 좀 알아보시고. 또 일을 저지른 몽고인들은 하나도 빠짐없이 전부 이번원으로 끌고 가서 형부와 상의하여 처리하도록 하세요!"

도학대가인 웅사리가 결연한 의지를 보였다. 다제는 웅사리의 말에 공감한 듯 묵묵히 머리를 끄덕이면서 밖으로 나갔다.

색액도와 웅사리 두 사람은 다제를 보내 놓고 다시 마주 앉았다. 하지만 더 이상 의논을 계속할 수가 없었다. 아니 이미 모든 것을 알아서 해결하라고 통보한 상황이라 의논을 하는 것도 무의미했다. 우선 식량 지원을 요청해온 운남雲南 전선에 주둔하고 있는 채육영蔡毓榮, 조양동趙良棟 두 부대에는 자체적으로 문제를 해결하라는 명령을 내렸다. 또 고북구古北口의 비양고費揚古에게는 진작에 과이심科爾沁 부족에게 빌리거나 흑룡강黑龍江 일대에서 먼저 차용해 먹으라고 지시했다. 그나마 다행인 것은 북경의 식량 사정이 조운漕運의 불통으로 인해 조금 늦기는 하나 그런대로 문제가 되지는 않는다는 사실이었다. 그러나 섬서, 감숙 두 곳은 정말 골칫덩어리였다. 문제가 여간 심각한 것이 아니었다. 어디나 할 것 없이 갈이단에 의해 쫓겨난 객이객몽고의 난민들이 내지로 쫓겨 들어와 곳곳에서 고생을 하고 있었다. 산서와 하남에서 일부 보조 식량을 보내주기는 했으나 현실은 턱없이 부족했다. 게다가 갈이단이 조공을 바치겠다는 명목을 내세워 보낸 2천여 몽고인들은 거의 매일이다시피 일을 저지르고 다녔다. 그건 정말 식량문제에 버금가는 골칫덩어리였다.

한참 후에 다제가 돌아왔다. 그런데 전해주는 소식이 간단치가 않았다.

"두 분 대인에게 말씀드려야 할 것 같네요. 그 몽고 여인은 보통 사람이 아니에요. 객이객 부족 토사도 칸의 외동딸인 보일용매寶日龍梅 공주라고 합니다. 한족 이름은 아수阿秀라고 하네요. 이번에 북경으로 들어온 목적은 다른 게 아니랍니다. 갈이단을 처벌해 줄 것을 조정에 부탁할 모양이에요. 당연히 몰래 동냥을 하면서 다녔는데, 갈이단의 사신인 격륭에게 발각됐다고 합니다. 그래서 이런 곤욕을 치른 것 같습니다. 호부에서는 두 분 대인께서 사건을 처리해 주시기를 바라고 있습니다."

"다 대인, 우리는 대내로 들어가 봐야 하니까 사람을 보내 의정왕議政王 걸서杰書를 모셔오도록 해요. 이제 저녁 일곱 시가 조금 넘은 시각이니까 괜찮을 겁니다. 이 일은 서둘러 폐하께 말씀드려야겠어요!"

색액도가 자리에서 일어서면서 회중시계를 꺼내 보았다. 곧이어 그는 상주문이 담긴 상자를 안고 웅사리와 함께 총총히 자리를 떴다.

저녁 일곱 시 정각은 궁문이 닫히는 시각이었다. 태감인 소랍蘇拉이 초롱불을 들고 구석구석을 순찰하면서 길게 소리를 내질렀다.

"궁문을 닫는다. 불조심하라!"

그 시각 강희는 색액도와 웅사리가 알현을 요청했다는 소식을 전해 들었다. 최근의 상황이 상황인지라 긴장할 수밖에 없었다. 그 점에서는 상서방에서 당직을 서고 있던 명주 역시 다르지 않았다. 황급히 초롱불을 들고 건청궁으로 달려왔다.

건청궁 대전大殿 서난각은 언제나 그렇듯이 어지러웠다. 마루 위와 책상 밑에 여러 가지 문서와 전보戰報, 각 지방의 일기측정표 등이 작은 산처럼 쌓여 있었다. 그럼에도 강희는 여섯 살인 태자 윤잉胤礽을 안고 상주문의 글자를 가르쳐 주는 일과를 빼먹지 않고 있었다. 명주가 들어서자 그가 웃으면서 말했다.

"가까이에 있는 자네가 제일 먼저 왔구먼. 짐이 지쳐서 축 늘어져 있는 게 안쓰러우지 태황태후께서 요놈을 데려다 주셨네. 꽤나 재미가 있구먼!"

강희의 말에 명주가 황급히 인사를 올렸다. 그런 다음 태자의 손을 잡으면서 인사를 했다.

"오랫동안 천세千歲(황태자)를 못 뵈어서 궁금했었습니다. 그런데, 그새 키가 훌쩍 크셨습니다! 몸도 통통하게 살이 오르셨고요. 큰 복을 타고 났음이 분명합니다."

명주는 말을 마치자마자 안주머니에서 뭔가를 꺼냈다. 자신이 당직을 서면서 요기를 하려고 준비했던 고구마였다.

"마마, 이걸 드셔보셨습니까? 맛이 아주 좋습니다!"

하지만 태자는 커다란 두 눈망울을 반짝거리면서 그저 명주를 쳐다보기만 할 뿐이었다. 태자 체면에 함부로 손을 내밀지 못하는 것 같았다. 하지만 탁자 밑에서 고사리 같은 손을 폈다 오므리는 행동을 몇 차례 반복했다. 고구마 냄새가 너무 고소해 그대로 포기하기가 아쉬운 모양이었다. 태자는 한참 고민하는 모습을 보이다 결국 마치 빼앗듯 명주의 손에서 갑작스레 고구마를 낚아챘다. 이어 황급히 다시 강희의 품으로 달려가 머리를 박더니 잠시 후에야 빼꼼히 명주를 쳐다봤다.

"이 녀석, 이 녀석! 체통이 영 말이 아니군! 신하의 물건을 어디 그런 식으로 받아? 시중을 드는 태감들이 어떻게 하라고 가르쳐 주지 않았어?"

그러면서도 강희의 얼굴에는 웃음이 그득했다. 그러자 태자가 머리를 들어 강희를 쳐다보면서 말했다.

"무서워요……. 저 사람 눈이 너무 반짝거려……."

태자는 어린아이답게 솔직했다. 명주를 바라보는 그의 눈에서는 호기심과 두려움이 동시에 서려 있었다. 명주는 태자의 말에 그만 계면쩍어지고 말았다. 잘 오지 않을 기회를 이용해 태자와의 거리를 좁혀 보려던 그의 생각은 졸지에 수포로 돌아가고 말았다.

그때 걸서가 앞장서고 색액도와 웅사리가 뒤를 따라 들어왔다. 강희가 편한 자세로 세 사람을 맞으면서 말했다.

"이 시간에 짐을 찾아올 만큼 중요한 일이 뭔지 궁금하구먼. 낮에 미처 상주문 상자를 못 들여보내서 짐에게 혼날까 봐 이러는 건가?"

웅사리는 강희의 농담을 뒤로 하고 우선 조금 전 색액도, 다제와 식량을 조달해 배분하는 문제를 상의한 것을 입에 올렸다. 상의한 내용을 일일이 보고한 다음에 숨을 한 번 돌리고 다시 천천히 말을 이었다.

"소인들이 이 야밤에 폐하를 놀라시게 한 것은 사실 이 때문이 아니옵니다. 소인들이 처리하기에는 조금 껄끄러운 살인 사건이 있어서 폐하의 재가를 받으려고 하옵니다!"

웅사리는 방금 호부 아문 앞에서 있었던 일의 자초지종을 강희에게 자세히 들려줬다. 강희는 줄곧 미간을 찌푸린 채 귀를 기울여 들었다. 그러다 고구마 부스러기를 입가에 묻힌 채 품안에서 꾸벅꾸벅 졸고 있는 태자를 안고 가도록 주위 태감에게 눈짓을 보냈다. 그런 다음 그가 천천히 입을 열었다.

"잘 왔네. 이 일은 짐이 생각하기에는 두 가지로 나눠서 봐야 하겠어. 우선은 조정에서 지금 당장 서쪽의 움직임까지 신경 쓸 수 있는 힘이 없다는 판단에서 출발해야 해. 그런 만큼 아직은 갈이단의 행패에 발끈할 단계가 아니야. 또 격륭이 북경에 오면서 이천 명의 몽고 장정을 데려온 자체도 사실은 왕법을 무시한 행위야. 그러나 짐은 못 본 척 한쪽 눈을 감고 있어. 이유는 두말할 필요가 없지. 당장 두 마리 토끼를 다 잡을 수 있는 방안이 떠오르지 않기 때문이네. 아무튼 당분간은 갈이단을 건드리지 않는 게 좋겠어. 그 다음 그자들이 북경에서 사람을 죽인 일인데, 그것은 결코 용납할 수 없어. 반드시 죗값을 치르게끔 해야 한다는 말이야. 더구나 그자들이 죽인 사람은 일반 백성도 아닌 조정의 관리가 아닌가! 이럴 때 조정이 가만히 있으면 분명히 기어오르려고 할 거야. 그러면 나중에라도 수습하기 곤란한 지경에 빠질지도 몰라. 그러니 당분간은 적당한 선을 지키되 살인행위는 절대 봐줄 수 없다는 것에 대해 못을 박아야겠어!"

강희의 다분히 분석적인 결론에 걸서가 아부 섞인 웃음을 지어보이면서 말했다.

"폐하의 현명하신 결단이옵니다. 지금 운남에서 벌어지는 전쟁이 완전히 끝나지 않고 있사옵니다. 그런 마당에 또다시 전쟁을 일으킨다는 것은 아무래도 무리인 것 같사옵니다. 그자가 북경에 와서 이런저런 사건을 저지르고 다니는 것은 아마도 폐하께 자신을 만나달라는 시위의 성격이 있는 듯하옵니다. 갈이단 칸의 지위를 인정해달라는 청원을 하려는 속셈이 깔려 있는 것이죠. 며칠 전 격룡 그자가 막 북경에 들어왔을 때였사옵니다. 이번원에서는 육부에 자문을 구했사옵니다. 결과는 다소 엉뚱했사옵니다. 어느 누구도 갈이단의 죄를 묻자는 뜻을 내비치지 않았습니다. 당장 죄를 물어 따끔하게 혼내주는 것이 어렵다면 이참에 그자들이 찾아 나선 그 몽고 왕녀를 돌려주는 것이 어떨까 싶사옵니다. 살인 사건 역시 잠시 덮어둬서 인심이나 베푸는 것이 어떨까 하옵니다. 그러면 그자들에게 더 이상 빌미가 없을 것이 아니옵니까."

웅사리는 몇 발이나 물러선 것으로 보이는 걸서의 견해가 영 탐탁치가 않았다. 그러나 명색이 의정왕議政王의 말에 함부로 반대하고 나서는 것도 쉬운 일은 아니었다. 그저 불그레해진 얼굴을 하고 조심스레 의견을 밝힐 수밖에 없었다.

"외번外藩의 사신들이 폐하를 알현하면서 이런 무례를 범할 수는 없지 않겠사옵니까? 조정에 당장 손이 모자라서 그렇지 그까짓 것들은 잠깐이면 설설 기게 만들 수 있사옵니다. 그런데도 육부의 관리들이 처음부터 이렇게 저자세로 나온다는 것은 말도 안 되옵니다!"

웅사리의 다소 과격한 발언이 끝났다. 그러자 강희의 말에는 반대 의견을 좀체 제시하는 경우가 없는 명주가 이번에도 뒤질세라 입을 열었다. 맞든 틀리든 순풍을 잘 타는 그답게 말이 청산유수였다.

"이 일은 너무 딱딱하게 처리할 필요가 없사옵니다. 옥죄고 풀어주기를 적당히 해야 하옵니다. 지금 갈이단은 칸으로 자칭해놓고는 이런 식으로 조정에 떼를 쓰고 있사옵니다. 이건 자신들을 인정해달라는 것 아니겠사옵니까? 그러니 소인 생각에는 이참에 살인 사건을 처리하는 차원에서 격륭을 만나주는 것이 어떨까 하옵니다. 한마디로 좋게 다독거리는 방법과 엄하게 혼찌검을 내는 채찍질을 병행하면 어떨까 하옵니다. 살인범들을 엄정하게 처형함으로써 이것들의 간담을 서늘케 하는 것도 나쁘지는 않사옵니다. 소인 생각에는 효과 만점일 것 같사옵니다."

"그러면 그 공주라는 왕녀는 어떻게 합니까? 우리가 부족의 원수를 잡으려고 하는데, 왜 당신들이 뒤에다 감춰놓고 내주지 않느냐고 격륭이 다그치면 뭐라고 할 겁니까?"

명주의 말에 색액도가 대놓고 반론을 제기했다. 사실 왕녀의 문제야말로 골치 아픈 일이 아닐 수 없었다. 북경에 몰래 숨겨 놓는다고 해도 격륭이 북경에 자신의 동족을 2천 명씩이나 풀어놓고 있으니 언제든 다시 발각되는 것은 시간문제였다. 더구나 갈이단을 당분간 잠재워 두는 것이 최선의 방향이라면 그에게 꼬투리를 잡힐 일은 하지 말아야 했다. 사실 강희는 일이 터지기 한참 전에 토사도 칸의 왕녀가 중원으로 방랑길에 올랐다는 비밀 상주문을 받은 바 있었다. 그에 따른 조처로 중원 각지에 비밀 조서를 내려 주의 깊게 찾아보라고 했었다. 그런데 그

왕녀가 바로 눈앞에 나타나다니! 생각 같아서는 궁 안에다 숨겨주고도 싶었다. 하지만 당장 그녀를 궁으로 들어오게 하는 것도 여의치가 않았다. 강희는 뾰족한 묘안이 떠오르지 않자 고개를 갸웃거렸다. 그때 명주가 손뼉을 탁 치면서 말했다.

"밤을 틈타 몰래 왕녀를 밖으로 내보내는 것이 어떻겠사옵니까. 이보다 더 깨끗한 증거인멸이 어디 있겠사옵니까! 중원 땅이 얼마나 넓사옵니까? 왕녀를 풀어준다고 한들 그자들이 어디에 가서 찾겠사옵니까?"

가만히 듣고만 있던 강희가 말도 안 되는 소리라면서 명주를 윽박질렀다.

"보내기는 어디로 보낸다고 그래! 그 왕녀가 북경으로 온 이유는 짐에게 억울한 사연을 고하려고 온 거야. 짐은 분명히 그렇게 알고 있어. 그런데 내보낸다고 다시 오지 않을 것 같은가?"

그러자 웅사리가 오랫동안 고민하다 입을 열었다.

"이렇게 하는 수밖에 없겠사옵니다. 소인이 밤을 틈타 그 여자를 빼돌리겠사옵니다. 그런 다음 호북성에 있는 소인의 고향 집으로 데려가 잠시 숨겨 두겠사옵니다. 나중에 기회가 될 때 다시 불러오든지 하면 되지 않겠사옵니까."

좌중에 웅사리의 말에 더 이상 토를 다는 대신들은 없었다. 시간도 꽤나 지나 대충 일을 마무리 지어야 했다. 강희는 웅사리 등이 돌아가자 다시 상주문 상자를 열었다. 그런 다음 밤을 새워 가면서 그 글들을 챙겨 읽었다.

다음 날 강희는 상서방의 대신들을 모두 건청궁의 정대광명전正大光明殿으로 불러들였다. 함께 격릉을 접견하기로 한 것이다. 그러나 격릉 등은 아직 모습을 보이지 않았다. 강희는 잠시 어제 저녁 갈례가 보내온 상주문을 떠올렸다. 생각하면 할수록 화가 치밀었다. 그는 곧장 웅사리

에게 우성룡을 즉각 북경으로 잡아들이라는 내용의 조서 초안을 작성
토록 지시했다. 웅사리는 두 번이나 초안을 보내왔다. 그러나 뭔가 미진
한 부분이 있는 것 같았다. 도무지 만족스럽지가 않았던 것이다. 그는
굳어진 얼굴을 들어 가느다랗게 내리는 빗줄기를 바라봤다. 마침 그때
격륭이 들어서는 모습이 보였다. 그는 바로 표정을 정리하고 자세를 고
쳐 앉았다. 격륭의 인사가 끝나자마자 그가 물었다.

"격륭, 자네는 여기가 어디인지 알기나 하는 건가? 감히 병졸들을 풀
어 수도를 혼란하게 하다니! 게다가 민간의 부녀자까지 겁탈하려 들어?
심심해서 죽을 지경이라고 봐야 하나?"

그러자 격륭이 황급히 머리를 조아리면서 대답했다.

"여기는 엄연히 황제 폐하의 제성帝城이옵니다! 천자께서 소인의 불찰
을 용서해 주시기 바라옵니다. 그러나 소인은 박석극도 칸의 충실한 부
하이옵니다. 언제 어디서든 토사도 부족 사람들을 발견하면 가차없이
죽여 버리라는 저희 대칸大汗의 명을 받들었을 뿐이옵니다! 때문에 본
의 아니게 호부아문의 사람들과 충돌을 빚었사옵니다. 심히 유감스럽
게 생각하옵니다."

격륭의 말에 강희가 껄껄 웃음을 터트렸다.

"자네는 아직도 여기를 무슨 원元나라 때의 수도인 대도大都로 착각하
고 있는 것 같군! 또 자네 조상들이 한낱 패장敗將으로 생각하던 여진
족女眞族과 그의 후예들이 오늘날 출세해 최고의 자리에 있는 걸로 생각
하는 것 같아. 짐이 자네의 삼궤구고三跪九叩 대례를 받는 것에 대해서도
기분 나쁘게 생각하는 것은 아닌지 모르겠어?"

격륭은 강희의 거침없는 말투에 잠깐 흔들리는 모습을 보였다. 속으
로는 뜨끔한 모양이었다. 그러나 그는 곧바로 표정을 고치면서 황급히
변명을 토해냈다.

"아, 아니옵니다. 저희 박석극도 칸의 사람들은 덕이 있는 자는 하늘이 굽어 살펴신다는 도리를 잘 알고 있사옵니다. 저희들은 황제 폐하를 공경하는 마음에 조공을 바치러 왔사옵니다. 그런데 황제 폐하께서는 만나주시기를 꺼리셨사옵니다. 그 이유가 심히 궁금하옵니다!"

"자네는 짐을 공경하는 사람 같지가 않아. 그래서 짐이 귀찮아했던 거라고! 짐은 이미 살인범을 법에 따라 처리하라고 명령을 내려놓은 상태야."

강희의 표정은 근엄했다. 추호의 흐트러짐이 없는 듯 보였다.

"그러시면 아니 되옵니다. 한번만 사정을 좀 봐 주시옵소서, 폐하!"

격릉이 크게 놀라면서 다급하게 말했다. 그러더니 더욱 저자세로 덧붙였다.

"다이제는 소인이 보낸 사람이옵니다. 원흉은 소인인 만큼 소인을 죽여주시옵소서!"

"늦었네! 지금쯤 이미 머리가 떨어졌을 걸세."

강희가 아무렇지도 않은 듯 내뱉었다. 격릉이 순간 진저리치듯 몸을 흠칫 떨었다. 그러더니 두 손을 땅에 짚은 채 강희를 뚫어져라 노려보고는 입을 열었다.

"폐하, 이렇게 하시면 서로가 시끄러워질 것이옵니다! 다이제는 보일용매를 쫓아간 죄밖에 없사옵니다!"

강희가 격릉의 말에 가소롭다는 듯 냉소를 머금었다. 그런 다음 준엄한 어조로 혹형을 가할 수밖에 없는 것에 대한 설명을 덧붙였다.

"사람을 잘못 보고 쫓아간 것에 대해서는 짐이 더 이상 말하지 않겠어. 또 설사 그 여자가 보일용매가 맞다 하더라도 그래. 북경 일대에 들어온 이상은 국법의 보호를 받아야 하는 거야! 그런데 시끄럽게 일을 벌여보겠다고? 어디 하려면 해 보지그래! 잘 새겨듣게. 짐의 칠십만 대군은 단숨에 오삼계의 둥지를 불살라 버렸어. 지금은 손이 근질거려 어쩔 줄을 모르고 있어. 짐의 말뜻을 알겠는가?"

격륭은 강희의 말에 얼굴이 창백해졌다. 그런 그에게 강희가 다시 결정타를 날렸다.

"국법國法과 천리天理, 인정人情 모든 것에 위배되지 않는 처사였다고 할 수 있지."

격륭은 충격에서 쉽사리 벗어나지 못했다. 강희의 말에 대꾸도 하지 못했다. 그러자 강희가 갑자기 말투를 부드럽게 바꾸었다.

"만약 누군가가 준갈이 지역에서 막무가내로 금령禁令을 위반한다면 자네들의 갈이단이 잠자코 있었겠나? 피차 입장을 바꿔놓고 생각하면 그다지 억울하고 분할 것도 없네. 짐이 이러는 것은 자네나 갈이단을 위해서라는 것을 알아야 하네. 좋은 게 좋은 거니까! 안 그래?"

"예……."

격륭이 침을 꿀꺽 삼키면서 모기만 한 목소리로 대답했다.

강희는 격륭이 저자세를 보이자 보일 듯 말 듯한 미소를 지었다. 자리에서 일어서서 허리를 굽혀 그를 부축해 일으켜 세우기까지 했다. 그런 다음 다정스럽게 그의 어깨를 두드려 주었다.

"자네가 무작정 화를 낼 일은 아닌 것 같지 않은가? 자네는 아랍포탄阿拉布坦 사람이지? 짐은 다이제가 갈이단과 결의형제를 맺었다는 얘기를 들은 적이 있어. 그자가 그 텃세를 빌어 자네의 초원 일부를 날로 먹어버린 일이 있지? 짐이 치사하게 이간질을 시키는 것은 아니야. 하지만 다이제가 왕법을 범했는데, 어느 누가 구해줄 수 있겠는가? 그러니 자네도 속상해 할 것은 없지 않은가?"

격륭은 강희의 예상 못한 자상한 한마디에 따뜻함을 느꼈다. 마치 얼어붙은 마음이 봄눈 녹듯 했던 것이다. 그는 강희의 태도 변화에 한참

동안 어리둥절한 표정을 지었다. 그러다 마침내 우물쭈물하면서 입을 열었다.

"그는 부사副使이옵니다. 소인이…… 돌아가서……."

"괜찮네. 짐은 자네를 곤란하게 하지는 않을 걸세. 자네가 돌아갈 때 짐은 갈이단을 칸으로 인정해 줄 거야. 그가 아버지와 형을 죽이고 자리를 탈취한 죄를 묻지 않겠다는 내용의 조서를 써줄 테니 가지고 가게. 자네와 갈이단의 조카인 아랍포탄은 그 사람을 잘 설득하게. 그래서 서쪽 변경을 지키는데 전력을 다하라고 해. 조정에 트집을 잡아봤자 백해무익하다고 일러주기도 하고 말이야. 짐이 말한 대로만 해주면 조만간에 좋은 일이 생길 걸세. 찰합이察哈爾 부족의 니포이尼布爾 왕자 알지? 원나라 때 홀필열忽必烈(원나라 세조 쿠빌라이)의 정통 후예 말이야! 까불고 반란을 일으켰다가 열이틀 만에 결딴이 나 버렸잖아. 보름도 채 못 되는 열이틀이라고! 알겠는가?"

격륭이 만리 길도 마다하지 않고 찾아온 이유는 단 하나였다. 방금 강희가 자신의 입으로 말한 조서를 얻기 위해서였다. 그는 바로 조금 전까지만 해도 일이 쉽지 않을 것으로 생각했다. 강희는 손톱만큼의 양보도 하지 않을 것 같은 자세였다. 그러나 놀랍게도 순식간에 선하고도 선한 보살로 돌변했다. 자신이 입이 터지도록 부탁해도 들어줄지 장담할 수 없었던 조서를 순순히 써준다는 것이 아닌가. 격륭은 순간 허탈한 기분을 느꼈다. 어디 그뿐인가. 강희는 다이제를 없애버림으로써 자신이 빼앗겼던 광활한 초원을 되돌려주려 하고 있지 않은가! 격륭의 가슴속에서는 뭐라고 딱 꼬집어 말할 수 없는 감정의 물결이 휘몰아쳤다. 마침내 그가 벌겋게 상기된 얼굴을 하고 머리를 깊이 숙였다.

"폐하의 크신 은혜에 감사를 드리옵니다! 반드시 폐하의 성유聖諭를 받들 것을 맹세하옵니다!"

"남경 비단 천 필을 격룡에게 상으로 주겠노라. 갈이단에게는 나중에 봐서 상을 주기로 하겠다!"

강희는 내친김에 한걸음 더 나아갔다. 아예 상까지 하사하는 통 큰 자세를 보였다. 게다가 격룡에게는 격려의 말까지 전했다.

"자네가 여기 온 후 몇 개월 동안 찬밥 대접한 것에 대한 섭섭함을 오늘 이 자리에서 툴툴 털기를 바라네. 더 이상 마음속에 담아두지 말게. 짐은 갈이단에게 짐이 어떤 사람인가를 확실히 보여주겠네! 여봐라! 격룡을 데리고 가서 상을 주도록 하라!"

격룡은 희희낙락하며 밖으로 나갔다. 그러자 강희가 웃음을 거두면서 주변에 들릴 듯 말 듯 조용히 중얼거렸다.

"격룡 저자는 골치 아픈 상대는 아니야. 문제는 갈이단이지! 갈이단은 머리가 똑똑하고 세력도 만만치 않아서 가볍게 볼 존재가 절대 아니야. 한 가지 안타까운 것은 지금 당장은 손이 모자라기 때문에 어떻게 할 수가 없다는 거지!"

마침 그때 상서방 주사 하계주가 서류더미 속에 파묻힌 채 들어왔다. 그 모습을 본 강희가 습관적으로 물었다.

"무슨 급한 문서라도 있는 건가? 그건 그렇고 자네 꼴을 거울에 좀 비춰 보게! 그래도 명색이 육품의 관리잖아. 그런데 꼬질꼬질하게 그게 뭔가! 보는 사람이 얼마나 괴로운지 아는가? 아직도 영락없는 식당 주인의 행색이라니!"

좌중의 사람들은 그제야 하계주를 눈여겨 살펴봤다. 강희의 말이 영틀린 것은 아니었다. 무엇보다 그는 쭈글쭈글한 긴 두루마기를 대충 입고 있었다. 또 옷깃의 경우는 한쪽이 안에 쑤셔 박히고 다른 한쪽은 혀를 날름 내민 채 밖으로 삐져나와 있었다. 그것도 기름때가 얼룩져 볼썽사나웠다. 찬바람에 감기마저 들었는지 그의 눈과 코는 시뻘겋게 부어 있었다. 가뜩이나 내세울 것이 없는 외모가 더욱 후줄근해 보였다. 물론 그가 그러는 데는 이유가 있었다. 새로 얻은 마누라가 몹쓸 병에 걸려 정신이 반은 나가 있는 상태였던 것이다. 명주는 그 사실을 알고 있었다. 때문에 혼자만 입을 헤벌린 채 웃을 수 있었다.

"폐하께 아뢰옵니다……. 에, 에, 에취!"

하계주는 강희의 핀잔에 머쓱한 표정을 한 채 입을 열었다. 그러나 곧 실수를 하고 말았다. 강희 앞에서 크게 재채기를 한 것이다. 그가 민망한 표정을 한 채 다시 말을 이었다.

"오던 중 비를 만났사옵니다. 죄송스럽게도 문서가 젖을 것 같아 두루마기자락으로 덮었더니 더 구겨지고 말았사옵니다. 모두 육부의 논의를 거친 상주문들이옵니다. 하남성 순무가 보낸 긴급 서신도 들어 있사옵니다. 또 어사 여국주余國柱가 화원구花園口의 하도河道(황하 또는 황하의 물길을 의미하나 여기서는 황하의 치수를 책임지는 관리라는 뜻임)인 팽학인彭學仁을 탄핵하는 상주문도 안에 들어 있사옵니다."

하계주는 두서없이 계속 허둥지둥했다. 강희 역시 이마에 주름을 잔뜩 잡고 하계주의 말을 들었다. 그러다 갑자기 뭔가 떠오르는 게 있는 듯 서류뭉치를 풀면서 말했다.

"팽학인을 불러들여! 비가 온다고 두루마기 자락을 구겨 서류를 감쌀 정도라면 기본은 되어 있군! 그러나 짐이 말하는 것은 그게 아니야. 자네 그 온몸에서 풍기는 주방장 기질이 십칠 년 전과 어쩌면 그렇게도 똑같으냐는 거지. 군자와 소인배는 원래부터 크게 달랐던 것은 아니야. 책을 전혀 읽지 않고 정신 함양에 게을리 하면 평생을 아무리 죽어라 힘을 써도 환골탈태는 꿈도 꾸지 못한다고! 짐은 자네가 여태 잔꾀 부리지 않고 성실하게 따라준 점을 높이 생각하고 있어. 그래서 같은 값이면 다홍치마라고, 밖으로 내보내 도대 자리에라도 앉히려고 마음도 먹었지. 그런데 이렇게 노력하지 않고서야 어떻게 그게 가능하겠는가?"

하계주는 강희의 직설적인 지적에 연신 식은땀을 훔쳤다. 그러다 비굴한 웃음을 지으면서 대답했다.

"폐하께서 지적하신 그대로이옵니다! 뼈대까지 비천한 놈이 체통을 모르고 그저 바쁘기만 했사옵니다. 폐하의 꾸중을 듣는 것이 당연하옵니다. 앞으로는 책을 많이 읽겠사옵니다!"

강희는 그쯤에서 질책을 끝내야 한다고 생각한 듯했다. 바로 하계주를 외면한 채 하남성 순무인 방호지方皓之가 보낸 상주문을 읽기 시작했다. 그러나 뭔가 마음에 들지 않는 모양이었다. 이마를 찌푸리면서 습관처럼 상주문에 손톱자국을 내더니 한참 후에야 머리를 들어 심호흡을 했다. 그때 명주가 허리를 굽실거리면서 물었다.

"하남성에 무슨 좋지 않은 일이라도 있는 것이옵니까?"

"팽학인의 선처를 부탁했군. 또 청강 지역의 백성 수천 명이 만인산萬人傘(덕을 쌓은 지방 관리를 칭송하기 위해 주로 비단으로 만든 우산. 우산에 당사자의 이름을 써 놓는 것이 일반적임)을 들고 비를 맞으면서 식량 사만 섬을 육로를 통해 북경으로 옮기고 있다는구면. 벌써 개봉에는 도착했다고 하고……."

강희가 명주의 질문에 대수롭지 않게 대답했다.

"식량 말씀이옵니까?"

사람들은 상주문의 내용이 뜬금없다는 듯 강희만 뚫어지게 바라봤다. 그러자 강희가 숨을 거칠게 내쉬면서 대답했다.

"……우성룡의 선처를 호소하는 움직임이네. 보아하니 짐은……, 우성룡을 그렇게 처리하는 게 아니었던 것 같아……."

"폐하!"

명주가 평소보다 지나치게 큰 소리로 강희를 불렀다. 그렇지 않다는 말을 하려는 듯했다. 그러나 강희는 바로 손을 저어 명주의 말문을 막아버렸다. 그런 다음 다시 천천히 덧붙였다.

"자네는 더 이상 우성룡을 나쁜 사람으로 내몰아서는 안 되겠어. 그 사람들은 보기 드문 좋은 어머니와 훌륭한 신하였어. 짐이 격려는 못해줄망정 오히려……"

강희가 말끝을 잇지 못한 채 뒷짐을 지고 돌아섰다. 그러더니 성큼 궁전 밖으로 나가버렸다.

그때 팽학인은 이미 한참 전에 도착해 있었다. 하지만 들어오라는 명령이 없었던 탓에 감히 움직이지 못했다. 그대로 축축한 돌계단 위에 엎드려 있을 수밖에 없었다. 그가 밖으로 나오는 강희를 보고는 황급히 머리를 조아렸다.

"죄신罪臣 팽학인이 대령하였사옵니다!"

"그래? 자네가 팽학인이었던가? 밖에서 반나절이나 기다리고 있어 보니까 기분이 어떤가?"

강희가 잠깐 머뭇거리는가 싶더니 바로 냉소를 터트리면서 물었다. 팽학인은 쿵쿵 소리가 나게 머리를 조아리면서 갈라지는 목소리로 대답했다.

"홍수에 집을 잃고 거리에 나앉아 있는 백만 백성들이 있는 한 죄신은 감히 춥다는 말을 할 수가 없사옵니다."

강희가 그러자 코웃음을 쳤다.

"백만 백성들 걱정도 할 줄은 아는구먼! 알고 보니 세상에 둘도 없는 좋은 관리가 아닌가! 짐이 묻겠다. 정주 지부와 동지同知(지부를 보좌하는 2인자) 등은 지금 어디 있나?"

"그들은 모두…… 죽었사옵니다……"

"그런데 자네는 어떻게 살아남았는가? 오, 그렇구나! 짐이 이제야 알겠군. 자네는 하천에서 일하는 인부들 위에 있는 사람이지. 홍수도 잘 보이려고 자네는 봐줬구먼!"

강희의 말투는 비아냥조였다. 그러자 팽학인이 침을 꿀꺽 삼키더니 울먹이면서 대답했다.

"폐하께 아뢰옵니다. ……당시 물이 제방을 넘었습니다. 그 때문에 지부 황진재黃進才, 동지 마흠馬鑫이 물에 뛰어들어 자결을 했사옵니다. 원래 저희 셋은 약속을 했습니다. 죄신이 대표로 북경에 와서 죗값을 치르기로 말이옵니다. 그런데 일이 그만 그렇게 되고 말았사옵니다. 죄신은 물을 잘 알고 있었기 때문에 육십 리 밑으로 밀려내려 갔다가 다행히 올라왔던 것이옵니다."

강희는 깜짝 놀랐다. 여국주의 상주문에는 전혀 적혀 있지 않은 내용이었던 것이다. 순간 그는 가슴 한구석이 무너져 내리는 기분을 느꼈다. 한참이나 마음을 가라앉혀야 했다. 얼마 후 그가 물었다.

"그 당시 제방이 무너진 곳이 몇 군데나 됐었나?"

팽학인이 강희의 질문에 머리를 들고 한참 생각하다 대답했다.

"우선은 여섯 곳이었사옵니다. 그때 다섯 곳은 겨우 어찌어찌 막았사옵니다. 하지만 제일 크게 터진 나머지 한 곳을 막으려고 할 때 모래가마니가 모자랐사옵니다. 그 바람에 그만 모든 것이 허사가 되고 말았사옵니다. 이제는 모든 것이 끝났사옵니다. 끝났사옵니다, 폐하!"

팽학인이 가슴을 치면서 한탄을 했다. 눈에서는 눈물도 비 오듯 흘러내렸다. 그러나 자신이 지은 죄가 전혀 없지는 않다고 생각했는지 감히 소리내어 울지는 못했다. 그저 입을 막고 오열할 뿐이었다. 그의 진정성 있는 태도를 대하자 강희의 생각은 서서히 달라지고 있었다. 기본적으로 준비됐어야 할 모래가마니조차 제대로 공급해주지 못한 주제에 애매한 하급 관리인 하도를 책망한 것이 아닌가 하는 자괴감이 들었던 것이다. 가슴 역시 아팠다. 그러나 위치가 위치였던 만큼 팽학인이 책임을 완전히 회피할 수 없는 것은 사실이었다. 여국주가 탄핵안을 올린 것이 전혀 잘못된 것은 아니었다. 강희가 한참을 생각한 다음 미간을 찌푸린 채 잔뜩 흐린 하늘을 바라보면서 말했다.

"그만 가 보게. 짐은 이미 안휘성 순무인 근보를 치하治河 총독으로 임명했어. 그러니 자네는 그 휘하에 가서 일하도록 하게!"

강희는 말을 마치자마자 바로 다시 궁전 안으로 들어갔다. 이어 막 기르기 시작한 짧은 수염을 만지작거리면서 웅사리에게 말했다.

"산동성 순무가 우성룡이 아니던가. 그런데 청강현 현령도 우성룡이군. 이 둘은 한집안 사람인가?"

웅사리가 강희의 질문에 잘 모르겠다는 듯 난감해 했다. 그러자 이부를 책임지고 있는 색액도가 바로 대답했다.

"사촌형제 사이옵니다."

"참 재미있는 일이로군."

강희가 피식 웃었다. 동시에 미리 결심한 듯 자신의 결정 사항을 알렸다.

"조지詔旨를 받들라. 작은 우성룡을 영파寧波 지부로 임명한다. 갈례의 상주는 각하한다!"

강희의 느닷없는 말에 좌중의 사람들이 깜짝 놀랐다. 강희가 그럴 줄 알았다는 표정을 지었다.

"이해가 가지 않는다는 건가? 짐은 어제 저녁에는 갈례의 상주문을 읽고 화가 머리끝까지 치밀었지. 그러나 오늘 방호지의 탄원서를 보니 역시 그 사람의 말이 맞았어! 이 사건을 전체적으로 볼 때 청강에 홍수로 인해 순식간에 수십만 명의 이재민이 발생한 것은 분명한 사실이야. 하루에도 수없이 많은 백성들이 굶어 죽어갔다고 봐. 그렇다면 우성룡이 부모관으로서 이런 참극을 못 본 척했어야 했다는 말인가? 이 사건은 우성룡이 자상하고 인간미가 물씬 풍기는 관리라는 사실을 증명하는 것이네. 그는 용감하게도 조정의 명령 없이는 감히 범접 못할 황량에 눈을 돌렸어. 결국에는 싸워 이겼어. 백성들도 살렸고. 이 사실은 또 우성룡이 똑똑하고 충성스런 관리라는 사실을 말해주는 증거야. 더구나 그는 모친의 명령을 받들어 무지막지한 권력과 맞서 싸웠어. 그 모습이야말로 효도와 정직함의 인간 승리가 아닐까? 이렇듯 현모賢母에 양신良臣인 사람들에게 잘해주지는 못할망정 오히려 헐뜯으려고 하다니! 갈례는 실로 썩어문드러진 부패 관리가 아닐 수 없네!"

강희는 열변을 토했다. 흥분했다는 사실이 어조에서부터 여실히 드러나고 있었다. 그런 다음 한참이나 말없이 창문 너머로 하늘을 바라보다 깊은 한숨을 내쉬며 덧붙였다.

"오랫동안 비가 내렸으니 이번에는 맑은 날이 찾아오겠지. 그날이 빨리 와야 할 텐데! 지금이라도 맑게 갠다면 올해 가을의 수확은 기대해도 좋으련만……."

3장
재기를 노리는 양기륭

강희가 날씨가 개기를 고대하고 있을 무렵 다른 한쪽에서는 맑은 하늘을 저주하는 사람이 있었다. 그는 다름 아닌 강희 12년 음력 12월 북경에서 반란을 주도했다가 참패를 당한 다음 꼬리를 내리고 도주한 가짜 주삼태자朱三太子인 양기륭이었다. 그는 반란 실패 후 한단邯鄲 북쪽의, 일명 무덤마을인 총총叢塚진에 있는 천왕묘天王廟에서 5년 동안이나 숨어 지냈다. 그러나 그저 조용히 숨을 죽이고 산 것만은 아니었다. 자신의 부하 2백여 명의 목숨을 대가로 살아남은 터였으므로 다시 세력을 모아 조정과의 끝나지 않은 싸움을 이어가려는 야심을 계속 가슴속에 간직하고 있었다. 그러나 그의 숙원은 이뤄질 기미를 보이지 않고 있었다. 당연히 마음속의 울분과 원한을 주체할 수가 없었다. 나중에는 그게 마음의 병이 돼 이마에서부터 정수리까지의 머리카락이 하나도 남지 않고 빠져 버렸다. 한마디로 대머리가 되고 말았던 것이다. 그렇게 되자 그는 고심 끝에 거금을 들여 도첩度牒(승려의 신분증)을 사들였다. 공식적으로는 출가승이 됐다고 할 수 있었다.

양기룡이 칩거하고 있는 총총진과 동쪽 방향으로 멀리 마주하고 있는 곳은 황량몽黃粱夢진이라는 마을이었다. 매일 해가 뜰 무렵이면 절의 계단 위에 고풍스러워 보이지만 무척 위태로운 건물의 처마가 안개 속에 모습을 드러내는 것으로 유명한 곳이었다. 사실 솔직히 말하면 총총진이나 황량몽진 모두 이름은 불길한 예감이 드는 마을이라고 해도 좋았다. 하지만 그는 더 이상 그런 자질구레한 이름 따위에는 연연하지 않았다. 자신이 심혈을 기울여 만들어 놓은 직예, 산동 등지의 향당들이 하루아침에 이슬처럼 스러져 버린 마당에 불길함 따위를 믿는다는 것은 사치였던 탓이다. 더구나 그는 미산호微山湖에 들어가 수비水匪(물을 기반으로 하는 비적)인 유철성劉鐵成에게 빌붙고 싶지 않았기 때문에 굳이 불길하고 상서롭고를 따질 여유가 없었다. 또 마을 이름을 들을 때마다 처절했던 과거를 잊을 수 없었기 때문에 자꾸만 무기력해지는 자신을 채찍질하고 다잡는 데는 오히려 효과적이었다.

그는 오랜 칩거를 뒤로 하고 천산天山을 둘러본 다음 준갈이 지역에서 지난달에 돌아온 바 있었다. 1만여 리나 되는 여정이었던 만큼 피로하지 않을 수 없었다. 하지만 이제 피로는 거의 회복됐다고 해도 좋았다. 그는 인구가 밀집돼 있는 그곳 중원 지역에서 '김 화상'和尙(승려를 높여 부르는 말)이라는 호칭으로 통했다. 말할 것도 없이 어느 누구도 그 못생긴 스님이 한때는 200만 명의 신도들을 거느리고 천하를 노리는 꿈 한번 야무지게 가졌던 종삼랑향당의 총수라는 사실을 알지 못했다. 지금도 여전히 조정으로부터 자유로울 수 없는 가짜 주삼태자라는 사실은 더 말할 나위가 없었다.

삼라만상이 정적에 깃든 시각이었다. 김 화상은 절 앞의 돌계단 위에 앉아 있었다. 밤하늘은 비가 그친 다음이라 그런지 유난히도 깨끗해 보였다. 그는 그 밤하늘을 멍하니 바라보면서 이를 갈았다.

'퍼부어라! 냅다 싸질러라! 이놈의 세상을 전부 삼켜 버려라! 내가 못 얻을 바에는 차라리 한꺼번에 쓸어 버려라! 나까지도 욕심나면 기꺼이 응하겠다!'

그의 생각은 진짜 그랬다. 아니 손이 발이 되게 빌었다. 그러나 하늘은 야속하게도 며칠 만에 화창하게 변해 버리고 말았다. 그로서는 심기가 계속 불편했다. 하지만 그의 현실은 반드시 그렇지만은 않았다. 무엇보다 그는 현금 부자였다. 주체하기 어려울 만큼 많은 은전을 절 서쪽에서 200보 가량 되는 곳, 더 정확하게 말하면 현지의 유명한 재주꾼 할망구인 한류韓劉씨의 후원에 자리 잡은 뽕나무 밑에 숨겨두고 있는 터였다. 모두 60만 냥으로, 과거 호남성에서 북경으로 향하던 군비를 그가 중간에 탈취해 확보한 것이었다. 당연히 몇 장 깊이는 될 정도로 꼭꼭 묻어뒀다. 때문에 웬만해서는 남의 이목을 피해 꺼내는 것도 쉬운 일이 아니었다. 그가 묻어둔 채로 그냥 내버려둔 것은 그런 현실과도 관계가 있었다. 또 그는 은전뿐만 아니라 무기도 상당히 많이 확보해 두었다. 계단 밑의 돌로 지은 창고에만 무려 수천 개가 넘는 창과 검, 및 극戟 등이 보관돼 있었다. 정교하게 만들어진 신식 화총火銃도 있었다. 그것은 그가 준갈이 지역에 갔을 때 러시아 특사인 자하로프로부터 극비리에 선물로 받은 것들이었다. 원래 이 무기창고는 두 명의 젊은 사미승이 지켰다. 그러나 둘은 양기름에 의해 2년여 전 천천히 병들어 죽어 버렸다. 비밀을 영원히 지키자면 사실 그 길밖에 없기는 했다.

김 화상은 망연자실한 표정을 한 채 자미성紫薇星 별자리를 바라보면서 깊은 생각에 잠겼다. 뇌리 속에서는 늘 그랬듯이 '세상의 일은 정말 덧없고 허무하다. 알다가도 모를 일이다'라는 한탄이 그 밤도 이어지고 있었다.

'오삼계를 비롯한 삼번의 백만 대군은 자그마치 열한 개의 성을 휩쓸고 다녔어. 그러나 오 년 사이에 장대비에 흙담 무너지듯 스르르 와해됐어. 도대체 쥐방울만 한 현엽은 무슨 술수를 썼기에 순식간에 그 많은 인심을 자신에게로 돌려버렸을까?'

그는 얼음장처럼 차가운 돌계단을 어루만지면서 계속 생각에 잠겼다. 순간 무기창고에 있는 화총이 떠올랐다. 5개월 전 서북西北 지역에서 갈이단과 밀담을 나누던 장면이 생생하게 뇌리에 펼쳐지기 시작한 것이다.

"갈이단 칸!"

허리가 큰 물통처럼 살이 찐 자하로프 상교上校(지금으로 따지면 대령과 중령 사이의 계급)는 군복을 쭉 빼입고 앉아 있었다. 신발 바닥에 철을 박은 긴 장화를 신은 것이 인상적인 군인이었다. 그는 그 장화를 신은 발로 마루에 딱딱 소리를 내면서 핏기 없이 흰 얼굴에 우스꽝스럽게 붙어 있는 카자크 스타일의 콧수염을 나풀거리면서 말했다.

"칸께서 알고 있다시피 칸의 맞은편에 앉아 있는 사람은 귀국貴國의 이전 왕조인 대명大明의 존귀하신 태자 전하입니다. 나와 거라이니 훈작勳爵은 영광스럽게도 찰합이에서 이 분을 알게 됐습니다. 노파심에서 다시 한 번 말씀드릴 것 같으면 기회, 예! 기회라는 말입니다. 이 기회는 어느 누구에게든 공평하고 잔혹하면서도 무정한 것이죠. 다 아시겠지만 중국의 남방은 여전히 혼란에 처해 있습니다. 이럴 때 주삼태자 전하는 대명大明, 칸께서는 대원大元을 대표해 대거 남진南進할 필요가 있다고 생각합니다. 그렇다면 전에 받았던 치욕스런 상처도 단박에 아물어 버릴 겁니다. 이번이 진짜 유일한 기회라고 생각합니다. 평생 다시 오지 않을 유일한 기회! 무슨 말인지 알겠습니까?"

자하로프의 한어와 몽고어 실력은 정말 대단했다. 통역이 필요 없을 정도로 매끄러웠다.

척 보기에 30대로 보이는 갈이단은 윤곽이 뚜렷한 네모나고 각진 얼굴을 하고 있었다. 무척이나 과묵하고 신중한 인상도 풍겼다. 자하로프와 대화를 나누는 처음에도 그저 말없이 듣기만 했다. 나중에야 천천히 입을 열었다. 그리고는 단어 사용에 각별히 신경을 쓰면서 천천히 말했다.

"상교께서 다시 한 번 일깨워 주신 것에 대해 감사를 드립니다. 각하의 예지와 총명은 피터 폐하로부터 조만간 인정을 받을 것이라고 생각합니다. 더욱 크고 영광된 자리에서 일할 수 있을 것으로 믿어 의심치 않습니다. 그러나 나는 한 가지 이해할 수 없는 일이 있습니다. 귀하의 부대는 목성木城에서 청나라 군대와의 접전에서 한 차례 패했을 뿐입니다. 그런데 어찌해서 봉천 제독인 주배공周培公의 위협에 무릎을 꿇고 우리에게 주기로 한 칠백 자루의 화총을 다시 되가져 갔습니까? 솔직히 나는 귀국의 조정에서는 귀하에 대한 믿음이 별로 없다고 생각합니다. 그러니 나도 남하해서 대청과 중원을 두고 각축을 벌이고 싶은 생각이 생길 까닭이 없죠. 그저 우리 몽고의 영토만 회복하는 것으로 만족하겠습니다. 물론 최근 차신車臣을 비롯한 세 부족의 난이 평정되기는 했습니다. 그러나 우리도 그로 인해 손해를 많이 봤습니다. 서장西藏의 상길인착桑吉仁錯 라마가 주저하고 망설이면서 우리와의 합작에 응하지 않는 이상 중원으로 진군하는 것은 솔직히 한낱 사치스런 꿈에 지나지 않는다는 얘기입니다."

자하로프는 평온한 마음으로 갈이단의 말을 들었다. 그런 다음 파란빛이 도는 큰 눈을 굴리면서 생각하더니 갑자기 "푸우!" 하고 웃었다. 그가 다시 말을 이었다.

"이것 보세요, 대칸! 어찌 진실을 얘기하는 사람에게 거짓으로 대할 수 있단 말입니까. 중원으로 남진할 생각이 없다고 하셨는데, 그렇다면 어찌해서 그렇게 많은 사람들을 난민으로 가장시켜 섬서, 산서, 직예 등지로 보냈습니까? 적지 않은 군사 정보를 수집한 사실을 내가 모를 줄 알았습니까? 잃어버린 옛 땅을 찾아온다고 한 말이 오히려 진실인 것 같습니다. 북경의 원래 이름도 원대도元大都였지 않습니까? 또 화총에 대해 말할 것 같으면 외교 문제 때문에 다시 가져가는 척이라도 하는 것이 예의가 아니겠습니까. 그리고 그것은 지난 칠월에 있었던 일이 아닙니까. 대칸께서도 알다시피 지금 우리나라는 위대한 피터 폐하의 시대입니다."

자하로프가 열변을 토하고 있을 때였다. 갈이단의 복진福晉(왕비나 최고위 여성을 뜻함)이 직접 은쟁반에 싱싱한 우유를 세 잔이나 받쳐들고 들어왔다. 그런 다음 손님에게 인사를 한 뒤 우유를 건네고는 갈이단에게 말했다.

"독수리도 배가 부를 때가 있나요? 제가 보기에는 상교의 말씀이 맞는 것 같은데요. 이 태자 분께서……."

복진이 잠깐 말문을 닫았다. 그러나 곧 김 화상을 향해 매력적인 미소를 보내면서 말을 이었다.

"이분이 당신에게 길 안내를 해주신다면 초원의 독수리는 황하의 상공에서 길을 잃지 않을 것이에요."

"감사합니다, 복진!"

김 화상이 앉은 자리에서 허리를 살짝 굽혀 맞절을 했다. 그리고는 비리고 노린내가 역겨운 우유를 억지로 들이마신 다음 목소리를 가다듬었다.

"이만하면 대칸께서 충분히 이해할 수 있도록 얘기가 된 것 같은데요? 그런데도 대칸께서는 위험을 감내할 의향이 없으신 것 같군요. 그렇다면 어쩔 수 없죠. 저는 오로지 제 아버지의 원수를 갚으려는 마음 뿐입니다. 황제가 되고 싶은 생각은 이미 버렸습니다. 어제 대칸께서는 저에게 돈을 주시겠다고 했습니다. 좀 건방지게 들릴지는 모르겠으나 솔직히 저는 돈은 별로 필요하지 않습니다. 얘기가 여기까지라면 저는 내일 그만 돌아가겠습니다."

그러자 갈이단이 그를 붙잡았다.

"삼태자, 나는 그대들이 말하는 이른바 오랑캐입니다. 그러나 사실은 한학漢學을 무척이나 좋아하는 사람입니다. 한인들의 말 가운데 '너무 급히 서두르면 오히려 도달하지 못한다'라는 말이 있는 것으로 압니다. 내 생각에는 '급히 먹는 밥에 체한다' 뭐 그런 뜻이 아닌가 싶어요. 그러니 너무 그렇게 조급해 하지 마세요. 우선 여기 머물면서 천천히 최선의 방안을 상의해 보는 것이 어떨까 싶네요."

"천천히 상의한다고요?"

갈이단의 말에 자하로프가 두 손을 내밀고 어깨를 으쓱했다. 상대가 말장난을 한다고 생각하는 듯했다.

"당신네 동양인의 사전에는 '위대'라는 말이 없습니다. 그러나 내가 보기에는 현재 중국의 젊은 황제는 대단히 위대한 인물임이 틀림없어요. 무엇보다 그는 크게 생색을 내지 않고 있다가 한 번에 그물을 쳐서 오배를 잡아넣었습니다. 또 일전에는 오삼계의 반란도 가볍게 깨뜨려 버렸어요. 그런데 전쟁의 포화가 채 멎기도 전에 또다시 대만 공격을 준비하고 있어요. 정말 위대하다는 말이 절로 나오는 행보라고 할 수 있습니다. 때문에 나는 단언할 수 있습니다. 그가 대칸의 동향을 살핀 지도 꽤나 됐을 것이라는 사실 말입니다. 아니라고 생각합니까? 대칸께서 이렇게 하루하루 미뤘다가는 나중에는 그 젊은 황제에게 뒤통수를 얻어맞는 수가 있을 겁니다!"

자하로프의 목소리는 빠르고 무거웠다. 마치 고막을 때리는 것 같았다. 대청에 앉아 있던 사람들은 자신들도 모르게 몸을 오싹 떨었다. 그때 김 화상이 합장을 하면서 말했다.

"귀하께서는 우리 중국의 일에 대해 지나치게 심혈을 기울이는 것 아닙니까? 대칸, 지금 당장 동쪽으로 내려가시는 것이 부담스럽다고요? 제가 듣건대 대칸께서 강희에게 화해를 요청하셨다는 소문도 있더군요. 그렇다면 제가 여기에 더 이상 머무를 이유가 없는 것 같군요. 내일 중으로 돌아가겠습니다."

갈이단은 김 화상과 며칠 동안 생활을 같이 했다. 그러면서 자연스럽게 한학에 조예가 깊은 그를 좋아하게 됐다. 말은 다소 다르게 했으나 사실 중원으로 진군하는 것은 갈이단의 숙원이었다. 지금 당장은 아니더라도 그 숙원을 언젠가 실현하려고 속으로는 벼르고 있었다. 그러기 위해서는 김 화상과 같은 향도嚮導가 필요했다. 그런데 김 화상이 뭔가 뒤틀린 듯 말하자 갈이단은 교활한 빛이 번득이는 웃음을 지었다.

"삼태자, 나는 정말 그대를 막역한 친구로 생각하고 있습니다. 그대가 제시한 '원교근공'遠交近攻(가까운 곳은 공격하고 먼 곳은 우호적으로 교류한다는 의미) 전략은 정말 심오한 이치라고 생각합니다. 실용적이기도 하고요. 그래서 나는 그대를 이곳에 남겨두고 싶습니다. 우리 몽고는 흔한 것이 금과 좋은 말, 그리고 미녀들이에요. 나의 딸 종소진鍾小珍 역시 워낙 한족을 좋아해요. 그래서 이름도 한족 이름으로 지었죠. 삼태자만 괜찮다면 둘을 맺어줄 의향도 없지 않은데……."

갈이단이 말을 마치고는 바로 김 화상의 표정을 주의 깊게 살폈다. 긍정적인 대답을 기대하는 듯했다. 바로 그때였다. 호랑이도 제 말 하면 온다더니, 갈이단의 딸인 소진이 회오리바람처럼 들이닥쳤다. 그녀가 다짜고짜 큰 소리로 외쳤다.

"나는 싫어요! 내가 한족을 좋아하는 것은 자고로 우리들이 한집안 식구였기 때문이에요. 나는 두 분이 백인을 이용해 우리 민족을 이간질 시키려고 하는 것이 너무나도 싫어요! 또 나는 이미 목살이穆薩爾 2세와 결혼을 약속한 사이에요. 그런데 왜 나에게 이 스님한테 시집을 가라고 강요를 하려는 거예요?"

종소진의 항변은 매서웠다. 그녀의 눈에서는 어느덧 눈물까지 흘러내리고 있었다. 그녀는 그 정도에서 그치지 않았다. 마지막에는 차가운 눈초리로 새어머니인 복진을 흘겨보았다. 그런 다음 안채를 향해 소리를 냅다 질렀다.

"호胡 아저씨, 마두금馬頭琴을 들고 나를 따라 목장에 갈 준비를 하세요!"

소진의 말에 50세 남짓해 보이는 노인이 기다렸다는 듯 몽고식 긴 두루마기 차림으로 나타났다. 이어 잠시 머뭇거리는가 싶더니 바로 갈이단과 복진을 향해 인사를 하면서 말했다.

"대왕, 공주께서 소인을 부르셨습니다!"

"그렇다고 해도 자네는 소진에게 한자만 가르쳐서는 안 되네."

한쪽 구석에 앉아 있던 복진이 손거울을 든 채 눈썹을 뽑으면서 애꿎은 호 노인을 나무랐다. 소진이 자신을 무시하는 태도에 잔뜩 기분이 언짢아진 듯했다. 얼마 후 그녀가 드디어 본론을 꺼냈다.

"예절을 집중적으로 가르쳐 줘야겠어! 자기 친엄마가 죽었으면 이제는 내가 복진이잖아. 그렇다면 어쩌다 부딪치더라도 최소한 인사 정도는 해야 되는 것 아닌가!"

갈이단은 눈만 뜨면 삐걱대는 두 사람이 귀찮은 모양이었다. 보기 싫다는 듯 곧바로 손을 내저었다.

"가 보라고. 그만 나가 봐!"

"대칸과 복진의 깊은 뜻은 헤아려 아로새기겠습니다. 그러나 저는 생사를 넘나든 사람으로서 여자에 대해서는 단념한 지 이미 오래 됐습니다. 나라를 잃은 원한과 부황父皇의 원수를 갚지 않으면 한이 평생 갈 겁니다. 아마 하루를 살아도 생지옥이나 다름없을 거예요. 대칸께서는 저를 억지로라도 붙들어두고 싶어하시는 것 같은데, 그 부탁만은 따를 수 없습니다!"

김 화상이 몸을 약간 숙이면서 말했다. 그런 다음 난로 안에서 새빨갛게 달아오른 부삽을 꺼내들었다. 순식간에 화기가 그의 얼굴을 뜨겁게 달구었다. 순간 그의 눈에서는 증오의 불꽃이 튀었다. 그는 대수롭지 않게 부삽을 들고 있는가 싶더니 갑자기 자신의 얼굴에 부삽을 들이댔다. 동시에 찌지직! 하는 소리와 함께 살이 타기 시작했다. 곧이어 흰 연기가 고약한 냄새를 풍기면서 대청 안에 자욱하게 퍼졌다. 살이 타는 냄새와 함께 무서운 정적에 휩싸인 좌중에서는 순식간에 한바탕 소동이 일었다. 얼굴이 사색이 된 갈이단과 자하로프는 괴성을 질렀다. 합장을 하면서 "부처님!"을 부르짖던 복진은 기어코 기절을 하고 말았다.

그러나 김 화상은 애써 극심한 통증을 참았다. 그리고는 천천히 부삽을 내려놓았다. 동시에 씁쓸한 웃음을 지어 보였다.

"군사 원조를 받으려던 이번 계획이 무산될지라도 저는 어느 누구도 원망하지 않습니다. 여기에서 무식하게 얼굴을 망가뜨린 것은 저의 분노가 이글거리는 저 불과도 같다는 사실을 표출하고 싶어서였을 뿐입니다. 오늘은 이 불로 나를 태웠으나 언젠가는 강희를 붙잡고 같이 불속에 뛰어들고 싶군요. 죽어도 같이 죽을 작정입니다!"

갈이단은 놀라서 어쩔 줄 몰랐다. 평생 눈앞에 있는 사내처럼 용감한 사람은 처음 본다는 표정이었다. 얼마 후 그가 김 화상의 어깨를 부여잡은 채 떨리는 목소리로 말했다.

"멋진 형제여! 삼태자…… 삼태자……. 조금만 기다려 보시오!"

자하로프는 원래 거라이니가 북아시아로 파견한 특사였다. 갈이단을 충동질해 내침內侵을 하도록 유도하는 것이 그의 임무였다. 말하자면 중국인들끼리 물고 뜯고 짓밟고 싸우는 것이 그가 내심 바라는 바였다. 그러나 김 화상의 느닷없는 행동에 그 역시 마음이 뜨끔해지지 않을 수 없었다. 그가 부산스럽게 방안을 서성거리더니 고개도 돌리지 않은 채 말했다.

"주 선생, 그대가 강남에 스물 몇 곳의 비밀 거점을 확보하고 있다는 사실은 다 알고 있습니다. 또 미산호의 유철성 부대 삼백 명의 무장을 책임지고 있다는 것도 다 알고 있어요. 하지만 그것만 믿고 강희와 맞서 싸운다는 것은 불가능합니다. 한마디로 사람은 적고 세력은 미약합니다. 그 정도로 강희와 붙는다는 것은 절대 불가능한 일입니다."

"안 되는 줄 알면서도 밀어붙일 뿐입니다!"

김 화상은 자하로프가 자신과 관련된 정보를 너무나도 속속들이 꿰뚫고 있다는 사실에 적지 않게 놀랐다. 그러나 애써 태연을 가장했다. 이어 그를 힐끔 쳐다본 다음 짐짓 대수롭지 않게 다시 입을 열었다.

"저는 그저 운명에 따를 수밖에 없어요. 하지만 각하께서는 하나만 알고 둘은 모르는 것 같네요. 저에게도 나름대로의 생각이 다 있다고요!"

"오, 그렇습니까?"

자하로프가 날렵하게 몸을 돌려 앉았다. 그러더니 허리를 굽혀 김 화상의 얼굴께로 귀를 가져다 대면서 또박또박 물었다.

"그게 과연 사실이라면 한번 들어볼 수는 없겠습니까?"

"아미타불!"

김 화상이 눈을 감고 머리를 절레절레 저었다. 그러자 자하로프가 껄껄 웃으면서 말했다.

"내 짐작이 틀림없다면 그대는 조정에 내부 협력자가 있을 것입니다! 아닙니까?"

자하로프의 웃음은 한밤중에 나타난 귀신의 그것처럼 징그러웠다. 김 화상은 머리칼이 곤두서는 것 같은 기분을 느꼈다. 자하로프의 말대로 그가 조정에 연줄을 전혀 대고 있지 않은 것은 아니었다. 그러나 강남 총독 갈례 외에는 왕래가 거의 없다고 해도 좋았다. 요즘 색액도와 갈례가 황태자의 일로 인해 명주와 사이가 안 좋다는 사실을 그가 어렴풋이 들은 것은 바로 이런 연줄이 있기 때문에 가능했다.

"주 선생, 그대는 나를 감동시켰습니다. 아니, 하늘을 감동시켰습니다!"

자하로프가 갑자기 감탄사를 내뱉었다. 그러다 다시 가벼운 한숨과 함께 눈에서 파란 연기 같은 빛을 뿜어냈다. 그가 덧붙였다.

"우리는 서로 다른 이익을 추구하나 똑같은 목표를 위해 매진한다고 할 수 있습니다. 나는 그대의 큰 꿈이 이뤄지도록 있는 힘껏 돕겠습니다. 지금 동방정교회東方正教會의 선교사인 로마의 스카ㅓㅏㅏ 선생은 남경 지역에 은둔한 지 이미 이십 년이 됐습니다. 나는 그대를 위해 혼혈아인 그 사람을 동원할 수 있습니다. 그대의 거사를 도와주도록 할 수 있다는 말이죠. 또 나는 전 세계적으로 최고를 자랑하는 우리 기술로 만든 화총을 한 자루 더 선물하겠습니다. 어떻습니까? 이런 제안에 대해서도 아까 황금을 거부하듯 매정하게 뿌리칠 수는 없지 않겠습니까?"

김 화상은 자하로프가 막무가내로 나오자 어쩔 수 없다는 표정을 지었다.

"감사합니다. 당연히 기꺼이 받아들이겠습니다!"

……찬바람이 불어 닥쳤다. 김 화상은 흑! 하고 흐느끼듯 소스라치며 놀랐다. 정신도 번쩍 들었다. 그는 그제야 자신이 한단 옛길 옆의 총총

진 동쪽 천왕묘 앞에 앉아 있다는 사실을 깨달았다. 주위를 둘러봤다. 몽롱한 달빛이 주위를 온통 은빛으로 물들이고 있었다. 그야말로 고요한 밤이었다. 그 분위기는 얼마 전에 발생했던 모든 사건들을 갑자기 저 먼 과거의 일인 것처럼 만들고 있었다. 한편 동쪽 별채에서 누군가 코를 골면서 달게 자는 소리는 너무나 뚜렷하게 들려왔다. 고高씨 성을 가진 그 사람은 북경으로 과거를 보러 가는 궁색한 거인이었다.

서쪽 별채에도 사람은 있었다. 김 화상이 3년 전에 받아들인 제자 사미승이었다. 속명이 우일사于一士라는 사람으로, 철포삼鐵布衫이라는 대단한 무예를 익힌 사람이었다. 실제로 그는 몸을 날려 지붕 위로 단번에 올라가는 재주도 종종 보여주고는 했다. 또 넓디넓은 강도 별것 아니라는 듯 물 한 방울 묻히지 않고 날아서 넘기도 했다. 그런 그가 김 화상의 문하에 들어와 삭발을 하게 된 것은 순전히 살인죄로 관청의 추격을 받고 있기 때문이었다. 그는 김 화상의 문하에 들어온 직후부터 맹활약을 했다. 김 화상이 강남에 차려 돈을 갈고리로 긁고 있는 스물 몇 개나 되는 도둑굴 음식점을 모두 저잣거리의 깡패들인 그의 친구들이 맡아 운영하도록 한 것이다.

김 화상이 몸을 일으켜 방으로 들어가려 할 때였다. 갑자기 서쪽 별채의 문이 빠끔히 열렸다. 동시에 우일사가 겉옷을 걸치고 더듬거리면서 나왔다. 그리고는 별채 뒤편으로 가서는 한바탕 요란하게 오줌을 갈겼다. 볼일을 다 본 그는 신발을 질질 끌면서 방으로 돌아가려고 했다. 그러다 언뜻 김 화상이 계단 위에 앉아 있는 것을 발견했다. 그가 잠이 잔뜩 몰려 있는 두 눈을 비비면서 중얼거리듯 말했다.

"주지 스님, 지금 도대체 몇 시인지 아십니까? 여태 좌선을 하고 계시는 겁니까?"

"그게 아니네. 오늘 저녁은 어쩌다가 그만 잠을 놓쳐버려서 이러는 것일세. 자려고 해도 통 잠이 오지 않는군. 처음에는 저쪽 한류씨가 하도 처량하게 울어대는 바람에 못 잤지. 나중에는 또 황량몽진에 기도하러 갔는지 너무 조용해 다시 걱정스러워서 잠을 이룰 수가 없었지. 아직까지 오지 않는 것을 보면 무슨 일이 생긴 건 아닐까?"

김 화상이 말한 한류씨는 총총진 일대의 유명한 재주꾼 노파였다. 그녀에게는 슬하에 아들 하나가 있었다. 그러나 어쩌다 몹쓸 병을 얻는 횡액에 직면하고 말았다. 용하다는 의원들에게는 다 보여 봤지만 안타깝게도 차도는 없었다. 그렇게 되자 천하에 두려울 게 없고, 두 팔 걷어붙이면 안 되는 일이 없다고 믿어왔던 한류씨는 급기야 좌절하기 시작했다. 나중에는 스스로의 노력은 포기한 채 신의 힘에 전적으로 의지했다. 매일 자시子時가 되면 어김없이 황량몽진으로 기도하러 간 것도 다 그 때문이었다.

"그 친구는 폐병이에요. 악마까지 물리친다는 천하의 탕마조사蕩魔祖師를 불러와도 소용이 없을 겁니다!"

우일사는 잠이 아직 덜 깼는지 건성으로 말하고는 문을 열고 방으로 들어가 버렸다. 그러나 김 화상은 그럴 수가 없었다. 자신의 거대한 재산이 바로 한씨네 뒤뜰에 묻혀 있는 상황이 아닌가. 실제로 그는 자신의 재산이 어찌 됐나 궁금해 여러 번 보시를 청하는 척하면서 그 집으로 들어가 보려는 시도를 수도 없이 했다. 그러나 그때마다 거절을 당했다. 그로서는 다른 방법을 강구해야 했다. 가장 좋은 방법은 역시 어떻게 해서든 한류씨의 환심을 사는 것이었다. 그는 그런 판단을 내리자 아예 이참에 우일사를 보내 병문안을 하면서 친해지는 것이 좋겠다는 생각을 하게 됐다. 그가 다시 우일사를 부르려고 할 때였다. 갑자기 동쪽 별채의 서생이 그와 우일사의 대화에 잠이 깬 듯 안에서 큰 소리로 물었다.

"큰스님, 누가 병이 들었나요?"

서생의 목소리가 터져 나오는 것과 동시에 주섬주섬 옷을 입는 소리
도 들려왔다. 그러더니 그가 어느새 밖으로 나왔다. 김 화상이 황급히
합장을 했다.

　"거사의 달콤한 잠을 깨워서 죄송합니다. 아미타불!"

　밖으로 나온 사람은 고사기高士奇라는 사람이었다. 전당錢塘이 고향으
로, 가진 것 별로 없는 가난한 거인擧人이었다. 그러나 그는 보통 사람이
아니었다. 어려서부터 비상하리만치 총명했다. 무엇보다 시사가부詩詞歌
賦에 능했다. 또 금기서화琴棋書畵에 대한 재주도 사람들을 깜짝 놀라게
할 정도였다. 그 뿐만이 아니었다. 그에게는 뛰어난 재사才士들에게 부
족하기 쉬운 해학도 있었다. 언제나 재미있는 얘기들을 마치 샘이 솟듯
해서 여러 사람을 즐겁게 해줬다. 뿐만 아니라 의술에도 능통하였다. 그
런 사람이었으니 그가 병이 깊이 든 사람이 있다는 말에 벌떡 자리를
박차고 일어난 것은 하나도 이상할 것이 없었다. 그는 때가 꼬질꼬질한
모자를 대충 눌러썼다. 솜이 비죽 나온 저고리 자락은 바지춤에 아무
렇게나 쑤셔 넣고 있었다. 또 노끈에 가까운 허리띠를 질끈 동여매고는
사람 좋게 웃었다.

　"그렇지 않아도 술 한잔 사 마실 돈도 없어 걱정이었습니다. 그런데 돈
나올 구멍이 생겼으니, 역시 하늘이 무너져도 솟아날 구멍은 있군요! 어
느 집인지 어서 가 봅시다!"

　"빈대 선생!"

　서쪽 별채에서 어느새 우일사가 모습을 드러냈다. 동시에 고사기의 말
이 기가 막힌다는 표정으로 낄낄 비웃었다.

　"선생은 화타華陀인 거요, 아니면 편작扁鵲이오? 그도 아니라면 장중
경張仲景이라는 말이오? 좋소, 한 발 더 양보합시다. 이시진李時珍이라도
된다는 말이오?"

"청허清虛, 버릇없이 그러는 것은 곤란해!"

김 화상이 정색을 하면서 우일사를 준엄하게 꾸짖었다. 그런 다음 얼굴을 돌려 고사기에게 말했다.

"거사께서 이 분야에 자신이 있으신 것 같은데, 빈승이 한씨 집으로 안내해 드리지요. 그 집 아들이 거사로 인해 삶을 되찾는다면야 그것 역시 우리 불문의 선행이 아니겠어요?"

김 화상은 말을 마치자마자 바로 등불을 밝혀들고 앞장을 섰다. 한씨 집은 진鎭의 동쪽에서 북으로 꺾어드는 길목에 있었다. 때문에 그다지 멀지는 않았다. 그러나 문을 지키고 섰던 하인은 순순히 그들을 들여보내려고 하지 않았다. 심지어 두 팔을 꼬아 팔짱을 긴 채 턱을 한껏 치켜들면서 타박을 했다.

"무슨 스님이 이렇게 눈치가 무디실까? 지금 이 야심한 밤에 탁발을 한다는 게 말이 됩니까? 가셨다가 내일 다시 오세요!"

"이 분은 의원입니다. 이 댁에 건강이 좋지 않으신 분이 계신다고 해서 빈승이 모셔왔습니다."

김 화상이 아첨기가 다분한 웃음을 지어내면서 말했다. 하인은 그의 말에 고사기를 힐끔 쳐다보더니 단호하게 거절했다.

"그래도 못 들어가요!"

그러나 하인은 이내 말을 바꿨다. 저 멀리에서 한류씨가 오는 것을 본 것이다.

"⋯⋯저기 우리 마님께서 돌아오고 계신 것 같네요. 직접 말씀드리세요."

김 회상과 고사기는 약속이나 한 듯 고개를 돌렸다. 과연 저 멀리 동쪽 방향에서 희미한 빛을 뿜어내는 초롱불이 가까이 다가오는 게 보였다. 둘은 한참을 더 기다렸다. 틀림이 없었다. 10여 명의 하인들이 저마다 노새를 탄 채 백발의 할멈을 호위하면서 오는 모습이 바로 눈에 들어왔다. 이윽고 문 앞에 당도한 노파가 날렵하게 몸을 한쪽으로 기울이더니 노새 위에서 미끄러지듯 내렸다. 그런 다음 고삐를 하인에게 던져주고는 고사기를 힐끔 쳐다보면서 물었다.

"마귀馬貴, 이 사람들은 뭐 하는 사람들이야?"

"시주, 복 받으십시오. 아미타불!"

김 화상이 황급히 앞으로 다가가 인사부터 올렸다. 이어 허리를 굽혀 합장을 하면서 덧붙였다.

"진작 찾아뵈었어야 했습니다! 이 땡초가 이 밤에 찾아온 것은 보시를 부탁하기 위해서가 아닙니다. 시주 댁의 도련님께서 편찮으시다고 해서 의원 한 분을 특별히 모시고 왔습니다. 고 의원이라는 분입니다."

"마귀, 날씨가 너무 추워 안 되겠다. 저기 아무한테나 계집애들 두 명 딸려 황량몽으로 보내도록 해라. 그곳에 여자 거지 한 명이 있던데, 솜옷을 좀 가져다 줘야겠다. 추워서 몸이 완전히 오그라든 것이 불쌍해서 못 보겠더라. 절 뒤편에 큰 연못 있지? 그 옆에 있는 낡은 정자 안에 있어. 알겠지?"

한류씨는 말을 마치자마자 바로 고사기를 힐끔 쳐다봤다. 그런 다음 별로 기대하지 않는 듯한 표정으로 천천히 말했다.

"오늘 저녁에도 의원이 한 명 다녀갔어요. 이제는 가망이 없다고 그랬어요. 나중에 불사佛事를 할 때 스님을 부르겠어요!"

한류씨는 곧바로 계단 위로 올라가기 시작했다. 필요 없으니 그만 가라는 의미였다.

"하하하하……."

고사기가 갑자기 크게 웃음을 터트렸다. 그러자 한류씨가 걸음을 멈추고 얼굴만 돌리고 물었다.

"뭐가 그렇게 우습습니까?"

"저는 우스운 사람을 보고 웃었습니다. 아니, 가여운 사람을 보고 웃었을 뿐입니다! 천하에 불효자는 많아도 자상하지 않은 어머니는 거의 못 봤습니다. 그런데 꼭 그런 것만도 아닌 것 같군요. 여기 와 보니까 확실하게 알겠습니다."

고사기가 얼굴을 한껏 쳐들면서 냉랭하게 말했다. 얼핏 보면 대단히 무례한 태도였다. 한류씨도 그렇게 느끼기는 했으나 어딘가 진술함이 배어나는 사람이라는 생각도 순간적으로 했다. 자주 보는 유형의 사람은 분명 아니었다. 그녀는 잠시 어정쩡한 표정을 짓다가 바로 두 눈을 반짝이더니 조금 전과는 달리 부드러운 말투로 바뀌었다.

"혹시 이 노파가 눈이 가물가물해서 사람을 제대로 못 보는 걸까요? 내 눈에는 그대가 의원 같지 않고 꼭 시험 보러 가는 거인처럼 보이네요. 그대는 어디 사람입니까? 그래 의서醫書는 좀 읽었습니까?"

"《삼분오전》三墳五典이나 《팔색구구》八索九丘를 비롯해 제자백가諸子百家 등 두루 다 안다고 자부합니다. 의도醫道는 솔직히 저의 마지막 방패라고 해도 과언이 아닙니다."

고사기는 한류씨의 질문이 가소롭다는 듯 대답했다. 그러더니 시원시원하게 큰소리를 쳤다.

"환자는 목숨만 붙어 있다면 치료하지 못할 병이 없습니다. 성공과 실패는 운명에 달렸다고 할 수 있겠으나 치료하느냐 마느냐는 사람이 결정해야 합니다. 마님께서는 이런 도리조차 모르시니 어머니로서의 자상함이 없다고 할 수 있겠습니다. 또 인간의 도리로 볼 때도 결코 바람직하다고 하기 어렵습니다."

고사기는 말을 마치고는 바로 휑하니 떠날 자세를 취했다. 빨리 나를 잡으라는 의미도 담겨 있었다. 아니나 다를까, 한류씨가 돌아서는 고사기를 황급히 불러 세웠다.

"고 선생, 잠깐만! 세상천지에 자기 자식을 귀하게 여기지 않는 어미가 어디 있겠습니까! 아들놈이 봄에 몹쓸 병에 걸렸죠. 그래서 세상에서 용하다는 의원은 다 모셨습니다. 약도 수없이 썼죠. 그러나 낫기는커녕 오히려 다 죽어가게 생겼어요. 내가 점을 보니까 '천귀성天貴星이 지상에 있으니 노엽게 하지 말라'는 점괘가 나오더군요. 이 할멈이 무식해서가 아니라 하다하다 안 되니까 별짓을 다 하는 거죠."

아들의 상태를 말하는 한류씨의 눈에는 어느새 눈물이 그렁그렁했다. 억지로 참고 있는 듯했다. 급기야는 옷자락으로 눈물을 닦으면서 다시 말을 이었다.

"내가 보기에 선생께서는 거사이시고, 의도에도 일가견이 있으신 것 같네요. 혹시 점괘에 나온 '천귀성'이 바로 선생이 아닌지 모르겠군요. 그렇다면 우리 아들에게 붙어 있는 재성災星을 퇴치할 수 있으련만……."

한류씨는 서둘러 고사기를 안으로 안내했다. 거의 꺼져가던 희망의 불길이 고사기에 의해 다시 타오르지 않을까 하는 일말의 기대를 하는 듯했다. 그녀는 그러면서도 마귀에게 뒤처리를 지시했다.

"안채에 가서 은 두 냥과 비단 한 필을 가져와서 스님에게 보시해라. 그리고 절로 잘 모셔다 드려."

고사기는 황급히 한류씨를 따라 안으로 들어갔다. 더 이상 지체했다가 병을 살펴보기도 전에 환자가 숨이 넘어가지 않을까 걱정이 됐던 것이다. 김 화상은 원래 내친김에 한씨네 정원에 들어가 보려 했다. 그러나 한류씨의 말을 거역할 수도 없었다. 그저 은과 비단만 들고 아쉽지만 그대로 발길을 돌려야 했다.

한류씨의 아들인 한춘화韓春和는 이미 가래가 기도를 막고 있었다. 의식도 없었다. 그래서일까, 그는 마치 시체처럼 꼿꼿하게 침대에 누워 있었다. 또 얼굴에는 창백하다 못해 시퍼런 기운이 감돌고 있었다. 배 역시 복어처럼 한껏 부풀어 있었다. 그로 인해 이불이 불룩하게 들려 있을 정도였다. 고사기는 차를 마시거나 얘기를 들어보거나 하지도 않은 채 바로 환자의 눈꺼풀부터 뒤집어봤다. 그런 다음 인중혈人中穴을 힘껏 꼬집었다. 이어 이불을 벗겨버리고 환자의 무릎 아래를 두어 번 가볍게 두드렸다. 그러나 한춘화는 아무런 반응도 보이지 않았다.

고사기는 잠시 생각을 하다 말고 환자의 침대 옆에 다리를 꼬고 앉았다. 그리고는 마른 나뭇가지를 방불케 하는 한춘화의 손목을 잡은 채 눈을 감았다. 한참동안 맥을 짚어보던 그가 자리에서 일어섰다.

"밖에 나가서 얘기하시죠."

한류씨가 바깥채에 나와 앉으면서 무릎을 쓸어내렸다. 그러면서 한숨을 길게 내쉬더니 입을 열었다.

"다 죽어가는 마당에 어디에서 말한들 다를 게 뭐 있겠습니까?"

"물론 다르죠. 안에서 말하면 아드님이 다 들으니까요."

고사기가 무슨 말을 하느냐는 어조로 질책을 했다. 병을 고칠 수 있다는 자신감이 자세에서부터 묻어나고 있었다.

한류씨가 흥분으로 가볍게 몸을 떨었다. 눈에서는 광기에 가까운 빛도 보였다. 그녀가 떨리는 목소리로 물었다.

"그게 정말인가요? 그렇다면 말을 못한다 뿐이지 속생각은 멀쩡하다 이건가요?"

"도련님의 병은 돌팔이들의 오진으로 인해 더욱 심해진 겁니다. 모르셨죠?"

고사기가 기가 막힌다는 표정으로 말했다. 그런 다음 자신의 진찰 결과를 알려 주었다.

"제가 짚은 맥상脈象을 보면 좌삼부左三部는 마치 거미줄처럼 가늘어요. 반면 우관右關은 펄떡펄떡 크게 뛰고요. 따라서 음궐陰闕이 태음太陰을 손상시킨 것이 병의 근원이 되겠습니다. 원래 이 병은 그다지 위중한 것이 아니었습니다. 그저 액液이 마르고 기가 막혀 일어난 증세였을 뿐입니다. 이로 볼 때 아드님은 무슨 급한 일이 있었거나 아니면 화가 많이 치밀었던 것이 아닌가 싶습니다. 이에 따라 동목東木이 치밀어 올라 중토中土에 스며들었습니다. 자연스럽게 위胃를 상하게 만든 겁니다. 그러니 밥을 제대로 먹을 수가 없었겠죠. 또 물만 마셔도 토했을 겁니다. 그러나 이제 너무 조급해 하시지 말고 제 말을 잘 들으십시오. 그전에 의원들이 쓴 약은 분명히 맵고 향이 강한 약들이었을 겁니다. 기가 몰리는 증세로 판단하고 약을 썼기 때문이라고 봅니다. 그러나 그건 잘못된 것입니다. 병의 근원은 찾아내지 못하고 엉뚱한 약만 먹인 것이죠. 그러다 보니 음액陰液은 갈수록 마르고 급기야 간장肝腸의 흐름이 원활하지 못하게 됐습니다. 음양陰陽의 기는 더욱 막혀버리게 됐고요……."

고사기가 눈을 지그시 감고 머리를 저어가면서 설명했다. 그러자 다급해진 한류씨가 고사기의 말허리를 잘랐다.

"선생님 말씀을 듣고 보니 다 맞는 것 같네요! 더 이상 깊은 얘기를 하시면 무식한 할멈이 알아듣지 못할 수 있습니다. 고칠 수 있는가 없는가만 말씀해주세요!"

고사기가 잠시 생각하더니 입을 열었다.

"워낙 병세가 깊기 때문에 장담할 수는 없으나 가능성은 충분히 있습니다."

고사기가 머리를 굴리는가 싶더니 바로 자리를 털고 일어섰다. 그런 다음 앞이 닳아 떨어진 신발을 질질 끌면서 방 안을 분주히 서성거렸다. 잠시 후 그가 혼잣말처럼 중얼거렸다.

"음! 음이 토土의 성질을 가지고 있으니 부드러운 것을 좋아한다고 볼 수 있지. 이때 감초 같은 단 약재를 쓰면 간에 이로울 거야. 맞아! 먼저 간을 치료하고 나중에 위를 치료해야 해!"

한류씨가 봐도 고사기는 뭔가 제법 많이 아는 것처럼 보였다. 고민에 고민을 거듭하는 모습은 확실히 그렇게 비쳤다. 그녀는 어느덧 일말의 희망이 생겼다는 표정을 한 채 잔뜩 기대에 부풀었다. 나중에는 희색이 가득한 모습으로 시녀가 들고 들어온 인삼탕을 직접 두 손으로 받쳐 고사기에게 내밀었다.

"선생님께 맡겼으니 마음 놓고 약을 쓰세요. 여봐라! 날씨가 추운데 선생님께 뜨거운 물주머니를 가져다 드려라. 그리고 술상도 봐 놓고!"

고사기는 한류씨의 말은 듣는 둥 마는 둥 하면서 생각에 생각을 거듭했다. 이따금씩 머리도 갸우뚱거렸다. 그러다 드디어 탁자 앞에 다가가 처방전을 쓰기 시작했다.

호두 0.2냥, 감초 0.4냥, 백작약 1냥, 이화二花 0.5냥, 은교銀翹 0.3냥, 통초 0.1냥, 동사초銅絲草 0.1냥, 완두 0.1냥, 홍강紅糠 0.5냥

이 약재들을 센 불에 달여 오래된 술과 섞어 반 냥씩 복용한다.

고사기가 처방전에 사용하라고 한 약재들은 구하기 어려운 천하의 귀한 것들이 아니었다. 모두 웬만한 집에서는 갖추고 있는 평범한 약재들이었다. 한류씨는 다시 한 번 놀라 고사기를 쳐다봤다. 그러나 고사기는 빙긋 웃을 뿐 말이 없었다. 한류씨는 황급히 하인들에게 약을 달이라고 연신 닦달을 하고는 고사기를 음식이 차려진 상으로 이끌었다. 며칠 동안 변변히 먹은 것이 없었던 고사기가 거절할 턱이 없었다. 그는 완전히 신이 나서 양 볼이 미어터지도록 먹어대느라 정신이 없었다. 그에 반해 한류씨는 초조한 기색을 감추지 못한 채 그저 옆에 앉아 연신 애를 태

우면서 이제나저제나 하고 결과를 기다리고 있었다.

시간이 서서히 흘러 어느덧 새벽이 희미하게 밝아오고 있었다. 고사기는 조금씩 홀짝거린 술에 취기가 올랐는지 꽤나 흔들리는 모습을 보이고 있었다. 바로 그때였다. 하인 한 사람이 뭐가 그리 좋은지 환호성을 지르면서 달려 나왔다. 동시에 큰 소리로 말했다.

"마님, 도련님께서 트림을 하셨어요. 방귀도 시원하게 뀌었습니다. 이제 소생하셨다고 봐도 괜찮을 것 같습니다!"

4장
아들을 위한 모정

한류씨는 사실 아들의 병이 시원스럽게 나을 것이라고 크게 기대하지 않았다. 고사기가 너무 평범한 약재를 사용했기 때문이었다. 그러나 하인의 말을 듣는 순간 그녀는 그야말로 화들짝 놀랐다. 그녀는 두어 걸음 만에 쏜살같이 안방으로 달려갔다. 고사기 역시 천천히 자리에서 일어나 취기에 약간 비틀거리면서 그녀의 뒤를 따랐다. 그리고는 손톱으로 이빨 사이에 낀 고기찌꺼기를 후벼파면서 한쪽 구석에 서서 모자의 모습을 바라보고 있었다.

"어머니……, 못난 아들이…… 어머니 고생만…… 시켰어요……."

한춘화는 실눈을 뜨고 있었다. 목소리는 모기소리처럼 가늘었다. 그러나 기분은 좋은 듯 칭얼거렸다.

다 죽어가던 아들이 되살아나서는 어머니 걱정까지 하다니! 한류씨는 꿈인지 생시인지 눈앞의 현실이 언뜻 분간이 가지 않았다. 입을 열지 못했다. 대신 기쁨의 눈물이 끊임없이 쏟아졌다. 그동안에 쌓였던 아픔과 처절함, 또 뜻하지 않게 귀인을 만난 환희가 그녀를 그렇게 만들고 있었다. 시간이 한참이나 흐른 다음 그녀는 아들의 이불자락을 여며주면서 정이 듬뿍 담긴 애틋한 목소리로 말했다.

"아들아, 이제는 됐구나. 이 어미가 매일 저녁 향을 사르면서 부처님께 기도했더니, 우리 집에 살아있는 보살을 보내주셨구나. 이제는 툭툭 털고 일어나 너의 생명을 구해주신 은인인 고 선생께 장수를 기원하는 패牌라도 하나 세워드려야 한다."

고사기는 어려서 양친을 잃었다. 때문에 따뜻한 부모의 정이 뭔지 모르고 살아왔다. 애틋한 모자 사이의 가슴 절절한 대화에 저도 모르게 목이 메어 눈시울이 붉어졌다. 그가 재빨리 침상으로 다가갔다.

"나는 죽은 사람도 살려내는 그런 보살이 아니네. 그저 우리는 의학적인 궁합이 잘 맞았던 것 뿐이네. 사실 자네의 병은 마음의 병이야. 그런 만큼 아무래도 마음을 치유하는 약으로 치료를 받아야겠어. 무슨 말 못할 사연이 있었는지 지금 당장 어머니한테 속 시원하게 털어놓도록 하게. 입을 꾹 닫고 있으면 화가 속으로 퍼지기 마련이네. 그러면 나중에라도 똑같은 병을 불러일으킬 소지가 있다네. 그러니 마음이 아픈 이유를 말해야 돼. 나도 마냥 자네 곁을 지키고 있을 입장은 아니잖아?"

고사기의 말에 한류씨가 황급하게 말했다.

"그래 맞아! 너 도대체 무슨 일이 있었던 거니? 솔직히 이 어미한테 말해봐라."

"말하기가 겁이 나요……."

"겁이 나다니! 누가 겁이 난다는 거야?"

한류씨가 다급하게 물었다.

"어머니가 지키라고 늘 강조하시던 가법家法이……."

순간 실내에 약속이나 한 듯 침묵이 흘렀다. 한류씨는 가슴이 아픈지 천천히 뒷걸음질 치다가 의자에 털썩 주저앉았다. 그러다가 넋 나간 사람처럼 있다가 무겁게 입을 열었다.

"바보 같은 녀석! 애비 없는 자식이라는 소리를 들을 것이 걱정이 돼서 이 어미가 좀 극성을 떨었어. 그건 네가 기가 죽을까봐 그런 거야. 그런데 그게 겁이 나서 할 말도 못하고 병이나 얻고 다니는 거냐! 이제는 조상의 뜻을 받들어 가문을 빛내야 한다는 것을 알 나이도 됐잖아. 병이 들어 비실비실하는데, 어미가 무정하게 아직도 가법을 운운하겠느냐?"

한류씨가 애정어린 말투로 아들을 나무라면서 눈물을 닦았다.

"저…… 있잖아요. 마을의 서쪽 주周씨네……, 채수彩绣 때문이에요."

한춘화가 입을 실룩거리면서 뭔가를 말하려고 했다. 동시에 망설이기도 했다. 그러나 곧 용기를 내야겠다고 생각했는지 계속 말을 이었다.

"채수?"

한류씨는 죽을병을 앓고 난 아들의 입에서 느닷없이 튀어나온 여자의 이름에 잠시 멍한 표정을 지었다. 그러다 한참 기억을 더듬더니 다시 물었다.

"그때 칠월 보름날 황량몽진에 잔치가 있었을 때였던가. 머리에 부용꽃을 꽂고 춤을 추던 그 곱상한 계집애 말이냐? 그 아이에 대한 거라면 우리 둘이 얘기가 이미 끝났잖아. 그까짓 화……."

한류씨는 '화냥년'이라는 말을 하려던 것 같았다. 그러나 다음 글자인 '냥년'은 그저 꿀꺽 삼켜버리고 말았다. 아들의 심기를 거스를까 부담스러운 모양이었다. 그러자 한춘화가 힘없이 머리를 끄덕였다.

"그 애 맞아요. 그때도 어머니가 억지로 단념하게 만들었잖아요."

한류씨는 기가 막혔다. 자신에 보기에 아들이 흠뻑 빠져 있는 여자는 곱상하기는 했으나 남자깨나 홀리게 생겼었다. 그래서 역겨웠던 것이다. 그런데 아들은 그게 아니었다. 그 여자 때문에 황천의 문턱까지 갈 정도로 아파하고 있었던 것이다. 그녀는 그 사실에 어이가 없었으나 화를 낼 수도 없는 일이었다. 결국 미소를 지으면서 말했다.

"하기야 시원시원하게 잘 빠지기는 했더구먼. 그런데 이번 달에 시집을 간다고 하던데? 사실 네가 뭘 몰라서 그러는 것 같은데, 세상에 흔하디 흔한 것이 여자야. 네 병이 다 나으면 이 어미가 더 좋은 여자를 소개시켜 줄게. 이런 머저리 같은 녀석! 그런 걸 가지고 사내가 죽네 사네 하는 거야?"

"그 아이가 시집가기로 한 것도 다 저 때문이라고요……."

한춘화가 신음을 내뱉었다. 한류씨는 이게 또 무슨 소리인가 하고 고개를 갸웃거렸다. 이해가 될 턱이 없었다. 그녀가 급기야 진지하게 되물었다.

"너 때문이라고?"

고사기는 한춘화의 대답을 듣지 않아도 무엇 때문인지 짐작할 수 있을 것 같았다. 하지만 가슴은 너무나도 답답했다. 둘 사이의 문제가 그리 쉽게 해결되지 않을 것이라는 걱정이 들었던 것이다. 그는 자신도 모르게 잔뜩 이맛살을 찌푸렸다. 그때 한춘화가 쑥스러워하면서 말을 더듬었다.

"그 아이 뱃속에…… 아기가 있어요."

"오, 그랬었구나! 그런 일이 있었던 거로구나. 나에게 손자가 생겼다는 말이지?"

한류씨가 예상치도 못한 아들의 말에 자리에서 일어서면서 혼잣말처럼 중얼거렸다. 결코 싫지 않은 기색이었다. 그녀가 창 밖의 석류나무를 뚫어지게 쳐다본 다음 웃으면서 말했다.

"그게 내 손자가 맞는다면야 누구라도 그 아이에게 함부로 손을 대게 해서는 안 되지. 걱정하지 말고 이 일은 어미한테 맡겨라!"

고사기는 한류씨의 모습에 약간 의아하다는 표정을 지었다. 화를 내기는커녕 더 없이 담담한 반응을 보이면서 아들을 위해 발 벗고 나서겠다는 결연한 의지를 피력하는 모습이 뜻밖이었기 때문이다. 한춘화 역시 어머니의 반응에 안도의 숨을 내쉬었다. 가슴속에 천근만근 무게로 짓눌려 있던 말을 털어놓았으니 그럴 만도 했다. 게다가 그렇게도 무서웠던 어머니가 의외로 부드럽게 나왔으니 더욱 감격했다. 너무나도 편안한 기분에 눈을 감은 그의 얼굴에는 금세 혈색이 꽃처럼 피어올랐다. 곧이어 방귀소리가 방안에 진동했다. 하기통下氣通이었다. 기가 완전히 아래로 통한 것이다. 의학에서는 그야말로 대길함을 의미하는 생리적 반응이라고 할 수 있었다.

다음날, 한류씨는 아침을 먹고 난 다음 바로 고사기에게 새 옷을 한 벌 입혀줬다. 그리고는 곰방대를 기분 좋게 뻑뻑 빨면서 말했다.

"이 모든 게 다 고 선생 덕분입니다. 박학다식한 데다 의덕醫德 역시 뛰어나니, 정말 그동안 수도 없이 봐 왔던 거인들과는 비교조차 할 수 없네요. 그들과 비교하는 것이 오히려 미안할 지경입니다. 그래서 이 늙은이가 고민 끝에 하나 중대한 결정을 내렸습니다. 아무래도 고 선생께 염치 무릅쓰고 부탁드려야 할 일이 또 하나 있을 것 같네요. 들어주시겠습니까?"

장가를 가는 새신랑처럼 차려 입은 고사기는 입 주위도 번드르르했다. 기름진 음식을 맛있게 먹고 있으니 그럴 만도 했다. 그가 음식을 게걸스럽게 입에 넣은 채 물었다.

"무슨 일이신데요? 말씀하세요."

한류씨가 갑자기 주위를 살폈다. 아무도 보이지 않았다. 그녀는 주변에 쥐새끼 한 마리 없다는 사실을 확인한 후에야 비로소 입을 고사기의 귓가에 가져다 댔다. 그런 다음 손짓 발짓까지 해가면서 장황하게 생각을 털어놓았다.

"묘안이군요!"

고사기가 머리를 끄덕였다. 이어 한류씨의 말이 미처 끝나기도 전에 박장대소를 터트렸다.

"저는 별의별 일을 다 겪어봤습니다. 그래도 이렇게 재밌는 일은 제 인생에서 처음이네요. 마님께서는 남자로 태어나셨더라면 아마도 최소한 경략經略(고급 무관의 직책)이 되어 장군으로 이름을 떨치셨을 겁니다. 그런데 여자 아이 한 명 때문에 생각해낸 계략치고는 다소 아까운 것 같네요!"

그러자 한류씨가 껄껄 웃었다.

"노인네가 못됐다고 너무 그러지 말아요! 자식새끼 살리려니 어쩔 수가 없어서 그래요. 선생은 거인이니 공명을 지닌 사람이에요. 그자들이 선생을 함부로 어떻게 하지는 못할 겁니다. 다른 사람도 물론 할 수는 있을 겁니다. 그러나 얻어터지고 잡혀가서 감방살이를 면치 못할 것 아닙니까. 조금 너무한다는 느낌은 없지 않으나 아들뿐만 아니라 뱃속에 든 손주 녀석까지 합치면 한꺼번에 세 명을 구해내는 셈이잖아요. 이번 일만 성사시키면 선생은 한림원에 들어가고도 남을 음덕을 쌓는 거라고 할 수 있어요!"

고사기는 한류씨의 아부 섞인 말이 결코 싫지는 않은 듯 기분 좋게 술 잔에 남아 있던 술을 입 안에 털어 넣고는 결심을 굳혔다.

"좋습니다. 마님의 계략대로 하겠습니다!"

그로부터 이틀 만에 행동개시에 필요한 모든 준비는 끝났다. 한류씨의 놀라운 추진력에 고사기는 혀를 내둘렀다. 그날 저녁 총총진의 서쪽에 널려 있는 밀짚 무더기 여기저기에서 불길이 치솟기 시작했다. 사방을 대낮처럼 환히 비추는 불길에 놀란 주씨 집안은 한류씨의 계략인 줄은 전혀 모른 채 여자와 노약자만 빼고는 전부 불을 끄기 위해 팔을 걷어붙이고 나섰다. 물통과 세숫대야는 기본이었고, 물을 담을 수 있는 그릇이면 요강까지도 들고 나왔다. 불이 났음을 알리는 징소리는 하늘을 진동했다. 이렇게 혼잡한 틈을 타 한류씨는 직접 건장한 하인 30여 명을 거느리고 은을 자그마치 25냥씩이나 주고 마련한 꽃가마들을 앞세운 채 주씨 집안의 정문으로 들어갔다. 그들은 치밀하게 미리 조사를 한 터라 주씨네 딸의 방이 어디에 있는지 미리 꿰고 있었다. 당연히 전혀 헤매지 않고 곧장 후당으로 밀고 들어가 어정쩡하게 앉아 있던 임신한 처녀의 두 팔을 잡아 가볍게 가마 위에 올려놓았다. 그리고는 곧바로 뒷문을 통해 유유히 나왔다. 뒤늦게 그 사실을 눈치챈 주씨 집안의 하녀 몇 명이 끈질기게 그들의 앞을 막아섰다. 그러나 한류씨 하인들의 몽둥이찜질을 당할 재간이 없었다. 무지막지하게 얻어맞고는 그만 픽픽 쓰러지고 말았다.

자그마치 10대나 되는 가마들은 주씨 집안의 대문을 나서자마자 곧바로 두 갈래로 나뉘어졌다. 각각 남쪽과 서쪽으로 내달렸다. 그들은 한류씨가 사전에 치밀하게 계획한 대로 전혀 흐트러짐 없이 움직였다. 다만 고사기가 탄 가마만은 총총진에서 두어 바퀴 돌고는 이내 한씨 집으로 돌아왔다. 한씨네로 돌아온 고사기는 가마꾼들을 돈을 주고 사 온 몇 명의 건장한 청년들로 바꿔치기를 한 다음 등불을 환하게 밝힌 채 관도官道를 따라 북으로 천천히 나아가기 시작했다.

그렇게 남의 신부가 될 여자를 빼내오는 계획은 처음부터 끝까지 해서 고작 담배 한 대 피우는 시간밖에 걸리지 않았다. 그러나 원하는 바는 충분히 이루고도 남았다. 건장한 가마꾼들에게는 고기를 실컷 먹이고 돈도 두둑하게 찔러줬던 터라 당초 기대했던 것보다 훨씬 더 씩씩하게 잘 달려줬다. 그들은 한류씨의 명령대로 한참 후 어느 길목을 만난 다음 두 갈래로 나눠지면서 순식간에 어둠의 장막 저쪽으로 자취를 감춰 버렸다. 치밀한 유인작전에 한바탕 놀아난 향신郷紳(시골에 살던 과거 합격자나 퇴직한 벼슬아치)인 주씨는 당초 사건을 금전을 노린 강도의 소행이라고 생각했다. 그러나 집에 돌아와 하인들에게서 사건의 전말을 보고받은 다음에는 생각을 달리 했다. 이마에 핏대를 굵게 세우면서 버럭버럭 소리를 내질렀다. 그는 곧 집안 하인들을 전부 풀어 주변을 샅샅이 뒤지게 했다. 그러나 날이 밝을 때까지 겨우 가마 한 대만 붙잡아왔을 뿐이었다. 나머지는 땅속으로 꺼졌는지 하늘로 솟았는지 종적을 찾을 수가 없었다.

"들여보내!"

가마가 정원으로 압송돼 들어서자 주 향신이 악을 쓰면서 소리를 질렀다. 젊었을 때는 지현知縣(현의 최고 책임자. 군수에 해당)의 관직에까지 앉아있어 본 주 향신은 배운 게 도둑질이라고, 여전히 말투에 관리의 냄새가 물씬 묻어났다. 반면 두툼한 솜옷을 입은 그의 부인인 유인孺人(7품 관리의 부인)은 얼굴이 하얗게 질린 채 그저 멍하니 앉아 있기만 했다.

가마가 땅으로 내려 앉았다. 그러자 고사기가 기다렸다는 듯 몸을 숙이고 뛰어내렸다. 그는 예상보다 많은 사람들이 주위에 모여 있는 것에 깜짝 놀랐다. 그러나 그것도 잠시였다. 곧 얼굴을 돌려 주 향신을 노려보면서 어디 사투리인지 쉽게 분간이 안 가는 건방진 말투로 입을 열었다.

"여기가 어디입니까? 이 일대에 산동의 강도떼인 유철성 무리가 자주 출몰한다는 소문이 나돌더니, 그런 작자들을 만난 줄 알고 뜨끔했잖아요! 멀쩡한 내 가마를 가로막는 당신은 도대체 누구입니까? 무슨 일이라도 일어났습니까?"

"당신······ 당신은 누구요?"

주 향신 역시 고사기 못지않게 깜짝 놀랐다. 말도 제대로 잇지 못했다. 엉뚱하게 가마에서 남자가 내렸으니 당연했다. 더구나 남자는 금으로 만든, 공작새와 꽃이 어우러진 정자頂子를 머리에 쓰고 있었다. 그것은 상대가 틀림없는 효렴孝廉(효자와 청렴한 사람의 준말. 이로 인해 관리로 발탁된 사람. 청나라 때는 거인擧人의 별칭으로 쓰였음)이라는 사실을 말해주고 있었다. 주 향신으로서는 더럭 겁을 먹지 않을 수 없었다.

"적반하장도 유만부동이구먼! 오히려 내가 누구냐고 묻는 거요? 전혀 생각지도 못한 상황에서 이런 곳으로 끌려온 내가 오히려 당신들이 누구냐고 물어야 하는 것 아닙니까? 그렇게 물어보려던 참이기도 했습니다만!"

고사기가 눈썹을 가운데로 모으면서 화를 냈다. 주 향신의 얼굴은 더욱 하얗게 변해가고 있었다. 그러더니 이를 악물고 냉소를 흘린 채 얼굴 가득 시치미를 뚝 떼는 고사기를 훑어보면서 말했다.

"무슨 거인이라는 분이 그래 강도떼들과 한데 어울려 야밤에 선량한 민간의 여자들이나 빼돌리는 야비한 짓을 일삼고 다닌다는 말입니까? 공명이니 목숨이니 그런 것들도 다 필요 없다는 것입니까?"

"허, 웃기는 분 좀 보게! 내가 누군지도 모르면서 죄를 덮어씌우려는 겁니까?"

고사기가 목을 한껏 빼들면서 대들었다. 그러자 주 향신이 손을 들어 가마를 가리키면서 물었다.

"그러면 좋습니다. 저 가마는 어디서 난 겁니까?"

고사기는 주 향신의 말에 따라 짐짓 붉은 주단으로 단장한 가마의 몸체와 시커멓게 칠한 받침대를 바라보는 척했다. 그런 다음 메는 부위에 노란 칠을 한 평범하기 이를 데 없는 가마를 계속 쳐다보면서 가슴 팍을 쳤다.

"나를 지금 도둑으로 내모는 겁니까? 내가 귀찮아서 당신 같은 사람에게 알려주지 않겠다면 어떻게 하겠어요? 원래 북경에 과거시험을 보러 가는 거인들은 관청의 수레를 이용할 권리도 있어요. 그런데 이런 엉망진창인 가마에 탈 자격도 없다는 말입니까?"

주 향신은 고사기가 끝까지 당당하게 나오자 점차 꼬리를 내리기 시작했다. 생각도 더욱 복잡해졌다.

'말투를 들어보면 이 효렴은 절대로 여기 사람이 아니야. 가마꾼들도 하나같이 그 이름도 유명한 한단 출신들이야. 정말 조정에서 실시하는 회시會試를 보러 가는 거인일 가능성이 농후해. 이런 사람을 잘못 건드렸다가는 나중에 득이 될 게 없을 거야.'

주 향신의 생각은 갈수록 고사기의 의도대로 흘러갔다. 급기야 나중에는 어쩔 수가 없다는 듯 의자에 주저앉아 얼굴을 일그러뜨린 채 대꾸를 하지 못했다. 고사기는 나약하기 이를 데 없는 시골 향신의 배포를 확인하자 더욱 강하게 밀어붙여야겠다는 생각을 했다. 속으로 코웃음을 치던 그는 얼마 후 큰 소리로 가마꾼들에게 명령을 내렸다.

"여봐라! 당장 가마를 한단부邯鄲府로 돌려야겠다! 어떤 간덩이가 부어터진 놈이 나를 막아서는가 보자."

고사기의 태도는 더욱 가관이었다. 유유자적한 표정으로 두루마기 자락을 들고는 다시 가마에 올라타려고 했다. 그러다 머리를 주 향신에게로 돌리더니 차갑게 한마디를 던졌다.

"향신 어르신, 웬만하면 나를 따라 나서지 그러세요? 다른 사람이 와서 붙잡아 가기 전에 말입니다!"

"아아……!"

주 향신은 갈수록 커지는 고사기의 배포에 당황해 어찌할 바를 몰랐다. 나중에는 고사기의 팔을 잡고 한참 우물쭈물하기까지 했다. 그러다 겨우 말라비틀어진 웃음을 지어냈다.

"아마 무슨 오해가 있었던 것이 아닌가 합니다. 본의 아니게 그만……. 가마 안에 딸이 타고 있다는 아랫것들의 말만 듣고 놀라게 해서 정말 죄송합니다."

"그래요? 그건 그쪽 사정이고요. 아무려나 나는 그만 가봐야겠어요. 할 말은 아닌지 모르겠으나 듣고 보니 더더욱 무법천지인 어른 같군요. 따님이 강도떼에게 잡혀갔다고 해서 마음대로 아무나 붙들어 와도 되는 건가요?"

고사기는 주 향신을 완전히 어린아이처럼 취급했다. 의도적으로 갈수록 드세게 나갔다. 그런 다음 주 향신을 뿌리치고 억지로 가마에 오르려고 했다. 그러자 그의 부인이 그때까지 말없이 지켜보기만 하다 단정히 머리를 숙이면서 인사를 한 다음 말했다.

"무식한 아랫것들이 뭘 몰라서 귀하신 어른의 급한 길을 막았습니다. 그 죄가 이를 데 없이 크다는 것을 잘 압니다. 이 늙은이가 어르신께 진심으로 잘못을 빌겠습니다. 괜찮으시다면 차나 한잔 드시고 가십시오!"

"너무 그러실 것은 없습니다. 나도 이런 좋지 않은 일과 관련해 끌려왔다는 사실이 조금 그렇기는 하네요!"

고사기는 상대가 약하게 나오자 자신도 한껏 누그러진 태도를 보였다. 동시에 쓸쓸한 웃음을 지어 보이면서 목소리도 한껏 부드럽게 했다.

주 향신은 고사기의 그 한마디에 완전히 의욕을 상실하고 말았다. 고사기를 그대로 보낼 수 없다는 생각도 굳혔다. 비록 시골이기는 하나 자신은 그나마 인근에서는 나름 신분이 있는 사람이 아닌가. 그런 사람으로서 딸을 강도에게 강탈당했다는 사실이 알려지면 나중에 어떻게 고개를 들고 다닐 것인가. 그가 아부 기운이 다분한 웃음을 지으면서 말했다.

"내가 이거 저 세상에 갈 때가 됐는지 자꾸 말을 쓸데없이 해서 무척이나 걱정이네요. 너무 급한 김에 그만 어르신에게 무례를 범했습니다. 넓으신 아량으로 한 번만 이해해주시죠."

주 향신이 고사기를 사랑방으로 안내했다. 그런 다음 정중하게 물었다.

"감히 이름을 물어봐도 실례가 되지 않을까요?"

"전당錢塘 사람입니다. 이름은 고사기고요. 자字는 담인澹人, 호號는 강촌江村입니다!"

고사기는 아직도 화가 완전히 풀리지 않은 듯 일부러 퉁명스럽게 대답했다. 그러나 거짓말은 하지 않고 솔직하게 자신의 신상에 대해 털어놨다.

"많은 재산하고는 거리가 먼 비교적 궁핍한 가정에서 태어났죠. 그러나 행실이 올바르고 성품이 온화하기로 어릴 때부터 소문이 자자했습니다. 우리 집안은 또 조상 대대로 법을 어긴 적이 없습니다. 재혼한 여자도 없을 정도로 깨끗합니다. 그런 가문의 아들이에요. 됐습니까? 아직도 강도짓을 일삼았다고 덮어씌울 생각인가요?"

고사기의 말은 한마디 한마디가 예리한 비수가 돼 주 향신과 부인의 가슴을 찔렀다. 그럴수록 주 향신은 더욱 좌불안석이었다. 곧 그를 상석에 앉힌 다음 아랫자리에서 연신 사과를 하면서 술을 따랐다. 생각하기에 따라서는 온갖 수모를 다 겪기에 분통이 터질 수도 있을 터였다.

"오늘은 그저 재수가 없었다고 생각하세요. 술이나 드시면서 기분을 푸세요. 먼저 이쪽 싱싱한 무침 요리를 드셔보세요. 곧 뜨끈뜨끈한 탕과 볶음 요리도 올라올 겁니다. 자, 한 잔 더 받으세요!"

주 향신 집안의 하인들은 아마도 멋진 구경거리를 은근히 기대했던 모양이었다. 그런데 주인이 고작 선비에 지나지 않은 고사기 앞에서 설설 기는 모습을 보이자 바로 실망하는 표정이 역력했다. 안타까운 광경을 쳐다보는 것이 멋쩍었는지 저마다 슬슬 자리를 떴다.

"제가 일부러 염장을 지르느라 그러는 건 아닙니다."

고사기는 술이 서너 순배 돌아가자 약간 취기가 오르는 모양이었다.

"하지만 이번 일은 어쩐지……. 그래 따님께서는 어쩌다가……?"

주 향신은 고사기와는 달리 술을 단 한 잔도 마시지 않았다. 그랬음에도 얼굴이 귀밑까지 붉어져 어쩔 줄을 몰라 했다. 그저 한숨만 연신 내쉬었다. 그대로 놔두면 아무 말도 하지 않을 것 같았다. 그러자 그의 부인이 안방으로 들어가서 자그마한 보자기를 들고 나오더니 탁자 위에 풀어 놓았다. 그 안에는 200냥은 충분히 될 것 같은 은이 들어 있었다. 고사기가 자신의 뜻을 오해했다고 생각한 듯 황급히 물었다.

"이건 뭡니까? 왜 가지고 오셨죠?"

"얼마 되지 않습니다. 선생님께서는 이번에 저희로 인해 꽤나 놀라셨을 겁니다. 때문에 돌아가셔서 이걸로 보약이라도 한 제 지어 드십시오. 정말 자그마한 성의예요. 또 한 가지 부탁도 드리려고 합니다. 선생님께서는 아는 것도 많은 박식하신 분이니, 이번 일을 좀 도와주셨으면 해서요."

향신의 부인이 쑥스러운 듯 입을 열었다. 그녀가 입에 올린, 도와달라는 말의 뜻은 분명했다. 입을 꼭 봉해달라는 의미였다. 고사기는 그녀의 일처리가 수염을 늘어뜨리고 앞에 앉아있는 늙은이보다 훨씬 낫다고 생각했다.

"다른 걱정은 하지 마십시오. 무슨 좋은 일이라고 제가 떠들고 다니겠습니까? 이 돈은 너무 부담스럽네요. 말씀해보세요. 뭘 어떻게 도와

드리면 되겠는지요?"

고사기는 말은 그럴싸하게 했으나 못 이기는 척 은전을 슬며시 받아 챙겼다. 향신의 부인은 그제야 마음이 놓이는지 한숨을 내쉬면서 속내를 털어놓았다.

"세상에 어쩌면 이런 망측한 일이 있을까요! 우리 집의 못난 셋째 계집애가 글쎄 이 년 전인가 묘회廟會(사당이나 절 등지에서 하는 행사)를 구경 나갔다가 한씨 집안의 총각하고 눈이 맞았다는 거 아니에요. 처음에는 그런 사실을 전혀 몰랐죠. 나중에 배가 불러와서 안 되겠다 싶어 마구 족쳤죠. 그제야 바른 말을 하더라고요."

향신의 부인은 마치 기다리기라도 했다는 듯 술술 딸의 애정 행각에 대해 실토하기 시작했다. 그러나 역시 부끄러운 것은 어쩔 수 없는 모양이었다. 곧 붉은 천을 뒤집어 쓴 것처럼 얼굴이 시뻘겋게 달아올랐다. 쥐구멍이라도 있으면 찾아 들어갈 것 같은 태도였다. 그녀가 주 향신을 힐끔 쳐다보더니 다시 말을 이었다.

"이 영감은 화가 나니까 나가서 죽으라고 했어요. 그러나 하나가 죽으면 두 목숨을 잃는 거나 다름없잖습니까. 또 죽기는 왜 죽습니까. 그렇다고 처녀의 몸으로 아이를 낳게 할 수도 없는 일이고요. 그랬다가는 온 동네로부터 톡톡히 망신을 당할 거잖습니까. 그렇게 살 일을 생각하니 기가 막히더군요. 당장 집안 기둥에 머리를 처박고 죽고 싶은 심정이 들지 뭐겠어요! 그래서 궁리 끝에 시집이라도 보내버리려던 참이었어요. 아이가 너무 커서 도저히 지울 수가 없는 상황이니 그렇게라도 하지 않으면……."

주 향신은 부인의 말이 다시 아픈 상처를 건드렸는지 어느덧 얼굴을 감싸 쥐고 있었다. 곧이어 그의 입에서 우는 듯한 말이 튀어나왔다.

"여보! 됐어, 그만 얘기해!"

그러나 향신의 부인은 내친김이라고 생각하는 것 같았다. 그를 째려보면서 거침없이 말을 이어갔다.

"그런다고 모든 것이 없던 일이 되나요? 지금은 고 선생님을 믿고 모든 것을 솔직하게 털어놓는 게 좋아요. 그렇게 해서 도움을 받는 것이 훨씬 중요해요. 그렇지 않고 종이로 불을 싸서 끄려고 하면 되겠어요? 그런 임시방편이 언제까지 갈 것 같아요!"

고사기는 자신을 인간적으로 믿고 모든 것을 솔직하게 털어놓은 향신의 부인에게 갑자기 미안한 마음이 들었다. 자신은 처음부터 이 일에 대해 진지하게 생각하지 않았던 것에 대해 반성을 했다. 그가 몸을 앞으로 숙이면서 목소리를 낮춰 말했다.

"마님께서 그렇게 말씀하시니, 저도 두 분에게 듣기 싫은 소리를 좀 해야겠습니다. 배가 잔뜩 불러온 처녀를 어쩌자고 다른 집에 시집보낼 생각을 하셨어요. 그게 정신이 제대로 박혀있는 사람들입니까! 세상에 어떤 시부모가 다른 사내와 배가 맞아 아이를 만들어 가지고 온 며느리를 반기겠어요?"

고사기의 질책은 틀린 말이 아니었다. 향신의 부인도 그렇게 생각하는 눈치였다. 바로 한숨을 내쉬면서 동의한다는 뜻을 피력했다.

"그러게 말이에요. 나도 그렇게 말했죠. 그러나 앞뒤가 꽉 막힌 이 영감이 어디 말을 들어야 말이죠!"

"한씨 집안의 아들이 곧 죽게 생겼으니까 그랬지!"

주 향신이 갑자기 목소리를 높여 부인에게 쏘아붙였다. 더 이상 체면을 구기지 못하겠다고 생각한 듯했다.

"그때까지만 해도 죽게 되지는 않았을 때였어요. 우리 이 영감은 융통성이 없어서 그렇지 솔직히 착하디착한 양반이죠. 원래 한씨 집안은 이 고장 토박이가 아니에요. 이사를 온 사람들이에요. 그래서 어떤 가문의 사람인지도 속속들이 알 수가 없었어요. 게다가 총각도 아파서 골골대는데, 어떻게 그런 집에 딸을 보내 생과부로 만들겠어요? 고 선생님, 우린 이제 어떡하면 좋습니까?"

향신의 부인이 남편의 말에는 대답할 생각도 하지 않고 고사기에게 하소연을 했다. 눈에서는 눈물이 흘러내리고 있었다. 고사기로서는 그녀를 돕고 싶은 강한 열망을 느꼈다. 짐짓 화를 내면서 펄펄 뛰던 조금 전의 그는 이미 온데간데 없었다. 그가 해파리요리를 소리 내어 씹으면서 한참 생각하다가 말했다.

"이미 이렇게 된 이상 다른 집에 시집을 보낸다는 생각은 하지 마십시오. 그건 말도 안 됩니다. 들어가자마자 아이 낳고 온갖 천대를 다 받으면서 생지옥 같은 생활을 할 게 뻔해요. 여자로서 그보다 더한 고통이 또 어디 있겠습니까?"

주 향신이 고사기의 말에 조용히 고개를 끄덕였다. 하나도 틀림이 없는 맞는 말이라는 자세였다. 곧 그가 씩씩대면서 말했다.

"이제는 나도 모르겠다! 까짓것, 자기 스스로 무덤을 팠으니 들어가야지 어떻게 하겠어. 한씨 집안에 들어가 생과부가 된다고 하더라도 그게 훨씬 낫겠어!"

향신의 부인이 남편의 말에 그제야 얼굴을 약간 폈다. 그러나 입에서는 여전히 안타까운 어조의 말이 흘러나왔다.

"진작 그렇게 나왔으면 좋았잖아요! 이제는 죽도 밥도 안 되게 생겼잖아요! 눈을 빤히 뜨고 애를 도둑맞았는데, 이제 뭘 어쩌겠다는 거예요? 어떤 놈들이 그런 짓을 한 거야, 도대체!"

고사기는 드디어 때가 왔다고 생각했다. 미리 계획한 대로 거짓말을 보태 더 한층 밀어붙여야 할 시점이 도래한 것이다.

"세상천지에 딸자식 사랑하는 부모 마음이야 다 똑같죠. 솔직히 저는 의술에도 일가견이 있습니다. 저의 고조할아버지께서 명나라 때 명의였던 이시진李時珍의 제자였습니다. 세상에는 고치지 못할 병이 없어요. 공연히 사람들이 불치병이라고 낙심해서 그렇게 말하는 거죠. 속단하기는 이르나 제 생각에는 한씨 집안에서 이번 일을 주도한 것이 아닌가 싶네요. 또 한씨 집안 총각의 병도 따님 때문에 생겼을지 몰라요. 그러니 만약 한씨 집안에서 따님을 데려간 것이 사실이라면 이미 병이 나았을지도 모르죠! 그러지 말고 우리 한번 한씨 집안으로 가봅시다. 가서 사실 여부를 확인하면 모든 의문이 다 사라지지 않겠습니까? 또 제가 있는 힘껏 그 집 총각의 병도 고쳐보겠습니다. 누가 압니까, 총각이 자리에서 벌떡 일어나 두 분에게 큰절을 올릴지 말입니다. 그때 가면 아마도 저한테 큰 신세를 졌다고 생각할 걸요?"

"담인 선생은 역시 호탕해서 좋습니다! 그래요, 한춘화만 살려주신다면 우리가 은혜에 보답하는 차원에서 은 삼백 냥을 더 내놓겠습니다!"

주 향신은 완전히 희망에 부풀었다. 그의 몸 어디에서도 얼굴을 감싸쥐고 죽을상을 짓던 조금 전까지의 모습은 보이지 않았다. 그러나 그는 언제 오래간만에 웃음을 보였는가 싶게 바로 한숨을 내쉬었다.

"우리는 솔직히 딸 셋 중에서 막내 채수를 제일 예뻐했어요. 딸을 주기로 했던 왕씨 집안도 마찬가지일 겁니다. 그러니 어떻게 파혼 얘기를 꺼내야 할까요?"

고사기가 걱정도 팔자라는 식으로 크게 웃었다. 이어 주 향신에 대한 호칭도 공경하게 바꿔가면서 자신감 넘치는 어조로 말했다.

"어르신은 걱정도 팔자시네요. 어제 저녁 일이 지금쯤은 온 동네에 파다하게 소문이 났을 겁니다. 강도떼들에게 잡혀간 며느리라면 그쪽에서 오히려 파혼을 요청해오지 않겠어요?"

이렇게 해서 한 차례 시끌벅적했던 고사기와 한류씨가 진행한 며느리

훔쳐오기 작전은 한 치의 오차도 없이 성공을 거뒀다.

세월은 흘러 때는 어느덧 강희 18년 2월이 됐다. 그것도 용이 머리를 쳐든다는 2일이었다. 어디나 할 것 없이 봄을 재촉하는 싱그러운 꽃내음과 사뿐사뿐한 발걸음 소리가 들려오는 듯한 그런 날이었다. 이날 황량몽진 안에서는 폭죽소리가 진동했다. 마을로 통하는 오솔길에는 수많은 젊은 남녀들이 나와 늘어서 있기도 했다. 명절 분위기를 한껏 즐기느라 그러는 듯했다.

고사기 역시 가벼운 옷차림으로 거리에 나와 여기저기 기웃거렸다. 그러면서도 그는 북경에 가서 맨 먼저 할 일을 머릿속에서 고민하고 있었다.

"쉬운 일은 확실히 아니야!"

그가 나지막이 중얼거렸다. 이마를 툭툭 치는 그의 입에서는 최근 조정을 쥐락펴락하는 대신들을 싸잡아 비난하는 말이 술술 흘러나오고 있었다.

"진짜 실력으로 승부하는 세상이라면 가진 것 없어도 두려울 것이 없지. 그러나 이놈의 명주와 색액도라는 자는 명색이 대신이라는 것들이 재물에만 눈이 벌게져 있어. 돈주머니를 내밀지 않으면 쳐다보지도 않는다니, 나 참 기가 막혀서! 주씨와 한씨 두 집안에서 받은 돈이라고 해봤자 고작 천 냥밖에 되지 않아. 이 돈으로는 그자들이 밥을 먹은 다음 하는 입가심거리도 안 될 거야! 운이 좋아 시험에 합격한다고 해도 돈을 쓰지 않으면 지현知縣 같은 미관말직이나 겨우 돌아오겠지. 그렇게 될 바에야 차라리 강호를 떠돌면서 의술이나 글을 팔아먹는 것이 더 낫겠군!"

고사기는 얼굴에 씁쓸한 웃음을 흘렸다. 저도 모르게 머리도 함께 끄덕여지고 있었다. 저 멀리 맞은편 언덕 위에 물결이 찰랑대는 연못이 하나 보였다. 실버들이 연두색 자태를 뽐내면서 흐느적거리는 곳이었다. 말벗 하나 없는 외톨이에게는 마음을 설레게 하기에 충분한 봄의 운치였다.

그가 막 멋진 시구를 떠올려 한 수 통쾌하게 읊으려고 할 때였다. 갑자기 건너편 낭하廊下에 즐비하게 늘어선 비석들이 눈에 들어왔다. 그 비석들 중 유난히 하얀 비석 위에는 시가 적혀 있었다. 그는 자신도 모르게 그쪽으로 발길을 옮겼다. 걸어가면서는 근처 사당의 어린 도사에게 잠시 붓을 빌려야겠다는 생각을 하기도 했다. 비석에 가서 시를 읽은 느낌을 적어두려는 생각을 했던 것이다.

하지만 가장 먼저 눈에 들어온 시는 내용이 영 마음에 와 닿지 않았다. 그는 즉각 비슷비슷한 의미를 가진 엉터리 글 세 줄을 휘갈겼다. 바로 "개방귀를 뀌다", "개가 방귀를 뀌다", "방귀를 뀌는 개" 등이었다.

고사기는 자신도 기가 막혀 쓴웃음을 지으면서 돌아서려고 했다. 마침 그때 그의 눈에 제대로 된 시 하나가 들어왔다.

아지랑이 가물거리는 봄빛은 완연한데,
돌아보니 고향 길은 어렴풋하구나.
연지가 씻기고 옛날의 영화는 묘연한데,
초라한 행색으로 황량黃粱에 떠도누나.
신선에게 구원을 빌어 봐도 세속의 고통은 여전한데,
득도한 사람에게는 복숭아 향기가 무색하구나.
견딜 수 없는 춥고 황량한 마음 쓸쓸한데,
읊고 나니 방랑길만 이어지는구나.

그 밑에는 또 다른 시 두 줄이 적혀 있었다.

부귀영화로 누린 50년 세월이 하룻밤 꿈 같은 풍류로 남았구나.
지금은 한단邯鄲 길에서 방랑하면서 그대에게 베개를 빌리려 하네.

시의 맨 밑에는 '전당錢塘 진황陳潢'이라는 낙관이 찍혀 있었다. 멋지게
휘갈겨 쓴 글자에는 어떤 말로도 표현할 수 없는 기운이 넘쳐흐르고 있
었다. 한마디로 대단한 필체였다.

고사기는 머리를 갸웃거리면서 생각을 더듬어 봤다. 하지만 자신이 아
는 사람 중에는 진황이라는 사람은 없었다. 그는 더 이상 생각하기를 포
기하고 붓을 들어 읽고 느낀 바를 적으려고 했다. 그때 등 뒤에서 누군
가가 웃으면서 말하는 소리가 들렸다.

"고 강촌高江村, 그러지 마시게!"

고사기는 반사적으로 머리를 돌렸다. 스물예닐곱 살쯤 돼 보이는 남
자가 그의 눈에 들어왔다. 새카만 얼굴에 유난히 반짝이는 두 눈을 가
진 남자는 진작부터 고사기 쪽을 바라보고 있던 터였다. 긴 두루마기
를 입고 두 다리를 쩍 벌린 채 뒷짐을 지고 서 있는 모습이 사내답고
멋져 보였다.

"오! 아…… 하하하! 진천일陳天一, 자네로구먼!"

고사기는 눈이 시린 탓에 처음에는 그를 첫눈에 알아보지 못했다. 그
러나 이내 누군지 알아보고는 붓을 내던지면서 큰 소리로 말했다.

"이제 보니 자네 본명이 진황이었는가! 그런데 뭘 하느라 완전 깜둥이
가 다 돼버린 거야? 아하! 북경에 가서 공명을 떨치라고 자네 형이 또
닦달을 하셨나 보군!"

고사기의 말에 진황이 장난기 다분한 어조로 대꾸했다.

"아닐세. 내 형도 이제는 포기한 것 같아. 아무래도 나는 태어날 때부터 오행五行 가운데 물이 부족한 팔자였던가 봐. 지금까지 물하고 씨름하는 것을 보면 확실히 그래. 아무려나 나는 쌓은 덕도 없고 공명도 물 건너갔어. 그런 마당에 글이라도 남기지 않으면 얼마나 후회가 되겠나. 나는 지금 《하방술요》河防述要라는 책을 쓰고 있다네. 그러나 아직 일부 내용이 미진해. 그래서 하천과 운하 등을 쭉 둘러보고 그 다음 황하를 들를 예정으로 있네. 이를테면 황하의 치수 문제를 연구하는 중이라고 보면 되지. 어떻게 하면 물난리를 발본색원할 수 있을까, 뭐 그런 쪽의 연구라고 하면 크게 틀리지는 않겠네."

진황은 웬만하면 듣고 싶지 않은 과거시험 얘기를 고사기가 입에 올리자 할 말이 궁했다. 때문에 시험에 대해서는 얼핏 대답하고 바로 자신의 저술과 치수에 관한 일장 연설을 쏟아놓았다.

"솔직히…… 입신양명은 강촌 자네 같은 사람에게나 어울리지, 나처럼 물쥐 같은 사람에게는 해당되지 않는 것 같네."

진황이 어차피 다시 시험이 화제가 될 것 같다고 생각했는지 자신의 솔직한 심정을 털어놓았다. 그러자 고사기가 시무룩하게 웃으면서 말했다.

"하夏나라의 우禹 임금은 치수를 대단히 잘 했지. 그 때문에 그 이름이 길이길이 빛나고 있지. 천추에 빛난다고 해도 좋지. 그런데 내가 어찌 자네가 하는 일을 우습게 여기겠는가! 자네의 영웅심 가득한 모습을 보면 살아서는 하백河伯(물의 신), 죽어서도 수신水神으로 남을 것 같아. 나는 자네 형한테 자네가 지금 쓰고 있다는 《하방술요》를 잠깐 빌려 읽어본 적이 있어. 정말 구구절절 좋은 말이더군. 백성을 구제하고 나라를 잘 다스릴 수 있는 말들만 있었어. 나는 자네도 알다시피 치수에 대해서는 문외한이야. 그러나 자네는 책에서 다른 사람들이 감히 하지 못할 말을 했어. 다른 사람들이 발견하지 못한 부분도 예리하게 꼬집었지. 정말 그 통찰력은 대단했어. 단연 돋보였다고!"

진황이 고사기의 칭찬에 어쩔 줄을 몰라 했다. 그러다 잘 차려 입은 그의 행색이 과거와는 상당히 다른 것을 알아차리고는 자세하게 위아래를 훑어보았다.

"사람 팔자는 시간문제라고 하더니, 몰라볼 정도로 변했네. 과거에는 완전히 몰락한 가문의 오갈 데 없는 선비였잖아. 그런데 어쩌다가 이렇게 멋있게 환골탈태를 하셨나그래!"

고사기는 그제야 한류씨의 집에서 병을 고쳐 사람을 구해준 얘기를 천천히 들려줬다. 그러나 그 집안 아들을 위해 신부를 도둑질한 얘기는 일부러 하지 않았다. 그리고는 진황이 꼬치꼬치 캐물을 것이 부담스러웠는지 재빨리 말머리를 돌렸다.

"자네의 시를 읽어보니 뭐 조금 그렇더군. '고향길이 어렴풋하다', '방랑', '베개를 빌린다' 등등의 말과 단어들이 너무나 감상적이야. 솔직히 자네는 자네가 하고 싶은 일을 하고 있잖아. 그런데도 뭐가 그리 애달파서 그러나?"

정곡을 찌른 고사기의 말에 진황이 잠시 머뭇거렸다. 그러다 쑥스러운 표정으로 솔직하게 자신의 신세에 대해 털어놨다.

"부끄럽기는 하지만 자네한테는 흉이 되지 않을 것 같아 얘기를 하겠네. 실은 갈 길은 많이 남았는데 돈이 다 떨어졌어. 그러니 큰일 아닌가!"

고사기는 그제야 진황의 주머니 사정이 여의치 않다는 사실을 알게 되었다. 그러나 대수롭지 않다는 듯 자신감 넘치는 목소리로 호언장담을 했다.

"내가 있는데 별 걱정을 다 하는군! 돈이 없어서 어딜 못 간다니, 역시 자네는 점잖은 가문 태생인가 보네. 나를 보라고! 툭툭 털어봐야 먼지밖에 없는 놈이야. 그런데 절강성 그 먼 곳에서 여기까지 왔잖아! 가자고! 우선 한씨 집에 가서 배불리 얻어먹고 한숨 푹 자자고. 그런 다음 날이 밝으면 제각기 길을 찾아 떠나면 되잖아. 자네, 얼굴이 너무 안 됐어. 돈은 내가 넉넉하게 마련해줄 테니까 걱정하지 말고!"

5장
진황, 몽고 공주를 만나다

진황은 구세주를 만난 것처럼 갑자기 신이 났다. 고사기를 따라 밖으로 나오면서부터는 목소리에 아부 기운이 듬뿍 담겼다.

"자네 성격은 하나도 바뀌지 않았군. 여전해. 돈이 생기면 마치 하늘에서 그냥 떨어진 것처럼 마구 써버리고 빈털터리가 되면 또다시 돈 버는 길을 생각해 내고. 자네가 이 나라의 재상이 되지 않은 것은 정말 백성들의 복이라고 할 수 있지 않을까?"

고사기는 칭찬인지 비난인지 모를 진황의 말에 빙긋 웃기만 할 뿐 가타부타 대답을 하지 않았다. 바로 그때였다. 둘의 뒤에서 역한 냄새를 풍기면서 얼굴에 온통 오물을 묻힌 여자 거지가 끈질기게 달라붙고 있었다. 깜짝 놀란 고사기가 침을 뱉으면서 무서운 어조로 그녀를 몰아세웠다.

"저리 가! 가지 못해? 이 여자가 정말!"

그러나 진황은 여자가 안쓰럽게 느껴졌다. 나중에는 주머니를 뒤져 몇 푼 안 남은 동전을 여자 거지에게 건네주기까지 했다. 순간 그의 눈길이 그 여자 거지와 마주쳤다. 그는 자신도 모르게 그녀를 어디서 본 듯한 느낌이 들었다. 그녀는 그가 더욱 주의 깊게 살피려 하자 황급히 머리를 숙이더니 옷자락을 여미면서 뒤로 내빼버렸다. 진황은 뭔가 짚이는 것이 있는 듯 미심쩍은 어조로 슬며시 고사기에게 물었다.

"저 여자 여기 현지 사람인가?"

"누가 알겠는가!"

고사기는 여자 거지의 등장이 기분 나쁜 모양이었다. 더러워 죽겠다는 표정으로 다시 한 번 침을 뱉었다.

"게다가 말을 못하는 벙어리잖아! 저런 여자는 냄새 한번 맡으면 열흘 동안이나 밥맛이 떨어진다고. 생긴 꼬라지하고는! 그런데 저런 여자가 누군지 왜 궁금한가?"

고사기의 질문에 진황이 한참 생각을 더듬었다.

"삼 년 전인가 내가 사들였던 여자 같군. 당시는 섬서陝西의 왕보신王輔臣이 반란을 일으켰을 때였지. 마침 그때 나는 감숙성 남쪽에서 경하涇河를 둘러보고 있었지. 그런데 왕보신이 군비가 모자랐던 모양이야. 몽고 난민 중에서 자신들이 노략질한 여자들을 은 두 냥씩 받고 팔러 다니더라고. 당시에는 나도 시첩侍妾이 필요했었어. 그러나 돈이 별로 없었지. 그래서 꽤나 박색인 여자를 하나 골랐었어……."

"박색이라고? 하하하……! 박색이라고 하면 그래도 조금은 봐줄 만한 얼굴을 가져야 하는 것 아닐까? 자네 눈에는 저런 거지가 박색으로 보이는가? 자네 정말 특이한 안목을 가졌군. 그래 나중에는 어떻게 됐나?"

고사기가 진황을 비웃는 듯한 어조로 말했다. 진황은 잠시 침묵했다. 기분이 다소 상한 모양이었다. 그러다 다시 말을 이었다.

"가는 날이 장날이라는 말이 있잖아. 돈을 주고 사 온 바로 그날 저녁에 도망을 가 버렸어. 왜 그랬는지는 모르겠어. 내가 못 생겼다고 그랬을까?"

"그만, 그만 얘기하게! 내버려두면 끝이 없겠군! 어쨌거나 그까짓 거지 얘기로 시간을 죽일 게 뭐 있나? 모처럼 타향에서 지기知己를 만났으니 오늘 저녁은 한바탕 거나하게 취해보는 것이 어떤가?"

고사기가 실소를 터뜨리면서 말했다. 술 생각이 나는지 어느새 침까지 삼키고 있었다. 곧 둘은 고사기의 안내로 한씨 집으로 들어갔다. 그리고는 반 주인행세를 하면서 술상을 봐오게 했다. 그런 다음 질편하게 황혼 무렵까지 마구 마셔댔다. 한류씨는 당연히 진황과는 처음 만났다. 그러나 그의 솔직담백해 보이는 성격에 첫눈에 반해버렸다. 때문에 자신의 집에서 자고 가라면서 한사코 자리를 털고 일어서는 그를 붙잡았다. 그럼에도 그는 황량몽진 내에 있는 역관에 가서 짐을 챙겨야 한다면서 끝내 한씨 집을 나섰다.

진황은 술이 거나한 채 숙소로 돌아왔다. 그러나 어떻게 된 영문인지 도무지 잠을 이루지 못했다. 낮에 만났던 여자 거지의 모습이 눈에 삼삼하게 밟혔던 것이다. 이리저리 뒤척이던 그는 급기야 옷을 걸쳐 입었다. 주인에게는 바람을 조금 쐬고 올 것이라고 말하면서 역관을 나섰다. 밤하늘에는 수많은 별들이 반짝이고 있었다. 초승달도 머리 위에 걸려 있었다. 거리에는 인적이 없어 고요했다. 멀리 지칠 줄 모르고 흘러가는 부양하滏陽河의 울부짖음만 간간이 들려올 뿐이었다. 그는 천천히 걸었다. 얼마 후에는 웬 사당의 문 앞까지 당도했다. 순간 그가 갑자기 주춤거렸다.

'내가 도대체 지금 뭘 하는 거야? 이 밤에 젊은 여자 거지를 찾아 정처없이 헤매기나 하고……'

진황이 자신을 자책하면서 다시 발걸음을 돌리려던 때였다. 사당 맞은편에 있는 돌계단 위에 누군가가 서 있는 광경이 눈에 들어왔다. 그는 속이 뜨끔했다. 이 추운 날 밤에 도대체 누가 저러고 서 있을까? 진황은 호기심을 이기지 못하고 앞으로 두어 발자국 다가갔다. 그러자 그 사람이 가느다란 목소리로 읊는 시가 귓전을 울렸다.

금빛의 어린 버들가지 갈가마귀를 이기지 못해 늘어지고, 동쪽 저편 푸른색 담장은 도온(동진東晉 시대의 재원 사도온謝道韞)의 집이로다.
제비가 오지 않는 봄은 적적하니, 연못가의 부드러운 바람은 배꽃을 꿈꾸네…….

진황은 만만치 않은 내공의 시의 내용에 바로 매료됐다. 곧이어 마치 자석에 끌리듯 점점 계단으로 가까이 다가갔다. 이윽고 고운 목소리가 또다시 들려왔다.

소나무 그림자 짙게 드리운 정적 깃든 이 밤에 복숭아꽃 띄우고 흘러가는 물소리 처량하구나.
동풍에 흩어진 나비 두 마리 어디로 갔나, 그대는 높디높은 누각의 몇 번째 난간에 기대어 서 있나요?
저기 걸린 저 달은 누구를 남몰래 찾고 있나, 마름 열매의 그윽한 향기에 물결이 잔잔하네.
밤이 올 때마다 꾸는 왕소군王昭君(한漢나라 때 흉노匈奴로 시집을 간 비운의 여인)의 꿈은 저기 끊어진 정자와 퇴락한 담벼락 주위에 있는가.

진황은 시를 읊고 있는 사람이 낮에 본 여자 거지일 것이라는 생각이

들었다. 솔직히 그는 구구절절 비감어린 시어詩語에 적지 않은 감동을 받았다. 그것은 신세가 극도로 처량한 처지에 놓이거나 학식이 대단한 수준이 아닌 한 나올 수가 없는 내용의 시였다. 그의 가슴속에서는 갑자기 연민인지 또는 사랑인지 모를 감정이 북받쳐 올랐다. 그는 자신도 모르게 소리가 나는 쪽을 향해 외쳤다.

"좋군요! 그런데 말을 못하는 분 아니었나요? 시를 읊는 목소리가 참으로 애달프군요!"

시를 읊던 여자는 느닷없는 남자의 목소리에 깜짝 놀랐다. 미꾸라지처럼 날렵하게 몸을 뒤틀더니 어느새 저만치 사라졌다. 그녀의 몸매는 몽롱한 달빛 아래에서 바람을 타고 마치 날아간다는 표현이 더 어울릴 정도로 가녀렸다. 진황은 일부러 귀신인 척하는 그녀의 행각에 몰래 웃으면서 성큼성큼 뒤쫓아 갔다. 여자는 뒤에서 발걸음 소리가 들리자 더욱 정신없이 줄행랑을 쳤다. 따라오는 사람을 혼란스럽게 하기 위해 왼쪽으로 사라졌다, 오른쪽으로 숨어들었다 했다. 심지어 무덤가의 가시덤불 속을 왔다 갔다 하기도 했다. 그러다 어느새 자취를 감춰버리고 말았다.

진황은 목표물을 놓쳐버리자 갈피를 잡을 수 없었다. 그저 그 자리에 선 채로 두리번거리면서 주위를 살펴야 했다. 하늘에는 실구름이 가늘게 떠다니고 있었다. 달빛이 으스러져 가는 어둠 속에서는 송백나무 가지가 흔들리는 소리가 을씨년스럽게 들려왔다. 또 몇 그루의 백양나무와 단풍나무의 잎들은 가볍게 춤을 추고 있었다. 그에 따라 어우러지는 소리는 마치 한 무리의 사람들이 박수를 치면서 키득대는 것도 같았다. 진황이 여기저기 기웃거리고 있을 때였다. 갑자기 등 뒤에서 이상한 괴성이 들려왔다. 그가 깜짝 놀라 소리 나는 쪽을 바라봤다. 여자 귀신이 비단으로 이마를 질끈 동여매고 긴 머리채를 휘날리면서 두 손을 번쩍 쳐들고 있는 모습이 눈에 들어왔다. 그러나 웬일인지 핏기 하나 없어 보이는 얼굴만 보였다. 눈, 귀, 코, 입은 전혀 보이지가 않았다. 이 순간만큼은 배짱이 하늘을 찌른다고 자부했던 진황 역시 등골이 오싹해지지 않을 수 없었다. 그는 머리털이 쭈뼛쭈뼛 일어서는 기분을 느꼈다. 하지만 그는 배포가 보통이 아니었다. 그건 어려서부터 포효하는 강물과 싸워온 그의 경력과 무관하지 않았다. 16세 되는 해부터 홀로 강물을 거슬러 다니면서 때로는 인적 없는 피폐한 암자, 때로는 야산의 무덤가에서 잠을 잤던 사람이 바로 그라는 사람이었다. 그는 그때도 야밤에 귀신으로 변장하고 무덤을 파헤치는 도둑들과 맞닥뜨린 적이 있었다. 그는 과거에 겪었던 유사한 일들을 떠올리면서 황급히 정신을 가다듬고 말했다.

"이렇게까지 할 게 뭐 있습니까? 내가 이 정도 배포가 없었더라면 여기까지 쫓아오지도 않았을 겁니다. 얼굴에 가려진 흰 손수건을 내리시지 그래요!"

"당신은 누구예요? 왜 나를 쫓아온 거죠?"

여자가 물음에 진황이 웃으면서 대답했다.

"선수를 치는구먼! 그러는 그쪽은 누구요? 서역西域(지금의 신강新疆위구르자치구 일대를 의미함) 사람이죠? 왕보신에 의해 팔렸던 적도 있었고요?"

여자는 진황의 예리한 질문에 당황한 것 같았다. 할 말을 잊은 채 조용히 서 있기만 했다. 그러다 그녀가 천천히 얼굴을 가렸던 손수건을 잡아당겼다. 낮에 황량몽진 거리에서 봤던 그 여자 거지가 분명했다. 희미한 달빛에 윤곽이 뚜렷하지는 않았으나 가까이에서 본 그녀는 낮에 봤을 때와는 완전히 달랐다. 우선 얼굴이 말끔했다. 아니 시원하게 뻗은 목 위로 보이는 얼굴은 단정하고 아름다웠다. 달밤에 그윽하게 보일 정도였다. 단지 창백한 표정이 결점이라면 결점이었다. 진황으로 하여금 그녀를 감히 똑바로 쳐다볼 수 없게 만들 만큼 차디차기도 했다. 그럼에도 장미꽃 향기 같은 것이 천천히 그녀 주변의 공기 속에 떠돌아다니는 것 같은 느낌은 상당히 괜찮았다. 자세히 맡아보면 그것은 처녀의 향기와도 같았다. 그녀는 진황의 물음에는 대꾸도 하지 않고 길게 드리운 머리를 쓸어 넘기면서 자조하듯 말했다.

"이런 수법이 안 먹히는 사람도 있군요. 전에는 이런 식으로 나쁜 자식들을 많이 따돌렸었는데, 오늘은 안 되는군요!"

"자신의 몸과 정조를 지키려면 그렇게 할 수밖에 없기는 할 테죠. 나는 진작부터 다 알고 있었어요. 그런데 아직도 궁금한 것이 있어요. 그때 나는 당신을 살려줄 생각으로 구출해 냈었다고요. 그걸 모르지 않았을 텐데, 왜 도망갔죠? 당신은 도대체 누구요? 어디 출신입니까?"

진황이 냉정하게 물었다. 그러자 여자가 콧방귀를 뀌면서 대꾸했다.

"그때 나를 구출해준 것은 첩으로 들어앉히기 위해서였을 텐데요? 나 같은 거지가 어떻게 그런 사치를 바랄 수 있겠어요. 그런데 오늘 저녁에는 왜 죽자 살자 하고 나를 쫓아왔어요? 전에 나를 도와줬을 때 썼던 몸값이 생각나서 그래요?"

여자의 목소리는 강하기는 했으나 처연했다. 진황은 그녀의 말이 진심에서 우러나온 것이 아니라는 사실을 알아차렸다. 그리고는 그 부분에 대해서는 더 이상 말할 필요가 없다는 듯 머리를 저었다.

"그 당시 당신을 구해줄 때는 나에게 시녀가 필요해서 그랬을 수도 있소. 하지만 싫다는 것을 억지로 시킬 순 없지 않겠소. 익지 않은 참외를 억지로 따봤자 달지 않을 것이니까 말입니다. 혼자서 밤에 시를 읊으면서 시름을 달래고 낮에는 벙어리 행세를 했던 것으로 봐서는 그동안 많은 역경을 견뎌왔으리라는 생각이 들어요. 수많은 중생들 속에서 다시

금 인연이 닿아 이렇게 만났으니, 이것저것 물어보고 싶은 것도 많네요."

"그렇다면 그 쪽은……, 나를 사랑하는 거예요?"

진황이 흠칫 놀라면서 의식적으로 머리를 들었다. 그런 다음 그녀를 힐끔 쳐다보고는 황급히 시선을 내리깔았다. 그리고는 나지막한 목소리로 말했다.

"그…… 그렇게 말하지 말았으면 좋겠어요."

여자가 의미심장한 표정으로 그의 말을 받았다.

"눈망울이 아주 맑군요. 그래요, 저는 서역 사람이에요. 이름은 그냥 아수阿秀라고 불러주면 좋겠네요."

진황이 사방을 둘러보면서 그녀에게 권했다.

"우리 걸어가면서 얘기를 나누죠. 나는 일 년 내내 강물과 씨름하면서 황하 주변을 떠돌아 다니는 사람이에요. 그러다 보니 황하 상류 지역에서 서역 여자들을 많이 봐왔죠. 그래서 아는데, 당신 몸에서는 뭐랄까……, 특별한 냄새가 나는군요. 혹시 곽霍 부족의 회민回民이 아니오?"

진황의 말대로 서부 변경의 위구르 소수민족 중 하나인 곽 부족의 회민들은 자신들이 사는 고향의 수질과 토양 탓에 몸에서 특이한 향내가 나는 것으로 유명했다. 아수가 몸에 소똥을 칠하고 다녔던 이유도 바로 그런 향내를 감추기 위해서였다.

"나한테서도 향내가 나요? 우리 외할머니와 어머니 모두 곽 부족 사람이 맞아요. 그러나 나는 토사도 부족의 몽고인이에요."

아수가 진황과 어깨를 나란히 하고 걸으면서 자꾸만 어색한지 손으로 길가의 풀을 쓸어 넘겼다. 그러면서 다시 차분하게 얘기보따리를 풀어놓았다.

"……저는 외할머니와 어머니를 닮아 깨끗한 것을 무척 좋아했어요. 열흘 동안 목욕을 하지 못하면 죽을 맛일 정도로요. 그런데 아침만 되면 그 역한 소똥을 칠해야 한다는 것이 얼마나 고통스러웠겠어요. 그런 험한 꼴을 보여서 조금 그렇기는 하네요."

진황은 누구보다도 황하 상류를 많이 돌아다닌 사람이었다. 때문에 서역에서 일어난 일들에 대해 어느 정도는 알고 있었다. 찰살극扎薩克, 차신車臣, 토사도土謝圖 등 세 부족의 칸汗이 공동으로 객이객몽고喀爾喀蒙古를 통치하고 있었다는 사실은 더 말할 나위도 없었다. 그러나 이 세 부족은 여자 문제로 큰 갈등이 생기고 말았다. 발단은 중년에 상처喪妻를 한 토사도 칸이 미모 하나만큼은 누구에게도 뒤지지 않는 절세의 미인을 새 부인으로 맞으면서 시작됐다. 당연히 소문은 찰살극 칸의 귀에까지 들어갔다. 그러자 색마 중의 색마로 유명한 '붉은 주먹코'라는 별명의 찰살극 칸이 가만히 잊지 않았다. 직접 수백 마리의 낙타 떼를 몰고 토사도 칸의 부락으로 축하인사를 하러 온 것이다. 당연히 흑심을 품고 왔기 때문에 무기와 병사들을 몰래 숨겨 왔다. 아무려나 축하연이 무르익어갈 때쯤 찰살극 칸은 술잔을 땅바닥에 내동댕이치는 것을 신호 삼아 한바탕 떠들썩하게 들고 일어났다. 술에 취해 정신을 차리지 못한 토사도 칸을 쫓아내고 부인까지 빼앗아가는 비열한 술책에 성공한 것이다. 진황이 최근 세 부족이 벌인 이전투구에 대해 한참을 생각하다 말고 물었다.

"아수, 그런데 왜 아수는 중원으로 와서 이 고생을 하고 있는 거요? 아수의 아버지는 어떻게 됐나요?"

"그 일은 들추지 말아주세요! 우리 불쌍한 부왕父王에 대한 얘기는 더이상 하지 말아 달라고요!"

진황의 별로 대수롭지 않은 질문에 아수가 갑자기 얼굴을 감싸 쥔 채 울음을 터트렸다. 거의 울부짖었다는 표현이 어울렸다. 나중에는 감정을 주체할 수가 없는지 정신없이 몇 발자국 앞으로 달려 나갔다.

"부왕이라고요?"

순간 진황은 뭔가를 깨달았다. 갑자기 찬물로 머리를 감은 듯 몸이 오싹 떨리기까지 했다. 그는 자신도 모르게 황급히 아수를 따라 나섰다. 그러나 갑자기 공주로 변해 버린 그녀 앞에서 마땅히 입에 올릴 말을 찾지 못했다. 아수는 그런 진황의 마음을 헤아린 듯 조금 진정하더니 차분하게 부왕이 피살되던 과정을 들려줬다.

"찰살극이 우리 초원에 왔을 때는 마침 갈이단 칸의 딸인 종소진도 같이 있었어. 그 친구가 먼저 이상한 낌새를 발견했던 거죠……."

아수가 두 팔로 어깨를 감싸 안으면서 떨리는 목소리로 말했다. 당시의 일을 떠올리자 소름이 끼치는 모양이었다. 그래도 그녀는 다시 침착한 어조로 말을 이어갔다.

"한밤중에 얼굴이 창백해진 소진이 자신의 시중을 드는 호^해씨를 데리고 저한테로 찾아왔어요. 그리고는 깊은 잠에 곯아떨어진 저를 흔들어 깨우면서 다급히 말했어요. '아수, 어서 도망가! 어서! 저쪽에서 초원의 이리떼들이 총을 쏘고 칼을 휘두르면서 달려오고 있어. 당해내기가 힘들 거야. 완전 파죽지세야. 그런데도 네 아버지께서는 아무것도 모른 채 늑대와 함께 앉아 술 마시고 노래를 부르고 계셔!'라고요."

기억하기 싫은 과거를 회상해서 그런지 아수는 부들부들 떨고 있었다. 그러나 전체적으로는 슬픔이 많이 가라앉은 듯 다시 깊은 추억 속으로 빠져들면서 덧붙였다.

"저는 정말 기절초풍할 듯 놀랐죠. 서둘러 장막에서 나와 봤어요. 그랬더니 진짜 칠흑같이 어두운 초원에 아버지가 계시던 장막에만 불이 훤하게 켜져 있더군요. 그런데 그 큰 장막을 지키고 서 있던 무사들은 하나도 보이지 않았어요. 반면 낯선 찰살극 사람들이 팔에 흰 수건을 두르고 서 있는 거예요. 저는 시중드는 하녀에게 소진을 안전지대까지 호송하도록 했어요. 소진에게 빨리 준갈이 부족에게 가서 갈이단에 도움을 요청하라는 부탁도 했어요. 이어 두 명의 무사를 데리고 장검을 빼든 채 장막 안으로 들어갔어요. 멋모르고 주흥에 흠뻑 빠져 있는 부왕의 손을 잡아끌고 밖으로 나오려고 한 것이죠. 그때 찰살극 칸은 자신의 계획이 탄로났다는 것을 알았어요. 그러자 그 흉악스런 몰골을 드러내면서 식탁을 뒤집어엎고 칼을 빼든 채 고래고래 소리를 질렀어요. '어서 손을 쓰지 않고 뭘 해!'라고 말이에요. 그때는 정말 위태롭기 그지없었죠! 비좁은 장막 안에서 치열한 접전이 벌어졌으니까요. 마구 휘둘러대는 칼날이 부딪치는 소리와 고함소리, 비명소리가 어우러졌죠. 그야말로 아비규환의 현장이 따로 없었어요……."

아수는 결국 울먹이고 말았다. 시간이 많이 흘렀어도 그날 공포에 떨던 순간을 회상하는 것은 아무래도 감당이 안 되는 모양이었다.

"쌍방의 무사들이 한바탕 붙은 틈을 타 저와 부왕은 두 명의 찰살극 병사를 베어 버리고 말을 빼앗아 큰 장막을 벗어났어요. 초원에는 어디나 할 것 없이 불길이 치솟았어요. 우리는 행여나 하고 차신 부족에게 가서 도움을 청했어요. 그러나 소용없었어요. 차신 부족은 사전에 찰살극 부족과 이미 악랄한 협상을 끝낸 상태였으니까요. 하나는 우리 계모를 독차지하고, 다른 하나는 초원을 독점하기로 한 것이죠!"

아수가 눈물을 훔친 다음 다시 말을 이어 나갔다

"섬서와 감숙으로 향하는 꼬박 사흘 낮 사흘 밤의 도망 길에서 저와 부왕은 불행히도 헤어지고 말았어요. 그 뒤 얼마 지나지 않아 부왕이 돌아가셨다는 소식을 들었어요. 저는 어쩔 수 없이 난민으로 가장해 북경으로 가서 폐하께 두 원수를 징벌할 수 있도록 출병出兵을 간곡히 부탁해 보려고 했어요. 그러나 도중에 재수 없게도 그만 왕보신의 패잔병들한테 붙들리고 말았죠……."

아수가 눈물을 닦으면서 머리를 들어 하늘을 바라봤다. 그러더니 한동안 말을 잇지 못했다. 얼마쯤 지났을까, 그녀가 긴긴 한숨을 내쉬면서 다시 입을 열었다.

"설상가상으로 북경에 도착해서는 다시 갈이단의 사신들 눈에 띄는 바람에…… 어쩔 수 없이 이리로 도망을 와서는 거지 행세를 하면서 살아가는 중이에요."

진황과 아수는 얘기를 주고받으면서 계속 걸었다. 그 사이 어느덧 황량몽진 번화가에 도착했다. 진황은 이제 아수를 어떻게 해야 할지 슬슬 고민이 되었다. 무엇보다 아수가 다시 옛날로 돌아가서 유랑걸식을 하도록 내버려 둘 수는 없었다. 하지만 그렇다고 이 야심한 밤에 젊은 남녀가 함께 총총진으로 돌아간다는 것도 좀 그럴 것 같았다. 그는 한참을 망설였다.

"진 선생님!"

진황이 한참 고민을 하고 있을 무렵 아수가 몸을 살짝 낮춰 인사를 했다. 호칭이 어느덧 선생님으로 바뀌어 있었다. 그녀가 피곤한 표정으로 말했다.

"그만 돌아가세요. 저는…… 절로 돌아가겠어요. 오늘 저녁에는 덕분에 기분이 좋았어요. 누군가에게 속에 있는 말을 할 수 있다는 것이 너무 좋았어요. 선생님을 잊지는 않을게요."

진황은 돌아서서 가는 아수의 뒷모습을 멍하니 바라봤다. 그러다 갑자기 무슨 생각이 났는지 그녀를 도로 불러 세웠다.

"공……주! 아수, 잠깐만요!"

아수가 진황이 다급하게 부르자 별빛 속에서 긴 머리카락을 휘날리면서 돌아섰다. 옷차림은 남루했으나 이목구비는 반듯했다. 옥으로 깎은 미인이 환생했나 싶을 정도였다. 아수가 잠깐 머뭇거리더니 물었다.

"무슨 할 말이 있으세요, 선생님?"

"그대는 존귀한 공주입니다. 이렇게 신분을 감춘 채 유랑걸식을 하는 것은 장기적으로 볼 때 결코 바람직하지 않아요. 부왕이 일궈놓은 과거의 영광을 되찾을 수 없을 뿐만 아니라 존귀한 신분에도 어울리지 않아요. 오늘 저녁에 우리의 인연이 여기까지 닿았는데, 이제 와서 스쳐 지나가는 모르는 사람 취급을 하는 것도 사나이대장부의 도리가 아닌 것 같군요. 그러니 괜찮다면 오늘 밤은 내가 묵고 있는 역관으로 같이 가는 것이 어떨까 싶네요. 오빠와 동생 사이로 생각하면 되지 않을까요? 그런 다음 내일 아침 내가 총총진으로 데려다 줄게요. 내 친한 친구 고사기라는 사람이 거기에서 잘 나가고 있으니 보살펴 줄 겁니다."

진황이 조심스럽게 또박또박 말했다. 아수는 고사기라는 이름을 듣는 순간 바로 그가 누구를 말하는지 알 수 있었다. 더럽다면서 자신을 마구 욕했던 그 사람이 아니던가. 더구나 그녀는 고사기가 건방지게 남의 시를 마구 비판한다는 것도 소문으로 들어 알고 있었다. 그녀가 씽긋 웃으면서 말했다.

"그 담인이라는 사람 말이죠? 글쎄요. 잘 보살펴 줄 사람 같지 않더군요. 첫눈에 경박하다는 느낌이 오던데요?"

"결코 그렇지 않아요. 그 친구가 매사에 얽매이기 싫어하고 자유분방한 사람이기는 해요. 하지만 경박이라는 단어는 너무 가혹한 것 같군요. 나름 괜찮은 사람입니다."

진황의 말투는 상당히 공손했다. 하기야 상대가 몽고인이기는 하나 공주이니 그럴 만도 했다. 그러나 아수는 생각이 달랐다. 자신의 신분을 밝히고 나서부터 그가 행동이나 말투를 눈에 띄게 조심스러워하는 것이 너무 싫었다. 거리감이 느껴졌다. 물론 그녀도 별 생각 없이 털어놓은 공주의 신분이 원래는 거침없이 발전할 수도 있었을 두 사람 사이에 높고 두터운 장벽을 만들었다는 사실을 모른다는 면에서는 고사기보다 별로 나은 것도 없었다. 아무려나 그녀는 진황의 제안이 잠깐 고민하는 듯하더니 긴 머리카락을 뒤로 쓸어 넘기면서 대답했다.

"좋아요. 선생님 말씀에 따르겠어요."

역관 주인은 진황이 한밤중에 웬 여자를 데리고 들어오자 등잔불을 든 채 한참 동안이나 훑어봤다. 이상야릇한 웃음을 지으면서 아수를 뚫어지게 바라보기도 했다. 그러나 그의 노력은 결실을 보지 못했다. 끝내 아수가 누구인지 모르는 듯했다. 바로 그녀가 날마다 길거리에서 역한 냄새를 풍기면서 다니던 여자 거지인 줄은 꿈에도 생각하지 않는 것 같았다. 주인의 표정으로 봐서는 그저 긴긴 밤이 허전해 유곽의 여자 한 명을 데려왔다고 생각하는 듯했다. 진황은 그런 느낌이 불쾌해 일부러 되지도 않을 거짓말을 내뱉었다.

"내 사촌 여동생이에요. 얼마 전에 유괴를 당해 여기까지 왔던 거예요. 이번에 북경 가는 길에 유심히 살펴보라고 작은아버지께서 신신당부하셨는데, 오늘 길에서 우연히 만났어요. 이 시간에 다른 데 갈 수는 없고 해서 오늘 저녁은 여기에서 지내야 될 것 같군요."

"아, 그래요? 같이 있어야죠. 그렇고말고요!"

역관 주인이 묘한 표정을 지으면서 방으로 안내했다. 여자를 데리고 온 것이 창피해 거의 다 그런 식으로 둘러대는 것을 그는 경험으로 알고 있었던 것이다.

"아무튼 나야 한 사람이라도 더 찾아주면 좋죠. 그런데 이 일을 어떻게 하면 좋죠? 혼자 자는 방이 없네요, 오늘은. 여동생이라도 오빠하고 한방에 자는 것이 조금 불편할 텐데…… 그렇다고 다른 손님들을 내쫓을 수는 없지 않은가요? 진 대인, 어떻게 하죠?"

"그러면…… 무슨 좋은 수가 없을까요?"

진황이 갑자기 어떻게 할 바를 몰라 물었다. 최악의 경우 방이 없으면 어떡하나 생각은 했으나 진짜 그럴 줄은 몰랐던 것이다. 그때 아수가 주인보다 먼저 입을 열었다.

"오빠와 동생이 같은 방에서 자는데, 뭐가 어떻다고 그래요! 괜찮아요."

역관에는 주인의 말대로 정말 빈 방이 없는 것은 아니었다. 그는 진황의 주머니에서 돈을 얼마라도 더 빼내려고 거짓말을 했던 것이다. 당연히 역관 주인은 진황의 입에서 돈을 더 줄 테니 다른 사람을 내보내라는 말이 나오기를 잔뜩 기대하고 있었다. 그러나 아수가 예상과는 달리 엉뚱하게 나오자 그는 적잖이 당황했다.

"오빠와 동생이 한방에서 같이 자는 것이 문제 될 것은 없죠. 하지만 두 분은 사촌이잖아요. 사람들 입방아에 오를 수도 있다고 봐요. 더구나 다른 것은 제쳐두고라도 진에서 검문을 나오면 곤란해져요. 내가 할 말이 없잖아요!"

사실 진황 역시 돈을 조금 더 주고서라도 아수를 다른 방에서 편히 재우고 싶었다. 하지만 '사람들 입방아'라는 얘기를 듣는 순간 바로 생각을 달리 했다. 아수는 이 길거리에서는 '벙어리'로 통하는 여자였다. 그런데 갑자기 관청의 조사를 받으면서 말을 하게 되면 어떻게 되겠는가. 상황이 복잡해지지 않는다고 장담하기 어려웠다. 그렇다면 뭔가 낌새를 채고 협박하는 것 같은 간사한 역관 주인의 입을 막아야 했다. 방법은 돈을 찔러주는 것 외에는 없었다. 진황은 주머니를 탁탁 털어 은전 10냥을 주인에게 쥐어 주었다.

"오늘 저녁은 같이 한방에서 대충 새우잠을 자야겠어요. 진에서 검문을 나오면 적당하게 말을 잘 해주세요. 이 돈으로 우리 여동생에게 변변한 옷 한 벌 사다주시고, 나머지는 가지세요. 잘 부탁드립니다!"

"아이고, 너 나 없이 어려운 때에 뭐 이렇게까지! 아무튼 잘 받겠습니다."

역관 주인은 간사한 웃음을 잔뜩 지어내면서 수도 없이 허리를 굽혔다. 그런 다음 엉덩이를 뒤뚱거리면서 돌아섰다. 그가 얼마 지나지 않아 누군가 입었던 것 같은 옷 두어 벌과 빗과 거울을 들고 왔다.

방에는 다시 두 사람만 남았다. 진황은 침대 모서리에 걸터앉았다. 그런 다음 조금은 부자연스러운 듯 촛불만 뚫어지게 바라보는 아수에게 대범한 척했다.

"이것 봐요……, 동생! 옷부터 갈아입으라고요."

진황은 그제야 아수가 옷을 갈아입기 편하도록 등을 돌려 앉았다. 잠깐 동안 주섬주섬 옷 갈아입는 소리와 빗으로 머리를 빗는 사르륵거리는 소리가 들려왔다. 그러는가 싶더니 어느새 아수가 가볍게 핀잔을 주었다.

"책벌레, 바보처럼 아직까지 돌아앉아 뭘 하는 거예요!"

진황은 그제야 비로소 어색하게 웃으면서 그녀를 향해 몸을 돌렸다. 순간 그는 자신의 눈을 의심하지 않을 수 없었다. 눈앞의 이 여자가 어제까지만 해도 땟물이 줄줄 흐르는 옷을 입고 신발을 질질 끌면서 얼굴에 온통 소똥 칠을 해가지고 다니던 거지였다는 말인가! 그녀는 원래 피부가 곱고 이목구비가 단정했다. 때문에 연두색 주름치마와 분홍색 저고리도 잘 어울렸다. 머리를 길게 드리운 채 등불 밑에 다소곳이 앉아 있는 모습이 보는 이의 가슴을 두근거리게 했다. 갑자기 방에 한가득 빛이 뿜어져 나오는 듯 환한 분위기가 연출됐다. 그녀는 흥분인지 수줍음에서인지 연지를 바른 듯 발그스레한 볼에 보조개를 가득 피웠다. 또 물기가 함초롬한 두 눈으로는 마치 추파를 보내듯 진황을 쳐다봤다. 그는 그 눈길과 부딪치자 마치 못 볼 것을 본 것처럼 황급히 시선을 아래로 떨어뜨렸다. 동시에 바로 자리에서 일어나 방 구석으로 갔다. 그런 다음 아수는 쳐다보지도 않은 채 책 한 권을 집어 들면서 나지막이 말했다.

"저는…… 여기에서 책을 읽고 있을게요. 편히 자요."

순간 아수의 얼굴에서 웃음이 사라졌다. 그녀는 몽고에 있을 때부터 한학을 열심히 배웠다. 중원에 와서 몇 년 동안 만난 사람들은 별로 없었으나 어깨 너머로 한족들의 예의범절 역시 적지 않게 배웠다. 그녀는 진황이 자신의 노골적인 시선을 받을 엄두도 못 내고 안면근육이 딱딱하게 굳어가는 모습을 보자 가슴 훈훈한 감동을 받았다. 내내 바늘방석에 앉은 것처럼 안절부절 못하는 것을 지켜보는 눈에서는 그에 대한 존경의 마음도 우러나고 있었다.

'아, 이 사람은 진짜 성인군자로구나!'

그녀는 소리 없이 한숨을 내쉬면서 자리에 눕더니 이내 깊은 잠에 빠졌다.

그러나 진황은 달랐다. 그날 저녁 잠시도 눈을 붙이지 못했다. 촛불을 마주하고 앉아 날이 밝도록 책만 읽었다. 소리 없는 촛불의 눈물은 계속 흘러내려 촛대에 높이 쌓였다.

더럽다고 퉤퉤! 침을 뱉었던 거지가 보기 드문 미인이었다는 사실을 진황에게서 전해들은 고사기는 발을 동동 굴렀다. 무척이나 아쉬운 모양이었다.

'그런 미인이 왜 나 같은 멋진 남자 눈에는 띄지 않고 하필이면 저 까무잡잡한 물쥐한테 걸려들었을까!'

고사기는 고민 끝에 한씨 집으로 거처를 옮기기로 한 아수를 위해 북경행을 하루 더 미루기로 했다. 당연히 그녀의 환심을 사기 위한 악의 없는 행동도 개시했다. 진의 번화가로 나가 처음 만나는 기념선물로 줄

봉황무늬의 금비녀를 비롯해 은 목걸이, 당시로서는 대단히 귀했던 유리로 만든 손거울을 사서 한씨 집으로 향한 것이다. 그를 본 한춘화가 기분 좋게 달려 나오더니 웃으면서 반겼다.

"은공恩公, 어서 가보세요. 사람은 이미 도착해 있어요. 제 어머니와 저쪽에서 얘기를 나누고 있어요! 어머니는 벌써부터 양딸로 삼겠다고 난리를 치고 계시네요."

고사기가 발걸음을 재촉해 계단을 올라갔다.

"세상에! 이렇게 고운 것을……. 가엽기도 하지! 다행히 진 선생이 사람을 제대로 알아본 덕에 지금이라도 이렇게 만나게 됐으니 얼마나 좋아! 네가 여기에서 이 년 동안 있었어도 나는 그냥 불쌍하다고만 생각했을 뿐이었어. 신세가 이렇게 기구한 줄은 정말 몰랐지. 쯧쯧! 이런 사연은 연극의 무대에서나 볼 수 있을 법한 얘기지, 내 주변에도 있다는 것이 처음에는 전혀 믿어지지가 않았어."

한류씨는 방 한가운데 앉아 눈물범벅이 된 아수를 끌어안고 위로해 주고 있었다. 눈물을 훔치면서 아수의 처지를 안타까워하는 한류씨의 말을 듣고 있던 진황의 눈시울 역시 붉어졌다.

아수는 어릴 때 어머니를 여의었다. 그런 탓에 엄마의 애틋한 정을 많이 못 받고 자랐다. 그랬으니 만나자마자 전혀 껄끄러움 없이 자상하고 따뜻하게 감싸주는 한류씨가 눈물겹게 고맙고 편했다. 그녀는 끝내 한류씨의 가슴에 기댄 채 흐느꼈다.

"어머니는 제가 더러운 거지였을 때도 늘 먹을 것을 챙겨주셨어요. 추우면 춥다고 옷가지들도 가져다 주셨죠. 어떨 때는 나같이 사치스러운 거지도 있나 싶을 정도로 어머니는 저에게 많이 베풀어 주셨어요. 일일이 말할 수는 없으나 저는 어머니께서 베풀어 주신 공덕을 가슴 깊이 아로새겼어요. 그런데 인연이 닿으려니까 이렇게도 만나네요. 이제 저는 다른 어떤 데도 가지 않겠어요. 여기 있을 거예요!"

"어이구, 착한 내 새끼!"

한류씨는 아수가 부리는 응석에 기분이 좋은 모양이었다. 등을 가만히 쓸어내리면서 눈물을 훔치더니 웃음 띤 얼굴로 다시 말을 이었다.

"낙엽은 뿌리로 돌아가게 돼 있어. 이 어미도 너를 아무 데도 보내지 않고 이렇게 꼭 끌어안고 살고 싶어. 하지만 어디에서 와서 어디로 가야 한다는 이치만은 아는 사람이야. 난도질 당해 뒈질 놈의 오삼계는 제풀에 죽었어. 그 때문에 이제는 조정에서도 얼마간의 여유가 생겼어. 그러니까 너를 이대로 방치하지는 않을 거야. 아무래도 네가 살던 그쪽도 조정의 관할하에 있으니까! 나중에라도 돌아가서 한을 풀고 잘 사는 모습을 보여준다면 이 어미는 그것으로 만족할 거야!"

아수가 한류씨의 말에 눈물을 왈칵 쏟았다. 그런 다음 애교가 잔뜩 섞인 목소리로 말했다.

"나중에 조정에서 우리 땅을 찾아준다면 저는 어머니를 모셔가서 이렇게 안고 있을 거예요!"

"나는 원래 그런 큰 복을 타고 나지를 않은 사람이야. 게다가 너는 그렇다 치더라도 장래 너의 남편 될 사람이 그렇게 하는 것을 퍽이나 좋아하겠다!"

"제 남편이요? 좋아하겠죠! 지금 바로 허락을 받으면 되잖아요."

아수가 머리를 들어 함초롬한 두 눈 가득 웃음을 담은 채 일부러 진황을 쳐다보았다. 예사롭지 않은 눈길이었다. 한류씨는 느닷없는 아수의 돌발행동에 깜짝 놀라지 않을 수 없었다. 혼자 청상과부로 늙어오면서 별의별 일을 다 겪어왔으나 아수처럼 대담한 여자는 처음이었다. 진황 역시 당황하긴 마찬가지였다. 갑자기 지목을 당하자 얼굴이 귀밑까지 붉어졌다. 쥐구멍이라도 있으면 당장 찾아 들어가고 싶은 심정이었다.

한류씨마저 아무 말도 하지 않자 당황한 진황이 더듬거리면서 말했다.

"그…… 그건 절대로 안 되는 일입니다."

진황은 처음에는 뭐가 어떻게 안 된다는 것인지 상대가 알아들을 수 없을 만큼 그저 두루뭉술하게 말했다. 그러나 이내 설명을 덧붙였다.

"다른 게 아니라…… 사람이 싫어서가 아닙니다. ……솔직히 저는 처자가 있는 몸이라 자격이 없습니다!"

아수가 그럼에도 자리를 고쳐 앉으면서 정색을 하고 말했다.

"그렇다면 선생님의 부인도 데려와서 같이 살면 되잖아요."

아수는 정말 적극적이었다. 끈질기게 진황에게 구애를 했다.

"공주의 마음을 제가 목석이 아닌 이상 왜 모르겠습니까! 처음에는 공주의 신분을 잘 몰라서 그렇게 할까 하는 생각을 하지 않은 것은 아닙니다. 그러나 알고 난 다음에는 어떻게 감히 그럴 수가 있겠어요. 분에 넘치는 일을 저지를 수는 없지 않아요? 제가 일생을 거는 사업이 있다면 그건 바로 강물을 다스리는 겁니다. 때문에 강줄기를 따라 여기저기 다니면서 집에 있는 마누라를 생과부 아닌 생과부로 만들어 버렸어요. 그것도 이미 충분히 미안한 일이에요. 죄를 지은 것이죠. 다행히 제처는 온순하고 검소하면서도 대단히 현숙해서 불만을 잘 내색하지 않죠. 그러나 공주까지 그렇게 신세 처량하게 만들 수는 없지 않습니까! 더 중요한 것은 공주께서는 원수를 갚고 가업을 일으켜야 하는 사명이 있다는 겁니다. 더 나아가서는 계승도 해야 하죠. 그런 중차대한 임무를 짊어진 사람에게 저는 모든 면에서 도움이 안 됩니다!"

진황이 조금 감정이 수습이 된 듯 막힘없이 말을 이어갔다. 단호하기 이를 데 없었다. 아수는 진황의 말에 자신이 더 이상 비집고 들어갈 틈새가 없다는 사실을 깨달았다. 나중에는 한류씨의 품에서 빠져나오더니 눈물을 흘리면서 한동안 생각에 잠겼다. 그녀는 곧 두 마리 토끼를 다 잡을 수는 없다는 생각을 한 듯 눈물도 닦지 않은 채 처절하면서도 단호한 어투로 말했다.

"나는…… 누가 뭐라고 해도 당신의 여자로 남고 싶어요. 기다리다 못해 머리가 백발이 되는 한이 있더라도 그렇게 하고 말 거예요. 당신이 세상 저쪽을 떠돌면서 한 번도 찾아주지 않더라도 언젠가는 어쩌다 한 번쯤이라도 찾아주겠지 하는 간절한 기다림으로 살아갈 거예요. 그렇게 하게 해주세요……."

아수와 진황이 서로 상심에 젖은 채 대화를 나누고 있을 때였다. 갑자기 밖에서 너털웃음 소리가 들려왔다.

6장
황하를 찾은 강희

고사기가 사람 좋은 얼굴을 한 채 웃으면서 집 안으로 들어섰다. 그러면서 큰 소리로 말했다.

"자네 말이야, 여자 복을 아주 타고났나 봐! 흙 속에 파묻힌 진주를 찾아내는 혜안도 대단하고 말이지. 부러워 죽겠는 걸!"

고사기의 말은 언뜻 들으면 털털하다는 느낌을 줬다. 그러나 그의 행동은 전혀 달랐다. 아수를 아래위로 훑어보더니 경탄을 금치 못하는 표정을 지었다. 그럼에도 입에서는 계속 아부조의 말이 흘러나왔다.

"볼수록 매력이 넘치는 분이시네요! 제가 원래 이런 사람이에요. 너무 부담스러워하지는 마세요. 마땅히 드릴 것은 없고 상견례 자리인 만큼 성의껏 뭘 좀 준비해봤어요! 우선 〈장상사〉長相思라는 시를 하나 읊겠습니다."

고사기가 이내 시를 읊기 시작했다. '벌도 나비도 모두 기뻐한다'는 내용을 담은 다소 유치한 연애시였다. 이어 정성들여 마련한 선물을 꺼냈다. 아수의 호감을 사보겠다는 심사가 너무나도 노골적으로 엿보였다.

"진 선생님, 이 분은 제가 신분을 밝힌 후부터는 어쩐지 저를 대하는 태도가 많이 달라 보여요. 하지만 그 심정은 충분히 이해가 가는군요."

아수는 고사기의 수다 따위에는 관심조차 없다는 표정을 지으면서 진황에게 계속 말을 건넸다. 그런 다음 천천히 자리에서 일어나더니 다시금 못을 박았다.

"아무튼 이미 내뱉은 말은 주워 담을 수 없어요. 저 역시 집도 절도 없는 사람이고요. 하지만 여기저기 줄 끊어진 연처럼 떠돌면서 살면 살았지 다른 사람에게 시집갈 생각은 추호도 없네요. 그러니 알아서 하세요!"

아수는 애써 담담한 척하면서 주렴을 걷고 밖으로 나갔다. 그러나 자신의 거처로 돌아와서는 이내 여자다운 약한 모습을 보였다. 소리죽여 울음을 터트린 것이다.

진황의 표정은 아주 복잡하고도 미묘했다. 막무가내인 아수를 달리 설득할 방법이 생각나지 않는 것이 답답한 모양이었다. 그가 한참 후에야 겨우 입을 열었다.

"어머님, 아수 공주가 우리 중원 사람들의 문화를 잘 몰라서 저러는 것 같군요. 어쩔 수 없이 어머님께서 잠시 데리고 계셔야 할 것 같네요. 아마 차츰 좋아질 거예요. 저는 내일 하남으로 치수 관련 일을 보러 떠나야 해요. 곧 복숭아꽃이 필 무렵이 아닙니까. 장마도 바로 닥칠 것이고요."

한류씨는 진황의 간절한 요청에도 불구하고 목석처럼 앉아 있기만 했다. 듣는 둥 마는 둥 하면서 가타부타 말이 없었다. 그는 그럴수록 더욱 난감해져 어쩔 줄 몰라 했다. 둘의 모습을 지켜보던 고사기 역시 얼굴에서 황당하다는 표정을 지우지 못했다. 무슨 영문인지 모르는 그가 곧 눈을 크게 뜨고 의아스러운 듯 물었다.

"다들 무슨 일 때문에 이러시는 겁니까?"

강희는 치수 공사 현장을 시찰하기 위해 개봉開封으로 떠나기로 결정을 내렸다. 그때 북경 조정에서는 마침 박학홍유과博學鴻儒科(한족 출신의 지식인을 많이 등용하기 위해 과거시험을 보기만 해도 관직을 주는 제도)라는 시험 준비로 한창 바쁜 탓에 그야말로 경황이 없었다. 때문에 강희는 명주와 색액도는 조정에 남겨두고 강친왕 걸서와 웅사리만 데리고 개봉으로 향했다. 군사 문제와 관련된 일은 걸서가 수시로 명령을 받아 지시를 전달하면 되었고, 정무政務 쪽은 웅사리에게 자문을 구할 수 있었으므로 둘만 수행해도 불편할 것은 없었다.

그는 또 지방의 관리들이 놀라지 않도록 하기 위해 수레도 거절한 채 내내 평복차림으로 미행微行을 했다. 개봉 수부아문首府衙門으로 거의 잠입하다시피 했다고 할 수 있었다. 오죽했으면 현지의 순무인 방호지方皓之마저도 황제가 바로 코앞에 와 있다는 사실을 몰랐을까. 그러나 강희는 황제가 행차했을 경우에 필요한 안전 대책은 등한시 할 수 없었기 때문에 시위인 목자후에게 사적인 신분으로 안찰사按察使를 만나도록 지시했다. 그러면서 황제가 개봉 어딘가에 도착했으니 경비는 철저히 하되 지방 관리와 백성들을 놀라게 하지 않으려는 황제의 뜻을 받들어 조심스레 일처리를 하라는 명령도 함께 전하라고 덧붙였다.

평소에 맡은 바 직무에 늘 충실했던 목자후는 단숨에 달려갔다. 그리고는 직접 정주鄭州를 비롯해 신정新鄭, 밀현密縣 등지에 주둔하고 있던 기영旗營이 성 안으로 움직이는 모습을 직접 확인한 다음 안심하고 개봉부로 돌아왔다.

때는 점심시간이 지난 뒤였다. 어전 일등시위인 무단武丹과 삼등시위인 소륜素倫, 덕능태德楞泰 등은 후당의 두 번째 문에서 경비를 서고 있었다. 개봉부의 황黃 부윤府尹 역시 부담을 가지지 말고 평소와 다름없이 일하라는 강희의 명령이 있었기에 심문실에 앉아 민사소송 사건을 처리하고 있었다. 그의 심문은 때로는 쥐죽은 듯한 적막 속에서 진행되다 때로는 호통과 함께 이어지고 있었다. 그는 간혹 탁자를 부셔져라 내리치기도 했다. 목자후는 그래도 그가 무슨 일로 누구를 어떻게 심문하는지에 대해서는 전혀 신경을 쓰지 않았다. 다만 강희가 낮잠을 자고 있는 중이라면 아무래도 방해가 되는 것은 아닌가 하는 걱정이 되기는 했다. 그래서 바로 덕능태에게 조용한 어조로 물었다.

"이보게 아우, 폐하께서 주무시는 것은 아닌가?"

덕능태는 1년 전 가을에 새롭게 황궁으로 들어온 시위였다. 그때 그는 새로 만든 황실의 전용 사냥터인 목란위장木蘭圍場(하북河北성 승덕承德에 자리하고 있었음)에서 동몽고의 여러 왕공, 귀족들과 함께 사냥을 했다. 일이 되려고 그랬는지 맨손으로 용맹하기 이를 데 없다는 수컷 곰한 마리를 때려잡을 수 있었다. 그는 그 덕에 졸지에 몽고의 제일가는 용사로 치켜세워졌다. 곧이어 시위도 될 수 있었다. 스물네다섯 살 안팎의 나이에 덩치 좋고 순한 외모를 지닌 그는 직속상관인 목자후가 질문을 던지자 즉시 대답했다.

"방금 호부戶部에서 편지가 왔습니다. 뭐라고 하더라……. 아! 객이객몽고의 난민들이 대거 섬서로 피난을 왔다고 해요. 그 바람에 식량이 부족해졌다고 하네요. 당연히 섬서에서는 식량을 지원해 달라는 요청을 했다고 해요. 지금 그 문제를 형부刑部의 왕사정王士禎 상서尙書께서 사복차림으로 달려와 폐하께 보고를 드리고 있어요. 다른 사람들은 다 밖으로 나오고 안에는 두 분만 계세요. 또 어떤 어르신이 섬서에서 오셨다고 하는데, 저는 잘 모르는 분이었어요. 저쪽 안뜰에서 대령하고 있어요."

목자후는 잘 알겠다는 표정으로 머리를 끄덕였다. 그런 다음 안으로 발걸음을 옮겼다. 과연 후당 문 앞에 일품의 대관大官이 서 있는 모습이 보였다. 밀랍蜜蠟 조주朝珠를 목에 걸고 쌍안화령雙眼花翎을 머리에 쓴 채 생각에 잠긴 듯 서 있는 사람은 다름 아닌 도해圖海였다. 목자후가 황급히 공수를 했다.

"도해 대장군이셨군요! 폐하께서 안에서 중요한 얘기를 하시는 중이신 것 같아 오셨다는 말씀을 전해드리지 못해 죄송합니다!"

"죄송하기는 무슨! 요즘 제일 잘 나가는 시위에다 밖에 혼자 내보내면 대장군 대접을 톡톡히 받을 사람이 왜 그래요!"

도해의 말은 진심이었다. 그러더니 잠시 후에 다시 말을 이었다.

"이런 말을 꺼내기는 뭐 하지만 나야말로 오늘 죄지은 몸이오. 그래서 폐하를 찾아뵌 거고. 폐하께서 화를 내시면 옆에서 잘 좀 말해주오."

그러자 목자후가 무슨 말이냐는 듯 말했다.

"도 군문께서는 주배공 어른과 함께 얼마 전에 큰 공을 세우신 공신이신데, 죄는 무슨 죄가 있다고 그러세요? 농담하지 마십시오."

"밖에 누구야? 목자후인가? 들어오게!"

강희는 개봉부의 이당二堂 한가운데 앉아 있었다. 또 걸서와 웅사리는 강희와는 대각선 방향으로 나란히 앉아 있었다. 반면 형부상서인 왕사정은 무릎을 꿇고 땅바닥에 엎드려 있었다. 강희는 목자후의 목소리를 듣고 불러들인 다음 다시 계속 왕사정에게 말했다.

"주삼태자를 아직 잡지도 못했어. 그런데 이번에는 주사태자朱四太子가 나타났어! 진짜냐 가짜냐 하는 것은 신경 쓸 것 없네. 하지만 소문을 들어보니까 관원들 중에 어떤 얼빠진 자들은 공공연하게 주사태자인가 뭔가 하는 자에게 옛 주인 대접을 해줬다면서? 이거야말로 무슨 음모가 있는 것이 틀림없어. 심히 우려스러운 일이기도 하고!"

"예, 폐하! 그래서 소인이 한바탕 혼찌검을 내면서 족쳤사옵니다 '어떤 자식의 농간에 넘어가 멸족滅族의 위험을 무릅쓰고 여기 나타난 거야?' 하고 말이옵니다. 그런데도 가짜 주사태자라는 놈은 자신이 절강浙江성 금화金華 사람이고, 이름이 장진張縉이라는 것 외에 다른 것은 통 자백을 하지 않고 있사옵니다."

왕사정이 다시 한 번 머리를 조아렸다. 순간 강희의 얼굴이 심하게 일그러졌다. 곧 그가 거칠게 왕사정의 말허리를 잘라 버렸다.

"됐어. 더 이상 말하지 말게! 주동자가 누구인지 자백하지 않는다 이거지? 계속 혹세무민하지 않도록 일찌감치 길거리에서 참수형에 처해 버려!"

"예, 폐하!"

"그만 가 보게!"

"예, 폐하!"

"아, 잠깐만 이리로 다시 와 보게!"

강희가 뒷걸음쳐 나가는 왕사정을 다시 불렀다. 그런 다음 천천히 덧붙였다.

"자네가 시를 기가 막히게 잘 쓴다고 하던데? 한번 감상해보고 싶으니 써놓은 것이 있다면 짐에게 보내주게. 음…… 그리고 방금 자네가 말한 거 있잖은가. 누군가 양기륭을 북경에서 봤다는 얘기 말이야. 그 정보는 이 나라의 대신들의 운명과 직결돼 있는 문제라고 할 수 있네. 그러니까 절대 비밀에 붙여야겠어. 혹시 신하들 가운데 있을지 모를 불만, 파괴분자들이 이 틈을 이용해 짐이 신뢰하는 고굉대신股肱大臣들에게 죄를 덮어씌우려고 할지도 모르니까 말일세. 하지만 그게 사실일지도 모른다는 것 역시 염두에 둬야 해. 무슨 말인지 알겠는가?"

왕사정이 즉각 대답했다.

"무슨 말씀이신지 충분히 알아들었사옵니다!"

"됐네! 그러면 나가보게. 잊어버리지 말고 자네의 시집을 꼭 들여보내게. 또 포송령蒲松齡이 쓴 《요재지이》聊齋志異 중에서도 내용 좋은 작품으로 몇 편 뽑아 보내고."

왕사정은 연신 허리를 굽실거리면서 뒷걸음쳐 나갔다. 그제야 강희가 목자후에게 물었다.

"조금 전 밖에서 누구와 얘기를 나눴는가?"

목자후는 강희가 왕사정에게 말하는 내용을 자세히는 알아듣지 못했다. 그러나 '고굉대신'이라는 말은 알아들었다. 대신들 중에 반란분자들과 몰래 내통을 일삼으면서 반역을 꿈꾸는 자가 있다는 말 역시 마찬가지였다. 당연히 기절할 것처럼 놀라면서 도대체 누가 그럴 수 있을까 하고 속으로 생각을 더듬지 않을 수 없었다. 마침 그때 강희가 묻자 그는 생각을 멈추고 바로 대답했다.

"섬서성의 무원대장군 도해가 지은 죄가 있어 폐하를 찾아뵈러 왔다고 했사옵니다."

목자후의 말에 강희가 코웃음을 쳤다.

"들어오라고 해!"

강희는 이어 웅사리에게 얼굴을 돌렸다. 그러더니 천천히 입을 열었다.

"몽고 난민들을 구제하는 일은 방금 얘기한 대로 하게. 우선 산서성에서 식량을 조달하는 것으로 하자고. 또 갈이단도 우습게 봐서는 절대로 안 돼. 객이객을 점령했으면서도 조정에는 이길 수 없으니까 설설 기는 척하는 것이 간사하기가 이를 데 없어. 하지만 잠시 모르는 척하고 눈을 감아줘. 대만臺灣부터 평정해 놓고 짐이 매운맛을 한번 톡톡히 보여줄 테니까! 그리 알고 이제부터 박학홍유과에 대해 얘기들을 해보게. 색액도의 보고서를 보니까 이백 명 가까운 응시자들에게 책걸상 하나씩만 내준다고 해도 엄청난 장소가 필요하겠더군. 체인각體仁閣은 너무 비좁겠어. 전례 없던 대규모 시험이니 만큼 그에 걸맞게 장소가 파격적이기도 해야 해. 전부 태화전으로 옮겨 시험을 보게 하세."

태화전은 조정에서 중요한 행사가 있을 때만 사용하던 곳이었다. 이를테면 새로운 황제가 즉위할 때나 백관百官의 조하朝賀를 받는 원단元旦(설날) 때, 또 외번外藩을 접견할 때를 제외하고는 절대 사용할 수 없는 장소였다. 그런 성지聖地와도 같은 장소를 강희가 흔쾌히 시험 장소로 제공한다고 하자 조정뿐만 아니라 민간 문단의 영수領袖로 불리는 웅사리는 감격하지 않을 수 없었다. 하기야 웅사리는 학문을 국가의 중대사로 인식하는 황제라면 젖 먹던 힘까지 다 바쳐 충성할 사람이었으니 그럴 만도 했다. 그가 기분이 너무 좋아졌는지 막 안으로 들어오는 도해를 힐끗 쳐다보더니 허리를 굽히면서 아뢰었다.

"폐하께서 대청제국의 학문을 진흥시키기 위해 이처럼 힘을 써 주시니 이 어찌 천하 창생들의 복이 아니겠사옵니까! 하지만 태화전은 강희 구 년의 지진으로 인해 손상된 이래 여태 복구가 되지 않았사옵니다. 시기적으로 군사 문제에 전념할 때일 뿐만 아니라 공부工部에서 예산을 배정해주지 않으니 당장은 태화전을 사용하는 것이 어려울 듯하옵니다."

그러자 강희가 머리를 뒤로 젖히고 뭔가를 잠깐 생각하더니 물었다.

"얼마나 필요한가?"

"그에 대해서는……"

웅사리는 대답을 얼버무렸다. 얼굴을 붉히면서 어쩔 줄 몰라 했다. 하기야 태화전의 복구에 대해서는 사실 전혀 생각해본 적이 없었으니 그럴 수 있었다. 걸서가 그 모습을 보고는 황급히 웅사리 대신 입을 열었다.

"공부에서 구체적으로 예산을 정하지 않았기 때문에 웅사리로서는 함부로 말할 수 없는 듯하옵니다. 하지만 소인은 강희 십이 년에 당시 상서로 있던 미한사米翰思에게 물어본 적이 있사옵니다. 당시 그 사람은 약 삼십만 냥이 들 것 같다고 했사옵니다."

강희가 잠시 고민하는 모습을 보였다. 하지만 잠깐 동안이었다. 바로 뭔가 결심한 듯 웅사리를 향해 말했다.

"좋아! 삼십만 냥을 조정에서 적극 지원해 주겠어. 우선 명주와 색액도에게 공문을 보내 공부에서 십만 냥을 지원하라고 해. 나머지 이십만 냥은 북경에 있는 여러 왕들이 자신들을 보살펴주는 관제關帝(관우關羽를 의미함)에게 보답하는 차원에서라도 기꺼이 내야 하는 의연금으로 충당하라고 하게."

강희가 지시를 내린 다음 좌중을 둘러봤다. 그러다 도해에게 이르자 바로 시선을 멈췄다.

"도해, 짐한테 무슨 볼일이 있는 것인가?"

도해는 잔뜩 겁을 집어먹은 채 쩔쩔매고 있었다. 안으로 들어온 지 한참이 지났음에도 강희가 눈길 한 번 주지 않으니 더욱 심해졌다. 그러다 강희가 갑자기 질문을 던지자 당황해서 어쩔 줄을 몰랐다. 얼마 후에야 겨우 황급히 머리를 조아리면서 입을 열었다.

"소인…… 폐하께 사죄를 드리러 왔사옵니다."

"흥! 자네처럼 대단한 사람이 무슨 죄를 지었겠나?"

강희가 웬일로 냉소를 흘리면서 비아냥거렸다. 깊이를 알 수 없는 물속처럼 심오한 눈빛과 함께였다. 그 눈빛은 소름이 끼칠 정도로 차가웠다. 다시 강희의 말이 이어졌다.

"여국주가 자네의 결코 용서할 수 없는 세 가지 죄를 포함한 열 가지 큰 죄를 쭉 열거해 보냈어. 짐이 읽어보고 의견을 첨부해 대신들의 회의에 넘겼어. 굳이 말을 하지 않아도 누구보다 발이 빠른 자네는 벌써 읽어 봤겠지. 무슨 죄를 지었는지 아는 사람이라면 문 닫아 걸고 개과천선할 생각이나 해야지 여기에는 왜 왔는가? 뭔가 속이 뒤집힐 일이 있어 짐에게 찾아와 하소연이라도 하려는 것인가?"

강희의 질책에 도해가 황급히 상체를 깊숙이 숙이면서 아뢰었다.

"소인이 죽을죄를 지은 것은 맞사옵니다! 하지만 소인이 그날 병사들을 거느리고 출정하던 자리에는 폐하께서도 계셨사옵니다. 그때 폐하께서 말씀하신 여섯 가지 군령軍令 중에 '백성의 재물을 노략질하는 자는 처형한다'라는 조항은 없었사옵니다. 소인은 그 생각을 하고 군비가 부족해 혼란을 빚을까봐 그것을 충당한다는 차원에서 일부러 못 본 척을 한 것이옵니다. 당시 군비는 고작 오만 냥밖에 없었사옵니다. 더구나 몇 년 동안 반란을 진압하는 전투가 이어졌어도 호부에서는 단 한 푼의 군비도 지원해주지 않았사옵니다. 폐하께서 밝으신 천심天心으로 조사를 해보시기 바라옵니다."

"그 일에 대해서는 짐도 알고 있네. 짐이 알고 싶은 것은 왕보신이 어떻게 죽었느냐 하는 거라고!"

강희가 무뚝뚝하게 도해의 말허리를 자르며 물었다. 도해는 머리를 망치로 한 대 얻어맞은 듯한 충격을 받았다. 강희가 가장 떠올리고 싶지 않은 부분을 입에 올렸기 때문이었다. 과거 왕보신이 조정에 있을 때 도해는 그와 둘도 없는 우정을 과시했다. 그러나 그 후 삼번의 난이 일어나면서 상황이 묘하게 꼬이기 시작했다. 급기야 평량平凉 사변 때는 왕보신이 반란을 일으키기까지 했다. 강희로서는 당연히 가장 신임하는 도해와 주배공에게 토벌 명령을 내렸다. 다행히 평량 대전은 도해와 주배공이 맹활약한 조정의 승리로 끝났다. 왕보신도 패잔병을 거느리고 투항을 요청해 왔다.

도해와 주배공은 그의 요청을 받아들였으나 강희의 생각은 달랐다. 배은망덕을 저지른 왕보신이 아무리 생각해도 너무나도 괘씸했던 것이다. 결국 비밀리에 그를 북경으로 불러들여 능지처참에 처해 버릴 생각까지 했다. 왕보신은 그때 투항의 대가로 북경으로 불려가 상을 받을 수도 있다는 엉뚱한 생각을 하면서 완전히 꿈에 부풀어 있었다. 모든 것을 다 알고 있던 도해로서는 그 모습을 지켜보고 있을 수만은 없었다. 급기야 넌지시 강희의 속셈을 왕보신에게 흘리고 말았다. 왕보신은 바로 절망에 빠져 한탄을 하기 시작했다. 나중에는 자신의 일에 도해를 연루시킬 수 없다고 생각한 듯 술에 흠뻑 취한 채 자신의 부장部將에게 젖은 종이를 얼굴에 덮어달라고 부탁한 다음 질식사하는 길을 선택했다.

　도해는 강희가 모든 것을 알고 있다는 사실을 모르지 않았다. 그럼에도 다그쳐 묻는 이유는 간단했다. 강희가 그의 행동에 몹시 화가 났다는 얘기였다. 도해가 침을 꿀꺽 삼키면서 입을 열었다.

　"그 부분에 대해서는 소인은 정말 드릴 말씀이 없사옵니다."

　도해의 말이 채 끝나기도 전에 옆에 있던 걸서가 퉁명스럽게 내뱉었다.

　"감추고 뭐고 할 게 있나요. 남자라면 자신이 저지른 일에 대해서 책임을 져야죠!"

　웅사리 역시 한마디 거들고 나섰다.

　"폐하께서 물으시는데 '드릴 말씀이 없다'라니? 세상에서 처음 들어보는 기가 막힌 말이구먼!"

　좌중의 비난의 화살이 사정없이 도해에게 내리꽂히고 있었다. 그로서는 기가 죽은 척이라도 해야 했다. 그가 떨리는 목소리로 대답했다.

　"두 분 대인의 말씀이 모두 지당하십니다. 당시 소인이 무원대장군으로 봉해졌을 때 조서에는 '상황에 따라 일을 처리하라'라는 명령이 있었습니다. 그래서 주배공이 혼자서 왕보신을 찾아가 투항을 권했습니다. 그러면서 소신과 주배공 자신의 목숨을 걸고 왕보신의 안전을 책임져 주겠노라고 약속을 한 모양입니다. 소신은 그때 정말 진퇴양난이었습니다. 왕보신을 죽이지 않으면 나라의 법에 어긋나는 행동을 하게 되는 것이었습니다. 불충을 저지르게 되는 것이었죠. 그러나 왕보신을 북경으로 보내 능지처참의 형벌을 받도록 하게 되면 또 어떻게 됐겠습니까? 그에게 식언食言을 하는 격이 될 수밖에 없었습니다. 나아가 주배공도 신의를 저버린 비열한 인간으로 만들 수밖에 없었습니다. 그 진퇴양난의 순간에서 저는 고민에 고민을 거듭했습니다. 그러다 두 상황을 다 만족시킬 수 있는 중간 방법을 선택했습니다. 왕보신이 자살을 하도록 방조했습니다. 아니 명령을 내린 것이나 마찬가지입니다……."

도해로부터 사건의 자초지종에 대해 다 듣고 난 강희의 얼굴이 더욱 굳어졌다. 급기야 자리에서 벌떡 일어나더니 신발 소리를 크게 내면서 실내를 왔다 갔다 했다. 한참 후에 그가 긴 한숨과 함께 다시 입을 열었다.

"듣고 보니 자네는 그 와중에도 충신인의忠信仁義 등의 덕목을 다 생각했군. 챙길 것은 다 챙겼다는 얘기가 아닌가! 혼자서 좋은 사람 되는 것이 그리도 급했던가? 그 와중에 짐의 입장을 조금이라도 생각해 줬더라면 어디가 덧나는가? 왕보신 그 자식, 짐이 어떻게 대해 줬는가? 짐은 입고 있던 옷이라도 벗어주고 싶었어. 입 안에 이미 들어간 음식이라도 아껴 두었다가 먹이고 싶었어. 그런데 그자는 어떻게 했냐고! 짐의 신하인 경략대신을 죽였어. 또 짐이 그 죄를 씻기 위해서 큰 공을 세우라고 했더니 오히려 반란을 일으켰어. 게다가 세 개나 되는 성省의 수많은 백성들을 유린하고 멀쩡하던 강산을 피폐하게 만들었어. 그런 다음 나 몰라라 하고 무책임하게 자살을 해? 왕보신이 반란을 일으키지만 않았어도 오삼계를 제거하는 작업이 적어도 이 년은 앞당겨졌을 거야. 그렇게 해줬더라면 어떻게 오늘날 태화전을 수리할 돈조차 없어서 쩔쩔매는 지경에 이르렀겠는가?"

강희는 말을 마치고는 자신도 모르게 눈물을 흘렸다. 자신이 아끼던 표미창豹尾槍까지 하사하면서 인간적으로 마주 앉아 가슴 절절하게 부탁했던 그날의 기억이 떠올랐던 것이다. 강희가 북경을 떠나기 직전 왕보신을 만나던 자리에 함께 배석했던 웅사리와 걸서 역시 느낌이 남달랐다. 잠시 후에 강희의 말이 이어졌다.

"짐이 특별지시를 내려 배은망덕한 왕보신을 북경으로 부른 것도 사실은 정말 한번 보고 싶어서 그런 것이었어. 도대체 속이 어떻게 생겨먹은 사람이기에 짐이 비참해질 정도로 배신을 했는지 그게 궁금했어. 또 은혜를 원수로 갚는 인간은 도대체 어떤 몰골로 나타나 어떤 식으로 행동할까 하는 것도 솔직히 알고 싶었고……."

강희가 독백과 다름 없는 말을 내뱉자 도해는 감정이 북받쳐 오르는 모양이었다. 바닥에 엎드린 채 어깨를 들썩이면서 마구 울었다. 걸서가 강희마저 비감한 얼굴을 하고 있는 것을 보고는 황급히 나섰다.

"폐하께서는 천하를 좌우하는 만인의 주인이시옵니다. 우주를 품을 만한 아량을 가지고 계시옵니다. 왕보신이 죄가 두려워 자살하기는 했사오나 그 역시 하늘 같으신 폐하께서 주살한 것이 아닌가 하옵니다. 소인의 짧은 식견으로는 이 일은 여기에서 종지부를 찍는 것이 어떨까 하옵니다."

"명령을 전하라! 여국주를 부도어사副都御史로 승진시킨다!"

강희가 짧막하게 명령을 내리고는 눈가의 눈물을 닦은 다음 바로 자세를 고쳐 앉았다. 이어 도해를 향해 말했다.

"자네는 누가 뭐라고 해도 공신이야. 고작 삼만 명에 불과한 병사를 거느리고 찰합이의 반란을 십이 일 만에 잠재웠어. 십만 명에 이르는 평량의 반란군도 섬멸했어. 조정을 위해 혁혁한 전공을 세운 것은 사실이야. 하지만 공과는 분명히 해야 해. 우선 자네의 그 공로를 치하하는 의미에서 일등백一等伯으로 진급시키겠네. 또 결코 용납할 수 없는 잘못을 저지른 벌로는 자네의 쌍안화령을 회수하는 것으로 대신하겠네!"

재상으로도 임명될 수 있는 일등백으로 승진하는 것은 정말 대단한 영광이었다. 그러나 쌍안화령을 회수당하는 것 역시 대단히 체면이 깎이는 엄벌이라고 할 수 있었다. 강희는 이처럼 극과 극인 영광과 굴욕을 도해 한 사람에게 하사하고 강요했다. 완전히 뺨 치고 어르는 격이었다. 걸서를 비롯한 좌중의 다른 사람들은 도해에 대한 강희의 상과 벌에 대해 대체로 수긍하는 눈치였다. 반면 웅사리는 뭔가 불만이 있는 것 같았다. 하지만 곰곰이 생각해 봐도 달리 처벌할 마땅한 방법이 없었다. 그때 도해가 머리를 무겁게 조아리면서 외쳤다.

"황은皇恩이 망극하옵니다!"

"그만 일어나게."

강희가 어느 정도 마음의 평안을 되찾았는지 차를 한 모금 마시는 여유를 보였다. 그리고는 바로 웅사리에게로 고개를 돌렸다.

"돈에 관해서는 조금 있다가 자네가 도해와 상의해 보게. 도해의 군비에서 좀 조달할 수 있지 않을까 싶네. 어찌 됐든 몽고 난민들은 구제를 해줘야 하니까 말이야. 다른 걱정 말고 나는 얼굴에 철판을 깔았소 하면서 많이 내놓으라고 떼를 쓰게. 저 사람은 있는 것이 돈뿐일 테니까!"

강희는 개봉에서 6일 동안 머물면서 거의 매일이다시피 황하 기슭으로 나가 물의 높이를 살폈다. 열 곳이 넘게 무너진 제방 역시 거의 다 둘러봤다. 이어 일주일째 되던 날에는 제방이 제일 크게 터져 나간 철우鐵

牛진이라는 곳으로 향했다.

철우진은 성부省府인 개봉에서 동북쪽으로 대략 20여 리 떨어진 곳에 자리를 잡고 있었다. 대대로 물난리를 겪어온 무척이나 불우한 사람들이 사는 곳이었다. 일반적으로 점성술에서는 12간지十二干支가 상생상극相生相剋한다고 한다. 이 원리에 비춰볼 때 축丑은 음토陰土에 속한다. 양수陽水와는 상극이다. 철우진에 사는 주민들은 이 사실을 모르지 않았다. 그래서 해마다 찾아오는 엄청난 재난을 피하려면 '철우鐵牛'를 세워야 한다는 믿음이 서서히 싹트게 됐다. 또 여기에 희망을 걸고 해마다 돈을 한푼 두푼 거두기도 했다. 결국 철우진 백성들은 강가에 무게가 1만 근이 넘는 철우를 세울 수 있었다. 이렇게 점성술에 희망을 걸고 평안을 기원했음에도 제방은 강희 17년 가을에 또다시 맥없이 무너져버렸다. 이로 인해 백성들이 여름 내내 피땀을 흘리면서 가꿔 온 드넓은 농토는 순식간에 모래가 태반인 황하의 강물에 의해 모래사장으로 변하고 말았다.

때는 진시辰時였다. 보기만 해도 잠이 올 것 같은 흐리멍덩한 태양이 게으른 하품을 하면서 중천을 지나가고 있었다. 끝이 보이지 않게 뒤덮은 싯누런 황하의 물결 사이로는 군데군데 통째로 먹혀버린 집들의 지붕이 꼴깍대면서 머리를 내밀고 있었다.

"웅동원熊東園!"

강희가 웅사리를 불렀다. 그래놓고는 말이 없었다. 그저 말 위에서 입술을 꼭 다문 채 실눈을 뜨고 있을 뿐이었다. 그는 두 손을 이마에 얹은 채 저 멀리 굽이치는 황하를 한동안 바라봤다. 얼마 후 강희가 다시 입을 열었다.

"자네는 책을 많이 읽은 사람이니까 말해 보게. 이 황하의 둑이 몇 번이나 터졌는가? 또 그 흐름을 몇 번이나 바꿨는가?"

웅사리는 타고 있던 말의 어깨를 가볍게 두드려 강희 옆으로 바싹 다가가 허리를 굽히면서 대답했다.

"그것까지는 유심히 살피지는 못했사옵니다. 그 점에 대해서는 정말 죄송스럽게 생각하옵니다. 그러나 솔직히 말씀드리면 하도 잦아서 정확하게 계산할 수도 없사옵니다. 대체로 십수 년 내지 삼십 년에서 오십 년 사이에 한 번씩 물길이 바뀌었을 것이옵니다. 또 제방이 터지는 일은 거의 해마다 있었던 것으로 아옵니다. 하늘이 우리 중화中華에 내린 복이자 화의 근원이 아닌가 하옵니다!"

"공과功過의 강이라고 칭해야 정확할 것 같군. 공로가 아무리 커도 상을 줄 수가 없고, 과오가 아무리 커도 벌을 내릴 수 없는 그런 강이라고 할 수 있겠네."

강희가 웅사리의 말에 감개무량한 표정으로 동의한다는 듯 말했다. 이어 다시 한 번 황하의 치수에 반드시 성공하겠다는 자신의 의지를 확실하게 다졌다.

"짐이 재위기간 중에 다른 업적은 거의 없어도 좋아. 대신 이 황하 하나만이라도 제대로 길들일 수 있다면 천추에 길이 빛날 업적이 되지 않겠나!"

강희가 치수에 대한 중요성과 열의를 남김없이 드러내 보이자 웅사리와 걸서는 감히 뭐라고 말을 하지 못했다. 치수의 임무가 막중할 뿐만 아니라 황하와의 싸움이 고달프다는 사실을 그들도 잘 알고 있었던 것이다. 강희가 말고삐를 잡아당기면서 천천히 앞으로 나아갔다. 그러더니 바로 한숨이 섞인 어조로 말을 이었다.

"지금으로서는 우리가 가장 구하기 힘든 인재는 전쟁을 잘하는 장군이나 훌륭한 재상이 결코 아니야. 문치文治의 경우는 짐의 곁에 있는 그대들이 아래 관리들을 잘 다스리고 백성을 위한 정치를 하면 돼. 백성들이 들고 일어나지 않도록 기량을 발휘하면 돼. 전쟁도 그래. 육전陸戰에 능한 장군으로는 도해를 비롯해 주배공周培公, 조양동趙良棟, 채육영蔡毓榮 등이 있잖아. 수전水戰의 경우에는 시랑施琅, 요계성姚啓聖 등이 능력을 발휘하고 있으니 걱정이 없어. 하지만 치수에 대해서만큼은 내로라하면서 가슴팍을 치고 나설 사람이 어디 있는가 말이야. 짐이 즉위하고 나서 앞뒤로 무려 네 명의 하독河督(치수를 담당하는 총독)을 바꿔 봤어. 그러나 신통한 사람은 단 하나도 없었어! 참, 문제야 문제……."

"폐하께서 이토록 인자하신 성심聖心을 소유하고 계시니 하늘이 굽어 살필 것이옵니다. 반드시 도와주실 것이라고 믿어마지 않사옵니다. 그러니 너무 초조해하지 마시옵소서. 또 어제 관보를 보니까 근보靳輔가 이미 이쪽을 향해 길을 떠났다고 하옵니다. 한번 기대를 걸어 봐도 좋을 것 같사옵니다."

웅사리가 달리 위안할 말이 없자 판에 박은 것 같은 말을 강희에게 아뢰었다. 그러자 걸서가 말을 받았다.

"인재가 없을 것 같아 그러십니까? 인재는 많아도 치수에 뛰어난 능력을 가진 사람이 과거 시험에서 팔고문八股文으로 자신의 생각을 논리 정연하게 쓸 수 없는 것이 문제인 것이죠."

강희가 웅사리와 걸서의 설전을 듣고 있다 슬쩍 끼어들었다.

"바로 그렇기 때문에 짐이 과거科擧 하나만을 중요하게 생각하는 것이 아니잖은가. 내일 유지諭旨를 내려 각 성省의 관리들에게 골목 곳곳까지 찾아가 인재를 발굴해내라고 해야겠어. 치수에만 국한하지 말고 천문을 비롯해 지리, 수학, 역법, 음률, 서화, 시사詩詞, 기계 등등의 분야에서 두각을 나타낼 수 있는 사람이라면 전부 천거하라고 말이야. 이제부터는 학문을 잘 닦아도 관리가 될 수 있다는 사실을 못 박아 둬야 해. 근보 이 사람은 명주뿐만 아니라 이광지와 진몽뢰 두 사람도 천거한 바가 있어. 굉장한 재주가 있다고 하는데, 북경에 가 보면 알겠지."

좌중의 사람들은 이광지와 진몽뢰가 갑자기 화제의 인물로 떠오르자 바로 입을 닫았다. 누구 하나 감히 선뜻 나설 생각을 하지 못했다. 원래 두 사람은 약속이나 한 듯 강희 9년에 시험에 합격한 진사였다. 게다가 동년배이자 고향도 같은 아주 가까운 친구이기도 했다. 하지만 10여 년 가까운 시간이 흐르면서 사이가 많이 멀어졌다. 이유는 있었다. 진몽뢰는 시험에 합격한 이후 조정의 밀지密旨를 받고 경정충耿精忠 밑에서 일한 바 있었다. 마침 묘하게도 그때 이광지도 부모의 상을 당해 고향으로 내려와 있었다. 진몽뢰는 아무 의심없이 친구 이광지에게 자신이 수집한 반란군의 정보를 조정에 대신 전해주도록 요청했다. 그러나 이광지가 조정에 올려 보낸 내용에 진몽뢰라는 이름은 전혀 언급되지 않았다. 조정에서는 당연히 이광지의 공로만을 인정할 수밖에 없었다. 반면 진몽뢰에 대해서는 임무를 충실히 수행하지 않고 적군과 한패거리가 돼 놀아났다는 억울한 죄명을 씌웠다. 곧 북경으로 압송까지 당했다. 진몽뢰로서는 억울하고 통분할 노릇이었다. 그의 분노는 얼마 후 '성황城隍에 고함'과 '이광지와 절교를 선언함'이라는 글로 탄생됐다. 게다가 입소문을 거쳐 수많은 사람들에 의해 읽혀졌다. 그럼에도 이광지는 계속 진몽뢰가 배은망덕하고 죄질이 악랄하다면서 탄핵안을 제출했다. 그 바람에 두 사람 사이는 주체할 수 없을 만큼 악화일로를 치달았다. 친구가 아니라 원수가 됐다고 해도 좋았다. 강희 역시 그런 두 사람을 떠올리자 심기가 불편해졌다. 급기야 신경질적으로 말 위에 올라타더니 저 멀리 황하를 내려다봤다. 순간 강바람이 불어와 강희의 남색 장포자락을 높이 휘감아 올렸다.

"거기 그쪽 분들은 뭐 하는 사람들입니까? 어서 피신하지 않고!"

저 멀리 강기슭에서 웬 사람이 한쪽 팔을 곧게 펴 앞으로 내민 채 풍력과 풍향을 측정하면서 고함을 질렀다. 그러나 강희 일행은 영문을 몰라 어정쩡하게 서 있을 수밖에 없었다. 그러자 그가 더욱더 크게 고래고래 소리를 내질렀다.

"여기 당신네 말고 다른 사람이 있나 해서 두리번거리는 겁니까? 귀공자들에게는 눈 없는 물이 비켜가는 줄 아세요? 홍수가 곧 닥치게 생겼어요. 유유자적하게 물 구경할 새가 어디 있다고 그래요? 얼른 철탑 위로 올라가세요!"

강희 뒤에서 따라다니던 어전시위 무단이 상대방의 무례에 화가 난 모양이었다. 바로 씩씩거리면서 말을 달려 나아가더니 채찍으로 남자를 가리키면서 팻대를 올렸다.

"우리 어르신들이 뭘 하든 네가 무슨 상관이야?"

7장
치수治水의 인재

　무단은 관동關東의 마적 패거리 출신이었다. 천성이 거칠고 야만적인 것은 너무나 당연했다. 늘 말보다 주먹이 앞섰다. 그의 성격을 너무나 잘 아는 목자후가 황급히 달려가 말린 것은 그 때문이었다. 그리고는 여전히 한눈 한 번 팔지 않고 풍력을 측정하는 데만 여념이 없는 남자를 아래위로 훑어보더니 물었다.

　"형씨, 여기 있으면 큰일 난다면서 형씨는 왜 여기에서 떠나지 않는 거요?"

　"나는 하백河伯 진천일이니까요! 어쨌거나 입만 열면 욕지거리나 퍼붓고 싶어 하는 그 양반에게는 재주껏 버텨보라고 하고, 나머지 분들은 어서 여기를 떠나세요."

　진황이 자신감 넘치는 어조로 자신을 물의 신인 '하백' 진천일이라고 소개하면서 차갑게 대꾸했다. 그 와중에도 그는 여전히 자기 일에만 몰두하느라 강희 일행에게는 눈길 한 번 주지 않았다. 그리고는 다시 한 마디를 덧붙였다.

"장마가 아무리 조금 늦춰졌다고 해도 늦어도 두 시간 이내에 닥쳐올 겁니다. 그때가 되면 여기는 순식간에 망망대해가 될 거예요!"

강희는 진황의 엄포에도 떠날 생각을 하지 않았다. 오히려 말에서 내리면서 호기심 넘치는 어조로 물었다.

"그러는 당신 목숨은 여러 개란 말이오? 나는 여기에서 목숨을 걸고 그대와 함께 하고 싶소!"

순간 웅사리가 바로 당황하는 표정을 지었다. 눈앞의 이상한 작자가 미쳤는지 여부와는 관계없이 도화신桃花汛(3, 4월 복숭아꽃이 필 무렵 불어나는 강물. 대홍수라는 의미) 같은 노도怒濤가 곧 닥쳐올 것이라는 사실을 너무나도 잘 알고 있었기 때문이었다. 그는 그 사실을 미처 생각하지 못하고 강희를 이곳까지 오게 내버려둔 자신을 책망하지 않을 수 없었다. 황급히 강희를 잡아당기면서 뒤늦게 호들갑을 떨었다.

"용 도련님. 더 이상 뭐 볼 것이 있다고 그러세요? 어서 진 내의 안전지대로 피신해야겠어요. 형씨, 아무튼 고맙소이다!"

강희는 상황이 상황인 만큼 웅사리의 말을 듣기로 하고 일행의 뒤를 따랐다. 그러나 진황을 돌아보면서 큰 소리로 외치는 것은 잊지 않았다.

"정말 그렇게 위험하다면 형씨도 어서 여기를 떠나시오!"

"수량水量과 수위水位를 측정하는 데는 지금만큼 좋은 때가 없습니다. 천금을 주고도 못 사는 시간대가 바로 지금입니다."

진황은 고개도 돌리지 않고 말했다. 목소리는 여전히 자신감이 넘쳤다.

"나에게 물을 먹일 강물은 다음 생애에나 오겠지?"

진황이 여전히 강희 쪽은 쳐다보지도 않은 채 중얼거렸다. 그러더니 곧바로 황급히 상류 쪽으로 걸음을 옮기기 시작했다.

강희를 비롯한 10여 명의 일행은 서둘러 말을 달렸다. 곧 철우진의 전경이 그들의 시야에 들어왔다. 마침 모두들 시장했던 터라 간단히 끼니를 때울 장소를 찾기 시작했다. 다행히 진 안으로 들어오는 길목에 천막을 친 식당이 보였다. 강희 일행은 고민할 것도 없다는 듯 바로 그곳으로 들어가 황하의 특산 음식인 붕어찜을 주문했다. 그러나 강희는 마음이 편치 않은 것처럼 보였다. 수시로 자리에서 앉았다 일어났다 하기를 반복했다. 아무래도 곧 들이닥칠 도화신이 걱정되는 모양이었다. 아니나 다를까, 그는 계속 저 멀리 보이는 강기슭을 주시하고 있었다. 그바람에 젓가락으로 집었던 요리들이 몇 번이고 입으로 가기도 전에 접시에 떨어지고는 했다. 강희는 식당 주변으로 지나다니는 진의 백성들에게도 시선을 던졌다. 그들의 표정은 자신들이 황하와 7, 8리 정도 떨어져 있다는 사실에 안심을 해서 그런지 대체로 평온했다. 일부는 웃고 떠드는 모습도 보였다. 강희는 그들의 모습을 보고 비로소 조금씩 안정을 찾아가기 시작했다. 그러나 여전히 신경이 쓰이는 듯했다. 목자후가 분위기를 바꿔보려고 씩 웃으면서 아뢰었다.

"숲이 무성하면 별의별 새가 다 모인다고 하옵니다. 그 자식은 미친놈이 분명할 것이옵니다. 너무 신경 쓰지 마시옵소서, 폐하!"

강희 역시 목자후의 말에 공감하는 듯 머리를 가볍게 끄덕이고는 말없이 술잔을 들었다. 그러나 웅사리와 걸서는 강희가 여전히 침울한 표정을 보이자 안절부절못했다. 강희의 양 옆에 조심스레 쭈그리고 앉은 채 붕어찜에 젓가락을 댈 엄두를 못 내고 있었다. 그저 함께 상에 오른 야채무침만 조금씩 집어 먹었다.

한참 그렇게 하고 있을 때였다. 갑자기 진황이 가게 안으로 들어왔다. 전혀 생각지도 못했던 일이었다. 그는 강희 일행 앞에서 보여준 배포만큼이나 식성도 좋았다. 소병燒餅(구운 밀가루 빵) 두 장과 말린 쇠고기 한 접시를 시키더니 볼이 미어터지게 먹어댔다. 강희는 그 모습을 힐끗 쳐다보면서 몰래 회중시계를 꺼내 들여다봤다. 진황이 말한 시각이 거의 가까워오고 있었다. 강희가 야유조로 진황에게 물었다.

"어이, 자칭 하백이라고 하신 형씨! 순진한 우리를 가지고 논 것 같소. 두 시간이면 닥쳐온다던 홍수가 왜 아직 감감무소식인 거요?"

진황은 강희의 질문에 즉각 대답하지 않았다. 대신 대수롭지 않은 시선으로 해를 확인한 다음 상류 쪽을 힐끗 쳐다봤다. 그러더니 입 안에 가득 담긴 음식을 씹어 넘기면서 말했다.

"아무리 좋은 시계라도 해보다는 정확하지 않을 것 아니겠어요? 잠깐만 기다려 보세요!"

걸서와 웅사리는 진황이 할 말이 궁해 얼렁뚱땅 대충 넘어가려고 그러는 줄 알았다. 얼굴에는 상대를 우습게 보는 듯한 실소도 흘렸다.

그러나 이내 그들의 표정은 변하고 말았다. 마치 우렛소리처럼 파도가 밀려오는 소리가 저 멀리에서부터 간간이 들려오기 시작한 것이다. 순간 대지는 그 진동으로 인해 덜덜 떨었다. 조용하던 철우진에서는 졸지에 엄청난 소란이 일기 시작했다. 가장 먼저 지보地保(지방에서 관청을 위해 주민들에게 부역을 부과하거나 재물 징발 등을 맡아 보던 사람)가 땀범벅이 된 채 징을 울리면서 뛰어다녔다. 목에 핏대를 세우고 소리를 질렀다.

"주민 여러분, 큰 홍수가 곧 닥칠 것 같습니다. 어서 저쪽에 마련된 대피소로 피하세요!"

자그마한 마을은 삽시간에 아수라장이 되고 말았다. 곳곳에서 백성들의 비명소리와 덩달아 놀라 뛰어다니는 개와 돼지들의 울부짖음이 들려왔다. 그 와중에 열심히 염불을 외는 할머니들의 모습도 눈에 띄었다.

"이것들 보세요, 왜 아직까지 이러고 서 있는 겁니까!"

식당 주인이 하얗게 질린 얼굴을 한 채 뛰어 들어오면서 다급하게 강희 일행을 다그쳤다. 넋이 나간 듯 저마다 엉거주춤 일어나 있는 강희 일행의 자세가 불만인 듯했다. 그가 다시 큰 소리로 윽박질렀다.

"올해는 이전과는 달라요 제방이 다 터져버렸다고 하네요! 어서, 어서 저쪽으로 피하세요!"

"자라 보고 놀란 가슴 솥뚜껑 보고 놀란다는 격이 바로 이렇군. 여기는 철우진이에요. 소의 신이 물을 꽉 막고 있는데, 무슨 걱정이에요? 가고 싶은 사람은 다들 가세요. 대신 이 맛있는 음식은 이 진 아무개가 다 차지하겠습니다. 마침 잘 됐군. 내일 한단으로 돌아가야 하는데, 뜻하지 않은 진수성찬으로 포식을 하게 돼서 말이야!"

진황이 자리에서 일어나 목을 내민 채 강기슭을 바라보다 다시 돌아와 앉은 다음 피식 웃었다. 전혀 걱정할 것이 없다는 태도였다. 강희는 그의 자신만만한 거동과 말투에서 상대가 가진 잠재력을 어느 정도 간파할 수 있었다. 그러나 여전히 상황이 심상치 않다고 봤는지 진황을 붙잡으며 말했다.

"내일은 내가 술상을 차려 환송을 해주겠소. 그러니 오늘만큼은 너무 위험하니까 여기를 떠나는 것이 어떻겠소?"

그러나 진황은 거의 부탁하다시피 하는 강희를 쳐다보더니 바로 머리를 저었다. 얼굴에는 약간 고마워하는 눈치가 읽혔지만 그는 강희의 권유를 거절했다.

"생각해주시는 것은 고맙네요. 하지만 나는 여기에 남아서 상태를 지켜봐야 합니다. 이번 도화신은 철우진까지는 올라오지 못할 테니 너무 걱정은 하지 말고요!"

소륜과 덕능태는 진황의 말에 한심하다는 표정으로 그를 쳐다봤다. 그러다 바로 다짜고짜 강희에게 다가가서는 팔을 양옆에서 끼고 자리를 뜨려고 했다. 그러자 강희가 황급히 그들을 물리치면서 갑자기 매서운 표정을 지은 채 진황에게 물었다.

"그건 왜 그렇소? 당신이 신선이라도 된다는 얘기요?"

진황은 예상하지 못했던 강희의 태도에 깜짝 놀랐다. 그러나 곧 정신을 수습하고는 크게 웃으면서 대답했다.

"신선이 어디 있겠습니까! 가르쳐 드리죠. 황하의 강물은 반 이상이 모래와 흙입니다. 또 철우진 일대는 강의 폭이 무려 오백 장丈, 평균 수심이 칠 척尺입니다. 그래서 홍수가 닥쳐온다고 해도 고직 두 장밖에 높이가 불어나지 않아요. 게다가 강기슭은 진의 중심에서 천백 장이나 떨어져 있어요. 때문에 홍수로 만들어지는 모래사장이 바로 천연 장벽이 되는 겁니다. 물속에 있는 모래는 물의 흐름을 완화시킵니다. 또 물이 흐르는 속도가 느릴수록 흙모래는 더욱 많이 쌓이게 됩니다. 그러면서 자연스레 긴 제방도 생겨나는 거죠. 그러니 인력으로 제방을 쌓지 않고도 충분히 물을 막아내는 효과를 볼 수 있어요. 황제를 위해 수십만 냥에 달하는 은을 절약시켜 주는 격이 아닐까요?"

진황은 황하에 대해서는 통달한 전문가다웠다. 모든 특징을 조목조목 짚어가면서 거침없이 토해내고 있었다. 강희는 그런 진황의 모습에 완전히 반한 듯 멍하니 선 채 귀를 기울였다. 진황이 그런 강희를 힐끔 쳐다보더니 쇠고기를 한입 가득 입에 집어넣고 마구 씹으면서 계속 열변을 토할 자세를 취했다. 그러자 참다못한 무단이 진황의 얼굴에 침을 뱉으면서 윽박질렀다.

"아가리 찢어놓기 전에 그만 입 다물지 못해! 뒈지고 싶어 환장을 했군!"

웅사리 역시 무단의 무례하기 이를 데 없는 행동에 장단을 맞췄다. 무단의 말이 끝나기 무섭게 바로 명령을 내렸다.

"덕능태! 소륜! 뭘 하고 서 있는가? 도련님을 모셔가지 않고!"

덕능태와 소륜이 웅사리의 질책에 즉각 우렁차게 대답했다. 그러더니 다짜고짜 강희를 말 위에 태웠다. 동시에 무단이 힘껏 말의 엉덩이에 채찍질을 했다. 그러자 말이 두 다리를 한껏 치켜 올리면서 하늘을 찢는 듯한 소리를 지르면서 먼지 속으로 내달렸다. 무단 역시 일그러진 얼굴로 말 위에 올라타더니 채찍을 들어 진황의 코를 가리키면서 무섭게 소리를 내질렀다.

"다른 곳에서는 내 눈에 띄지 않는 게 신상에 유리할 거야!"

그렇게 내뱉은 무단은 곧바로 강희 일행을 쫓아 말을 달렸다. 진황은 주위를 둘러봤다. 사람들이 빠져나간 마을은 완전히 텅텅 비어 있었다. 그 와중에도 하늘과 땅을 뒤흔드는 파도의 울부짖는 소리는 점점 가까워지고 있었다. 하지만 진황은 천막 밑에서 혼자 떡하니 버티고 앉아 있었다.

과연 이후의 상황은 진황의 말대로 전개됐다. 황하의 홍수는 철우진까지 거슬러 오지 못했다. 또 그의 말대로 첫 번째 강물이 밀려간 다음 과연 10척은 더 될 법한 천연 장벽이 기적처럼 새롭게 나타났다. 다음 날 이른 아침, 걱정으로 밤잠을 설친 강희는 목자후를 서둘러 진 안으로 보냈다. 목자후의 눈에 비친 현장은 바로 하루 전과 전혀 다를 바가 없었다. 피난을 간 백성들은 여전히 돌아오지 않고 있었다. 또 강희가 마련해 놓았던 술상은 진황에 의해 볼썽사납게 널브러져 있었으나 진황은 온데간데없이 보이지 않았다.

강희는 북경으로 돌아오는 내내 표정이 썩 밝지가 않았다. 어린 태감인 진철秦哲은 그런 강희를 웃겨주기 위해 있는 재주 없는 재주를 총동원해 재롱을 떨었다. 그러나 그런 지극정성이 오히려 강희의 화를 돋우고 말았다. 급기야는 한바탕 곤장 세례를 받았다. 이에 반해 무단의 경우는 달랐다. 그는 비록 눈치가 이빨 빠진 도끼날처럼 무디기로 유명했으나 이날만큼은 강희의 속마음을 점칠 수가 있었다. 강희에게 절실히 필요한 사람인 진황이 종적도 없이 사라진 것을 너무나도 애통해 한다는 사실을. 무단은 또 자신이 강희의 일에 방해가 됐다는 사실을 깨닫는 데도 그다지 오랜 시간을 필요로 하지 않았다. 그런 상황에서 강희가 종종 아무한테나 화풀이를 한다는 사실을 모를 리가 없었다. 평소와는 달리 말 한마디 하지 않고 가만히 있었던 것은 다 그 때문이었다. 웅사리 역시 사건의 전말을 너무나 잘 아는 터라 찍소리 하지 않고 조심스레 강희의 뒤를 따라 갔다. 괜히 무모하게 말 한마디 잘못했다가는 경을 칠 것이 뻔했던 것이다.

안휘성 순무인 근보는 수하에 몇몇 능력 있는 참모들을 두고 있었다. 그로 인해 무슨 일을 처리할 때면 신속하기가 이를 데 없었다. 강희의 유지諭旨를 받들어야 했을 때도 그랬다. 2개월 동안 산재해 있던 일처리를 마무리 짓느라 바빴다. 또 미처 처리 못한 각종 사안은 자번사咨藩司(번의 사무를 주로 보는 관청)아문에 넘겨 대행하도록 했다. 이어 두 명의 수하를 먼저 청강淸江으로 파견해 황하, 회하가 운하와 만나는 지점을 시찰하도록 했다. 그 모든 것은 하독의 총지휘부를 제령濟寧에서 청강으로 옮기도록 해주십사 하는 상주문을 올리기 위한 준비였다. 그는 모든 준비가 끝나자 그제야 자신이 제일 믿고 따르는 참모인 봉지인封志仁을 불러 바둑을 두는 한가한 시간을 가질 수 있었다. 물론 얼마 후면 곧 부임해야 할 하독 자리에 대한 부담으로 인해 바둑을 두면서도 마음은 참외밭에 가 있었다.

근보는 어렸을 때부터 수리水利에 남다른 감각을 보인 나름 그 분야의 천재였다. 실적도 보통이 아니었다. 때는 강희 10년이었다. 그는 당시 안휘성 순무로 부임했다. 일이 되려고 그랬는지 마침 황하가 물의 흐름을 바꿔 안휘성 경내를 경유하게 됐다. 치수 담당으로서는 새내기였음에도 대단한 성과를 올린 것은 바로 그때였다. 그 이후부터 그는 입을 가진 사람들로부터 하나같이 치수에 능한 인물이라는 칭찬 세례를 받았다. 하지만 그는 이번에 차례가 돌아온 하독 자리가 왠지 모르게 부담스럽기만 했다. 불안하기가 이를 데 없었다. 황하는 기본적으로 물길이 삼문협三門峽에서 동쪽으로 흘러간다. 그런 후에 물의 흐름이 점점 완만해진다. 또 휘령徽寧 일대에 이르러서는 지형이 더욱 평탄한 탓에 흙모래가 갈수록 많이 쌓이게 된다. 이렇게 되면 하룻밤 사이에도 물의 수위가 눈에 띄게 높아졌다. 멀리서 바라보면 마치 작은 구릉을 방불케 했다. 그래서 황하는 이른바 '현하'懸河로 불리기도 하는 것이다. 이처럼 황하는 조정에서 볼 때는 대단히 중요한 물길이었으나 예로부터 지방 관리들은 '하독'河督이라는 자리를 별로 대단하게 생각하지 않았다. 아니 오히려 무시했다고 해도 과언이 아니었다. 근보는 물론 강희의 성지가 아직 내려오지 않았기 때문에 자신이 하독이 완전히 됐다고 생각하지는 않았다. 하지만 명주가 하독으로 부임하는 것이 거의 확실하다는 내용의 편지를 보내왔으므로 믿지 않을 수도 없었다. 그것은 직급 상으로만 보면 정이품에서 종일품으로 뛰어오르는 이른바 승진이었다. 그로서는 별로 반갑지만은 않은 승진이기는 했지만.

봉지인은 근보와 마주 앉은 채 딸깍거리면서 바둑알을 집어 계속 반상에 놓고 있었다. 그런데 근보가 자꾸 수를 잘못 보면서 실수를 하는 것이 아닌가. 그는 바둑과는 전혀 관계없는 다른 생각으로 근보의 마음이 무척 복잡하다는 사실을 눈치챘다. 그가 힐끔힐끔 근보를 쳐다보았다. 그는 근보가 입을 열어 속시원하게 가슴속에 담아둔 말을 털어놓을 것이라는 기대를 하고 있었다. 평소의 성격으로 볼 때 가슴속에 있는 말을 담고 있을 위인이 아니었던 것이다.

"지금 나라꼴이 돌아가는 것을 보면 뭐가 뭔지 도통 모르겠어."

아니나 다를까, 근보가 한껏 찌푸렸던 미간을 풀었다. 그러면서 혼잣말처럼 다시 중얼거렸다.

"우리 같은 외관外官들은 갈수록 신세가 처량해지고 있잖아. 검은돈을 좀 쑤셔 넣으려 하면 백성들은 민적民賊이라고 침을 튕기면서 욕설을 퍼붓잖아. 그렇다고 주머니에 돈이 없으면 윗대가리들 성화에 머리가 박살이 나고……. 이러지도 못하고 저러지도 못하고 이거 정말 죽을 맛이군! 에이, 더러워서 원."

봉지인이 공감한다는 듯 머리를 끄덕였다. 이어 조심스럽게 물었다.

"동옹東翁 대인, 이번에 북경 들어갈 때 얼마나 준비해갑니까?"

"뭘 말인가?"

"에이, 딴청 부리지 마세요. 얼마 가지고 가냐고요! 적게 가지고 갈 바에는 아예 안 가져가느니만 못하다고 생각합니다."

"만 오천 냥 챙겨 놨지. 이번에는 나도 탐관오리 해먹는 맛이 어떤가 한번 볼 생각이야. 치수 공사 관련 예산이 내려오면 이번에 가져가는 만 오천 냥을 우선 떼어낼 거요. 돈 많은 순무 정도 된다고 한다면 자기 주머니 털어서 어떻게 해보겠으나 우리는 그자들의 발뒤꿈치도 못 따라가잖아."

근보가 어색한 웃음을 흘리면서 대답했다.

"만 오천 냥이라……."

봉지인이 근보가 밝힌 액수를 나지막하게 곱씹었다. 그러더니 눈을 미묘하게 껌벅거리면서 뭔가 말하려다 도로 입을 다물고 말았다. 그런 봉지인을 힐끗 쳐다보던 근보가 의아한 표정으로 물었다.

"왜, 부족할 것 같아?"

그러자 봉지인이 손바닥을 비비면서 대수롭지 않은 표정으로 웃었다. 그런 다음 시원하게 장광설을 늘어놓았다.

"부족하고 않고의 기준이 어디 있겠습니까! 대단한 인맥이 있으면 한 푼도 쓰지 않는 수도 있기는 하죠. 봉강대리들은 시세가 어떤지 잘 모르겠습니다만 제 고향 친구 한 명은 명주를 찾아갔는데, 문지기한테 천칠백 냥, 당관에게 오천 냥, 만나서는 팔천 냥을 썼다고······. 돈을 무지무지하게 쓴 다음에야 겨우 지부 자리 하나 얻었다고 하더군요. 또 강서성의 유여본劉汝本이라는 사람은 금 천오백 냥으로 불상을 만들어 색액도에게 만수무강하라는 인사로 갖다 바치고서야 회서淮西의 염도鹽道(지방의 식용 소금을 관리하는 관직)가 됐죠. 어디 그뿐인가요. 우리 먼 친척이 되는 사람은 이번에 오만 냥을 들고 갔다고 하더군요. 이거는 정말 장사하는 것과 똑같은 이치가 아닌가 싶네요. 사고 파는 사람 모두가 원해서 매매가 이뤄지듯 공공연하게 이런 일이 발생하고 있잖아요. 더 나아가서는 싼 게 비지떡이라는 얘기까지도 나돌고 있어요. 돈 액수에 따라 관직의 등급이 매겨지는 것은 뇌물 효과의 오차가 거의 없다는 얘기가 아닐까요?"

근보는 봉지인의 말이 채 끝나기도 전에 흥분했다. 안색이 붉으락푸르락해지고 있었다. 그러더니 몸을 의자 등받이에 거칠게 기대면서 목을 비튼 채 말했다.

"그렇다면 쥐뿔도 가진 것이 없는 나는 앞으로도 별 볼 일 없을 거라는 얘기 아닌가! 그래도 그까짓 것 못해 먹으면 못해 먹었지 더 이상은 안 돼! 만 오천 냥 가지고 가는 것도 혹시나 공연한 시비에 말려들지 않을까 우려돼 준비해 둔 거라고. 그것들한테 잘 보이고 싶어서 그런 것이 절대로 아니야. 마음대로 해보라고 하지!"

두 사람 사이에 잠시 침묵이 흘렀다. 그때 문지기가 들어오더니 말을 전했다.

"대인, 밖에 어떤 젊은 부녀자가 아이 두 명을 데리고 와서 대인을 뵙기를 청합니다. 이안계李安溪 어른의 가족이라고 합니다."

문지기는 뭔가 할 말이 남았는지 입을 실룩거렸다. 하지만 끝내 말을 하지 않았다. 이안계는 다른 사람이 아니었다. 바로 이광지였다. 그는 평소 이광지와 별로 가깝게 지내지 않았다. 그저 길에서 만나면 가벼운 인사 정도만 하고 지내는 사이였다. 그런데 조정의 막강한 대신으로 잘 나가는 이광지가 무슨 이유로 마누라와 아이들을 그에게 보낼 생각을 했을까. 그는 도무지 이유를 알 수가 없었다. 게다가 친필 편지나 명함이 있는 것도 아니었다. 그저 모자 셋이 불쑥 찾아왔을 뿐이었다. 그는 상황이 심상치 않다는 사실을 직감적으로 느꼈다. 가슴속에서는 이런저런 의혹이 일었다. 그럼에도 일단 겉으로는 아무렇지도 않게 말했다.

"그런 일이면 알아서 모셔야지, 뭘 하고 서 있는가!"

문지기는 알겠다고 대답을 했다. 그러나 평소와는 달리 엉거주춤하면서 계속 얼버무렸다.

"예……. 하지만 그 사람들 셋은…… 아무리 봐도 행색이 너무 초라합니다. 고관의 친인척이 아닌 것 같습니다. 꼭 거지 같은 옷차림이더라고요."

문지기의 말에 근보가 못 참겠다는 듯 자리에서 벌떡 일어섰다. 그러나 이내 다시 주저앉았다. 당장 어떻게 해야 할지를 모르는 것 같았다. 결국 그가 도움을 청하는 표정으로 봉지인을 쳐다봤다. 봉지인이 눈치빠르게 물었다.

"근보 어른은 가족이 여기 함께 있지를 않아 만나주기가 좀 불편하다고 말하지 그랬는가? 여기에서는 이임을 하고 내일 북경으로 떠난다는 얘기를 하지 그랬는가?"

문지기가 즉각 대답했다.

"봉 대인께 아룁니다. 소인도 그런 식으로 말했습니다. 그랬더니 그 여자가 하는 말이 이상했습니다. 어른께서 북경으로 가신다는 소문을 들었다고 하더군요. 그러면서 노자가 무일푼인 자기 세 명을 데리고 가 달라고 부탁하기 위해 일부러 찾아왔다고 했습니다."

근보가 잠시 망설였다. 이어 할 수 없다는 표정으로 한숨을 쉬면서 지시했다.

"그렇다면 일단 들여보내게."

잠시 후 문지기의 뒤를 따라 행색이 초라하기 이를 데 없는 젊은 여자가 들어왔다. 스물일곱 살 가량의 여자는 키가 크고 날씬한 몸매를 하고 있었다. 얼굴도 갸름했다. 비록 초췌한 모습이기는 했으나 외모는 나름 괜찮아 보였다. 한 손에 하나씩 아이의 손을 잡고 엉거주춤 따라 들어선 여자는 근보가 뭐라고 하기도 전에 먼저 무릎부터 꿇었다. 그러면서 나지막한 목소리로 말했다.

"천첩賤妾 이수지李秀芝가 근 대인을 만나 뵙고 인사 올립니다……."

여자는 웬일인지 남편의 체면도 생각하지 않고 한없이 고개를 숙였다. 그런 그녀를 근보가 가볍게 부축해 일으켜 세웠다.

"부인, 이렇게 하시면 안 됩니다. 어서 일어나십시오. 이 대인은 현재 천자의 총애를 한 몸에 받는 신하입니다. 저도 그 덕을 많이 보는 편입니다. 그런데 제 앞에서 무릎을 꿇으시다니 웬 말씀입니까?"

"어르신께 아룁니다."

이수지가 근보의 권유에 못 이기는 척하고 일어나 자리에 앉았다. 곧이어 하인이 들고 온 홍차를 받아들고 얼굴을 붉히면서 말했다.

"천첩은 이 대인의 정실이 아니라서……."

이수지가 말끝을 흐렸다. 그러나 할 말은 다 하고 있었다. 얼마 후 그녀가 홍차를 바로 옆의 아이에게 넘겨주면서 떨리는 목소리로 덧붙였다.

"흥방興邦아, 너부터 좀 마시고 동생에게 줘."

흥방이라는 아이는 어머니의 말을 잘 들었다. 조금 마시는 시늉을 하더니 곧 다른 아이에게 찻잔을 건네주었다.

"흥국興國아, 너도 이걸 조금 마셔."

흥국이라는 아이는 목이 무척이나 말랐던 듯했다. 형이 홍차를 권하자 바로 한꺼번에 꿀꺽꿀꺽 마셔버렸다.

봉지인은 두 아이를 유심히 살펴봤다. 묘하게도 두 아이는 키나 옷차림, 외모가 거의 비슷해 보였다. 쌍둥이 형제인 것이 분명했다. 그가 궁금함을 참지 못하고 입을 열었다.

"나는 봉지인이라는 사람입니다. 실례가 되는 질문인 줄 압니다만 부인은 어떻게 해서 이런 처지에까지 놓이게 됐습니까?"

이수지가 봉지인의 질문을 받자 눈시울을 붉혔다. 앉은 자리에서 몸을 가볍게 움찔 떨면서 대답했다.

"저희 모자 셋은 고향집을 판 돈을 노자로 해서 항주에서 복건성 안계安溪로 왔습니다. 그러나 사정이 여의치 않게 됐습니다. 그렇다고 돌아갈 수도 없어서 주변을 떠돌았습니다. 그러다 근 어른께서 북경으로 떠나신다는 소문을 듣고 요행을 바라고 찾아왔습니다. 어른께서 저희들을 북경에 있는 이광지 어른에게로 데려다만 주신다면……. 저야 괜찮지만 어린 것들이 가다가 죽기라도 할까봐……."

이수지의 눈에서는 어느새 눈물이 방울방울 흘러내리고 있었다.

"안계의 이 대인 본가에는 사람이 없었습니까?"

근보가 이상하다는 표정을 숨기지 않은 채 이수지를 쳐다보면서 물었다.

"그게 아닙니다."

이수지가 소리를 내서 울지 않으려 애쓰면서 입을 막았다. 그리고는 억지로 한참을 참은 다음에야 다시 말을 이었다.

"그분들은……, 저희를 인정해주지 않았습니다."

이수지의 말에 근보와 봉지인의 시선이 누가 먼저라고 할 것도 없이 서로 빠르게 부딪쳤다. 이광지의 본가는 명색이 복건성의 명문가라고 할 수 있었다. 그런데 알 만한 사람들이 어떻게 그렇게 야멸차게 나올 수가 있다는 말인가. 근보는 머리 위로 열이 확 오르는 기분을 느꼈다. 하지만 겨우 진정하고 이수지에게 물었다.

"두 아드님은 올해 몇 살입니까? 어쩌다가 항주에서 아이들을 낳으셨습니까?"

"어르신, 부탁입니다. 그것만은 제발 묻지 말아 주십시오. 천첩이 거짓으로 이광지 대인의 식구인 척한다고 생각이 되시면 아예 죄를 물어 주십시오. 그렇지 않고 저희를 믿어주신다면 다른 것은 묻지 마시고 도와주십시오. 정 망설여지신다면 찰거머리처럼 들러붙을 생각은 없습니다. 이 물 한 잔의 은혜를 나중에 이광지 대인에게 갚으라고 하겠습니다."

이수지가 눈물을 닦으면서 처연하게 말했다. 도움을 받을 수 없을 것 같다는 판단이 섰는지 곧 자리에서 일어서려고 했다. 근보는 나지막하고 담담한 여인의 말에 멍하니 있다 화들짝 놀라면서 황급히 말렸다.

"오해하지 마십시오. 의심이라니요? 만에 하나 거짓이라면 어떻게 나하고 함께 이 대인을 만나러 가자고 하셨겠습니까!"

봉지인도 근보의 생각을 간파했다. 그의 말이 끝나자 바로 하인을 불러 이수지 모자가 머물 방을 청소하라고 지시했다. 음식과 새 옷 역시 마련하도록 했다.

"난감하기 그지없는 일이로구먼."

근보가 아이들을 데리고 나가는 이수지의 모습을 보면서 길게 한숨을 내쉬었다. 그러면서 봉지인을 바라보며 말했다.

"복건의 이씨 가문에서는 며느리로 인정을 못 받는 처지인 것 같네. 그렇다고 이광지가 받아줄지의 여부도 미지수이고 말이지. 분명히 뭔가 숨겨진 사연이 있는 것 같군!"

봉지인이 대답 대신 부채로 손바닥을 쳤다. 이어 잠시 생각에 잠기더니 천천히 입을 열었다.

"불 보듯 빤한 일입니다. 그런데 이 와중에도 저 여자는 이 대인을 한사코 감싸주려 하고 있습니다. 제가 보기에는 이 대인이 부친상을 당해 고향에 갔을 때 유곽의 여인과 눈이 맞았던 것 같습니다. 도대체 도학道學이라는 두 글자는 어디에다 던져버렸는지……. 아무튼 안 됐어!"

봉지인의 혀를 차는 말에 근보는 놀라움을 금하지 못했다. 뭔가 불길한 예감이 밀려오고 있었다. 그가 안타까운 어조로 말했다.

"자식이 부모님의 마지막 가는 길에 그런 짓을 저질렀다는 것이 사실이라면 죄를 물어 마땅해. 더구나 자신의 혈육을 나 몰라라 하고 도의적인 책임을 회피한다면 그건 추문 정도가 아니지. 인간으로서 차마 할 짓이 아니라고 봐야지. 이 대인은 요즘 상서방을 노릴 정도로 잘 나간다고 하던데, 이 두 가지 죄명을 순순히 인정하려고 할까?"

근보가 길게 숨을 들이마셨다. 그러자 봉지인이 갑자기 웃음을 터트렸다.

"동옹 대인께서는 걱정도 팔자인가 봅니다. 제가 보기에 이 일은 동옹 대인에게는 대단히 좋은 기회가 될 것 같습니다. 동옹 대인이 북경에 가서 이 대인을 위해 이 일을 소리 소문도 없이 덮어 감춰준다면 어떻게 되겠습니까? 이 대인이 동옹 대인을 나 몰라라 하지는 않을 것 아닙니까? 은 만 냥의 효력보다 더 크지 않을까 싶네요. 왜냐고요? 이 대인은 색액도 대인이 제일 아끼는 오른팔이 아닙니까!"

사흘째 되는 날이었다. 근보는 봉지인과 이수지 모자 세 명을 데리고 길을 떠났다. 황하의 흙모래가 조운漕運의 수로를 막아버렸기 때문에 배를 타고 갈 수는 없었다. 그래도 차선책은 있었다. 그것은 황하의 북쪽 제방을 따라 서쪽으로 역행하는 것이었다. 그 길은 강물의 상태를 관찰하는 데 도움이 되었다. 근보는 개봉을 지나 북으로 꺾어 직예 경내에 들어섰다. 그러나 곧바로 한단에 들어가지는 않고 황량몽진 북쪽에 위치하고 있는 한 역참에 여장을 풀었다.

저녁을 먹고 나자 날이 어두워졌다. 근보는 자줏빛 긴 두루마기만 입고 마고자는 걸치지 않은 채 봉지인과 함께 밖으로 나갔다. 저 멀리 황량몽진 일대에서 등불이 찬란하게 반쪽 하늘을 비추고 있는 모습이 눈에 들어왔다. 근보가 물었다.

"지인, 자네는 시험을 보러 가느라 여러 번 이 길을 걸었으니 잘 알지 않는가? 저기 저쪽은 대낮같이 밝은 것이 도대체 뭐하는 곳인가?"

봉지인이 대답을 생각하면서 잠시 머뭇거렸다. 그러자 역참에서 당직을 서는 관리가 봉지인 대신 곧바로 대답했다.

"무대撫臺(순무의 속칭) 어르신, 내일 길을 떠나실 거라면 시간을 내서 구경하시는 것도 괜찮을 것 같습니다. 내일은 사월 사일 아닙니까. 황량몽진에서 지내는 새신賽神(농가에서 수확 후 제물을 차려 놓고 신에게 제사를 지내는 것) 행사가 있습니다. 연극 무대만 무려 여섯 군데나 만들어 놓았습니다."

근보와 봉지인 두 사람은 이런 저런 얘기를 나누면서 어느덧 황량몽진에 도착했다. 담배 한 대 피우는 시간이 채 걸리지 않았다. 관리의 말대로 무대 앞은 과연 무척이나 흥청대고 법석거렸다. 무엇보다 절 안팎에서 수천 개의 촛불이 하늘하늘 춤추고 있었다. 또 수백 개를 헤아리는 해등海燈은 큰 항아리 안에서 달걀보다 굵은 심지를 내보이면서 신들린 듯 춤을 추고 있었다. 주위는 대낮처럼 환했다. 여섯 개의 무대 위에서는 예상대로 한껏 멋을 낸 여자와 남자 배우들이 마치 시합이라도 하듯 목청을 드높이고 있었다. 게다가 심심찮게 치솟아 오르면서 밤하늘을 아름답게 수놓는 폭죽은 깔깔대는 아이들 사이에서 흥겨움을 더해 주었다. 무대 옆에는 각종 먹거리를 파는 상인들이 손님을 끄느라 여념이 없었다. 그 주변으로는 글자로 점을 보는 점쟁이 노인네들의 목소리 역시 간간이 들렸다. 한마디로 어디에 시선을 두어야 할지 모를 정도로 볼거리와 먹거리가 풍성했다. 봉지인이 분위기에 감탄한 듯 감개무량한 어조로 말했다.

"동옹 대인, 보아 하니 공자는 노자나 부처와는 비할 바가 못 되는 것 같습니다! 저는 지난번 곡부에서 있었던 공자孔子의 제사에도 다녀왔는데, 여기보다 훨씬 못했습니다!"

"전쟁이 아직 완전히 끝나지는 않았어도 태평성대가 이미 모습을 드러내고 있는 것 같군."

근보 역시 이수지 문제로 인해 그동안 찜찜했던 기분이 많이 상쾌해진 모양이었다. 목소리가 커지고 있었다. 그가 덧붙였다.

"이제 더 이상 전쟁만 하지 않으면 바로 원기를 회복할 거야! 지인, 봤는가? 여기 외국에서 수입해온 물건도 있군!"

"봤습니다. 해관海關을 통해 밖으로 가지고 나가는 물건은 비단, 차, 도자기……, 그런 것들입니다. 제가 직접 보기도 했습니다. 당연히 그 배들은 돌아올 때 수도 없이 많은 은을 무더기로 싣고 온다고 하더군요. 얼마나 많은지 말도 못해요!"

두 사람의 발걸음은 어느새 절 뒤로 자연스럽게 향하고 있었다. 그곳에는 이전에 고사기가 시를 읽고 느낌을 적는답시고 장난으로 휘갈겨 쓴 '개방귀' 운운한 글자들이 여전히 지워지지 않고 있었다. 근보가 그 글자를 자세하게 들여다보더니 기가 막힌다는 듯 소리내어 웃었다.

"이 고 아무개는 아무래도 너무 잘난 척을 하는 것 같군!"

"전당錢塘의 유명한 재주꾼이지 않습니까. 주위에서 하도 떠받들어 주니까 눈에 보이는 것이 없는 거겠죠."

봉지인이 대수롭지 않은 듯 말했다. 그러다 설명이 부족하다고 생각했는지 몇 마디를 덧붙였다.

"이 사람이 다른 사람이 써 놓은 글을 비판하는 데는 이 세 글자면 충분하다고 들었습니다. 여기에서 '개방귀를 뀌다'는 것은 사람이 개방귀를 뀌다는 뜻입니다. 또 '개가 방귀를 뀌다'는 품행이 단정치 못하나 문장 실력은 그럭저럭 괜찮다는 것을 의미하죠. 마지막으로 '방귀를 뀌는 개'는 인품과 문품文品이 모두 엉망인 사람을 욕할 때 쓰는 말이라고 들었습니다."

봉지인의 말이 채 끝나기도 전이었다. 근보가 더는 참을 수가 없었던 듯 바로 배꼽을 잡고 웃기 시작했다. 그러다 그 옆의 '그대에게 베개를 빌리려 하네'라는 진황의 시 한 구절을 보더니 바로 웃음을 거두었다.

"진황? 어디에서 많이 들어 본 이름인 것 같은데?"

봉지인 역시 진황이라는 이름이 귀에 익었다. 그러나 뚜렷하게 기억나지는 않았다. 그가 부채를 부치면서 잠시 생각하더니 드디어 입을 열었다.

"아, 진황은 바로 진천일이잖습니까! 전당의 진수중陳守中의 동생입니다. 팔자에 물이 부족하다고 해서 어려서부터 일부러 물과 친해지게 하면서 키웠다는군요. 그러다 너무 심하게 물을 좋아하게 됐죠. 또 매일 가까이 하다 보니 이제는 물을 잡는 데는 이골이 났다고 해요. 아, 그리고 깜빡한 것 같은데, 대인은 이 사람이 쓴 《양수편》揚水編을 읽으면서 입에 침이 마르도록 칭찬하지 않았습니까. 바로 그 사람입니다."

봉지인의 말에 근보가 흠칫 놀랐다. 그러더니 곧바로 한숨을 내쉬었다.

"그 사람이었군! 안 됐네, 이런 떠돌이 신세까지 되고 말이야! 소탈한 인간 됨됨이가 엿보이던데, 한번 만나봤으면 좋겠군!"

"그거야 머리 한 번만 돌리면 되는 걸요!"

그때 갑자기 근보와 봉지인과 등 뒤에서 누군가의 목소리가 들려왔다. 그 소리는 잠깐의 사이를 두고 연이어졌다.

"두 분 어르신, 저한테 무슨 볼일이 있으십니까?"

8장
북경으로 몰려오는 천하의 선비들

근보와 봉지인은 느닷없이 들려온 목소리에 놀라서 머리를 돌렸다. 희미한 불빛 속에서 새카맣고 깡마른 사내가 얼굴에 웃음을 머금고 서 있었다. 사내는 평범한 두루마기를 입고 있었다. 때문에 검은 피부색과 너무나 대조적으로 반짝이고 있는 두 눈을 제외하고는 아무리 눈을 씻고 봐도 별스러운 데가 없어 보였다. 그 이름이 우레와 같던 천하의 진천일의 외모는 이처럼 몹시 실망스러웠다. 두 사람은 믿을 수가 없었다. 그러다 봉지인이 뭔가 떠오른 듯 눈을 부산하게 깜박거리더니 말했다.

"오! 이제 보니 그대는 심일心逸 선생의 동생이군요. 이렇게 뵙게 돼서 대단한 영광입니다! 그대의 사촌형 명수明粹 공은 승진을 해서 고요高葽현에서 다른 곳으로 발령이 난 지가 벌써 삼 년째입니다. 지금은 어디에 몸을 담고 계십니까?"

진황은 무슨 말인지 몰라 어리둥절한 표정을 지었다. 그러다 이내 손

뺨을 치면서 크게 웃었다.

"대인, 그대는 꼭 마치 나의 이력을 마구 캐려고 하는 것 같습니다! 하지만 뭘 잘못 알고 계신 것 같습니다. 진심일은 소흥紹興 사람이에요. 전당 진씨와는 친척이라고 하기에는 너무 먼 사이입니다. 제 형은 진백인陳伯仁이라는 분입니다. 자는 수중守中이고요. 대인께서 방금 말한 그 명수라는 사람은 저는 처음 들어보는 이름입니다!"

봉지인의 얼굴이 갑자기 벌겋게 달아올랐다. 난감한 모양이었다. 그러자 근보가 어색한 분위기를 깨기 위해 황급히 나섰다.

"우리 지인 형께서 잘못 기억하셨나 봅니다. 진 선생, 나는 근보라는 사람입니다. 솔직히 말씀드리면 이번에 북경에 불려가 치하총독 자리를 맡을 것 같습니다. 그래서 이 방면에 조예가 깊으신 진 선생에게 치수의 방법에 대해 한두 가지 배우고 싶었습니다. 그런데 이렇게 뜻하지 않게 만나다니, 정말 삼생三生(과거와 현재, 미래)의 행운이 아닌가 싶습니다. 괜찮으시다면 역관으로 같이 가서서 얘기를 나누는 것이 어떻겠습니까?"

진황은 그쯤이야 안 될 것도 없다는 생각을 했다. 그러면서 봉지인을 향해 슬쩍 웃어 보였다.

진황은 하남성에 잠시 일을 보러 갔다가 황량몽진으로 돌아온 지 이미 사흘째였다. 그러나 그는 총총진을 다시 찾을 엄두를 내지 못하고 있었다. 아수가 여전히 한류씨 집에 있는 것이 부담이 됐던 것이다. 솔직히 그는 자신 앞에서 이성을 잃은 채 완전 막무가내로 나오는 부담스럽고 무서운 보일용매 공주를 감당할 자신이 없었다. 하남성에 볼일을 보러 간다고 서둘러 나온 것도 그런 이유 때문이었다. 그 바람에 하지 말아야 할 실수도 했다. 자신이 심혈을 기울여 쓴 저서《하방술요》의 원고를 그만 한류씨 집에 두고 온 것이다. 그는 그게 무척 후회스러웠다. 찾으러 가기도 뭐하고, 그렇다고 10년 동안의 노력이 깃든 원고를 그대로 방치할 수도 없었다. 그는 망설이다 우선 역관에 머무르기로 했다. 그러다 답답한 마음에 밖으로 바람 쐬러 나온 길에 근보를 만난 것이다.

한참 후 진황과 근보는 역관의 마루에서 등잔불을 사이에 두고 마주 앉았다. 그 옆에는 봉지인이 자리를 잡았다. 자리에 앉자마자 근보가 예의상 으레 하는 인사말도 생략한 채 다그치듯 물었다.

"지금의 천자께서는 영특하신 분입니다. 치수를 조정의 최고로 중요한 정무政務로 꼽고 있는 것만 봐도 그 사실을 잘 알 수 있습니다. 진 선생은 그 분야의 일인자이시니, 뭘 가르쳐 주실지 궁금하네요?"

진황은 치수 얘기가 나오자 흥분했다. 눈빛이 더욱 빛났다.

"근 대인이 이토록 간절하게 물어 오시는데, 제가 어찌 솔직하게 직언을 올리기를 주저하겠습니까! 황하는 다들 아시다시피 현재 하도河道와 조운漕運에 백해무익한 원흉이라고 단언해도 과언이 아닙니다. 조운이 직면한 근본적인 문제의 해결책을 찾으려면 황하부터 먼저 손을 쓰지 않으면 안 됩니다. 물론 이건 옛날부터 늘 있어온 말입니다. 천하의 명언이기도 합니다. 자고로 황하를 '우환의 강'이라고도 일컬어 온 것은 바로 이런 현실과 맥락을 같이 합니다. 황하는 청해青海성의 귀덕貴德에서 발원해 섬서와 감숙 두 성의 황토 고원을 흘러서 지난 다음 급류를 형성해 쏟아져 내립니다. 그러나 이때 황하의 물은 표주박에 가득 담았을 때 그 반 이상이 모래입니다. 황하는 개봉에 들어와서부터는 지세가 완만한 탓에 물의 흐름도 느려집니다. 이때에는 모래가 차츰 두껍게 쌓이게 됩니다. 호북성 동쪽, 안휘성 북쪽, 산동성 남쪽, 강소성 북쪽은 이런 최악의 상황이 기승을 부리는 주요 피해 지역이라고 할 수 있습니다. 송宋나라 희녕熙寧(신종神宗 때의 연호) 때를 전후해서 황하의 하도는 주로 남쪽으로 옮겨지게 됩니다. 또 청강에서 회하와 합류해 운하로 흘러들게 되면서 모래가 갈수록 많이 쌓이게 됐습니다. 급기야는 제방이 무너져 조운의 양도糧道를 막아버리게 됐습니다. 이런 최악의 사태를 빚게 된 데에는 자연적인 요인이 없는 것은 아니나 역대 왕조의 치수 관리들이 무능해서 그랬다고 해야 합니다. 여기에 물의 성질을 잘 모르니 더욱 무능해질 수밖에 없었습니다."

근보가 머리를 끄덕여 보이더니 미소를 머금은 채 덧붙였다.

"그런가요? 조금 더 자세하게 듣고 싶군요."

"듣자하니 대인께서는 하독부河督府를 제령에서 청강으로 옮기실 생각을 갖고 계신다던데요. 제 짧은 소견으로는 대인께서는 우성룡보다 훨씬 더 수준이 높은 것 같습니다."

진황이 은근히 근보를 띄워주고는 가볍게 기침을 하면서 말을 이었다.

"물론 우성룡도 치하에 대한 의지는 강합니다. 그러나 치하의 기술은 전혀 없다고 해도 과언이 아니에요. 강희 원년에서부터 지금까지 황하는 거의 해마다 둑이 무너지는 사고를 일으켰습니다. 회수淮水와 고량간高良澗 두 곳만 해도 서른일곱 군데, 고가언高家堰만 해도 일곱 군데의 제방이 무너졌습니다. 더구나 모래가 쌓여 수위가 높아진 황하의 물이 사방으로 넘치면서 마을을 통째로 삼켜버린 일도 비일비재합니다. 그 중 한 갈래의 물길은 홍택호洪澤湖로 흘러들어 바다로 흘러가지 않았습니다. 숙천宿遷, 술양沭陽, 해주海州, 안동安東과 강 하류의 일곱 개 주州로 흘러들어가 순대에다 소를 집어넣듯 황하를 빈틈없이 막아버렸던 겁니다. 그럼에도 우성룡은 사천 년 전 그 옛날에 우 임금이 치수하던 진법陳法을 그대로 옮겨다 썼습니다. 그게 말이나 됩니까? 운하가 막히기만 하면 고작 한다는 짓이 수많은 백성들을 동원해 임시방편으로 흙모래만 퍼내는 것이었으니, 그게 눈 가리고 아옹 하는 격이 아니고 뭐겠습니까? 장마철이 되기만 하면 모든 노력이 수포로 돌아가는데 말입니다. 생각이 주도면밀하지 못할 뿐만 아니라 학문의 깊이가 얕다는 것을 보여주는 단적인 예가 아닌가 합니다. 그러니 근본 대책 마련이 불가능할 수밖에요!"

진황의 말은 너무나도 지당한 얘기였다. 근보 역시 그런 생각을 하고 있던 터였다. 평생의 지기를 만난 것 같은 기분이 들었다. 그 점에서는 치수에 관해서는 나름 일가견이 있다고 자부하던 봉지인도 그랬다. 진황의 분석이 참신하고 일리가 있다는 생각에 자연스럽게 머리를 끄덕였다. 문제는 근보 역시 그런 현실을 타개할 방법이 별로 없다는 사실에 있었다. 그가 한숨을 지었다.

"솔직히 말하면 우성룡 역시 자기 나름대로의 고민은 있었을 거예요. 근본적인 문제에서부터 시작해 천천히 치료해 가자니 시간이 너무 걸려 당장 목말라 하는 황제 폐하의 기대를 만족시킬 수가 없는 게 현실이에요. 직예는 설사 전쟁 시기가 아니더라도 매년 사백만 섬의 식량을 조운으로 보내줘야 하는 곳이 아니겠소. 게다가……."

근보가 황급히 목구멍까지 올라온 말을 삼키고는 대충 얼버무렸다. 강희가 백양정白洋淀, 미산호微山湖 등지에서 수군水軍을 훈련시키고 있는 사실이 아직은 극비 사항이라는 사실을 떠올린 것이다. 그가 서둘러 화제를 돌렸다.

"아무려나 조운을 위한 물길이 막히면 곤란해요!"

"조운의 물길을 통하게 하려면 황하의 치수治水를 해야 합니다! 그런데도 우성룡은 죽어라 하도河道만 넓히고 있지 않습니까? 황하의 흙모래가 하루 이틀 만에 다 퍼낼 수 있는 것은 아니지 않습니까? 퍼내면 또 막히고, 막히면 또 퍼내고 이렇게 하면 만 년이 흘러가도 아무 소용이 없습니다. 폐하께서 그의 하독 자리를 박탈한 것은 대단히 현명한 판단이었습니다."

진황이 냉정한 어조로 말했다. 흥분한 나머지 말이 약간 도를 넘어가고 있었다. 봉지인은 그런 그가 걱정스러운 모양이었다. 불안한 시선으로 근보를 힐끔 쳐다보더니 자리를 고쳐 앉으면서 그에게 물었다.

"그러면 진 선생은 어떤 생각을 가지고 있는지요?"

"네 글자로 정리할 수 있습니다. 속제충사束堤冲沙!"

진황이 손을 저으면서 대답했다. '속제충사'라고? 근보의 눈이 순간 혜성처럼 빛나고 있었다. 상당히 흥분한 것이 분명했다. 그가 자리에서 벌떡 일어나더니 실내를 부지런히 서성거리다 휙 돌아서면서 동의했다.

"묘안일 것 같네요. 좀더 자세히 말해보세요!"

"제방을 쌓아 물길을 좁히고 나아가 속도가 빨라진 물로 모래를 밀어내는 겁니다. 이 방법은 제가 고안해 낸 것이 아닙니다. 명나라의 반계潘季馴이라는 사람이 자신의 저서에서 이렇게 적고 있습니다. 만약 제방을 튼튼하게 높이 쌓고 하도를 좁히면 유속은 엄청나게 빨라질 겁니다. 물의 흐름이 빨라지면 모래가 퇴적될 우려도 없습니다. 뿐만 아니라 이미 가라앉은 모래도 물살에 의해 씻겨 내려가게 됩니다. 따라서 하상河床이 갈수록 깊어지고 하도河道 역시 낮아져 제방이 무너져 내릴 우려도 없어지는 겁니다."

진황은 자신의 말에 스스로 감탄한 듯 손뼉을 치고 웃으면서 다시 덧붙였다.

"이렇게 훌륭한 치수의 방안을 내버려두고 사천 년 전의 케케묵은 방법을 그대로 답습하는 것은 그야말로 연목구어緣木求魚가 아니고 뭐겠습니까?"

봉지인 역시 감동으로 가슴이 벅차오르는 눈치였다.

"진 형, 정말로 대단히 탁월한 견해가 아닐 수 없습니다. 하지만 근보 대인의 임무는 우리가 생각하는 것보다 훨씬 더 막중해요……."

"그러게 말일세. 지금 당장의 우환거리만 해도 적지 않아. 황하의 강물이 흐름을 바꿔 회하와 만난 이후 동쪽으로 흐르는 바람에 회양淮陽 일대는 이미 갯벌이 되고 말았어."

근보가 이마를 치면서 슬픈 감정에 젖어 혼잣말처럼 중얼거렸다. 동시에 자리에 주저앉아 버렸다. 자신의 힘으로는 어쩔 수 없는 절망을 느낀 듯했다. 그러자 봉지인이 씁쓸한 표정을 지었다.

"황하와 회하, 이 두 강의 하무河務는 정말 고된 작업입니다. 하독을 수도 없이 바꿨으나 당사자가 청백리이든 탐관오리든 모두 여기 와서 생고생을 했습니다. 배가 뒤집혀 물을 먹지 않았습니까. 그러니 전철을 밟지 않으려고 아등바등 하기는 하나 간담이 서늘해지는 것은 역시 어쩔 수 없죠!"

진황이 근보와 봉지인의 자신 없는 말과 자세를 보고는 조용히 웃었다. 자리로 돌아가서 다리를 꼬고 앉더니 차 한 모금으로 목을 축이고 나서 말을 이었다.

"이렇게 만난 것도 인연이 아닌가 싶습니다. 저로서는 그저 심심풀이 삼아 얘기를 나눈다는 것이 그만 두 분을 너무 부담스럽게 한 것 같습니다. 정말 황송하기 이를 데 없네요. 별생각 없이 내뱉은 탁상공론이었으니까 근 대인께서는 못 들은 것으로 해도 괜찮습니다."

진황이 말을 끝내자마자 너무 늦은 것 같다면서 자리에서 일어나 가려고 했다. 근보가 황급히 그를 불러 세웠다.

"진 선생, 잠깐만!"

진황이 돌아섰다. 순간 세 사람의 여섯 개 눈동자가 서로를 번갈아 쳐다봤다. 하지만 당장은 그 누구도 할 말이 있는 것 같지는 않았다. 잠시 후에야 근보가 먼저 입을 열었다.

"치수나 조운 문제를 해결하는 일은 폐하께서 이미 마음을 굳히신 상태예요. 또 우리가 얘기를 조금 깊게 나누다 보니 이런 저런 고충들도 묻어 나왔고요. 솔직히 나는 내 실수나 또는 부족함으로 나라와 백성들에게 도움은커녕 화를 입히지 않을까 걱정이 돼요. 나아가서는 폐하의 기대에 보답하지 못하지는 않을까 하는 우려도 없지 않고요!"

진황도 동의한다는 듯 싱긋 웃어 보이더니 정색을 하면서 말했다.

"대인의 창창한 공명의 길에 그늘이 드리워질까봐 걱정스러운 면도 있겠죠. 그렇지 않은가요? 하무라는 것은 원래 난감하기 이를 데 없습니다. 어깨가 대단히 무거운 일입니다. 어찌 심적인 부담이 없을 수 있겠습니까! 하지만 대인이 안휘성에서 이룩해 놓은 치수의 성과를 저는 잘 알고 있습니다. 그대로만 차분히 일을 추진해 나간다면 못할 것도 없을 것 같습니다. 오늘 저녁 제가 마음을 열고 대인과 깊이 있는 얘기를 나눈 것도 사실은 폐하의 안목에 감탄했기 때문이라고 할 수 있어요. 뿌리가 깊고 가지가 마구 엉킨 나무를 쓸어 눕힐 때일수록 그 무기의 예리함은 잘 드러나기 마련입니다. 하도가 오랫동안 제대로 길들여지지 않았기 때문에 범국가적인 숙원사업을 어깨에 짊어진 대인의 행보가 주목받는 것은 어찌 보면 당연합니다. 또 이럴 때일수록 자신의 예리함을 천하에 과시할 필요가 있습니다. 그런데 어떻게 시작도 하기 전부터 주춤거리고 방황할 수 있겠습니까!"

진황의 진심어린 다소 장황한 말을 듣자 근보의 눈에서는 곧 눈물이 어른거렸다. 그가 한걸음 성큼 다가와 진황의 어깨를 덥석 부여잡으면서 물었다.

"진 선생, 내 마음을 그대로 짚어냈어요! 선생의 책을 읽으면서 어떤 사람인지 보고 싶었어요. 오늘 우연히 그 소망이 이뤄졌고……. 이제 선생이 나를 힘껏 밀어줄 생각은 없는지 묻고 싶소."

진황 역시 같은 길을 가는 사람으로서 근보의 말에 가슴이 뭉클했다. 그가 떨리는 목소리로 대답했다.

"저는 인생을 초개처럼 여기는 떠돌이기는 하나 공명에 뜻은 있습니다. 그러나 아직 이렇다 할 기회가 없었습니다. 사나이는 자신을 알아주는 사람을 위해 죽을 수도 있다고 했습니다. 저 역시 저를 믿어주신다면 대인을 따라 강줄기 그 어디든 같이 할 생각이 있습니다!"

봉지인은 공명에 뜻은 있으나 기회가 없었다는 진황의 말에 공감하는 것 같았다. 즉각 자신의 뜬구름 같았던 반평생을 떠올리면서 눈물을 글썽였다.

그날 저녁 뜻이 같은 동반자 셋은 술잔을 기울이면서 치수에 대한 각자의 생각들을 진지하게 주고받았다. 강희에게 보고서를 올릴 준비도 했다. 그렇게 시간 가는 줄 모르다 보니 이미 밖에서는 어둠의 장막이 짙게 드리워지고 있었다. 진황이 너무 늦었다고 생각하고 자리에서 일어서려고 할 때였다. 역관의 문지기가 들어오더니 보따리 하나를 내밀었다.

"진 대인, 조금 전 총총진의 한류씨 집에서 사람을 통해 보내온 물건입니다."

"그래요? 그러면 물건을 가져온 사람은 어디 있소?"

진황이 적지 않게 놀라면서 물었다.

"물건만 건네주고 갔습니다. 진 대인께서 보따리를 풀어보시면 알 것이라고 했습니다."

문지기가 웃음 띤 얼굴로 말했다. 진황은 무슨 뜻인지 잘 모르겠다는 듯 천천히 보자기를 풀었다. 놀랍게도 보자기에는 자신이 초조해 하면서 걱정하고 있던 원고가 들어 있었다. 보자기 밑에는 흰 종이가 한 장곱게 접혀 있었다. 진황이 조심스럽게 접힌 종이를 펴자 글씨는 적혀 있지 않았다. 대신 빨간 실로 묶은 한 다발의 머리카락과 비단 위에 곱디고운 물망초 꽃을 정성껏 수놓은 손수건이 가지런히 놓여 있었다. 그날 저녁 진황은 내내 잠을 못 이루는 괴로운 밤을 보냈다.

박학홍유과博學鴻儒科 시험은 그해의 일반 과거 시험과 동시에 치러지게 됐다. 이 시험은 당나라 개원開元 19년에 한 번 치러진 적이 있었다. 송나라 고종이 남쪽으로 천도한 후에 한 번 더 실시되기도 했다. 그랬으므로 500년 만에 세 번째로 치러지는 시험이라고 할 수 있었다. 이 시험은 원래는 박학홍사과博學鴻詞科였다. 그러나 강희가 '홍사'를 '홍유'로 바꾸면서 전체 이름이 변했다. 이름이 바뀐 이유는 있었다. 시험에 합격하든 떨어지든 모든 시험 참가자는 아주 영광스러운 '홍유'라는 신분을 지닐 수 있게 되었기 때문이었다.

강희 17년 가을 무렵부터 이 시험을 보기 위해 전국 각지에서는 효렴들이 끊임없이 북경으로 몰려들었다. 줄지어 선 사람들로 길이 막힐 지경이라고 해도 과언이 아니었다. 교통편도 수륙水陸 양로가 다 이용됐다. 그로 인해 북경으로 향하는 연도의 주루酒樓와 찻집, 역관 등은 그야말로 온갖 수험생들로 넘쳐났다. 그들이 타고 온 각양각색의 수레들 역시 즐비했다. 당연히 대부분의 수험생들은 한껏 들떠 있었다. 저마다 자신감에 넘쳤다.

그들 중에서도 단연 눈에 띄는 사람들은 각지에서 특별 천거를 받은 박학과석유博學科碩儒들이었다. 행차도 눈에 띄게 떠들썩했다. 자신이 사는 지역 봉강대리가 마련해준 배를 타고 수로로 오는 사람이 있는가 하면, 여덟 사람이 드는 수레에 앉아 세력을 과시하면서 들어오는 이들도 있었다. 이들 가마를 메는 건장한 가마꾼들의 앞에는 '황제의 뜻을 받들어 시험을 친다'는 사실을 뜻하는 '봉지응시'奉旨應試나 고관들의 행차 때나 내거는 '숙정회피'肅靜回避라는 노란색 호두패虎頭牌가 꽂혀 바람에 휘날리고 있었다. 때문에 그들은 북경에 들어와서도 하나같이 역관에

투숙하지 않고 고관대작들의 집에 거처를 정했다.

그러나 이들과는 달리 북경의 향시鄕試인 북위北闈 시험에 참가하는 거인들은 처지가 그들 석유들과는 비할 바가 못 됐다. 그야말로 초라하기 그지없었다.

고사기는 북경에 들어올 때 은 500냥을 가지고 왔었다. 상당히 많은 돈이라고 할 수 있었다. 그러나 그는 돈이 주머니에 있다는 사실을 원수같이 여기는 사람이었다. 닥치는 대로 술을 사 먹느라 돈을 펑펑 써댔다. 며칠 지나지 않아 빈털터리가 되고 만 것은 크게 이상한 일도 아니었다. 물론 그가 그렇게 된 데는 결정적인 이유가 있기는 했다. 그는 북경에 특별한 배경을 가지고 있지 않았다. 때문에 북경에 들어오자마자 누군가와 확실한 연줄을 만들지 않으면 안 됐기에 여기저기 뛰어다녔다. 그러나 워낙 그 바닥의 물정에 어두운 그로서는 고관대작 집의 문지방 하나 넘는 것도 쉬운 일이 아니었다. 은 400냥을 투자해서야 겨우 명주와 색액도 집안의 집사들에게 얼굴 도장을 찍었을 뿐인데, 사실은 그것도 어쩌면 천행이었다고 해도 좋았다. 하지만 그러는 사이에 그의 은 500냥은 허공으로 가볍게 날아가버렸다. 뭔가 일이 되려면 시간이 많이 걸릴 터였으니 진짜 큰일이었다. 주머니에 달랑 두 냥 여섯 푼만 남은 것이 문제가 아니었다. 객점 주인에게 빚을 진 열여섯 냥은 더욱 큰 부담이었다. 그는 걱정이 태산 같기는 했으나 겉으로는 그래도 의연한 척했다. 주인에게 당장 돈이 생길 것처럼 외상 장부에 적어 놓으라고 제법 그럴싸하게 얘기를 한 것은 그의 그런 허울 좋은 배짱과 무관하지 않았다. 그러나 객점 주인은 그와 같은 거인을 한두 명 상대해 본 것이 아니었다. 겉으로는 그렇게 하겠노라고 머리를 끄덕였으나 매일이다시피 은근히 눈치를 주었다. 고사기가 치를 떨 정도였다. 그러나 그로서는 뾰족한 수가 없었다.

그러던 어느 날이었다. 그가 건넨 검은돈을 챙긴 색액도 집의 집사가 헐레벌떡 달려오는 것이 아닌가. 집사는 이틀 후인 3월 15일에 색액도가 명사들을 불러 모아 회문會文(참석자들에게 비교적 자유로운 형식의 글을 짓게 해 문장의 실력을 인정해주는 시험이나 모임)을 가진다고 전해왔다. 그의 말이 뜻하는 바는 다른 것이 아니었다. 이날 어떻게든 비집고 들어가 모든 수완을 총동원해 색액도에게 깊은 인상을 남기라는 권유였다. 그렇게 되면 회시會試를 치를 필요도 없이 곧바로 홍유로 천거 받는다는 것이었다. 고사기는 그야말로 귀가 번쩍 뜨이는 소식에 문제의 그날을 손꼽아 기다렸다. 드디어 그날이 왔다. 그는 그동안 아껴뒀던 비단 장포를 꺼내 입고 옥황묘玉皇廟가에 있는 색액도의 집으로 향했다. 그러나 문 앞에서 미리 기다리고 있던 집사는 고사기의 옷차림을 보고는 마뜩찮은 눈길을 보냈다. 오히려 째려보았다는 표현이 적당했다. 나중에는 발까지 구르면서 나무라기까지 했다.

"고 선생, 어찌 그런 거지 같은 차림으로 우리 어른을 만나겠다는 겁니까? 저는 이제 일이 잘못돼도 모릅니다. 아무튼 잠시만 기다려 보세요. 이광지 어른과 근보 어른이 서재에서 우리 어른하고 얘기를 하고 있는 중이니까요……."

집사의 말이 채 끝나기도 전이었다. "손님을 바래다 드려라!" 하는 소리가 안에서 들려왔다. 고사기는 황급히 한편으로 비켜섰다.

이윽고 이광지와 근보가 앞서거니 뒤서거니 하면서 팔자걸음으로 나오는 모습이 보였다. 둘 다 표정이 많이 굳어져 있었다. 대문을 나선 두 사람은 동시에 발걸음을 멈췄다. 이광지가 읍을 하며 말했다.

"근 대인, 그러면 이만……."

"대인! 조금 전에 했던 얘기는 진지하게 고민 좀 해보기 바랍니다. 잘못해서 폐하의 귀에까지 들어가는 날에는 재미없을 것 아닙니까."

근보가 차갑게 말하더니 가마에 올라탔다.

"마음대로 하세요."

심드렁한 얼굴을 한 이광지의 대답 역시 시큰둥했다. 더 이상 볼 일도 없다고 생각했는지 그대로 수레에 올라타고는 뒤조차 돌아보지 않고 가 버렸다. 고사기와 집사는 무슨 영문인지 몰라 궁금했다. 얼마 후 근보마 저 자리를 뜨자 그제야 고사기가 웃으면서 집사에게 말했다.

"내 옷차림이 초라하다고 비웃는데 말이오. 이건 선비의 본색이오. 부 귀와 빈천을 하늘에 맡기고 초연하게 살아가는 게 선비라고요. 그러니 채씨는 걱정일랑 붙들어 매시오."

고사기는 자존심이 상했는지 한참을 구시렁거렸다. 그러면서도 채씨 를 따라 대청 안으로 들어서는 것은 잊지 않았다. 마침 색액도가 저 쪽 후청에서 나오는 모습이 보였다. 절묘하게 마주쳤다고 할 수 있었다.

"그대가 고사기라는 사람이오?"

색액도가 고사기의 아래위를 훑어보면서 언짢은 표정으로 물었다. 이 광지와 근보 사이에서 이수지의 일로 진땀을 빼면서 둘 모두를 설득하 기 위해 얼굴을 붉혔기 때문에 더욱 그러는 것 같았다. 그러나 그는 채 씨가 사람을 데리고 들어오자 뭔가 언질을 받았던 기억을 떠올렸다.

"예, 학생이 바로 고사기이옵니다!"

고사기가 마른침을 꿀꺽 삼키면서 대답했다. 첫 대면부터 기분 나쁘 게 눈을 뜨고 자신을 째려보는 색액도 때문에 기분이 상한 것처럼 보였 다. 색액도는 아무 죄 없는 사람에게 자신이 너무 했다는 생각을 했다. 바로 한숨을 내쉬더니 얼굴에 웃음을 띤 채 말했다.

"그대에 대한 소문이 자자하더군. 사신행査愼行마저도 그대가 재주가 뛰어나다면서 천거한 것을 보면 확실히 그렇다고 할 수 있겠지. 이왕 왔 으니 편히 앉아요. 부담스러워 하지 말고. 지금 막 왕명도汪銘道 선생이 시험 제목을 출제했어요. 여러 명사들이 시험을 보는 중이오!"

색액도는 말을 마치자마자 바로 정당正堂으로 들어가 출입문을 마주한 구들 위에 앉았다. 그런 다음 큰 베개에 비스듬히 기댄 채 시험을 보고 있는 명사들의 문답에 귀를 기울였다.

대청의 한가운데에는 네 개의 책상이 놓여 있었다. 그 맨 앞의 책상에는 대여섯 명의 사람들이 산양의 그것과 같은 수염을 기른 노인을 둘러싸고 앉아서 웃고 떠들고 있었다. 고사기는 그 노인이 바로 색액도 집의 참모이자 식객이라는 사실을 어렴풋이나마 짐작할 수 있었다. 그밖에 세 개의 책상에도 이십여 명이 빙 둘러앉아 있었다. 그들 가운데는 두방명사斗方名士(화선지에 시를 쓰거나 그림을 그리면서 고상한 체하는 문인)가 있는가 하면 낙방한 거인도 있는 것 같았다. 또 의술에 능통한 사람, 점괘에 밝은 인재, 시 잘 짓고 그림 잘 그리는 이들도 있는 듯했다……. 아무튼 별의별 사람들이 다 모여 있다고 해도 좋았다. 그럼에도 한 가지 공통점은 있어 보였다. 처음으로 회문에 불려온 듯 저마다 조심스럽고 부자연스러운 기색이 역력한 것이 바로 그것이었다. 고사기는 저 산양 수염을 한 노인이 바로 유명한 연북사유燕北四儒 중의 한 사람인 왕명도일 것이라고 판단했다. 판단이 서자 행동도 재빨라지기 시작했다. 바로 자리에서 벌떡 일어나 노인에게 읍을 하면서 자기소개부터 한 것이다. 그리고는 상석에서 의자 하나를 끌어다 앉으면서 물었다.

"어르신께서 자리에 함께 한 여러분들을 시험하고 있는 중이라고 들었습니다. 외람되지만 제목이 무엇입니까?"

왕명도는 색액도 집의 제일가는 참모라고 할 수 있었다. 연륜도 꽤 깊었다. 강희 13년에 어렵사리 문턱을 넘어 들어왔다. 그러나 그는 들어오자마자 색액도의 스승으로 깍듯한 대접을 받았다. 색액도를 대신해 여러 가지 상주문을 작성해주는 일을 도맡아 했다. 그랬으니 어디에서 굴러왔는지도 모를 돌이 너무나도 무례하게 나오는 것을 보고 참을 턱이 없었다. 그예 기분이 잡친 듯 이마를 찌푸렸다.

"모두 세 문제예요. 팔고八股를 푸는 문제라고 보면 되죠. 하나는 풀었고, 나머지 두 개인 '정상유이'井上有李(우물 위의 오얏)와 '동궐장명'童闕將命(궐당闕黨에서 어른들의 심부름을 하는 동자)은 남아 있어요. 지금 여러분들이 답안을 생각 중에 있어요."

고사기는 색액도를 힐끗 쳐다보고는 술잔을 들었다. 그런 다음 단번에 털어넣었다.

"그 두 가지라면 어려울 게 뭐 있겠습니까?"

"어렵지는 않죠. 그러나 남들보다 새롭게 만들려고 하면 결코 쉬운 일이 아닐 겁니다!"

고사기의 오만방자한 말에 맞은편에 앉아 있던 서른 살 가량의 남자가 안경테를 위로 올리면서 차갑게 쏘아붙였다. 그러자 왕명도가 마른 웃음을 지으면서 옆에 앉은 그 남자와 또 다른 젊은이를 향해 말했다.

"철가, 석가! 이 사람이 큰소리 뻥뻥 치는 것을 보니 먹물깨나 먹은 것 같지 않은가? 어디 한번 들어보는 것이 어떨까 싶군."

고사기는 왕명도의 말을 듣고서야 비로소 그 두 사람이 통주의 명사인 진철가와 진석가라는 사실을 알게 됐다. 그럼에도 그는 전혀 기가 죽지 않았다. 오히려 거드름을 잔뜩 피우면서 접시에서 땅콩 한 줌을 쥐어 입 안에 넣고 다 씹어 삼킬 때까지 말을 하지 않았다. 족히 몇 분은 됐을 법한 시간이었다. 좌중의 사람들은 모든 시선을 자신에게로 집중시켜 놓은 채 안하무인격으로 행동하는 그의 모습에 분노를 금치 못했다. 진석가가 결국 참다못해 물었다.

"고 선생, '어려울 것 뭐가 있냐'고 하더니 왜 말이 없습니까?"

고사기는 진석가의 닦달에도 여유를 잃지 않았다. 아예 이번에는 목이 마른 듯 다른 사람 앞에 놓여 있던 술잔을 들어 단번에 비우더니 그제야 대답했다.

"'정상유이'라는 이 문제는 이렇게 풀면 되겠습니다. 복숭아 같으면서 아닌 것이 몸에 털이 없구나. 살구 같으면서 아닌 것이 몸에 금이 하나 갔구나……."

술술 쉽게 입을 여는 고사기의 모습은 무척이나 익살스러웠다. 주변 사람들이 웃음보를 터뜨릴 정도였다. 차를 마시던 색액도 역시 찻물에 사레들려 캑캑거렸다. 그가 겨우 뭐라고 입을 열려고 할 때였다. 고사기가 다시 말을 이었다.

"……동풍이 불어와도 흔들리고 서풍이 불어와도 움직이더니, 마침내 우물가에 떨어졌구나. 주워서 들여다보니 아니, 글쎄 오얏이 아니고 무엇인가……."

좌중의 사람들은 배꼽이 빠져라 흐느적거렸다. 웃느라 정신이 없다고 해도 좋을 지경이었다.

"경박하기 이를 데 없구먼! 이런 무식한 자가 여기 우아한 학문의 전당에 들어오다니, 웬 말인가?"

왕명도가 굳은 얼굴로 수염을 쓸어내리면서 호통을 쳤다. 그러나 고사기는 안색 하나 변하지 않은 채 반박했다.

"제가 감히 한번 되묻고 싶습니다. 선생께서는 뭘 보고 경박하다고 하십니까? 글을 짓는다는 것은 진실하고 거짓이 없으면서 재미있고 운치가 있어야 하는 줄 압니다. 제가 어디 한 군데 틀리게 말한 부분이라도 있습니까?"

그러자 왕명도가 생각에 잠겼다. 확실히 고사기의 말은 틀린 것이 아니었다. 왕명도는 아무리 머리를 굴려도 이렇다 할 문제점을 찾지 못한 듯 얼굴에 그늘을 드리웠다.

"천자는 자고로 문장으로 영웅호걸을 취했어! 경박하고 야비한 방법으로 이기려고만 드는 자가 어찌 학문의 최고 수준에 이를 수 있겠는가?"

고사기는 왕명도의 말에 속으로 코웃음을 쳤다. 천하의 왕명도도 별것 아니라는 생각이 얼핏 들었다. 그가 자신감을 얻었는지 더욱 대담하게 나왔다.

"남은 '동궐장명'도 제가 한번 풀어보겠습니다. '빈객賓客이 왕래하는 곳에서 갑자기 무식한 사람 하나 봤네!' 어떻습니까?"

'동궐장명'은 《논어》에 나오는 말이다. 손님을 초대하면서 동복童僕에게 시중을 잘 들라는 뜻에서 공자가 이런 말을 했다고 한다. 그러나 고사기는 다른 식으로 풀이했다. 왕명도에게 "무식하다"라는 뜻으로 빗대어 욕을 한 것이다. 좌중의 사람들은 그게 무슨 뜻인 줄은 알았다. 그러나 왕명도의 눈치를 봐야 했기에 저마다 표정관리를 하느라 정신을 차리지 못했다. 하지만 왕명도의 제자라고 할 진철가는 달랐다. 속으로는 분노를 참지 못했으나 애써 누르면서 도전적으로 나왔다.

"우리 대련對聯으로 한번 겨뤄봅시다."

"좋습니다. 지도를 부탁드립니다."

두 사람의 대련 시합은 처음부터 상대가 되지 않았다. 일방적으로 고사기가 분위기를 주도했다. 그러자 진석가가 형을 돕기 위해 부리나케 나섰다. 하지만 그 역시 고사기를 당해내지 못했다. 고사기는 왕명도와 진철가 형제를 완벽하게 제압한 다음 미리 작정을 한 듯 색액도를 향해 말했다.

"대인, 제가 재미있는 얘기를 하나 알고 있습니다. 한번 들어보시겠습니까?"

색액도는 고사기가 너무 오만방자하게 나오는 것이 별로 탐탁치는 않왔다. 하지만 자신의 집에 식객으로 오랫동안 머물면서 상대를 제대로 만나보지 못한 왕명도와 진철가 형제를 가지고 노는 것을 보고는 강한 호기심도 느꼈다. 그는 곰곰이 생각하더니 한참 후에 입을 열었다.

"그러나 다시는 좌중의 사람들을 욕하지 말아야 하오!"

"이분들이 저를 윽박지르지 않으면 저도 욕을 할 이유는 없습니다."

고사기는 끝까지 물러서지 않고 꼬박꼬박 말대꾸를 했다. 그만큼 좌중의 분위기에서 자신감을 얻었다는 얘기였다. 그가 마침내 본론으로 들어갔다.

"제 고향에는 구苟 선생이라는 나이 많은 노인이 한 분 있었습니다. 아이들을 가르치는 것을 생업으로 하는 분이었죠. 이분은 인품이 아주 곧고 학생들에게 대단히 엄했습니다. 공부를 마치고 나서 아이들이 자신의 생각대로 열심히 하지 않았다는 생각이 들면 바로 쇠자로 얼굴과 머리를 마구 때리고는 했습니다. 그러자 아이들이 복수를 하기 위해 기가 막힌 방법을 하나 생각해냈습니다. 선생이 밤에 사용하는 요강에 미꾸라지 몇 마리를 몰래 넣어놓은 것이죠……."

고사기는 신나게 음식을 씹으면서, 간혹 미간까지 찌푸리면서 말을 이어나갔다. 서당의 훈장이 아이들을 가르치는 모습이 따로 없었다. 색액도를 비롯해 좌중의 사람들은 넋을 잃은 채 귀를 기울였다.

"야밤이 됐습니다. 아이들은 누구도 잠을 자지 않았습니다. 옆방에 들어가서 몰래 선생의 거동을 살핀 것이죠. 아이들은 곧 선생이 일어나서 요강을 찾는 소리를 들었습니다. 아이들은 입을 틀어막으면서 웃음을 참았죠……. 펑! 하는 소리가 나기까지는 그리 긴 시간을 필요로 하지 않았습니다. 선생은 요강을 창밖으로 던져버렸습니다. 당연히 질그릇 요강은 깨지고 말았습니다!"

고사기는 잠시 말을 그쳤다. 좌중의 사람들이 일제히 웃음을 터뜨리는 소리를 들었던 것이다. 잠시 후 그가 정색을 한 다음 덧붙였다.

"다음 날이었습니다. 구 선생은 요강을 주석으로 만든 것으로 바꿨습니다. 하지만 아이들은 다시 그 밑에 구멍을 내버렸습니다. 결국 저녁에 방안에 흥건하게 오줌이 새고 말았죠……. 구 선생은 화가 날대로 났습니다. 그래서 다시 쇠 요강으로 바꿨습니다. 그러고서는 이제는 안전할 것이라고 안심을 했습니다."

좌중의 사람들은 갈수록 고사기의 얘기에 빠져들었다. 뒷얘기는 더 재미있을 것이라고 기대하는 것 같았다. 그러나 고사기는 좌중의 기대를 저버렸다. 그저 음식을 마구 먹기만 하면서 바로 입을 닫아버린 것이다. 그러자 궁금증을 이기지 못한 색액도가 물었다.

"다 끝난 거요?"

"끝났습니다. 물론 다음 날 학생들이 선생에게 묻기는 했습니다. '질그릇 요강과 주석 요강 중에서 어느 것이 더 좋으냐고요. 선생은 당연히 주석이 좋다고 했습니다. 학생들이 다시 물었습니다. 그렇다면 주석 요강과 쇠 요강 중에서는 어떤 것이 좋으냐고 말입니다. 선생은 다시 쇠가 좋다고 했습니다."

"이게 아주 못돼 먹은 놈이군! 선비의 기본도 못 갖춘 놈이 감히 어디를 기웃거려! 무례한 자식 같으니라고. 네 놈을 가르친 스승이라는 자가 누구인지 궁금하구나."

드디어 왕명도가 화를 벌컥 냈다. 하기야 그럴 수밖에 없었다. 주석 요강은 진석가, 쇠 요강은 진철가, 구 선생은 자신을 가리킨다는 사실은 누가 들어도 알 수 있는 얘기였으니까. 더구나 구 선생은 잘못 발음하면 구狗, 즉 '개' 선생도 될 수 있었다. 솔직히 화를 내지 않았다면 그게 더 이상한 일이라고 해야 했다.

그래도 고사기는 히죽히죽 웃으면서 "약 올라 죽겠지!" 하는 식의 야

룻한 얼굴 표정을 지어보였다. 그런 다음 다시 입을 열었다.

"안됐지만 저는 공자와 맹자 외에는 읽지 않습니다. 그러므로 제 스승은 공맹이라고 할 수 있습니다!"

"고 선생!"

고사기의 끝없는 오만방자함과 너무 심하다 싶을 정도의 넘치는 자신감에 끝내 색액도까지 발끈하면서 일어섰다. 고사기 앞에서 완전히 개망신을 당했어도 왕명도를 속으로는 나름 존경하고 있었으니 그럴 만도 했다. 얼마 후 그가 징그러운 표정을 짓더니 웃음기 하나 없는 얼굴로 소리쳤다.

"자중하시오! 여봐라, 데리고 나가라! 술이 많이 취했다!"

9장
꽃집 소녀에게 반한 고사기

고사기는 이만하면 됐다 싶은 생각이 들었다. 못 이기는 척하면서 떠밀려 나온 것도 바로 그 때문이었다. 그러나 찬바람을 쐬고 나자 갑자기 생각이 달라졌다. 바로 후회의 감정이 밀려든 것이다. 하기야 그의 치기가 너무 지나치기는 했다. 색액도는 누가 뭐라고 해도 조정의 실력자였다. 그런 사람에게 큰 것을 바라지는 않더라도 공연히 미운털이 박힐 필요는 없었다. 그는 가슴을 치면서 후회하기 시작했다. 그럼에도 찬바람에 술기운이 한껏 오른 흐리멍덩한 눈을 억지로 치켜뜨면서 비틀비틀 앞으로 쓰러질 듯 걸어갔다.

옥황묘가의 길목까지 이르렀을 때였다. 갑자기 어떤 사람과 정면으로 부딪치고 말았다. 그는 정신을 가다듬고 앞을 살폈다. 앞이 보이지 않는 거지가 눈에 들어왔다. 눈이 보이지 않아 그랬는지 거지는 고사기와 부딪히는 바람에 저만치 밀려가 벽에다 이마를 찧고 말았다. 고사기는 머뭉거리고 있어 봤자 좋은 소리를 들을 리가 없다고 생각한 나머지 슬며시 도망가려고 했다. 그러나 바로 그 순간 그만 거지에게 소맷자락을 잡히고 말았다. 거지는 다짜고짜 거칠게 욕설을 퍼부었다.

"이 재수 없는 놈 같으니라고! 내가 아무리 눈이 멀었다고 해도 그렇지, 이대로 도망가려고 했던 거야?"

고사기는 거지가 의외로 세게 나오자 돈을 달라고 그러는 줄 알았다. 손을 내미는 것으로 생각한 그는 바로 주머니를 샅샅이 뒤졌다. 그러나 땡전 한 푼 없었다. 곤란하게도 주위에는 구경하러 나온 사람들이 점점 몰려들었다. 그는 다급해진 나머지 "그래 어쩔 거야?" 하는 식으로 두 손을 허리춤에 가져다 대고는 앞을 보지 못하는 거지의 얼굴에 침을 뱉으면서 욕지거리를 했다.

"너야말로 재수 없는 자식이야! 내가 눈이 먼 것만 해도 원통해 죽겠는데, 네놈이 나를 밀쳐놓고 할 말이 없으니 눈이 멀었다고 거짓말을 하는 거지?"

고사기의 임기응변은 정말 대단했다. 주위의 구경꾼들도 잘잘못을 떠나 상황에 순발력 있게 대처하는 그를 보면서 웃음을 터트렸다. 진짜 앞이 보이지 않는 거지는 고사기의 말을 믿는 것 같았다. 잔뜩 풀이 죽은 채 고사기의 옷자락을 슬며시 놓았다.

"그러면 우리는 눈 먼 놈끼리 부딪쳤던 거야? 참 별일도 다 보겠군! 에이, 재수 옴 붙었네."

고사기는 이 정도면 굳이 더 이상 상황을 복잡하게 만들 필요가 없다고 생각했다. 사람들이 웃는 틈을 타 바로 연기처럼 현장을 떠났다.

그가 선무문宣武門 객점으로 돌아왔을 때는 미시未時 끝 무렵이었다. 객점 주인은 역한 술냄새를 잔뜩 풍기면서 들어서는 그를 발견하고는 히히 웃으면서 다가왔다.

"고 어른, 오셨어요? 한참이나 찾아 헤맸잖아요! 다름이 아니라 오늘이 바로 외상값 청산하는 날이 아닙니까……."

재수가 없으면 뒤로 넘어져도 코가 깨진다는 말이 있다. 고사기는 자신이 그 꼴이 났다는 생각이 들었다. 그래도 그는 의연했다. 바로 냉소를 흘리면서 전혀 기가 죽지 않은 어조로 큰소리쳤다.

"흥! 내가 돈을 떼어 먹고 달아날 것 같아서 그러오? 오늘은 웬일로 지나치게 반가워한다고 생각했소! 계산해주면 될 것 아니오? 나를 따라와 봐요!"

객점 주인은 제법 배포 있게 나오는 고사기를 보고 잠시 놀라는 듯했다. 이내 아부조의 웃음을 얼굴에 흘렸다.

"제가 어떻게 고 어른한테 그런 생각을 품겠어요! 고 어른 같은 군자들은 일 년 내내 외상을 줘도 나중에 다 갚아줄 분입니다. 못 믿을 것이 뭐가 있겠어요! 그러나 어르신도 알다시피 북경은 다른 곳과 달리 워낙 물가가 높아서……, 도저히 달리 변통이 되지 않으니……."

객점 주인은 횡설수설하고 있었다. 그러나 고사기는 전혀 관심을 보이지 않고 자신의 방으로 들어가 침대에 벌렁 드러누웠다. 그러면서 눈을 크게 뜬 채 천장을 바라보며 말했다.

"오늘 술을 조금 마셨더니 머리가 어지럽소. 윽! 조금 기다려 보오. 윽! 내가 곧 목을 매 죽을 것도 아닌데, 뭘 그리 조급하게 구는 거요? 저기 저 벼루와…… 화분……, 옷 꾸러미 등등……. 다 돈이 되는 물건이지 않소? 더 이상 기다리지 못하겠다면…… 윽! 저런 것이라도 가져가 팔아먹으면 되지 않겠소……."

객점 주인은 화가 치밀었다. 외상값은 주지 않으면서 엉뚱한 소리만 해대니 그럴 수밖에 없었다. 그는 곧 고사기를 어떻게 하면 혼내줄 수 있을까 고민하기 시작했다. 그때였다. 고사기가 갑자기 벌떡 일어나 앉더니 책상 위의 명함을 들고 눈을 반짝이면서 물었다.

"사신행 선생 것이군. 이 사람이 언제 왔다 갔소?"

"아, 그 거지 같은 거인 말입니까?"

주인이 술에서 깨지 못한 채 계속 해롱대는 고사기에게 시답잖다는 어조로 대답했다.

"사시巳時에 왔다가 기다리다 못해 갔습니다. 오후에 다시 온다나 요……."

고사기는 객점 주인의 말은 끝까지 듣지도 않은 채 명함을 책상 위에 거칠게 내던졌다. 술김에 주인에게 호통도 쳤다.

"거지 같은 거인이라고 했소? 개 눈에는 똥밖에 안 보인다더니! 그 사람은 지난 과거 시험에서 삼등인 탐화探花 합격생 사신행이오. 지금은 한림원 제주祭酒로 있소! 집안도 보통이 아니오. 아마 사査씨 집안의 제일 말단 하인의 재산 일부만 떼어 줘도 당신 같은 사람들은 평생을 먹고 놀아도 다 못 쓰고 갈 거요. 한마디로 어마어마하오!"

주인이 고사기의 말에 마른 웃음을 지었다. 그의 말을 전혀 믿지 못하겠다는 눈치였다. 또 그래서 뭘 어쩌겠다는 거냐는 생각도 하는 것 같았다.

"나는 그쪽처럼 과대망상증에 걸린 사람이 아니잖습니까. 재주껏 벌어서 하루 세 끼 배만 곯지 않으면 만족할 만큼 욕심이 없는 사람이에요. 당신 같은 사람이 방값을 제때 계산해준다고 하면 밥을 먹고 사는 데는 아무 지장이 없다고요. 알겠어요?"

두 사람이 한참 입씨름을 하고 있을 무렵이었다. 객점의 뜰에서 누군가의 목소리가 들려왔다.

"담인, 돌아왔는가?"

고사기는 목소리의 주인공이 누구인지 바로 알아차린 듯했다. 반가운 마음에 "아이고, 이게 누구인가?"하는 말을 연발하면서 황급히 달려 나갔다. 그런 다음 공수를 했다.

"사査 형, 자네도 양반은 아닌가 보군! 호랑이도 제 말 하면 온다더니 말이야. 그런데 우리 이게 몇 년 만인가! 삼 년 만에 이렇게 몰라보게 멋들어지게 변해도 되는 것인가? 어서 들어오게. 오늘 색액도 어른이 나를 불러주기에 은 이백 냥의 효력이 세기는 세구나 하고 생각했는데, 알고 보니 사 형이 사전에 미리 얘기를 해 놓았더군! 얼마나 고맙던지…….그건 그렇고 방금 이 양반이 거지 거인이 어쩌고저쩌고 하더라고!"

사신행의 차림새는 오전 때와는 그야말로 천양지차였다. 객점 주인 역시 그런 변화에 어지간히 놀라는 눈치였다. 하기야 뽀송뽀송한 여우털 조끼를 입고 안에는 남색 비단 두루마기를 입었으니 그럴 만도 했다. 게다가 그는 허리에 한옥漢玉이 박혀 있는 띠를 두르고 있었다. 완전히 기가 막히게 멋진 선비로 탈바꿈해 있었다. 주인은 오전과는 비교가 안 되는 모습의 사신행을 보면서 계속 눈을 껌벅거렸다. 그러나 사신행은 일부러 그의 눈길을 모른 척 피하고는 두 사람이 별것을 가지고 다 싸운다는 듯이 껄껄 웃으면서 말했다.

"솔직히 너무 옷차림에 신경을 쓰지 않아도 조금은 곤란하지 않을까 싶네. 그건 그렇고 색액도 대인을 만나서 점수는 좀 땄는가?"

고사기가 사신행의 물음에 자신 없는 표정을 지어 보였다.

"만나기는 했는데, 아무래도 공친 것 같네. 사 형의 천거에 미안할 따름이네."

고사기는 말을 마치자마자 색액도 집에서 있었던 일의 자초지종을 자세하게 들려줬다. 사신행이 귀를 기울여 듣고 나더니 웃음을 터트렸다.

"색 대인도 너무 좁쌀같이 구는군! 글재주깨나 있다는 사람들이 모여 앉으면 그럴 수도 있는 거라고 생각해야지, 그걸 가지고 언짢아하고 그래! 괜찮아, 걱정하지 말라고. 그렇지 않아도 명주 어른이 쓸 만한 문인을 추천해달라고 부탁을 해왔어. 저녁에 내가 그쪽으로 잠깐 갔다 오겠네."

고사기와 사신행은 과거에 함께 강서와 절강 일대를 유람하면서 공부를 한 적이 있었다. 당연히 친하게 지냈다. 그러나 고사기는 경제적으로 어려운 일이 닥치거나 할 경우 다른 사람에게 부탁을 하면 했지 사신행에게는 절대로 손을 내밀려고 하지 않았다. 자신의 가난한 처지를 비관한 나머지 자격지심이 생겼다고 할 수 있었다. 하지만 그 이후 몇 년 만에 북경에서 다시 만났음에도 태도는 전혀 달라지지 않았다. 오히려 빈부의 차이에다 신분의 차이가 더 추가되기만 했다. 사신행은 북경에서 자리를 잡았지만 과거에 비해 크게 달라지지 않았다. 여전히 성심성의껏 고사기를 도우려고 노력했다. 고사기는 적지 않게 감동을 받았으나 끝내 고맙다는 말은 하지 않았다. 그가 잠깐 옛 생각에 잠겼다가 다시 입을 열었다.

"척 보기만 해도 명주 대인은 인재를 대단히 귀하게 여긴다는 사실을 알 수 있을 것 같아. 하지만 아쉬운 것은 색액도와 명주 대인의 사이가 별로 안 좋다는 것이지. 그런데도 자네는 둘 사이를 넘나들면서 그런대로 다 친하게 지내고 있는 것 같군!"

고사기의 말에 사신행이 조용히 고개를 흔들었다. 그런 다음 다소 비판적으로 말했다.

"두 사람 다 인재를 중요하게 생각하거나 현자賢者에 목말라 하는 위인들은 아니야. 오죽했으면 폐하께서 요즘 매일 학문을 닦으라고 못 살게 굴겠나. 두 사람이 식객들을 많이 거두고 있는 것도 사실은 궁여지책으로 생각해 낸 거라고. 옆에 말재주 좋고 글깨나 쓰는 사람을 데려다 놓으면 주위든는 것도 적지 않거든."

천자가 신하들에게 학문을 닦으라고 닦달을 한다는 사실은 분명히 좋은 조짐이라고 할 수 있었다. 그것은 인재를 중요하게 생각한다는 증거라고 해도 과언이 아니었다. 조금 과하게 말하면 태평성세가 곧 이뤄질 것임을 말해주는 길조라고 해도 좋았다. 고사기는 갑자기 가슴 따뜻한 감동의 물결에 휩싸였다. 그 감동을 그대로 간직한 채 그가 입을 열려고 할 때였다. 밖에서 객점 주인이 들어오더니 조심스레 허리를 굽히면서 아뢰었다.

"고 대인, 이틀 전에 예약해 놓은 꽃이 도착했습니다."

주인의 말이 끝나기 무섭게 열일곱 살 가량의 소녀가 곱게 핀 수선화 화분을 조심스레 안고 들어왔다. 대파의 줄기 같은 푸른 잎이 연분홍색과 흰색의 꽃봉오리를 살짝 감싸고 있는 함초롬한 수선화였다. 그러나 고사기의 눈에는 꽃보다는 소녀가 훨씬 더 아름다워 보였다. 그녀는 화장기 없는 말쑥한 얼굴에 흰 주름치마를 받쳐 입고 있었다. 외모는 대단히 부드러웠다. 소녀 특유의 상큼함과 더 없이 잘 어울리는 모습이었다. 고사기는 정신이 번쩍 들었다. 자신이 늘 다니는 꽃가게의 소녀가 가만히 눈여겨 보니 꽃보다 더 예쁘고 단아하다는 사실에 흥분했던 것이다. 사신행이 꽃집 소녀에게서 눈을 떼지 못하는 고사기를 힐끔 쳐다보면서 말했다.

"자네, 꽃구경을 하는 건가, 아니면 사람 구경을 하는 건가?"

"응? 아!"

고사기는 사신행의 지적을 당하고서야 비로소 제정신이 돌아오는 모양이었다. 그가 약간 당황하면서 입을 열었다.

"무거울 텐데 어서 책상 위에 올려놓아요. 사 형, 이 꽃 좀 보라고. 얼마나 예쁜가!"

소녀는 꽃을 내려놓고 두 손을 허벅지 위에 올려 놓았다. 그런 다음 몸을 가볍게 낮추면서 인사를 했다. 사신행이 농담을 건넸다.

"꽃도 주인을 닮는 모양인가 봐요. 전에 본 수선화는 이렇게 곱지가 않았는데…… 실례가 아니라면 이름 좀 물어봐도 될까요?"

소녀는 자신의 외모에 호감을 나타내는 두 사람이 부담스러운 듯했다. 쑥스러워하면서 머리를 숙였다. 그러더니 곧 나지막한 목소리로 대답했다.

"두 분 어르신, 과찬이십니다. 저는 방란芳蘭이라고 합니다. 성은 유劉이고요."

"난蘭은 수려함이 돋보이고, 국화는 향기芳가 은은하네. 난과 국화를 닮은 가인佳人을 잊을 수가 없구나."

고사기가 난데없이 웬 시의 구절들을 읊었다. 그러면서 다시 말을 이었다.

"한 무제가 지은 〈추풍사〉秋風辭에 나오는 구절이죠. 이름 한번 정말 기가 막히게 잘 지은 것 같네요!"

사신행이 고사기를 놀리며 말했다.

"술이 사람을 취하게 하기 전에 사람이 스스로 취하고, 꽃이 사람을 매혹시키기 전에 사람이 스스로 매료당하는구나! 자네는 이 두 마디 속담이 의미하는 바를 그대로 다 실천하고 있는 것 같군."

사신행이 이어 소녀에게 얼굴을 돌리면서 물었다.

"아가씨는 풍대豐臺 사람이죠? 꽃이 이 정도라면 황후가 계시는 대내大內에 들여보내도 전혀 손색이 없을 것 같네요. 아가씨는 아무래도 고 선생과는 찰떡궁합이 아닌가 싶군요."

사신생은 고사기의 눈치를 힐끔힐끔 보았다. 그러나 연신 두 사람을 엮기 위한 노력을 노골적으로 하고 있었다. 고사기로서는 쑥스럽지 않을 수 없었다. 그가 민망함을 떨쳐버리려고 자리에서 일어나 수선화를 자세히 살펴보았다.

"자네, 공상임孔尚任이 개작하고 있다는《도화선》桃花扇이 어떻게 됐는지 아는가? 다 썼을까? 들리는 말로는 연극으로 올리기 위해 배역들을 찾고 있다고 하던데. 어쨌거나 그 친구가 이 꽃을 보면 어떤 명언을 만들어낼지 궁금하군. 또 자네 말도 듣고 보니 그렇기는 하네! 이 정도로 꽃을 가꿀 수 있는 실력이라면 황궁에 진상을 해도 충분하지 않을까 싶네. 그런데 왜 이런 명품을 먼지 풀썩거리는 저잣거리에 가지고 나와서 파는 거요? 집사태감에게 설 인사를 가지 않았었나 봐요?"

방란은 고사기가 마지막에 내뱉은 다소 직설적인 질문을 듣자 바로 눈시울이 붉어졌다. 원래 북경의 꽃시장은 풍대가 중심이라고 할 수 있었다. 또 꽃을 기르는 사람들은 모두 명나라 때 궁중의 꽃 장식을 도맡았던 장인들의 직계 후예였다. 그들이 풍대에 자리를 잡으면서 조상으로부터 물려받은 뛰어난 재주를 바탕으로 이색적이고 독특한 꽃을 기르는데 열을 올리고 있었다. 그 때문에 풍대에는 봄에는 국화, 여름에는 매화꽃 등이 계절을 잊은 채 항상 피어 있을 정도였다. 하지만 아무리 뛰어난 화훼 재배기술로 남다르게 꽃을 가꿔도 돈이 없어 궁중의 태감과 연결이 되지 않으면 모든 것이 허사였다. 방란이 대표적으로 그랬다. 아버지와 오빠가 병석에 누워 있는 바람에 약을 짓는데 들어가는 돈도 모자라는 판국이었으니 태감에게 인사를 할 처지가 못 됐던 것이다. 방란은 고사기와 사신행이 자신의 처지를 동정해줄 뿐만 아니라 진심어린 조언을 해주자 어색하게 웃음을 지었다.

"맞는 말씀이에요. 꽃이나 사람이나 돈이 없으면 폐하를 알현하기 어렵기는 마찬가지예요!"

"상심하지 말아요."

고사기는 말을 마치고는 속된 말로 비빌 언덕도 없을 정도로 곤궁한 자신의 처지를 문득 떠올렸다. 그러자 백년지기를 만난 반가운 마음이 들었다. 그가 자꾸만 꽃집 소녀에게로 줄달음치는 마음을 애써 다잡으면서 다시 말을 이었다.

"걱정하지 말아요. 오늘은 절대 헛걸음시키지 않을 테니까요. 사 형, 돈 있으면 우선 이 소녀한테 열 냥 정도 줘. 나중에 내가 갚을 테니까…… 음, 여기 사 형은 과거시험에 합격한 탐화요. 오늘 저 친구가 시를 지으면 내가 글을 쓰도록 하죠. 아가씨의 꽃을 상찬賞讚하는 글이 되겠죠. 그 글씨를 가게에 걸어놓으면 꽃이 잘 팔릴 거예요!"

고사기의 호언장담에 방란이 고개를 갸웃거리더니 솔직하게 물었다.

"한 폭의 글이 과연 그렇게 신통한 효력이 있을까요?"

방란이 의심스런 표정을 짓자 사신행이 바로 무슨 소리냐는 식으로 말했다.

"우리 둘이 공동으로 써서 꽃을 상찬하면 유리창琉璃廠에 가서 팔 수도 있어요. 그렇게 해보라고요."

사신행이 말을 마치기 무섭게 바로 시구를 읊기 시작했다. 고사기는 기다렸다는 듯 일필휘지했다. 곧 한 폭의 글이 완성됐다. 사신행은 보란 듯 자랑스러운 표정을 한 채 방란에게 눈길을 돌렸다. 그러나 그녀는 송구스러운 마음에 몸 둘 바를 몰라 고개만 숙이고 있었다. 그러더니 글씨를 말아 쥔 다음 고맙다는 인사를 남기고 총총걸음으로 자리를 떴다.

사신행은 주위가 완전히 어두워졌을 무렵에야 주머니를 탈탈 털어 있는 것 없는 것 다 내놓고 자리를 떴다. 그를 배웅하고 들어온 고사기가 객점 주인을 부르더니 다리를 꼬고 앉은 채 거드름을 피웠다.

"이것 봐요, 유씨! 내가 방값을 떼어먹고 도망이라도 갈 것 같아서 매일 방문이 부서져라 들이차고 내차고 한 거요? 그동안 눈칫밥을 된통

먹였으나 앞으로는 안 될 거요! 그러나저러나 이제는 그 짓을 못해 어떡하오? 눈이 있으면 이걸 좀 보시오! 이런 것을 구경이나 해봤소?"

객점 주인의 눈은 고사기의 말대로 그의 손가락 끝을 서서히 따라갔다. 아, 놀랍게도 책상 위에는 과장을 조금 보탤 경우 웬만한 아기의 머리통만한 금덩어리와 은전 주머니들이 놓여 있었다. 천성적인 사팔뜨기인 객점 주인의 눈은 바로 이성을 잃기 시작했다. 아니 팽창하는가 싶더니 급기야 기절을 하는 황소의 그것을 연상케 할 정도가 됐다. 심지어 마른침까지 꿀꺽 삼키면서 눈에 불을 켜고 한동안 정신없이 금덩어리만 쳐다봤다. 한참 후 그가 잠든 안면근육을 모두 두드려 깨우는 듯한 이상하고도 미묘한 웃음을 얼굴에 머금었다.

"어르신, 저같이 배운 것이 없는 놈들은 워낙에 그렇죠 뭐. 지체 높으신 어르신께서 그저 벌레를 밟았다고 생각하시고 잘 봐주십시오. 소인이 진심으로 사죄를 드리겠습니다!"

고사기는 객점 주인의 저자세가 싫지는 않은 눈치였다. 얼굴에 흐뭇한 미소를 지었다.

"다음부터는 잘해야 하오. 알겠어요? 지금까지 건방을 떨고 어른을 못 알아본 죄를 진심으로 사죄하려면 내가 시키는 심부름을 제대로 해야 하오. 내 마음에 쏙 들게 한다면야 돈이 문제겠소?"

고사기가 호방하게 말했다. 그런 다음 사신행이 주고 간 은전 주머니 하나를 통째로 객점 주인에게 던져줬다.

"어르신, 뭐든지 시켜만 주십시오!"

"아까 왔다 간 그 꽃집 아가씨를 아시오?"

"그럼요. 오랜 이웃인데, 모를 리가 있겠습니까!"

유씨는 고사기의 말을 끝까지 들어보지는 않았으나 대충 짐작이 간다는 자세였다. 그러다 약간 걱정스런 표정을 짓더니 바로 비굴한 웃음을 지으면서 말했다.

"정양문에 있는 유씨 집의 딸입니다. 정말 기가 막힌 미인이죠. 왜요? 어르신께서 좀…… 개인적으로…… 만나보고 싶으십니까?"

고사기는 속으로 그러면 그렇지 하고 웃었다. 그러나 겉으로는 짐짓 당황스럽다는 듯 대답했다.

"척 보기에는 양가의 자녀인 것 같던데……."

"양가의 딸은 아닙니다."

객점 주인이 무슨 소리냐는 식으로 단호하게 말했다. 손에 들어온 돈 주머니의 온기가 채 가시기도 전에 도로 빼앗길 것을 우려하는 것 같았다. 그가 고사기를 힐끗 쳐다보더니 짐짓 심각한 모습으로 말을 이었다.

"숫처녀들은 하룻저녁에 스무 냥 정도는 주지 않으면 쳐다보지도 않을 겁니다. 게다가 남자가 처음이기 때문에 몹시 부끄러워하고 이것저것 가리는 것도 엄청나게 많습니다."

"이것저것 가리다니?"

"우선 불을 켜지 못하게 합니다. 또 말을 시켜서도 안 되죠. 또 날이 밝기 전에 보내줘야 하는 것 등등이죠 뭐. 어르신께서도 그 정도는 잘 알고 계실 것 아닙니까. 조금 있다가 제 마누라를 한번 보내볼까 합니다. 이경二更이 돼도 오지 않으면 아쉽지만 포기하셔야 할 겁니다."

그날 저녁은 칠흑같이 어두웠다. 마침내 이경이 지났다. 객점 안팎의 불은 일제히 꺼졌다. 그 후로 대략 1시간이 지났을 때였다. 유씨가 창문을 가볍게 두드리는 소리가 들렸다. 또 방문을 빼꼼히 열고 여자를 들여보내면서 한껏 숨죽여 말했다.

"고 어른은 점잖은 분이셔. 걱정하지 않아도 돼. 둘은 영락없는 천생연분이야. 재주 많은 남자와 아름다운 여자, 뭐 그렇다고 보면 돼. 하여튼 잘해드리라고! 낮에도 만났었잖아."

고사기는 그야말로 일각이 여삼추 같았다. 아니 발정한 호랑이 같았다. 때문에 여자가 들어오자마자 바로 다짜고짜 달려들어 끌어안았다. 또 입을 맞추고 나서는 난폭하게 여자의 옷을 벗겨 침대에 눕혔다……

고사기는 땀이 흥건하게 날 정도로 한바탕 격렬하게 움직였다. 당연히 며칠 동안 쌓였던 피로가 한꺼번에 몰려왔다. 금세 잠에 빠져든 것은 이상할 것이 없었다. 그러고 나서 얼마나 지났을까, 삼라만상이 모두 잠들었을 한밤중에 갑자기 고사기의 방에서 불이 붙기 시작했다. 난로에서 불꽃이 튀어 종잇장에 떨어진 것이다. 불은 맹렬했다. 바로 탁자 보에까지 옮겨 붙었다. 그러더니 책상다리까지 삼키고는 창호지를 날름거리면서 핥았다. 불기둥은 순식간에 처마 밑까지 치솟았다. 그제야 고사기는 잠에서 깨어났다. 연기에 캑캑거리면서도 지체하지 않고 옷을 움켜 안은 채 밖으로 뛰쳐나왔다. 이어 "불이야!" 하고 외쳐댔다. 그는 밖에서 정신없이 옷을 꿰입으면서도 여전히 방 안에 있을 방란을 잊지 않았다. 곧 이성을 잃고 날뛰듯이 소리를 질렀다.

순식간에 앞뜰과 뒤뜰의 투숙객 수십여 명과 객점 점원들이 속옷 바람으로 뛰쳐나왔다. 그리고는 약속이나 한 듯 저마다 물을 담을 수 있는 그릇이란 그릇은 다 들고 나와 물을 뿌려댔다. 고사기는 우왕좌왕하는 객점 주인에게 발을 동동 구르면서 악을 써댔다.

"안에 사람이 있어! 이 등신 같은 자식아, 사람부터 구해야지!"

그제야 객점 주인은 몇 사람을 데리고 연기가 자욱한 방 안으로 뛰어들어가더니 이내 실오라기 하나 걸치지 않은 여자 한 명을 끌고 나왔다. 여자는 밖에 나오자 겨우 정신을 차렸다. 그러나 너무 놀랐는지 눈이 휘둥그레진 사람들이 쳐다보는데도 도망가거나 숨을 생각조차 못한 채 그 자리에 웅크려 주저앉고 말았다. 두 다리를 한껏 오므리고 두 손으로는 가슴을 가린 채였다. 그렇게 어쩔 줄 모르는 여자는 다름 아닌 객점 주인의 마누라인 왕王씨였다. 가게 점원들은 그 충격적인 모습에 얼빠진 사람처럼 멍하니 여자를 바라보다 급기야 저마다 두 눈을 가렸다. 손가락은 한껏 벌려 볼 것은 끝까지 다 보면서……

고사기는 마지막까지 객점 주인에게 농락을 당했다고 생각하자 분통이 터졌다. 그러나 속임수에 넘어갔다는 사실만 빼고는 재미가 무척이나 좋았던 저녁이었다.

강희는 개봉에서 돌아온 후 바쁘기는 했으나 속은 훨씬 편해졌다. 근보를 몇 번 만나보고 나자 그 어렵다는 치수에 약간의 자신감이 생긴 것이다. 마음의 여유도 생겼다. 근보에게 다급하게 부임을 서두르지 말고 북경의 각 아문을 돌아다니면서 사람들과 친분을 쌓고, 박학홍유과 시험이 끝난 다음에 청강으로 가서 부임할 것을 명령한 것도 다 그 때문이었다. 아무려나 시험을 치를 모든 준비는 거의 다 돼 가고 있었다. 나머지 일은 명주를 비롯해 웅사리와 색액도, 이광지 등이 알아서 빈틈없이 마무리를 지을 것이었다.

강희는 박학홍유과 시험 실시라는 큰 대사를 앞두고도 정무와 공부를 게을리 하지 않았다. 우선 틈틈이 시간을 쪼개 매일 자광각紫光閣으로 가서는 시위들의 궁술 및 마술과 검술 연습을 지켜봤다. 어떨 때는 탕빈湯斌, 장성張誠, 진후요陳厚耀 등의 문신들을 불러들여 《역경》易經을 배우기까지 했다. 서예와 그림에 대해서도 마찬가지였다. 게으름을 피우지 않고 열심히 공부했다. 심지어 서양 언어와 천문天文, 수리數理, 성광화전聲光化電(서양으로부터 들어온 자연과학과 기술), 기하측회幾何測繪(기하학에 근거한 도형학을 의미함) 등 모든 분야에 대해서도 상당한 관심을 보였다. 내용이 재미있든 딱딱하든 전혀 상관하지 않았다. 한마디로 잠시도 자신을 가만히 내버려두지 않았다. 나중에는 수학에 대해서만큼

은 내로라하던 진후요마저 강희의 느닷없는 질문 공세에 진땀을 뺄 정
도였다. 그만큼 강희의 실력은 하루가 다르게 늘어만 갔다. 대포 전문가
이자 천문학에 조예가 깊은 장성張誠(프랑스 예수회 신부 출신. 제르비용
Gerbillon)은 출궁 때마다 입버릇처럼 찬탄을 했다.

"황제는 정말 대단한 인재야! 내가 반년 동안 가르쳐도 유럽 사람들
은 눈만 멀뚱멀뚱 뜨고 무슨 얘기인지 도저히 이해를 못해. 그러나 그런
문제도 황제께서는 한 달 만에 깨우쳤어. 나는 이제 더 이상 밑천이 드
러날 것 같아서 못 가르치겠어!"

강희는 여느 때처럼 공부를 끝내고 나서야 아침을 먹었다. 이어 두꺼
운 옷으로 갈아입은 다음 목자후와 이덕전 두 사람을 데리고 건청문을
나와 산책을 했다. 바람 끝이 차가웠다. 그때 마침 하계주가 늘 그렇듯
서류더미 속에 파묻혀 헐레벌떡거리면서 융종문 쪽에서 오고 있었다.

"뭐가 그렇게 많아?"

강희가 건성으로 물었다. 얼굴도 하계주 아닌 태화전 쪽에서 바삐
움직이면서 보수작업을 하는 일꾼들을 향하고 있었다. 그가 다시 얼굴
을 하계주에게 돌리면서 물었다.

"힘자랑 하는 건가? 간단하게 추려서 들여보내라고 한 게 언제인데!"

강희의 핀잔에 하계주가 특유의 아부 그득한 웃음을 흘리면서 대답
했다.

"폐하께 아뢰옵니다. 간단히 추릴 수 있는 것은 추려서 웅사리 어른에
게 넘겼사옵니다. 이것은 시랑 장군께서 수군을 보내달라고 요청한 내
용과 비양고가 고북구古北口에서 병사훈련 상황을 보고 올린 주장奏章,
그리고 유구琉球(지금의 일본 오키나와), 섬라暹羅(태국), 하란국荷蘭國(네덜
란드)에서 보내온 진공進貢 품목 내역서이옵니다. 맨 밑에 있는 것은 상
서 이상 관리들이 공부한 것을 증명하는 필기 공책이옵니다."

강희가 맨 위에 있는 서류를 집었다. 네덜란드가 보낸 진공품 내역서였다.

큰 산호珊瑚 구슬 한 줄, 전신을 비출 수 있는 큰 거울 두 개, 호박琥珀 24개, 큰 나일론 15필, 중간 나일론 14필, 금실로 짠 털 담요 4장……

서류에는 그 외의 품목도 깨알같이 적혀 있었다. 그러나 강희는 대충 그 정도까지만 훑어보고는 말했다.

"물건은 많다고 좋은 것이 아니야. 마음이 더 중요하지. 요즘 여러 나라들에서 축하사절을 보내왔으나 짐이 만날 시간은 없어. 하지만 필기 공책은 짐이 꼼꼼히 검사할 거야. 책상 위에 가져다 놔. 이덕전, 잘 들어. 네덜란드에서 보내온 물건들은 우선 태황태후께 보여드리고 원하시는 것으로 가지시라고 말씀을 드려. 무슨 물건이든 일단 생기면 항상 태황태후께 먼저 보여드려야 하는 거야. 짐은 촉대燭臺 하나만 있으면 되니까 나머지 스무 자루의 총은 일, 이등 시위들에게 한 자루씩 나눠 줘. 또 위동정에게는 포도주 한 통과 총 한 자루, 웅사리를 비롯해 걸서, 명주, 색액도, 비양고, 시랑, 파해巴海, 도해 그리고 주배공, 조양동에게는 각각 장검 한 자루와 유리 등잔 하나, 부드러운 천 열 필씩 나눠주도록 해. 그 외의 물건들에는 절대 손대지 말고. 짐이 남겨뒀다가 박학홍유과에 합격한 사람들에게 상으로 줄 거니까. 잘 알아들었겠지?"

이덕전이 황급히 대답했다. 그런 다음 강희가 했던 말을 거의 토씨 하나 안 빠트리고 줄줄 외웠다. 대단한 기억력과 집중력이었다. 하계주가 부럽고 탄복 어린 시선으로 이덕전을 바라보다 강희에게 아부를 했다.

"폐하께서는 홍복洪福이 대단하시옵니다. 만국萬國에서 선물을 싸들고 찾아오니 대운이 트일 조짐이옵니다! 전에 삼번이 발호할 때는 문무백관, 그것도 성은을 많이 입은 신하들이 거의 매일이다시피 부모상을 당해 휴가를 갔사옵니다. 그러나 지금은 등을 떠밀어도 가지 않사옵니다. 실로 대단한 변화가 아닐 수 없사옵니다! 세상의 일이라는 것은 가게를 운영하는 이치와 다를 바가 없사옵니다."

강희가 몇 달째 언변이 눈에 띄게 좋아지고 가끔씩 음미해볼 만한 말을 입에 올리는 하계주를 흐뭇하게 쳐다봤다. 그러면서 웃음을 띤 얼굴로 말했다.

"자네도 이제는 생각이 좀 여물어 가는 것 같군. 노력하고 애쓰는 모습이 보기 좋아. 많이 발전하기도 했고. 이것들을 양심전에 가져다 놓고 건청문으로 가게. 가서 웅사리 등 몇 명 상서방 대신들에게 양심전에 가 있으라고 하게. 짐이 그 사람들의 필기 공책을 검사하겠어."

강희가 말을 마치고 바로 나가보라는 듯 손을 저었다. 그런 다음 뒤돌아서 걸어갔다. 그가 영항永巷의 입구까지 왔을 때였다. 맞은편에서 두 명의 시녀가 이품二品 정도의 작위를 받은 듯한 부인의 팔을 끼고 경운문 쪽에서 걸어 나오는 모습이 보였다. 그가 말했다.

"재계궁에 계시는 태황태후께 다녀왔다 가는 것 같군. 그런데 어느 집의 부인인지 다리가 좀 불편한 것 같군. 짐이 보기에 낯설지도 않고 말이야."

목자후가 강희의 말을 듣자마자 눈을 가늘게 뜨고 열심히 여자를 눈여겨봤다. 그러더니 곧 대답했다.

"폐하께서 기억하고 계신 그대로이옵니다. 세상을 떠나신 황후마마의 몸종이었던 궁녀잖습니까. 무슨 국菊이라고 그랬는데……. 지금은 비양고에게 시집을 간 것으로……."

"그래 맞아, 묵국이구나! 이리로 오라고 해!"

강희가 그제야 이름이 떠오른 듯 이마를 치면서 말했다. 사실 그가 부를 필요도 없었다. 상대가 먼저 강희를 알아보고 이쪽으로 발걸음을 옮기고 있었으니까. 묵국은 강희가 손짓을 하자 더욱 빠른 걸음으로 걸어오더니 곧바로 대례를 올릴 자세를 취했다. 강희가 황급히 그녀를 말렸다.

"그만 두게. 다리도 성치 않은데, 됐네."

묵국은 원래 죽은 황후 혁사리씨의 시녀였다. 다리가 불편하게 된 것은 강희 12년에 양기륭의 패거리들이 궁중에서 반란을 일으켰을 때 황후를 보호하다 칼에 맞았기 때문이었다. 그녀는 강희가 극구 말렸음에도 그 불편한 몸으로 끝내 격식을 차려 문안 인사를 올렸다.

"폐하께 아뢰옵니다. 노비의 남정네가 북경으로 온 지 사흘째가 됐사옵니다. 폐하를 만나 뵙고 싶은 모양이옵니다!"

묵국의 단도직입적인 요청에 강희가 활짝 웃었다.

"자네는 역시 예전 모습 그대로이군. 비양고가 북경에 있든 없든 자네는 자주 드나들게. 태황태후도 찾아뵙고 심심풀이로 재미있는 얘기나 해드리면 얼마나 좋아. 또 태자도 자네 품에서 자랐던 때가 있었잖아. 보고 싶지 않은가?"

"그렇지 않아도 황태자마마를 뵙고 싶어 안달이 나 있던 중이옵니다!"

갑자기 묵국이 눈물을 주르륵 흘렸다. 그러더니 손수건으로 눈물을 닦아낸 다음 한숨을 쉬면서 하소연을 말했다.

"요즘은 이런 저런 계율이 너무나 많이 생겨난 것 같사옵니다. 새로 들어온 소랍蘇拉이라는 태감은 인정머리가 조금도 없더군요. 글쎄 세 번씩이나 육경궁 문 앞에서 황태자마마를 뵈러 간 노비를 쫓아냈지 뭡니까!"

강희가 묵국의 말에 웃으면서 물었다.

"다른 사람도 아닌 자네도 들여보내지 않던가?"

"궁중의 사람들을 거의 물갈이 하다시피 해서 옛날에 알던 얼굴은 하나도 볼 수가 없사옵니다. 전부 쫓겨났다고 하옵니다. 지금 황태자 옆에 있는 그 소랍이라는 태감은 완전 무법천지라고 하옵니다. 자기 눈에 차지 않는 사람은 가차 없이 쫓아낸다고 들었사옵니다. 장만강의 말도 경사방에 의해 무시당하기가 일쑤라고 하옵니다……."

묵국은 폭포수처럼 울분을 쏟아냈다. 아마도 쌓이고 쌓였던 감정이 강희를 보자 둑 무너지듯 터진 것 같았다. 그래서였을까, 묵국의 얼굴은 조금씩 편안해졌다. 아마도 가슴속의 말을 다 토해낸 탓에 마음이 홀가분해진 모양이었다. 그러나 강희는 달랐다. 그는 대내의 대권을 명주에게 넘겨준 이후 모든 일이 순조롭게 잘 돌아간다고만 보고를 받았다. 당연히 이런 사연이 있는 줄은 모르고 있었다. 강희의 안색이 이내 돌변했다.

10장

신하들과 난상토론을 벌이다

강희는 목자후를 데리고 가다 저 멀리서 양심전 태감인 조배기趙培
基가 걸어 나오는 것을 발견했다. 자연스럽게 불러 세운 다음 행선지를
물었다.

"어디 가는 건가?"

조배기가 황급히 한쪽 무릎을 꿇고 인사를 올리면서 대답했다.

"명주 어른께서 사서四書를 깜빡하고 안 가져오셨다고 해서 소인이 나
가서 한 권 빌려다 드리려……"

강희가 조배기의 말에 갑자기 화를 버럭 냈다.

"그 사람이 자네 친아버지라도 되는가? 그렇게 효심이 지극하다는 말
인가! 평소에는 불공을 드리지 않고 있다 급한 일이 생길 때만 부처님
의 다리를 껴안고 울고불고 하는 격이 아니고 뭐야! 지금 사서를 찾아
서 도대체 뭘 어떻게 하겠다는 거야! 당장 경사방에 전해. 장만강이 육

궁의 도태감이니까 모든 일은 여전히 그 사람 허락을 받아야 한다고. 또 경사방에서 오래 일하다 최근에 쫓겨난 태감들과 궁녀들을 하나도 빠뜨리지 말고 조사하라고 해. 그런 다음 다시 원위치로 복귀시켜. 얕은 수작을 부렸다가는 짐한테 된통 혼나는 수가 있으니 조심들 하라고 해!"

강희는 말을 마치고 자리를 뜨려고 했다. 그러다 갑자기 뇌리에 뭔가가 떠오른 듯 발걸음을 주춤했다. 명주가 대내의 일을 지나치게 간섭하는 것은 아닌가? 태감이 황태자와 외부를 차단시킨다는 것은 말도 안되는 얘기가 아닌가? 대충 그런 생각들이었다. 그러나 그는 곧 다시 발걸음을 옮기기 시작했다. 자신의 의심이 지나쳤을 수도 있다고 속으로 웃으면서. 사실 묵국의 말 한마디 때문에 대신을 의심한다는 것은 조금 지나친 감이 없지 않았다. 하지만 이참에 주의를 환기시켜주고 엄하게 다스려도 나쁠 것은 없다는 것이 강희의 생각이었다. 그는 잠시 찜찜했던 기분을 애써 떨쳐버리고 양심전의 수화문 앞까지 걸음을 옮겼다. 그새 언제 그랬냐는 듯 기분이 다시 좋아졌다. 마치 아무 일도 없었던 것처럼. 얼마 후 이광지, 색액도, 명주와 웅사리 등이 낭하에 서서 기다리고 있는 모습이 보였다.

"어서들 들어오게. 숙제 검사를 한다고 하긴 했으나 실은 이참에 여러분들을 불러 기분전환이나 해볼까 해. 그러니 너무 긴장할 필요는 없네. 웅 선생은 오늘 표정이 왜 그래? 누구한테 밥그릇이라도 빼앗긴 것처럼 말이야."

강희가 대전으로 앞장서 들어갔다. 곧 자리에 앉더니 숨을 길게 들이쉬었다 내뱉으면서 말했다.

"박학홍유과 시험 준비는 잘 돼 가고 있겠지? 열심히들 하라고. 바쁜 고비만 넘기면 짐이 사흘 동안 휴가를 줄 테니까!"

강희는 부드러운 어조였다. 그런 다음 책상 위에 놓여 있던 상주문을 들여다봤다. 위동정이 보내온 것이었다. 상주문의 글은 대단히 짧았다. 강남의 최근 쌀값이 한 섬에 7전錢에 이른다는 내용이 전부였다. 강희는 기분이 좋아졌는지 바로 주사朱砂(붉은 액체의 광물질. 글씨를 쓸 때 먹 대용으로 사용함)를 묻힌 붓으로 "한시름 놓았다"라고 상주문 옆에 몇 글자를 적었다. 그러나 이내 지우고 다시 적었다.

'곡식 가격이 싸면 농민들의 사기가 추락한다. 그러니 해관海關의 운영자금과 금릉金陵의 번고藩庫(조정의 양식이나 금전을 보관하는 창고)에서 조금씩 돈을 꺼내 시장가보다 높은 가격으로 곡식을 사들이라. 그렇게 해서 시장에서도 곡식의 가격이 점차 안정 궤도에 들어가게 하라.'

강희는 글을 다 쓴 다음 웅사리에게 물었다.

"그제 자네가 태자에게 '성상근'性相近이라는 말을 가르친 것 같더군. 무슨 뜻인지 짐은 아직까지 잘 모르겠네. 한번 설명해줄 수 없겠나?"

"예, 폐하! 지혜와 우매함은 모두 사람의 타고난 천성이옵니다. 이에 근거하면 성현과 평범한 사람은 원래 태어날 때는 별 차이가 없사옵니다. 그러나 이런 이론은 그저 의리義理의 측면에서 보는 성性이옵니다. 기질氣質적인 면에서 성性을 볼 때는 성현과 평범한 사람이 태어날 때 차이가 없다는 말은 성립되지 않사옵니다. 소위 말하는 '상근'相近, 즉 근사치에 가깝다고 하는 말은 '상동'相同과는 구별한다는 뜻이옵니다."

웅사리가 황급히 허리를 깊이 굽히면서 대답했다.

"그래? 그렇다면 사람에게는 의리와 기질 두 가지 천성이 있다는 말인가?"

강희가 흥미를 느낀 듯 머리를 들어 웅사리를 바라보면서 물었다. 웅사리가 잠시 생각에 잠기더니 웃음을 지어 보이면서 대답했다.

"소인도 깊게 생각해보지는 않았사옵니다. 하지만 의리와 기질은 하나이면서 둘로 나뉘고, 둘이면서 하나로 융합됩니다. 의리는 그저 기질

속에만 존재한다고 생각하옵니다."

웅사리의 말에 강희가 미소를 머금은 채 머리를 끄덕였다. 반면 강희에게 보고를 올릴 일이 급한 명주는 아무리 생각해도 못 알아들을 말을 해대는 웅사리가 곱게 보일 까닭이 없었다. 곱지 않은 시선으로 흘겨보면서 둘 사이에 끼어들 틈새를 찾느라 눈치를 보기에 바빴다. 그러다 강희가 잠시 침묵하는 틈을 타 겨우 말을 꺼냈다.

"방금 폐하께서 박학홍유과에 대해 물으셨사옵니다. 시험이 끝난 다음 응시한 홍유들을 어떻게 처리할 것인지는 차분히 생각해 봐야 할 것 같사옵니다."

"여러분들은 무슨 좋은 방법이 없는가? 생각하는 바를 말해보게."

"소인의 어리석은 견해로는 이 부류의 사람들을 한림원으로 들여보내는 것은 절대 바람직하지 않사옵니다. 이번 시험은 폐하께서 직접 행차하시는 시험이옵니다. 전대미문의 큰 행사라고 할 수 있사옵니다. 한마디로 그 사람들은 보통의 진사들과는 차원이 다르옵니다. 지방 관리를 시켜도 곤란하옵니다. 나이들이 너무 많은 감이 없지 않사옵니다. 저마다 각 성에서 내로라하는 사람들만 엄선해 올려 보낸 홍유들이 아니옵니까. 또 탈락시켜 원래 고향으로 되돌려 보내면 그쪽에서도 체면이 깎인다고 생각할 것이옵니다. 그렇다고 합격 여부를 떠나 전부 상서방으로 들여보내는 것도 조금 문제가 될 것 같사옵니다. 너무 인원이 많지 않나 하는 생각이 드옵니다. 그래서 아직 고민 중에 있사옵니다."

명주가 자못 진지한 태도로 말했다. 일리가 있는 말이었다. 사실은 감히 말을 꺼내지 못했으나 그가 말한 것보다 더 중요한 이유가 있었다. 그것은 바로 일반 과거시험에 합격한 진사들과 홍유과 출신들의 대우에 따른 갈등이라고 할 수 있었다. 너무 등급의 차이가 두드러질 경우 시끄러워질 수 있기 때문이었다. 강희 역시 그 사실을 모르지 않았다. 이미 그런 비슷한 조짐이 여기저기에서 일어나려는 것을 목격하기도 했다. 그렇다고 이들에게 차등을 두지 않고 한데 섞는다면 사흘이 멀다 하고 패거리 싸움이 벌어질 수밖에 없는 현실 역시 간과할 수 없지 않은가? 강희가 한참 생각한 끝에 씁쓸한 웃음을 지으면서 말했다.

"명주의 말이 맞는 것 같군. 웅사리, 자네 생각은 어떤가?"

웅사리가 기다렸다는 듯 자신만만하게 입을 열었다.

"소인 생각에는 관직을 내릴 때는 굳이 출신을 따지지 않는 것이 좋지 않을까 하옵니다. 홍유과가 끼어들지 않아도 자기네들끼리는 이미 충분히 파벌이 많이 생긴 상태이옵니다. 더구나 이때 어시御試의 석유碩儒들을 이들 틈에 집어넣으면 파벌이 새롭게 생기는 것이 아니라 오히려 기존의 파벌들을 파괴하는 역할을 할 수도 있을 것이옵니다. 이들 석유들을 어디에 요긴하게 써 먹느냐 하는 문제에 대해서는 소인 나름의 생각이 있사옵니다. 이들은 나이로나 경력으로나 대부분 명나라의 정사政事에 밝사옵니다. 그런 만큼 이들을 한데 묶어 명나라의 역사를 고쳐 쓰는 일을 맡겨보는 것이 어떨까 하옵니다."

웅사리의 말에 강희의 눈은 보석처럼 빛났다. 파벌이 많다는 것은 사실 파벌이 없다는 것과 같은 뜻이 될 수 있다. 웅사리의 이론이었다. 확실히 그는 남다른 데가 있는 사람이었다. 강희는 다른 사람의 생각을 뒤쫓아 가지 않고 자기만의 독특함을 추구하는 그의 멋진 구석이 너무나도 마음에 들었다. 《명사》明史를 수정하는 일을 이들 홍유에게 맡기면 좋아라 할 것은 당연할 터였다. 또 백성들 역시 자연스럽게 훌륭한 왕조에서 인의仁義의 정치를 실시한다고 생각해줄 것이 분명했다. 일석 몇 조의 결과가 기대되는 묘안임에 틀림이 없었다. 강희가 흥분을 이기지 못하겠는지 자리에서 일어나 왔다 갔다 했다.

"그래 바로 그거야! 명나라의 역사를 수정해서 편찬하는 거야! 그렇게 하면 학문이 뛰어난 학자들을 우대하고, 복종하지 않는 세력을 잠재우는 효과가 있게 돼. 또 명나라가 망한 원인을 온 천하에 제시함으로써 자손들이 올바른 역사관을 가지도록 바로 잡아주는 거야. 예를 들어 홍승주洪承疇와 전겸익錢謙益처럼 두 명의 황제를 섬긴 신하들을 어떻게 보느냐 하는 문제를 다루는 것도 좋겠지. 이들의 공과功過를 어떻게 평가하느냐 하는 문제도 전문적으로 다루고 말이지. 이를테면 두 왕조를 섬긴 신하의 얘기, 즉 '이신전'貳臣傳같은 것이 되겠군. 아주 좋은 생각이야."

강희는 명사의 수정에 따른 효과가 이것저것 많을 것 같다는 생각을 했다. 평소 정력적인 그답게 사색의 수레바퀴도 지칠 줄 모르고 돌리고 있었다. 그는 자신의 말이 너무 빨라 대신들이 정신없어 하는 것도 모르고 계속 입을 열었다.

웅사리는 '이신전' 세 글자를 곱씹어보면서 강희의 명석함과 예리함에 새삼 놀라며 탄복을 금치 못했다. 명나라 역사를 수정해 편찬하자는 논의가 시작된 지 불과 몇 분 만에 누가 봐도 날카로워 보이면서도 당당한 느낌을 주는 세 글자를 만들어 냈으니 그렇게 생각해도 이상할 것은 없었다. 그는 '이신전'을 쓰게 될 때의 효과에 대해서도 생각했다. 솔직히 말해 공자가 《춘추》春秋를 썼을 때도 당시의 난신적자亂臣賊子들은 대단히 두려워했다. 그럼에도 어느 시대를 막론하고 난신적자들은 수도 없이 많았다. 당장 청나라 조정만 보더라도 역사에 길이 남을 업적을 이룩한 공신들 중에 명나라의 '난신'亂臣에 그 검은 이름이 올라간 사람들이 있지 않은가! 그러니 이에 대해 다시 한 번 평가를 해준다면 어느 누가 감히 지금 조정의 '이신'이 되려고 할 것인가? 교훈 차원에서도 '이신전'을 편찬하는 것은 나쁘지 않을 듯했다. 웅사리가 이런 두서없는 생각에 잠겨 있을 때 색액도가 끼어들었다.

"대만으로 출병 신청을 한 이광지의 상주문을 폐하께서는 열람하셨사옵니까?"

"짐이 이미 읽어봤네."

강희가 조금 전과 달리 벌써 마음을 차분히 가라앉힌 듯 자리로 돌아가 차를 마셨다. 그런 다음 이광지에게 물었다.

"자네는 왜 말이 없는가? 정성공鄭成功이 죽었다는 소문이 있어. 그것이 확실한가?"

이광지는 상서방 대신들과 이런 자리에서 조정의 사무를 논의해보는 것은 처음이었다. 때문에 느끼는 감회가 남달랐다. 앞으로 자신이 상서방으로 들어와 조정의 보다 중요한 문제들을 논의하는 자리에 참석하는 것은 시간문제일 것 같다는 생각도 들었다. 그 와중에 강희가 갑자기 자신에게 대만의 일을 물어오자 황급히 입을 열었다.

"확실한 소식통으로부터 들은 얘기이옵니다. 정성공뿐만 아니라 아들인 정경鄭經도 죽었사옵니다. 대만은 현재 주인이 없어 군웅들이 내분의 조짐을 보이고 있사옵니다. 따라서 이 기회에 수군을 이끌고 우리의 땅을 수복하러 출전했으면 하는 생각이옵니다. 시랑도 저와 같은 생각이옵니다. 폐하께서 기꺼이 허락해주시기를 부탁드리는 바이옵니다."

"장군은? 수군은 이미 출정을 위한 훈련을 하고 있네. 그렇다면 병력을 지휘할 장군은 누구로 했으면 좋겠는가?"

강희가 다시 물었다. 명주가 기다렸다는 듯 옆에서 큰 소리로 대답했다.

"소인은 방금 이광지가 언급한 시랑을 천거하고 싶사옵니다!"

그러나 이광지의 생각은 달랐다. 그 역시 미리 생각을 해둔 것처럼 말했다.

"복건 총독인 요계성姚啓聖이 적임자라고 생각하옵니다. 시랑은 과거

정성공의 부하였던 전력이 있는 사람이옵니다. 더구나 사람 속은 천 갈래 만 갈래이옵니다. 자칫 나중에 일이 잘못되지 않는다고 장담할 수가 없사옵니다."

색액도 역시 체면상 한마디 하지 않을 수 없었다. 아예 파병 자체를 반대하는 입장을 피력했다.

"나라 전체가 오랜 전쟁을 치렀사옵니다. 그로 인해 아직은 원기를 제대로 회복하지 못한 상태에 있사옵니다. 대만으로 출정하는 것은 시기적으로 너무 이르다고 생각하옵니다."

여러 가지 의견이 분분하게 터져 나왔다. 강희는 눈앞에 벌어지는 난상토론의 상황이 충분히 이해가 됐다. 자신이 들어오기 전부터 웅사리와 이광지가 대만 출전 문제를 두고 의견이 충돌해 감정이 격해져 있다는 사실을 눈치채고 있었던 것이다. 그랬으니 웅사리가 이광지에 대해 느끼는 감정은 더 말할 필요도 없었다. 급기야 이광지가 자신을 힐끔힐끔 쳐다보면서 말하는 것이 일부러 약을 올리는 것이라고 생각한 웅사리가 극구 반대를 했다.

"전부 다 나라를 해치는 말들이라고 할 수 있사옵니다. 폐하께서는 가볍게 믿으셔서는 아니 되옵니다!"

강희가 웅사리의 말에 기가 막혔다. 그러면서도 짐짓 아무렇지 않은 듯 물었다.

"웅사리, 짐은 자네 말을 통 알아듣지 못하겠네. 누가 나라를 해친다는 것인가? 조금 전 한 얘기들 중에 나라를 해칠 정도의 나쁜 말이 있었는가?"

"폐하!"

웅사리는 즉각 강희의 어조가 심상치 않다는 것을 간파했다. 황급히 두루마기 자락을 거머쥐고 무릎을 꿇으면서 자신의 생각을 재삼 강조했다.

"대만은 손바닥만 한 곳이옵니다. 우매하고 미련해서 자기들이 진정으로 살아남을 길을 찾지 못하고 있는 중이옵니다. 그러므로 우리로서는 대만에 출정하는 것은 닭 잡는 일에 소 잡는 칼을 쓰는 격이 되옵니다. 게다가 지금은 삼번의 난을 거친 지 얼마 지나지 않았사옵니다. 우리 백만의 용사들도 기력이 떨어져 있는 상태이옵니다. 억만 백성들 역시 당장은 전쟁이 나는 것을 원치 않사옵니다. 이겨도 시원찮을 판에 혹시라도 실패한다면 오히려 변방이 시끄러워질 것이옵니다. 폐하께서는 심사숙고해주시기를 바라옵니다!"

이광지도 내친김에 물러설 수는 없다는 듯 무릎을 꿇으며 아뢰었다.

"대만은 한漢나라 때부터 우리 화하華夏(중국中國의 다른 이름)의 땅이옵니다. 어떻게 가볍게 포기할 수가 있겠사옵니까? 우리 군은 삼번의 난을 평정했사옵니다. 사기도 백배나 올라 있는 중이옵니다. 하늘을 찌르는 듯한 이 기세를 몰아간다면 한꺼번에 반란군의 소굴을 쳐부수고 우환거리를 제거해버릴 수가 있사옵니다!"

색액도와 명주 역시 가만히 있으면 안 될 상황으로 치닫고 있었다. 아니나 다를까, 둘은 약속이나 한 듯 무릎을 꿇고는 자신들의 생각을 말했다.

강희는 말없이 좌중의 사람들 말에 귀를 기울였다. 그가 한참 후에야 한숨을 내쉬었다.

"동원 공, 짐도 즉각 파병한다는 뜻은 아니잖은가! 이 빠진 항아리가 완벽하다고 할 수 없는 것처럼 손바닥 만한 곳이라도 빼앗긴다면 그 역시 재상의 책임이라고 해야 해. 송나라 태조도 일찍이 '어찌 나의 침대에서 다른 사람이 술이 취해 자게 할 수 있다는 말인가!'라는 말을 했지 않은가."

웅사리는 강희의 말에 대답이 궁해졌다. 잠시 대답할 바를 몰라 우물 쭈물했다. 하기야 그의 처지에서는 그럴 만도 했다. 그는 강희가 철번을 강행할 때도 반대 의견을 견지한 바 있었다. 하지만 강희는 그런 웅사리의 의견을 과감히 무시했다. 명령을 내려 철번을 철저히 강행했다. 그뿐만이 아니었다. 웅사리는 삼번의 난이 최고조에 이르렀을 때도 강화를 제안했으나 강희에게 된통 혼만 나고 말았다. 이처럼 모든 사실이 증명하다시피 그의 주장은 상당수가 이후의 결과와 잘 들어맞지 않았다. 그렇다면 이번에도 틀리지 말라는 법은 없지 않는가? 웅사리는 거기에까지 생각이 미치자 한결 부드러운 목소리로 아뢰었다.

"소인은 대청大淸의 신하이옵니다. 어찌 반란분자들이 대청의 영토에서 할거하는 것을 보고만 있을 수가 있겠사옵니까? 소인은 그저 국력이 전쟁이라는 대업을 따라가지 못하지 않을까 걱정을 했던 것이옵니다. 폐하께서 결심을 굳히셨다면 소인은 달리 이견이 없사옵니다. 그렇다면 폐하께서는 식량을 충분히 비축하는 문제에 신경을 쓰셔야 하옵니다. 또 정예 병력을 엄선하신 다음 출병을 지휘할 장군도 신중히 선택하시지 않으면 아니 되옵니다. 그렇게 해서 단번에 완승을 거뒀으면 하는 바람이옵니다!"

원래 강희는 눈코 뜰 새 없이 바쁜 신하들을 불러 휴식도 취할 겸 가벼운 얘기를 나누려고 했다. 그러나 그만 예기치 않았던 대만 출정 논쟁으로 번지고 말았다. 그는 그런 사실이 우습다는 듯 자명종을 쳐다보면서 말했다.

"출병을 지휘할 장군을 선택하는 일은 짐이 알아서 하겠네. 그러니 오늘은 이쯤 하고 밥이나 같이 먹자고. 짐이 고생하는 여러분들을 특별히 위로하는 차원에서 음식을 마련했네. 식사를 하면서는 가벼운 얘기만 하자고. 그게 편하지 않겠는가?"

좌중의 신하들은 강희의 제안에 황급히 고마움을 표했다. 동시에 모두들 자리에서 일어났다.

어주방御廚房의 선식膳食은 항상 준비가 철저했다. 그런 사실을 증명이라도 하듯 금세 풍성한 음식상이 차려졌다. 이광지는 강희와 함께 식사하는 자리가 처음이었다. 가문의 영광이라고 할 수 있었다. 그는 그런 생각을 하며 말석에 자리하고 앉았다. 강희는 상석에 앉자마자 거듭 신신하들에게 부담을 가지지 말라고 당부했다.

"이 자리에서만큼은 짐을 지나치게 의식하지 말게. 편안한 마음으로 많이 먹게."

강희가 먼저 담백한 야채 종류를 조금씩 집어서 먹는 시늉을 해보였다. 자리를 같이하는 것에 의의를 두겠다는 생각인 것 같았다. 그러면서 명주의 필기 공책을 무릎에 올려놓고 한 장씩 넘기면서 읽어보기 시작했다. 명주는 최근 들어 새로 식객 겸 참모로 고사기를 집에 들어앉혀 일을 시키고 있었다. 주로 하는 일은 상주문의 대필이었다. 그 덕에 강희로부터 상주문 쓰는 실력이 늘었다는 칭찬을 들은 적이 한두 번이 아니었다. 명주는 강희가 자신의 글이 적혀 있는 필기 공책을 들여다보자 으쓱해졌는지 자신감 넘치는 어조로 아뢰었다.

"이 년 동안 폐하께서 틈만 나면 가르쳐주신 덕분에 학문의 수준이 많이 늘어난 것 같사옵니다. 전에 보잘것없이 써낸 상주문을 떠올리면 정말 창피하기 그지없사옵니다."

명주가 은근히 자기 자랑을 했다. 그럼에도 불구하고 강희는 최근 하루가 멀다 하고 칭찬을 받는 상주문들을 그가 직접 썼으리라고는 생각하지 않았다. 그가 누군가에게 시켰으리라는 것을 이미 파악하고 있었던 것이다. 강희가 태연스럽게 허풍을 떠는 명주를 보고 웃으면서 말했다.

"이제 보니 실력이 많이 늘었네. 그런데 여기 시를 쓴 것은 없나?"

강희가 갑자기 엉뚱한 질문을 했다. 그러나 명주는 당황하지 않았다. 그렇지 않아도 강희가 기습적인 질문을 하리라는 예상을 하고 있던 터였으니까. 더구나 그는 그런 생각으로 평소에 조금씩 적어 놓은 것들을 따로 모아 가지고 다니는 중이었다. 강희가 질문을 하자 그는 자신은 없었으나 몸을 굽혀 장화 속에서 공책 하나를 꺼낸 다음 두 손으로 받쳐 올렸다.

"소인의 습작이옵니다. 위에 있는 글은 저의 참모인 고사기라는 선비가 평가의 말을 적어 놓은 것이옵니다."

강희가 명주로부터 공책을 건네받았다. 그런 다음 한 장씩 넘기다 갑자기 크게 웃음을 터트렸다.

"옹사리, 이걸 좀 보라고. 평가의 말을 얼마나 재미있게 해뒀나 말이야. 먼저 〈부자기〉不自棄라는 제목의 글부터 읽어보라고!"

색액도는 옹사리의 아랫자리에 앉아 있었기에 옹사리의 등 쪽에서 명주의 글을 엿볼 수 있는 위치에 있었다. 그렇지만 원래부터 명주라면 이맛살부터 찡그리는 탓에 처음에는 글에 눈길도 주지 않았다. 하지만 강희가 궁금증을 촉발시키는 바람에 옹사리의 등 너머로 턱을 잔뜩 내민채 원고를 힐끔 쳐다봤다.

'성인이 이르기를, 육체는 부모님으로부터 물려받은 것이니 함부로 다뤄서 상하게 해서는 안 된다고 했다. 이런 교훈을 지키는 것이야말로 자포자기하지 않는 기본이다. 필부의 몸이 이러한데 나의 육신은 더 아껴야 할 것이 아닌가. 부모님으로부터 태어나고 성은聖恩의 단비를 맞으면서 우뚝 선 지금, 비천한 몸이지만 어찌 자포자기할 수가 있으랴!'

시의 내용은 대략 그랬다. 옹사리가 이맛살을 찌푸리고는 그 위에 적혀 있는 평어評語를 읽었다.

"이게 무슨 뜻일까? 갈고羯鼓(장고처럼 생긴 북의 일종. 일명 양장고兩仗鼓)를 네 번 두드리니 통쾌하다!"

이광지 역시 웅사리의 말을 듣고는 머리를 흔들었다.

"'갈고를 한 번 두드리니 만 개의 꽃이 일제히 떨어진다'라는 말은 있어도 '갈고를 네 번씩이나 두드린다'라니?"

색액도도 명주의 시를 평가한 내용이 무슨 뜻인지를 몰라 머리를 갸웃거렸다. 강희는 어쩐지 별로 좋은 평가의 말이 아닐 것이라는 느낌을 받았다. 그래서 일부러 우스갯소리를 내뱉었다.

"갈고를 네 번 두드리니 사만 개의 꽃잎이 한꺼번에 떨어진다는 얘기겠지!"

강희의 말에 이광지가 입을 막고 웃었다. 강희가 그의 행동이 의아스러워 고개를 갸웃거리면서 물었다.

"왜 웃는 건가?"

이광지가 얼른 젓가락을 내려놓으면서 대답했다.

"의외로 답은 간단한 것 같사옵니다. 이 평가의 글을 쓴 사람은 자신의 뜻을 마음속에 넣어두고 밖으로는 쉽게 내보이지 않는 비평을 하는 사람이옵니다. 한마디로 알아들을 수 있는 데까지 알아들으라는 뜻인 것 같사옵니다. 갈고를 네 번 두드린다는 것은 불통不通하고 또 불통하는 것을 뜻하는 것입니다. 의학적인 측면에서 볼 때 불통한다는 것은 아프다는 뜻이 됩니다. 그러니까 그 사람은 명주의 글을 뼈아프게 꼬집은 것이옵니다!"

강희가 이광지의 설명에 바로 알겠다는 표정으로 머리를 끄덕였다. 좌중의 다른 사람들 역시 바로 그것이 정답이겠다는 표정을 지었다. 순간 명주의 얼굴은 대춧빛으로 물들고 말았다. 명주 역시 인정하는 것 외에는 달리 방법이 없었다.

"사실 그 글은 잘 통하는 문장은 아니옵니다. 그렇게 평가하는 것도 당연하겠지요."

그러나 웅사리는 웃지 않았다. 오히려 이마를 찌푸렸다. 그런 식의 경박스러운 평가의 글은 원래 좋아하지 않는 그였다. 그가 애써 자신의 감정을 억누른 채 한 장을 넘겼다. 다음에는 매화에 대한 시 한 수가 적혀 있었다. 평가의 글은 '제齊에는 미치지 못하나 두杜보다는 위에 있다'라고 쓰여 있었다. 아리송한 평가에 좌중의 사람들은 또다시 골머리를 앓았다. 웅사리가 심각한 표정을 지은 채 말했다.

"과연 이 시가 시성詩聖인 두보杜甫의 작품을 능가한다는 얘기인가? 아니면 제齊씨 성을 가진 새로운 시성이 탄생했다는 얘기인가?"

웅사리가 계속 머리를 저으면서 생각에 골몰했다. 그러다 뭣 때문인지 얼굴을 붉히더니 공책을 내던지다시피 밀어버리고는 내뱉었다.

"저속하기 이를 데 없구먼! 차마 폐하께 들려드릴 수가 없어."

그러자 강희가 궁금해서 못 견디겠다는 듯 물었다

"괜찮아. 재미로 듣고 흘려버리면 되지 뭘 그러는가?"

웅사리는 강희의 강권에도 한사코 입을 열려고 하지 않았다. 그 사이 내용을 알아차린 이광지가 나섰다.

"입에 담기에 너무 우아하지 못한 말이기는 하옵니다. 여기에서 '제'는 음이 같은 배꼽 '제'臍를 뜻하옵니다. 또 '두'는 역시 배를 뜻하는 '두복'肚腹에서의 '두'肚자를 말하옵니다……."

명주는 고사기가 분명히 자신을 한껏 골려줬을 것이라는 불길한 예감에 긴장한 채 어쩔 줄 몰랐다. 사실 그의 조바심대로 해답은 나온 것이나 다름없었다. 다들 기가 막혀 실소를 머금고 있을 때 무단이 불쑥 끼어들었다.

"배꼽 밑에 있고 배보다 높이 솟은 것은 분명히 그거 외에는 없네요!"

강희를 비롯한 사람들은 무단이 거친 입으로 꼭 집어서 말하자 배를 잡으면서 웃었다. 그러나 웅사리는 도둑질하다 들킨 것처럼 얼굴이 붉어진 채 웃지 않으려고 안간힘을 썼다. 또 명주 역시 쥐구멍이라도 있으면 기어들어가고 싶었다. 황송한 나머지 엎드리지도 못하고 그대로 서 있지도 못했다. 그야말로 엉거주춤 서 있느라 죽을 맛이었다. 얼굴에는 우는 것이 차라리 더 나을 것 같은 웃음을 흘리고 있었다. 그는 속으로 이를 뿌드득 갈았다.

'고사기, 이 빌어먹을 자라(자라는 생식기가 잘 드러나지 않거나 드러나도 아주 작음. 남성에 대한 치욕적인 욕을 뜻함) 같은 새끼! 어디 두고 보자!'

한참 소란 아닌 소란이 이어졌다. 그러다 마침내 강희가 먼저 표정을 가다듬으면서 명주를 향해 말했다.

"웃자고 한 소리일 거야! 자네 표정을 보니 험악해보여. 그렇다고 돌아가서 그 사람을 혼내지는 말게. 짐이 한번 보고 싶기도 하고. 그런데 자네는 명색이 동진사同進士(과거 시험의 세 등급 합격자 중 제일 마지막 등급 합격자를 일컬음) 출신이라는 사람이 어찌 이런 평가의 말이 나오도록 글을 쓰는가. 하긴 그것도 재주라고 하면 재주라고 할 수 있지! 자네를 뽑아준 시험관이 눈이 잘못 됐는가, 아니면 자네가 돈을 싸들고 그 자를 매수를 했든가 둘 중의 하나인 것 같네."

"매수를 한 것은 아니옵니다. 그때는 응시한 사람이 워낙 적었사옵니다. 정원 미달이라고 해도 과언이 아니었사옵니다. 속된 말로 개나 소나 다 합격시킨 것 같사옵니다. 결국 오늘 폐하 앞에서 개망신을 당했지만 말이옵니다. 그러나 이로 인해 폐하께서 즐거우셨다면 그나마 위안이 됐다고 생각하옵니다. 평가의 말을 써준 저의 식객 참모는 고사기라고 하는 전당 출신의 뛰어난 인재이옵니다. 소인과는 둘도 없는 사이라고 할 수 있사옵니다. 폐하께서 만나주신다면 대단한 영광이라고 할 수 있사온데, 소인이 어찌 그 친구를 욕보이겠사옵니까!"

명주가 악의 없는 강희의 말에 자조하는 분위기가 물씬 풍기는 어조로 아뢰었다. 그는 그러면서 색액도를 힐끗 쳐다보는 것을 잊지 않았다. 일찍이 고사기에게 진땀을 뺀 적이 있는 색액도 역시 적지 않게 놀란 모양이었다. 당초 그는 당시의 일을 기억하고 싶지 않았으나 강희가 관심을 보이자 황급히 다가가 일전에 자신의 집에서도 한차례 비슷한 일이 있었노라고 솔직하게 말했다. 고사기를 한껏 치켜세우는 것 역시 잊지 않았다.

강희는 내내 웃음을 감추지 못했다. 그러다 웬일인지 얼굴에서 차츰 웃음기가 사라졌다. 자신의 집권 초기에 과거 응시생이 하도 없어 정원을 못 채웠던 때를 떠올린 것이다. 물론 지금은 전혀 그렇지 않았다. 선비들이 저마다 조정의 미관말직이라도 차지하겠노라고 밀물처럼 몰려들어 문지방이 닳아 떨어져나갈 지경이었다. 남위南闈(남경에서 치르는 향시)와 북위北闈(북경에서 치르는 향시) 두 가지 시험 때만 해도 응시생이 너무 많아 부정을 저지른 선비를 잡아내느라 골치가 아플 정도였다.

그러나 박학홍유과는 역시 달랐다. 시험을 치르러 온 사람들은 모두 해봐야 182명밖에 되지 않았다. 게다가 저마다 자존심이 하늘을 찌르는 사람들이었다. 이런 저런 핑계를 대면서 시험에 응하지 않는 사람도 상당히 많았다. 고염무顧炎武와 부산傅山 같은 이름 있는 수재들을 대표적으로 꼽을 수 있었다. 아예 대놓고 "의지가 굴욕적으로 꺾여서는 안 된다. 죽으면 죽었지 응시할 수 없다"라는 단호함을 계속 견지하고 있었다. 이번의 경우에도 '압송'되다시피 북경으로 끌려왔으나 절에 떡하니 버티고 앉아 꼼짝도 하지 않았다. 아무리 과거 응시생들이 많아졌다고는 하나 천하에 널리 알려진 명나라 유노遺老들이 이처럼 강경한 태도를 보인다는 것은 진정한 의미에서의 '성화'聖化가 아직 이뤄지지 않았다는 증거라고 할 수 있었다. 강희가 심각한 표정으로 생각을 이어가다 천천히 입을 열었다.

"남위와 북위 시험은 시험관들에게 알아서 잘하라고 하면 되겠어. 하지만 박학홍유과에 대해서는 신중해야겠네. 억지로 끌어다 시험을 본다는 자체가 우습기도 하나 그게 천리天理인 이상 짐도 어쩔 수 없어. 활을 쏘려면 시위를 팽팽하게 당겨야 하니까 말이야. 끌려왔든 자신의 발로 찾아왔든 북경에 온 이상 누구든지 시험은 봐야 하네! 또 시험에 응시한 사람은 성적 여부에 상관없이 무조건 관직을 줄 거야. 급선무는 무슨 수를 써서라도 시험을 보게 해야 한다는 거야! 알아들었어?"

"예, 폐하!"

좌중의 대신들이 황급히 머리를 조아리면서 우렁차게 대답했다.

"명주!"

강희가 웃음 띤 얼굴로 말을 이었다.

"자네는 이부吏部의 사사四司를 책임지고 있으니, 각자 무슨 별칭이 있는지는 알고 있겠지?"

"잘 알고 있사옵니다. 문선사文選司는 관리들의 승진을 도맡아 하는 부서이옵니다. 그래서 일명 '희사'喜司라고 불리고 있사옵니다. 고공사考功司는 파면과 벌칙을 전담하는 부서이기 때문에 '노사'怒司라고도 일컫사옵니다. 계훈사稽勳司는 죽음과 병에 대한 일처리를 맡고 있기 때문에 '애사'哀司로 불리고 있사옵니다. 또 검봉사驗封司는 상을 주고 작위를 봉하는 일을 도맡고 있는 탓에 일명 '낙사'樂司라고도 하옵니다. 이 네 가지를 모두 합하면 희로애락이 되지 않사옵니까!"

명주가 자신만만하게 대답했다. 강희가 만족스럽게 머리를 끄덕였다.

"음, 자네는 주어진 업무에 충실한 편인 것 같군. 짐의 생각에는 이번 박학홍유과에도 희로애락 네 글자를 써먹는 것이 어떨까 하네. 짐이 만

승지군^{萬乘之君}으로서 직접 시험관으로 나서니까 그들에게는 실로 대단한 영광이 아닐 수 없어. '희'^喜라고 할 수 있겠지. 또 싫다고 떼쓰는 것을 억지로 압송해왔으니 이건 '노'^怒할 일이야. 계속 버티면 때에 따라서는 '애'^哀를 당할 수도 있을 거야. 마지막으로 시험이 끝난 후에 높은 자리에 앉혀주면 울다가도 웃을 수 있으니 즐거운 '낙'^樂이 생각나지 않을까? 자네들은 그만 돌아가서 앞으로도 계속 열심히들 일해주게. 하지만 오늘은 푹 쉬도록 하게!"

강희가 말을 마치고는 껄껄 웃었다. 그런 다음 신하들의 마음이 홀가분해지도록 기분 좋게 돌려보냈다.

11장

타락한 권력

명주는 조정에서의 위상이 높아지면서 많은 특혜를 누렸다. 새롭게 저택을 하사받은 것도 그 중의 하나였다. 괴수사槐樹斜가 있는 그의 저택은 원래 명나라의 복왕福王(신종神宗의 셋째아들 주상순朱常洵)이 북경에 마련한 번서藩署(번왕들의 연락사무소 격에 해당)였다. 당시 복왕부福王府는 낙양에 있었다. 또 명나라 법률에는 왕들이 특별한 일 없이 북경을 드나들지 못하게 돼 있었다. 때문에 이 저택은 사실상 거의 비어있다시피 했다. 그럼에도 그 호화로움과 웅장함은 북경에 있는 다른 왕부들과는 차원이 달랐다. 권력깨나 있는 실력자들이 그 저택을 호시탐탐 노리는 경우가 많았다. 그러나 강희 8년 이전에는 오배가 사실상 정권을 장악하고 통치를 하고 있었기 때문에 그런 곳이 있는 줄 알면서도 누구 하나 감히 자신이 들어가 살겠다는 말을 꺼내지 못했다. 강희가 친정을 시작하고 나서는 몇몇 왕이 허가를 받고 들어가 살려고 했으나 귀신이 출몰한다는 말도 안 되는 소문으로 인해 또 주저앉고 말았다. 명주는 이 절호의 기회를 놓치지 않았다. 강희의 허락을 받은 다음 과감히 들어가 사는 모험을 결행했다. 이상하게도 그가 들어가 살게 된 이후 그 무성하던 귀신 소문은 잠잠해졌다.

명주는 강희가 조만간에 고사기를 만나기 위해 오겠다고 하자 집에 돌아오기 무섭게 하인들을 불렀다. 집 단장을 새로 하도록 지시하기 위해서였다. 이렇게 해서 전신을 비출 수 있는 거울, 도금이 된 자명종, 옥으로 만든 여의如意, 금불옥마金佛玉馬 등은 전부 뒤뜰에 있는 화원으로 옮겨졌다. 아니 숨겨 놓았다고 해야 옳았다. 이뿐만이 아니었다. 그는 유리창 시장으로 가서는 닥치는 대로 책을 수십 상자씩 사들이도록 했다. 그것도 일부러 손때가 묻은 낡은 책으로 골라서 말이다. 그렇게 집을 위장시키는 데 걸린 시간도 적지 않았다. 이튿날 아침까지 서둘러서야 겨우 강희가 흡족해 할 만큼 꾸며 놓을 수 있었다. 명주는 그제야 한숨을 돌렸다. 또 집에 도착한 이후로 고사기가 눈에 띄지 않았다는 사실도 처음으로 알게 되었다. 그는 하인에게 아들 성덕性德을 불러오도록 했다. 그런 다음 피곤한 듯 의자에 기대 앉아 차를 마시고 있을 때였다. 밖에서 문지기 왕씨가 들어오더니 아뢰었다.

"어르신, 근보 어른이 만나 뵙기를 청하셨습니다!"

"어서 들라고 해!"

명주가 자리에서 일어나 문 쪽으로 가려는 순간 근보가 성큼 들어섰다. 명주가 반갑게 웃어 보이면서 공수를 했다.

"자원紫垣, 오래간만이오! 강희 십이 년 봉양부鳳陽府에서 헤어진 이후 눈 깜짝할 새에 벌써 오 년이라는 시간이 흘렀구려. 얼마나 보고 싶었는 줄 아시오?"

명주가 반가운 척하고 호들갑을 떨었다. 그러다 근보의 뒤에 평범한 옷차림의 부인과 아이 두 명이 따라온 것을 보고는 나지막이 물었다.

"이분들은……."

"들어가서 말씀을 드리죠."

그때 아들 성덕이 이쪽으로 다가오는 모습이 명주의 눈에 들어왔다. 명주가 눈짓으로 그쯤에서 기다리게 하고는 근보를 보고 말했다.

"자원, 여기 와서 뭘 그리 멍하니 서 있는 거요. 어서 앉지 않고. 여기 폐하께서 하사하신 대홍포차大紅袍茶를 넉 잔 내오너라. 또 차를 별도로 담아서 근보 어른이 가실 때 챙겨 드리는 것도 잊지 말거라!"

명주가 다시 호들갑을 떠는가 싶더니 어느새 근보와 이수지에게 차를 권하면서 말했다.

"자원, 몇 번씩이나 우리 집에 찾아왔었다고 하더군요. 공교롭게도 그때마다 내가 번번이 집에 없었어요. 그러고 보니 참 미안하군요. 그러나 내 탓만 할 것은 아니에요. 자원 그대도 너무 꽉 막혔어요. 연락처라도 남겼더라면 나라도 오고 가면서 찾아봤을 것이 아니겠소. 그래, 폐하는 만나 뵈었소이까? 무슨 특별한 지시라도 있었소?"

명주가 말을 끝내자마자 이수지를 힐끔 쳐다봤다. 그러더니 자못 관심어린 말투로 대했다.

"우리는 신경 쓰지 마시고 편하게 차 드세요."

근보는 명주가 반갑게 맞아주자 어느 정도 마음이 홀가분해졌다. 그제야 얼굴에 드리워져 있던 긴장을 풀었다.

"폐하께서 세 번 불러주셨는데, 번번이 너무 시간이 촉박해 긴 얘기는 나누지 못했습니다. 그래서인지 나에게 잠시 북경에 머무르라고 명령하셨어요."

근보는 의례적으로 대답한 다음 자신이 북경에 있는 동안에 있었던 일을 비롯해 이수지 모자의 처지를 명주에게 자세히 들려줬다.

"아…… 그랬소? 알겠소이다!"

명주가 얼버무리듯 대답했다. 그러면서 두 손으로 찻잔을 감싸 쥔 채 한참 넋 나간 듯 앉아 있더니 이수지에게 물었다.

"이제 어떻게 할 생각입니까?"

"저도 잘 모르겠습니다……."

이수지가 눈물을 훔치면서 대답했다. 그러자 근보가 잠시 침묵한 끝에 입을 열었다.

"당사자가 인정을 하지 않으니 어쩔 수 없습니다. 당장은 저 분의 손에 아무런 증거가 없어요. 그렇다고 폐하의 귀에까지 들어가게 할 수는 없고. 그런 날에는 이광지의 처지가 불 보듯 뻔할 것 아니겠습니까. 저 분 역시 그런 것은 원치 않습니다. 정 대책이 없다면 잠시 고향에 계시는 제 어머니에게 보내는 수밖에……."

"자원, 그럴 것까지는 없소. 내게 맡겨줘요! 솔직히 이런 일에 무슨 증거가 필요하겠소? 사람이 있지 않소. 이보다 더 좋은 물증이 어디 있어요? 이광지가 보낸 편지도 갖고 있잖소? 이 아이들 좀 보오. 이광지를 그대로 빼닮지 않았는가 말이오!"

명주가 생각을 굳힌 듯 단호하게 말했다. 그의 말에 이수지는 또다시 눈물을 하염없이 흘렸다. 명주가 큰 소리로 하인을 불렀다.

"왕씨, 집사를 불러오도록 해!"

근보와 이수지는 순간 당혹스러운 시선을 교환했다. 명주가 무슨 일을 하려는지 몰랐던 것이다. 마침 그때 집사가 부리나케 달려와 공손하게 물었다.

"대인, 무슨 분부가 계십니까?"

"통주通州에 새로 마련한 집이 있지 않은가?"

"예, 대인 명의로 해놓았습니다. 정원이 세 개에다 뒤에 자그마한 화원까지 딸려 있습니다."

"알았네."

명주가 집사의 말을 바로 잘랐다. 동시에 이수지를 가리켰다.

"이분은 이광지 어른의 부인이야. 그곳에서 살 수 있도록 해야겠네. 스무 명의 시녀와 세 명의 할멈을 붙여드려. 매달 부인의 생활비로 은 사십 냥씩도 보내주고. 이 모든 것은 절대 비밀에 붙여야 해. 소문이 새어나가는 날에는 모두들 껍질이 벗겨질 줄 알라고!"

근보는 명주가 손이 크고 배포가 대단하다는 소문은 일찍이 들어 알고 있었다. 하지만 이 정도인 줄은 짐작조차 하지 못했다. 그는 대수롭지 않은 표정의 명주를 바라보면서 입을 딱 벌리지 않을 수 없었다. 그러면서도 첫 대면에 이런 대우를 해준다는 것이 다소 지나친 것은 아닌가 하는 생각도 했다. 이수지 역시 그건 마찬가지인 것 같았다. 눈물이 가득한 두 눈을 들더니 당혹스런 표정으로 근보를 바라봤다. 그런 다음 자리에서 일어나 허리를 굽혀 인사를 했다.

"명 대인, 이러시면 안 됩니다. 저는 이광지 대인을 찾아왔을 뿐이에요. 아무리 비정한 사람이라도 자기 아들을 모르는 척이야 하겠어요? 저는 팔자가 드세고 복이 없는 여자입니다. 명 대인의 마음만으로도 감사히 생각하겠습니다……."

"부인, 무슨 그런 말씀을 하십니까. 나 명주도 빌어먹으면서 근근이 살아가던 때가 있어서 그럽니다. 사실 말이 나왔으니까 말이지 이광지도 자기 자식까지 저버릴 정도로 양심이 없는 사람은 아닙니다. 당장 부인과 아들을 모르는 척할 수밖에 없는 어려운 사정이 있을 겁니다. 곧 대학사大學士가 될 결정적인 순간이 다가오는데, 이런 일로 발목을 잡힐 수는 없다고 생각하겠죠. 그래도 정 부담스러우면 집과 사람 모두 잠시 나한테서 빌렸다고 생각하세요. 나중에 나하고 이광지가 계산하면 될 것 아닙니까. 단 한 가지 말씀드리고 싶은 것은 그 사람을 만나 일을 해결하려고 너무 조급하게 굴지 말라는 겁니다. 그건 정말 곤란합니다. 그 사람은 지금 다른 것은 안중에도 없고 오로지 출세를 위해 매진하고 있습니다. 이런 시기에 너무 숨통을 조여버리면 젊은 나이에 욱하는 성질을 부릴 수도 있어요. 그러면 일을 더 그르칠 수도 있어요! 자원도 들었으니까 방금 내가 얘기한 대로 하는 게 좋겠어요. 서로 부담도 덜고 말입니다."

명주의 말은 조금도 빈틈이 없었다. 우선 이광지를 변호하는 말도 됐을 뿐 아니라 이수지 모자를 안심시키는 효과도 있었다. 게다가 자신이 달리 원하는 바가 있어서 그러는 것이 아니라는 생각을 상대에게 심어주기에도 충분했다. 아니나 다를까, 근보는 가슴 찡한 감동을 받았는지 머리를 끄덕였다.

"말로만 듣던 명상明相(재상인 명주에 대한 존칭)께서 이렇게 따뜻한 마음의 소유자인 줄은 정말 몰랐습니다!"

이수지와 두 아이 역시 땅바닥에 엎드려 연신 머리를 조아렸다.

"더 이상 자원을 무리하게 잡아둘 수는 없겠소이다. 오늘은 이쯤 하고 먼저 돌아가시오. 조만간 내가 찾아가겠소. 그때는 술 한잔 줘야 하는데? 또 우리 집 일꾼들이 뭘 몰라서 자원에게 은 이백 냥을 받았다고 하던데, 내가 막 뭐라고 호통을 쳤어요! 도로 받아가지고 가세요. 북경은 움직였다 하면 돈이 필요한 곳이니까 말이오!"

명주가 머리를 들어 하늘을 바라보았다. 오시午時가 지난 시각이라 강희가 갑자기 들이닥치면 서로 입장이 난처하다는 생각을 한 것이다. 그런 다음 은표 한 장을 내밀었다. 근보가 받을 수 없다고 거절하자 그가 웃으면서 말했다.

"하인들에게 차 한잔 정도 사 먹일 돈은 있어야 하지 않겠소이까."

명주는 근보와 이수지 모자의 일을 처리해 놓고 나서야 겨우 한숨을 돌렸다. 아들 성덕과 대화를 나눌 수 있는 여유도 생겼다.

"너의 고 세숙世叔은 어떻게 지내고 있느냐?"

명주의 아들 성덕은 하얀 얼굴에 앵두같이 빨간 입술을 하고 있었다. 공부도 열심히 하는 중이었다. 고사기가 명주의 집에 들어오고부터는 거의 매일이다시피 그와 함께 시사詩詞와 고문古文 공부를 하고 있었다. 고사기와는 나이 차이를 잊고 어느새 망년지교忘年之交가 되었다고 해도 좋았다. 옷을 깨끗이 차려 입고 공손히 서 있던 성덕이 아버지의 물음에 또랑또랑한 목소리로 대답했다.

"어제 고 세숙과 서 세백世伯께서 저를 데리고 꽃구경을 나갔습니다. 고 세숙은 볼일이 있어 하루 머물러야 한다면서 서 세백에게 저를 먼저 데려다 주라고 하셨습니다. 오늘 오후에 돌아온다고 했습니다!"

고사기는 늘 그런 식이었다. 전혀 놀라울 것도 없었다. 강희도 반드시 오늘 온다는 것은 아니었다. 명주는 더 이상 캐묻지 않고 지나가는 말처럼 한마디를 덧붙였다.

"꽃시장에 무슨 볼거리가 있다고 하루씩이나 묵고 그럴까? 그래, 서 세백은 어디 있어?"

명주와 성덕이 입에 올린 서 세백은 다른 사람이 아니었다. 얼마 전 치러진 과거시험에서 장원급제를 한 서건학徐乾學이었다. 명주의 집에 자주 드나들면서 마치 가족처럼 허물없이 지내는 터라 명주와 성덕이 그처럼 편하게 불렀다. 성덕이 아버지의 질문에 재빨리 대답했다.

"서 세백께서는 명령을 받고 대불사大佛寺로 고염무와 부산 선생을 만나 뵈러 갔다 오신 다음 목자후 군문과 함께 시윤장施潤章, 두납杜納 어른을 찾아갔습니다. 조금 있다가 돌아오신다고 했습니다."

"아이고, 명 대인!"

부자가 그렇게 얘기를 주고받고 있을 때였다. 밖에서 서건학의 쾌활한 웃음소리가 들려왔다.

"이게 웬 일입니까? 어떻게 하루아침에 집안 분위기가 확 달라졌습니까? 문 앞에 있는 한나라 백옥白玉으로 만든 대사자大獅子만 아니었다면 다른 집에 잘못 들어온 줄 알았을 겁니다. 도로 뛰쳐나갈 뻔했습니다!"

서건학은 늘 행동보다는 웃음소리가 앞서는 인물이었다. 그러나 풍채는 별로 좋지 않았다. 금붕어 눈에 매부리코였을 뿐만 아니라 앞 이빨은 툭 튀어나와 있었다. 게다가 이빨은 담배로 인해 싯누렇게 변해 있었다. 기르지 않는 것이 더 좋을 것 같은 턱수염 역시 그랬다. 겨우 쥐꼬리만큼 난 데다 말을 할 때마다 가엾게 떨리는 것이 보는 이로 하여금 천박한 느낌을 들게 했다. 때문에 외모만으로 사람을 평가하기 좋아하는 이들은 하나같이 "저 몰골을 하고서 어떻게 장원급제를 했을까?" 하는 의문을 한 번쯤은 품어볼 법도 했다. 그러나 실력만큼은 외모와 완전히 반비례되는 대단한 학자였다. 아는 사람들은 모두 다 엄지를 내두를 정도였다.

"앉게!"

명주가 구들을 두드리면서 자리를 권했다. 그리고는 아들에게 나가 있으라는 눈짓을 보내면서 서둘러 물었다.

"또 하계주의 집에 가서 놀았는가? 시윤장은 어떤가? 잘 있던가? 이광지와 하씨는 이웃인데, 거기까지 갔으면 한번 들여다보지 그랬어!"

서건학이 담뱃불을 붙여 두어 모금 빨고 나서 대답했다.

"하계주의 마누라가 세상을 떠났다고 합니다. 장례를 치르느라 정신이 없더군요. 그래서 잠시 얘기만 조금 나누다가 왔습니다. 시윤장, 두납 두 사람은 대불사에 누워서 버티는 두 사람과는 달리 무척 좋아하는 눈치더군요. '시험에 합격하지 못하더라도 북경 구경 한번 한 셈으로

친다'고 공공연하게 말하더군요. 이광지한테도 갔었습니다. 그러나 문전 박대를 당했어요! 문을 닫아걸고 잘못을 반성중이라나 뭐라나. 얼마 전 대리시大理寺에서 진몽뢰陳夢雷를 불러 심문한 적이 있습니다. 이번에 가능하면 폐하께서 이 두 사람의 문제를 직접 처리하실 것 같습니다. 그러니 일부러 저러고 숨어 있는 것 같습니다."

"잘 나가는 대학사에다 이제는 상서방에 들어갈 영광만 남았는데, 뭘 그래! 그러나 폐하의 말뜻을 짐작해 보니까 더 이상은 진몽뢰를 괴롭히지 않겠다는 눈치였어. 그럼에도 이광지가 진몽뢰를 없애버리고 싶어 하는 것은 사실이야. 하지만 세상 일이 어디 그리 호락호락하겠어? 폐하께서는 이미 비밀리에 진몽뢰를 접견하셨다고. 나한테 어떻게 처리하면 좋을지 물어보기까지 하셨네. 생각해 봐. 이 둘의 일은 자기네 두 사람 빼놓고는 증거가 없어. 진몽뢰처럼 대단한 학자를 폐하께서 얼마나 아끼시는데, 그냥 죽이도록 놔두겠어? 내가 폐하께 진몽뢰를 봉천奉天으로 보냈다가 이삼 년 후 조금 잠잠해지면 다시 데려오자고 말씀드려 볼 거야."

명주가 입을 비죽거리면서 웃었다. 어조에는 자신이 강희의 신임을 받고 있다는 느낌이 물씬 풍겨났다. 서건학도 명주의 말에 동조했다.

"이 사건은 달리 심문할 수가 없습니다. 대리시에서도 진몽뢰를 불러다 심문할 때 단 한 마디만 물어보고 내보냈다고 합니다."

서건학의 말은 명주로서도 처음 듣는 것이었다. 그가 의아스럽다는 표정을 한 채 물었다.

"설마! 정말인가?"

"심문관들이 물었답니다. '진몽뢰, 어찌 해서 역적인 경정충 밑에서 일하게 됐는가?'라고 말이죠. 그랬더니 진몽뢰가 '폐하께서 강희 구 년 시월 십일 그쪽으로 파견을 보내셨소!'라고 말했답니다. 이 한마디면 사실

끝이죠. 더 이상 물어보고 자시고 할 게 있나요?"

"그래서 그냥 돌려보냈다고 하던가?"

명주가 점점 더 관심을 보이자 서건학이 웃으면서 대답했다.

"그렇다고 폐하를 대리시로 데려다 대질심문을 벌일 수는 없지 않습니까!"

두 사람이 얘기를 나누고 있을 때였다. 왕씨가 만나 뵙기를 신청하는 빨간 배첩拜帖을 한아름 안고 들어와 책상 위에 조심스레 올려놓고 나갔다. 명주는 그것들이 북경에서 한자리 해보고자 하는 지방의 관리들이 수없이 많은 돈과 시간을 허비한 끝에 간신히 이곳까지 보낸 배첩이라는 사실을 모를 까닭이 없었다. 그러나 당장은 보고 싶지 않았다. 서건학이 그만 자리를 뜨려고 하자 명주가 말했다.

"이걸 가지고 가서 도로 돌려주게. 매관매직이라도 흔쾌히 하겠다는 사람이 부지기수인데, 누구는 봐주고 누구는 봐주지 않을 수 있겠나. 전부 이런 식으로 나오면 천수관음千手觀音이라도 속수무책이겠어. 다 돌려주고 이부吏部에 가서 줄을 서라고 하게!"

서건학은 어쩔 수 없이 배첩을 들고 나오려고 했다. 그러나 무척이나 망설여졌다. 매정하게 거절당하는 데는 고작 몇 초밖에 안 걸리겠지만 그들이 배첩을 올려 보내기까지는 무지하게 많은 돈을 쓰고 고생도 무진장 했을 것이 틀림없었을 테니까. 당연히 얼굴조차 내밀지 않는 명주를 대신해 자신이 볼기짝을 얻어맞을 이유가 없었던 것이다. 그는 심각하게 고민을 하면서 배첩 몇 개를 꺼내봤다. 그러다 한바탕 웃음을 터뜨리고 말았다.

"무슨 부모가 이름이 없어 이런 것을 이름이라고 다 지었을까! 세상 오래 살고 볼 일이로구나!"

명주가 무슨 일인가 싶어 다가왔다. 잘 살펴보니 한 배첩에 "서구모徐

毬毛가 명주 대인에게 만나 뵙기를 신청하옵니다"라는 글자가 적혀 있었다. 구모毬毛는 무슨 말인가. 바로 남자의 음모陰毛를 말한다는 것은 세 살 먹은 어린아이도 알지 않는가. 명주 역시 배꼽을 잡고 웃었다. 그러더니 어디 사람 한번 구경해 보자는 식으로 왕씨에게 불러들이라고 지시했다.

"서 무슨 모인가 하는 사람만 부르고 나머지는 달포 후에 이부에서 보자고 그래."

서건학은 명주가 또다시 자신에게 무슨 난감한 일을 시킬까봐 무척이나 두려웠다. 그래서 급한 일이 있다고 핑계를 대고서는 바로 삼십육계 줄행랑을 쳤다.

한참 후 얼굴이 네모난 관리 한 사람이 빠른 걸음으로 들어왔다. 여덟 마리 맹수 무늬의 두루마기를 입고 흰 새 모양의 보자補子(옷에 붙어 있는 천 조각. 직급을 나타냄)를 달고 수정 정자頂子를 드리운 관리였다. 그가 팔소매를 쓸어내리더니 무릎을 꿇고 머리를 조아리면서 자신의 직함을 말했다.

"음. 들어오게! 연관捐官(돈을 주고 관직을 사는 것)을 신청했는가?"

명주가 의자에 비스듬히 기대어 억지로 웃음을 참으면서 목소리를 한껏 내리깔았다. 그러자 관원이 정색을 했다.

"예, 저는 강희 십사 년에 현승縣丞 자리를 사서 나중에는 지부知府까지 지냈습니다. 참, 그리고 이제 보니 여기 저의 집안어른께서 명주 대인을 만나면 드리라고 주신 벼루 하나가 있습니다. 별것 아니지만 받아주셨으면 합니다."

관리가 말을 꺼내기 바쁘게 주머니에서 빨간 천으로 감싼 네모난 물건을 꺼내 바쳤다. 명주는 받아들자마자 물건이 황금으로 만든 것이 틀림없다고 생각했다. 일반 벼루라고 하기에는 너무나도 묵직했으니까. 하지만 그는 일부러 풀어보지 않았다. 대신 심드렁한 표정을 지으면서 벼루를 책상 위에 내려놓으며 가볍게 질책을 했다.

"지부까지 했으면 만족을 할 법도 하지 않은가. 왜 굳이 가시밭길을 비집고 들어오려고 하는가?"

"대인, 소인은 조상을 빛내고 폐하를 위해 미력한 힘이나마 바치고 싶습니다!"

명주가 웃음을 지어 보였다.

"꽤나 똑똑한 사람이로군. 단 방금 언급한 이유 이외에도 하나 더 보탤 것이 있네. 백성들을 위해 좋은 일을 해야겠다는 생각이 없어서는 안 된다는 말이네. 돌아가서 조금만 기다려 보게. 이부에서 통보가 갈 테니까."

"감사합니다!"

관리가 인사를 하면서 뒷걸음쳐 나가려고 하자 명주가 덧붙였다.

"서두를 것은 없네. 얘기를 들어보니까 먹물깨나 먹은 것 같군. 하지만 이름은 좀 그렇네. 이것을 어찌 폐하께서 직접 보시도록 올려 보낼 수 있겠는가!"

"소인의 형제들은 전부 '구'球자 돌림입니다. 팔자에 물이 부족하다 해서 조상께서 특별히 '구임'球壬이라는 이름을 지어 주셨습니다."

서구임이 자신의 이름에 대해 해명하면서 의아한 표정을 지었다. 또 끝내 자신의 의문도 피력했다.

"폐하께서 보시기에 난감한 이유를 잘 모르겠습니다."

명주는 서구임의 말에 그제야 관리의 이름은 '서구임'徐球壬이지만 누군가 '구임'球壬 두 글자에 각각 한 획씩 보태 '구모'毬毛로 했다는 사실을 알게 됐다. 그러나 그 자리에서 달리 뭐라 설명할 수가 없어 그저 웃기만 했을 뿐이었다. 이윽고 명주가 물었다.

"이걸 어느 서리書吏를 통해 여기에 들여보낸 것인가?"

"서리가 아닙니다. 대인 댁의 고씨 성을 가진 선생께서 서리방書吏房으로 오셔서 받아가셨습니다."

서구임이 황급히 허리를 굽히면서 아첨어린 웃음을 지었다. 그랬다. 또 그 말썽꾸러기 고사기의 수작이었다. 명주는 서구임을 보내고 화가 치밀어 오르는 것을 도저히 참을 수가 없었다. 더구나 어제부터 고사기로 인한 피해도 적잖게 입은 터이기도 했다. 고사기는 불특정 다수를 골탕 먹이는 아주 고약한 버릇을 가지고 있는 것이 분명했다. 명주는 또 그가 서구임의 돈을 받아 챙긴 것이 틀림없다고도 생각했다. 큰소리치면서 돈은 챙겼으나 배첩에 특색이 없으면 건성으로 봐 넘기는 자신의 성격을 너무나 잘 알기 때문에 수작을 부린 것이라고 판단했다. 그는 이를 뿌드득 갈았다. 그러나 한편으로는 놀아났다는 분함보다는 고사기가 자신을 너무나 잘 알고 있다는 생각에 소름이 끼쳤다. 하지만 당장 고사기를 혼내줄 방도가 떠오르지 않았기에 속이 더 상했다. 그는 배첩을 한편에 밀어놓으면서 조용히 중얼거렸다.

"다른 사람은 다 받아주더라도 서구임만은 안 돼. 재수 없이 고사기 그놈한테 걸려든 것이 안 되기는 했다만 어쩔 수가 없지!"

고사기는 자신이 집을 나가 있었던 하루 동안에 그토록 많은 일이 벌어졌다는 사실을 알 턱이 없었다. 더구나 그는 온통 한 가지 일에 정신을 빼앗기고 있었다. 사실 그가 꽃시장에서 서건학과 성덕을 따돌린 것도 이유가 있었다. 바로 전날, 일이 되려고 그랬는지 길거리에서 아주 우연히 여자아이 하나를 데리고 괴수사가에 있는 백의관白衣觀으로 불공을 떠나는 방란을 보았던 것이다. 오랜만에 그의 눈에 비친 그녀는 더욱 예뻐진 듯했다. 그것은 장사가 전보다 잘 될 뿐만 아니라 여러 가지로 가정형편이 좋아진 덕분이었다. 아니면 고사기가 눈에 콩깍지가 씌어서 방란에게 정신을 온통 빼앗겨서 그런 것일 수도 있었다. 아무려나 그는 방란이 탄 대나무 가마를 뒤쫓아 가면서 속으로 가만히 생각했다.

'신분을 따지면 진천일의 그 여자보다 못하기는 하지. 하지만 귀엽고 매력이 넘친다는 점에서는 백배는 더 나을 거야! 대가의 규수가 소가小家의 보물 같은 벽옥碧玉보다 낫다는 법이 어디 있어!'

방란은 절 앞에 도착하자 바로 가마에서 내려 계단 앞에 준비돼 있는 물로 손을 씻었다. 고사기는 그 모습을 보자 즉각 한걸음에 달려가 자신도 손을 대야에 담갔다.

"어머! 고 선생님이시군요? 그동안 잘 지내셨어요! 한동안 못 뵈었더니 전보다 혈색이 많이 좋아지신 것 같네요. 매향梅香아, 어서 선생님께 손수건을 드려야지!"

방란이 생각지도 못한 고사기의 등장에 깜짝 놀라면서 반색을 했다. 고사기는 슬쩍 그녀를 다시 한 번 살펴봤다. 제비가 지저귀는 듯한 매력적인 목소리에 이슬을 머금은 듯한 함초롬한 두 눈은 정말 아름다웠다. 게다가 홍조가 피어난 발그스레한 양 볼은 굳이 따로 설명할 필요가 없었다. 그는 방란을 소유하고 싶다는 생각이 불현듯 들었다. 그러나 그런 마음을 일단 뒤로 숨기고 손수건으로 손을 닦다 말고 물었다.

"어쩌다가…… 이런 곳에……?"

사실 고사기가 하는 질문은 오히려 방란이 먼저 해야 했다. 학문을 하는 사람이 절 같은 곳에 발을 들이는 경우는 드문 일이 아닌가. 방란은 고사기가 엉뚱하게 물어오자 잠시 어정쩡한 표정을 지었다. 그러다 고사기의 손에서 손수건을 받아 소매 안에 도로 넣으면서 머리를 숙였다. 얼굴이 더욱 빨갛게 달아오르고 있었다. 발가락으로 흙만 후벼 파면서 선뜻 대답을 하지 못했다. 그러자 옆에 있던 매향이 재빠르게 대신 대답했다.

"객점 주인 유씨가 중매를 서서 아가씨를 동문東門에 있는 호胡씨 집 안으로 시집을 보낸다고 하네요. 그런데 결혼 얘기가 나온 지 얼마 안 돼 그 집 도련님이 폐병에 걸렸다지 뭐예요. 그래서 아가씨에게 빨리 들 어와 액을 내쫓으라고 닦달을 하고 있어요. 결국 아가씨가 관음보살님께 도련님 병을 빨리 낫게 해주십사 하고 기도하러 온 거죠."

고사기의 귀에는 다른 말은 하나도 들리지 않았다. 오로지 "호씨 집 안으로 시집을 간다"라는 말만 들렸다. 그것 하나만으로도 고사기는 큰 충격을 받았다. 그는 갑자기 차가운 동굴에라도 들어간 듯 몸을 흠칫 떨었다. 그러다 한참 후에야 자신의 실수를 덮어 감추려는 듯 억지로 웃 음을 지어 보였다.

"……그랬었군요. 그러면 먼저 가서 향을 사르고 오세요. 조금 있다가 방란 아가씨하고 할 얘기가 있으니……."

고사기는 방란과 매향이 절 안으로 들어가는 모습을 지켜보고는 돌 계단 위에 털썩 주저앉고 말았다. 더불어 무릎을 껴안고 머리를 다리 사이에 집어넣은 채 고민에 잠겼다. 그러나 당장은 방란을 빼돌릴 묘안 이 떠오르지 않았다.

12장

고사기, 천재일우의 기회를 잡다

　고사기가 머리를 쥐어뜯으면서 고민하고 있을 때 불공을 드리고 난 방란이 밖으로 나왔다. 그때 문득 그의 뇌리에 명주가 떠올랐다. 조정에서 잘 나가는 최고 일품 관리의 덕을 조금 보기로 마음을 먹은 것이다. 이를테면 고육지책이었다. 그렇게 마음을 먹자 그의 행동도 빨라졌다. 바로 방란 쪽으로 다가가서는 주머니에서 은 다섯 냥을 꺼내 매향에게 주면서 말했다.

　"나는 명주 대신의 부탁으로 꽃을 사러 나왔소. 그런데 뭘 알아야지. 매향이 꽃에 대해 잘 알 테니, 이걸 가지고 가서 문죽文竹(관엽 아스파라거스) 화분 두 개만 사다 줄 수 있겠소?"

　매향이 빙긋 웃으며 대답했다.

　"문죽을 사는데 무슨 돈을 이렇게 많이 주시는 거예요? 꽃이 필요하시면 내일 사람을 저희 집으로 보내 그냥 가지고 가셔도 될 텐데……."

고사기는 다급했다. 어떻게든 자꾸 토를 다는 그녀를 따돌려야 했다. 급기야 나머지 돈은 맛있는 것이라도 사 먹으라고 말한 다음에야 겨우 그녀를 방란에게서 떼어 놓을 수 있었다.

방란은 병든 남자에게 시집을 가야만 하는 상황이어서 마음이 서글 프기는 했으나 바보는 아니었다. 한사코 매향을 따돌리려는 고사기의 속셈을 간파하고 있었다. 그녀는 매향이 저만치 사라지자 옷자락을 손 가락에 감았다 폈다 하기를 반복하면서 기어 들어가는 목소리로 물었 다.

"어르신, 무슨 하실 말씀이 있으신 것 같네요. 편하게 말씀하세요."

"뜸을 들일 시간이 없네요. 방란, 그대처럼 좋은 아가씨가 불나방 같 은 신세를 자초한다는 것이 나는……, 어쩐지 너무 괴로워요."

고사기가 주위에 사람이 없는 것을 확인하고는 솔직하게 털어놨다. 방 란은 그의 진심어린 말에 눈시울이 붉어졌다. 그를 힐끗 한 번 쳐다보 더니 한숨을 지었다.

"어쩔 수 없죠. 운명인 걸요."

"모든 일은 사람이 하기에 달렸어요! 방란, 만약 지금 달리 좋아하는 사람이 있다면 내가 팔을 걷어붙이고 도와줄 수 있어요. 없다면 방란이 방금 얘기했던 대로 운명이라고…… 볼 수밖에!"

고사기의 말에 방란이 쑥스러운 듯 귀밑까지 붉어졌다. 그러면서 모 기 같은 목소리로 말했다.

"그걸…… 어떻게 말해요."

"그럼 있다는 얘기네요. 누구입니까?"

고사기가 흥분을 하면서 자리에서 벌떡 일어났다. 이어 눈빛을 반짝 이며 다그쳐 물었다. 방란은 좋은 수가 떠오른 듯 익살스럽게 눈을 깜 빡거리더니 정색을 했다.

"저쪽 골목에 사는 방씨 집안의 오빠예요. 어렸을 때 같이 꽃도 심고 재미있게 놀았었는데…….'

고사기는 행여나 하고 기대에 부풀었다가 그만 크게 실망을 하고 말았다. 그래서였을까, 그는 전신의 피가 거꾸로 흐르는 느낌을 받았다. 곧이어 방란의 다음 말이 들려왔다.

"어머니, 아버지도 허락을 하셨죠. 그러나 오 년 전……, 꽃을 넣어두는 땅굴이 무너지는 바람에 깔려서 세상을 떠나고 말았어요…….'

고사기는 사형수가 대사면을 받은 듯 안도의 한숨을 내쉬었다. 속으로는 밉지 않게 욕도 해댔다.

'이 계집애 봐라! 사람 골리는 재주가 이만저만이 아니군!'

고사기는 짐짓 별것 아닌 척하고 다시 물었다.

"그러면 이제는 없다는 얘기인가요?"

방란이 대답 대신 머리를 저었다.

"자기 의사를 분명히 표명하지 않으니까 골탕 먹는 남자들은 괴롭기만 하다고요. 다행히 내가 입 밖에 내지 않았으니 망정이지 만약 중매쟁이를 방란 그대 집에 보냈더라면 망신을 당하지 않았겠어요?"

그의 말은 속마음을 나타낸 것이나 다름이 없었다. 고사기의 말에 방란이 새카만 눈동자로 뚫어져라 그를 쳐다보면서 말했다.

"그게 어떻게 가능하겠어요. 고 어른 같은 존귀하신 분이 저 같은 사람을 불쌍하게 여기실지는 몰라도…… 설마…… 꽃 파는 여자하고…….'

방란이 말끝을 흐리면서 머리를 숙였다. 더 이상의 고백을 기대하는 것은 아무래도 사치라고 할 수 있었다. 고사기는 그 한마디만으로도 충분하다고 생각했다. 그는 재빨리 허리춤에서 패옥佩玉을 꺼내 그녀에게 건네줬다. 사람 소중한 줄 모르고 세상만사 쉽게만 생각하는 고사기에게서 좀체 보기 힘든 진지한 행동이었다. 그가 떨리는 목소리로 방란에게 말했다.

"꽃 파는 여자니 어쩌니 하는 그런 말은 다시는 내 앞에서 꺼내지 말아요. 나 고사기도 한때는 거지였어요. 당신보다도 못했다고!"

방란은 고사기가 내민 패옥을 힐끗 쳐다만 볼 뿐이었다. 쑥스러운 것이 분명했다. 그러다 머리를 돌리면서 내뱉었다.

"지금 뭐 하시는 거예요? 나쁜 사람이에요, 당신은……."

전혀 본심과는 동떨어진 그녀의 말이 채 끝나기도 전이었다. 저 멀리서 매향이 아무것도 모른 채 화분을 안고 다가오는 모습이 보였다. 고사기는 약간 당황했다. 그러나 바로 정신을 차리고 황급히 땀이 흥건한 방란의 손을 잡아당겨 패옥을 찔러주면서 속삭였다.

"다른 걱정은 하지 말아요! 호씨네 일은 내가 알아서 처리할 테니까!"

고사기는 방란과 헤어진 다음 혼자서 태백루太白樓로 가서 술을 마시면서 대책을 고민했다. 그러다 저녁 무렵이 되어서야 술에 잔뜩 취한 채 명주의 집으로 돌아갔다. 문 앞에 있던 하인들은 그가 나타나자 박수를 치면서 반색했다.

"아이고, 고 어른! 잘 오셨네요. 조금만 더 늦게 오셨으면 저희들은 아마 모두 명 대인에게 맞아 죽었을 거예요."

고사기는 하인들의 호들갑에 기분이 나빠 끄윽 하고 트림을 했다. 그런 다음 불쾌한 듯 쏘아붙였다.

"왜, 왜 찾는 거냐고! 불이 났나? 도둑이 들었나? 내가 뭐 도둑 잡고 불 끄는 하인이야?"

명주는 안에서 고사기의 말을 다 듣고 있었다. 당연히 화가 머리끝까지 치밀었다. 얼마나 화가 났는지 손발이 차갑게 식어갈 정도였다. 그러나 화를 폭발시킬 수도 없는 노릇이었다. 무엇보다 사복 차림의 강희를 비롯해 색액도, 이광지, 목자후와 무단 등의 군신들이 전부 자리를 한 상황이라 여의치가 않았다. 게다가 강희 등의 군신들은 자신의 두 아들인 규서撰叙와 성덕을 데리고 장난을 치면서 떠들고 있는 중이었다. 화기애애한 분위기를 깰 수가 없었던 그로서는 터져 나오는 화를 억지로 참느라 그야말로 죽을 맛이었다. 얼마 후 그가 치미는 분노를 꾹꾹 눌러 참으면서 낭하로 나왔다. 그가 어색한 웃음을 지으면서 고사기에게 손짓을 했다.

"담인, 무슨 일인가? 저런 것들에게 화를 다 내고! 어서 오게. 귀한 손님들이 자네의 글 실력을 흠모한 나머지 찾아오셨네."

"손님? 다른 사람은 다 찾아올 손님이 있구나. 나만 외기러기 신세군. ……천애고아가 따로 없어."

고사기가 투덜거리다 말고 취기가 몽롱한 두 눈으로 명주를 바라봤다. 술기운과 함께 황량한 벌판에 홀로 던져진 듯한 외로움이 얼굴 가득 담겨 있었다. 그가 그 처량한 감정을 날려버리기라도 하겠다는 듯 갑자기 듣도 보도 못한 시를 마치 노래처럼 읊조리기 시작했다.

얼마 후 그가 지친 다리를 끌면서 비틀비틀 안으로 들어섰다. 그러나 좌중의 사람들의 얼굴은 제대로 쳐다보지도 않은 채 대충 읍을 했다.

"아이고 늦…… 늦었네요. 죄…… 죄송합니다."

강희는 눈 하나 깜빡 하지 않은 채 고사기를 뚫어지게 쳐다봤다. 명주가 공연히 불똥이 자신에게 튀지나 않을까 걱정이 되는지 황급히 나섰다.

"고 선생에게 매실탕을 가져다 드려라. 차도 내어 오고!"

고사기는 얼음이 섞인 매실탕을 마신 다음에야 속이 한결 편해졌다. 그제야 옆에 앉아 있는 명주의 아들 규서가 눈에 들어왔다.

"공부는 좀 했는가? 네 아버지는 저 나이에도 매일 책을 읽고 글을 쓰고 하신다. 그런데 너는 온다간다 말도 없이 며칠 동안 어디로 쌨던 거야?"

고사기가 마치 훌륭한 선생이 제자를 꾸짖듯 하자 규서가 황급히 자세를 바로잡았다. 동시에 허리를 굽실거리면서 대답했다.

"첫째 황자皇子께서 남해자南海子로 가서 말 타고 활 쏘는 연습을 하자고 하셔서 따라다녔어요. 저는 황자께서 뽑아주신 시위인데, 어떻게 명령을 어기겠어요. 그래도 짬을 내서 책은 조금 읽었어요.《맹자》를 읽었으니 나중에 지도편달을 바라겠습니다……."

그러자 성덕이 끼어들어 형을 변호하고 나섰다.

"우리 형은 주희朱熹 선생이 주석을 단《사서대전》四書大全도 외울 수 있어요. 그러니 혼내지 말아주세요."

명주는 고사기가 다른 사람들에게는 시선도 주지 않자 안 되겠다고 생각한 듯 분위기를 바꿔보려고 황급히 나섰다.

"아이들 공부는 내일 봐주도록 하게. 여기 친구들을 우선 소개하겠네. 이분은 성이 용龍씨이네. 이쪽은 이광지 선생과 목자후 선생, 또 끝에 앉은 분은 무단 선생이오. 여기 이 분은……."

명주는 색액도를 소개해야 할 차례에 와서는 잠시 머뭇거렸다. 그러나 내친김에 그대로 이름을 말해버렸다.

"색액도 어른이시네!"

명주의 말을 듣자마자 고사기는 갑자기 술이 확 깨는지 놀라면서 벌떡 자리에서 일어났다. 이어 바로 자세를 고쳐 앉았다. 그가 이렇게 한 것은 색액도를 두려워했기 때문이 절대 아니었다. 패기만만하고 기세가 하늘을 찌를 듯하는 색액도가 용씨 성을 가진 사람의 아래에 자리했기 때문이었다. 그의 눈은 확실히 예리했다. 그는 정신을 바짝 차린 다음 다리를 꼰 채 조용히 미소를 지으면서 앉아 있는 강희를 쳐다봤다. 당연히 예사롭지 않은 뭔가도 발견했다. 그것은 감히 범접 못할 존귀함과 노하지 않아도 그 위력을 충분히 과시할 만한 풍모를 지니고 있다는 사실이었다. 그는 순간 흐리멍덩해진 신경을 두들겨 깨우면서 정신을 바짝 차렸다. 느낌만으로도 명주의 집에 누가 왔는지 알아 맞혔다고 할 수 있었다.

"고 선생! 우리 모두는 선생의 남다른 풍류와 학문, 또 속세에 구애받지 않는 매력을 흠모한 나머지 이렇게 찾아왔습니다. 말하자면 우리가 명주 대신에게 술상을 차려 고 선생의 고담준론을 들을 수 있도록 해달라고 부탁해서 이런 자리가 마련된 겁니다!"

명주의 말이 끝나기를 기다렸다가 강희가 웃으면서 입을 열었다. 고사기가 의자에 몸을 기대면서 대답했다.

"용 대인, '학문'이라는 두 글자를 들으니 등에서 땀부터 나는군요. 그러나 학문에 대한 얘기를 하려니 먼저 떠오르는 사람이 있습니다. 삼년 전입니다. 제가 안휘와 호북 일대를 돌아다니다 어떤 스님 한 분을 만난 적이 있습니다. 그런데 그분의 학문이 얼마나 깊으신지 저녁 내내 탄복을 금할 수가 없었습니다. 나중에야 안 일이지만 그분이 바로 지금 천자의 스승인 오차우 선생님이었더라고요. 오 선생님은 과분하게도 저에게 속을 쉽게 내보이지 않는 군자라고 하셨죠. 그 뒤로 언제인가 항주杭州에서 팽손휼彭孫遹, 고염무 두 사람을 만난 적이 있습니다. 그때두 분이 저에게 뭐라고 했는지 아십니까? 복숭아를 훔쳐 먹었기 때문에 인간세계로 쫓겨난 동방의 선재仙才라고 했던가 그랬을 거예요. 아무튼 과찬을 하시는 통에 몸 둘 바를 몰랐던 적이 있었습니다. 그러나 남들이 아무리 침이 마르도록 칭찬을 하면 뭘 합니까? 시험만 보면 미역국이나 퍼 먹는 걸요! 남이 볼 때는 글재주도 신통치 않은 데다 닭 모가지 비틀 힘도 없으니, 권력의 변두리에조차 다가갈 여지가 없지 않습니까! 더구나 폐하께 잘 보여 출세한다는 것은 꿈도 못 꿀 일이고. 이제는 나이도 서른이 다 된 탓에 공명이니 금의환향이니 하는 것은 잊고 사는 중입니다."

고사기가 한바탕 열변을 토했다. 그리고는 술잔을 들어 단숨에 들이마신 다음 제멋대로 다시 한마디를 덧붙였다.

"자고로 성현은 다 저마다 적적했습니다. 그래서 술을 마시지 않으면 이름을 남기지 못했습니다. 자, 술이나 마십시다!"

강희가 고사기의 건배 제의에 웃으면서 술잔을 들었다. 사실 강희는 일생에서 가장 존경하는 사람이 바로 오차우였다. 그런 만큼 늘 그를 마음속으로 공경해오던 터였다. 그랬으니 고사기가 오차우를 만났다는 말을 듣고는 놀라지 않을 수 없었다.

"오 선생님을 만나 뵈었다니 참으로 복이 많으신 분이네요! 더구나 선생께서는 지금 명주 대인 댁에 있으면서 명실상부한 재상의 스승이자 두 분 공자의 스승으로 잘 나가시고 있잖아요. 나중에 그 공로만 해도 주체할 수 없을 것이라고 생각하는데요?"

"성덕, 규서 모두 똑똑한 아이들이라 제가 무척 좋아합니다. 그러나 부친 되시는 명 대신께서는 주희朱熹의 글을 읽을 때 각별히 조심해야 합니다. 좋은 글도 있기는 하나 그 중에는 개방귀 같은 것도 많아 자칫하면 읽지 않는 것보다 못할 수도 있으니까요."

고사기가 웃으면서 명주를 향해 말했다. 명주는 곧바로 기가 막힌다는 표정을 지었다. 하기야 수많은 사람들의 숭배 대상인 주희의 글을 개방귀에 비유했으니 그럴 만도 했다. 강희 역시 고사기가 명주에게 적어준 평가의 글을 떠올리고는 자신도 모르게 웃음을 터뜨리고 말았다. 주자학朱子學을 공부한 도학파인 이광지는 더했다. 화가 난 나머지 얼굴이 시뻘겋게 달아올랐다. 급기야 젓가락을 내려놓더니 몸을 약간 앞으로 숙이면서 물었다.

"외람되나 궁금해서 한번 물어보겠습니다. 주자가 어찌 개방귀 같은 글을 썼다고 할 수 있습니까? 영 금시초문이라……."

"말의 간에 독이 있다고는 하나 먹어보지 않은 사람은 그 맛을 모릅니다. 주자가 사람을 망친다고는 하지만 그가 뀌어놓은 개방귀 냄새를 맡아보지 않으면 그 구린내를 알 수가 없습니다! 그리고 그게 뭐가 궁금하고, 이해가 가지 않을 게 있습니까? 주희는 유학의 태두이면서도 남송南宋이 망할 때 약자의 입장을 대변하는 말을 단 한마디도 하지 않았습니다. 강적에 대처할 수 있는 정치를 하지 못했어요. 이건 대절불순大節不純(큰 절개가 깨끗하지 못하다는 의미)이라고 할 수 있습니다. 또 몰래 창녀를 시켜 결백한 사람을 군주를 기만했다고 모함한 것은 실로 졸렬하고 악랄하기 그지없는 짓이에요! 우리 선비들은 공맹孔孟을 숭상해야 할 뿐만 아니라 성도聖道를 지향해야 합니다. 순수한 학문을 닦아 나라를 이롭게 하고 백성을 구제하는 데 이바지해야 합니다. 그러니 공연히 시간을 낭비해가면서 거짓과 허위를 좇을 것이 뭐 있겠습니까?"

고사기가 냉소를 흘리면서 말했다. 그야말로 자신만만한 입담이었다. 그러나 강희는 그의 주장이 지나친 편견에 사로잡혀 있다고 생각했다. 급기야는 이맛살을 찌푸렸다. 하지만 역사적으로 주희에 대한 그런 유형의 평가는 사실 적지 않았다. 강희 역시 그 때문에 달리 반박을 하기가 어려웠다. 그가 침묵하고 있을 때 이광지가 야유 섞인 말을 내뱉었다.

"가만히 보니 선생은 툭하면 공자 왈 맹자 왈 하고 읊조리는군요. 그것을 떠나서는 말을 못하는 그런 부류의 사람인 것 같아 보이네요!"

고사기는 분위기로 볼 때 더 이상 반박을 해봤자 무모한 말싸움이 될 것 같다고 생각했다. 그래서 빙긋 웃고 나서 아예 입을 다물어버렸다. 분위기는 더욱 어색해졌다. 이번에는 색액도가 그런 애매한 상황을 타개하기 위해 나섰다.

"우리의 인연이 닿아 이렇게 만난 자리에서 지나치게 공격적으로 나올 것은 없을 것 같군요. 그보다는 재미있게 놀다 가는 것이 좋을 것 같습니다. 그런 의미에서 내가 수수께끼를 하나 낼 테니, 여러분들이 알아맞혀 보시기 바랍니다."

색액도가 침을 꿀꺽 삼켰다. 그런 다음 본격적으로 수수께끼를 내기 시작했다.

"두 개의 달이 머리를 맞대고 나란히 걸려 있습니다. 위에는 경작할 수 있는 밭, 아래에는 쉴 새 없이 흐르는 냇물이 있습니다. 여섯 식구가 한 집에서 사는데, 두 내외는 떨어져 삽니다."

색액도는 수수께끼를 내면서도 좌중 사람들의 눈치를 힐끗힐끗 살폈다. 말도 느릿느릿하게 했다. 과연 아는 사람이 있을까 하고 생각하는 듯했다. 그러나 고사기는 다른 사람들이 미처 생각할 틈도 주지 않고 큰 소리로 대답했다.

"중용中庸의 도道라고 말을 할 때 쓰는 용庸자를 지탱하는 용用자네요, 뭐!"

"위에 있어도 위에 있는 것이 아니고, 아래에 있어도 아래에 있는 것이 아닙니다. 맨 위에 자리를 잡을 수는 없고 그저 아랫자리를 차지할 수밖에 없어요! 이 글자는 뭘까요?"

"하나 일一자 아닙니까!"

고사기는 마치 예상하고 있었던 문제라도 되는 양 냉큼 대답을 해버렸다. 그리고는 술잔을 들어 목구멍에 털어 넣고 덧붙였다.

"공자가 말하기를 '나의 도는 일로 관통한다'라고 하지 않았습니까!"

이광지는 색액도가 내는 문제가 너무 쉬워 고사기가 식은 죽 먹기로 대답한다고 생각했다. 그래서 바로 끼어들었다.

"서 있을 때는 중문中門에 서 있지 않고, 걸을 때는 문지방을 넘지 않는다. 얼핏 보면 무서워 보이나 실은 하나도 무서워 할 것이 없다. 이게 뭡니까?"

척 듣기에도 답은 두 가지 뜻을 내포하고 있었다. 고사기는 그 중 하나가 자신의 학문이 올바른 길을 걷지 않는다고 은근히 비난하는 것임을 알아차렸다. 그러나 모르는 척하고 바로 반박하듯 대답했다

"답은 글자가 아닙니다. 그건 아주 일반적인 거죠. 명나라 시대의 소설 《봉신연의》封神演義에 등장하는 형哼과 합哈 두 장군입니다. 절을 지키고 있죠. 그렇지 않습니까?"

고사기의 대답은 정말 재치가 있었다. 사람들은 한바탕 웃음보를 터뜨리지 않을 수가 없었다. 이번에는 고사기가 이광지에게 물었다.

"제가 척 보니 이 선생은 여러 분야의 책을 두루 섭렵하신 것 같네요. 그러니 하나만 맞춰 보세요. '누에의 실로 낚싯줄을 만들고 가시의 침으로 낚싯바늘을 만드니, 가시나무 가지로는 낚싯대를 만드는구나. 쌀알로는 미끼를 삼으니, 하천의 물고기가 한 수레 가득하네. 낚싯줄이 끊어지지 않고, 낚싯바늘이 펴지지 않고, 낚싯대가 부러지지 않는 것은 물의 흐름을 따라가면서 융통성 있게 움직여 줬기 때문이다'라는 말이 있습니다. 묻고 싶습니다. 이것은 어떤 책에 나오는 구절입니까?"

고사기의 질문은 완전히 치국治國의 철학이 담겨 있는 한 구절이었다. 이를테면 형세에 따라 유리하게 이끌면 절반의 노력으로 두 배의 성과를 기대할 수 있다는 말이었다. 강희는 눈을 반짝이면서 귀를 기울였다. 하지만 이광지는 고사기의 질문에 바로 대답을 하지 못했다. 순간 그의 얼굴은 붉어지고 말았다. 강희 9년에 한림원으로 들어와 진몽뢰와 함께 조정의 박식한 대학자로 인정받을 만큼 학식을 자랑하던 그가 아닌가. 그런데 오늘 이 자리에서 뜻하지 않게 고사기에게 보기 좋게 당하게 됐으니 실로 어이가 없는 일이었다. 이광지는 머리를 한참이나 굴렸다. 하

지만 여전히 답은 전혀 떠오르지 않았다. 대충 찍어 요행을 바라는 것 외에는 다른 방법이 없을 것 같았다.

"《장자》莊子에 나오는 구절인 것 같은데요?"

그러나 고사기는 가볍게 머리를 저었다. 이광지는 체면이 구겨질 대로 구겨져 버렸다. 그렇다고 그대로 물러설 이광지가 아니었다. 어떻게든 고사기를 눌러 체면치레는 해야 했다. 그가 도저히 대답하기 어려운 문제를 내어 한 번 더 겨뤄보기로 결심을 굳히고는 입을 열었다.

"세 글자의 '우하지'牛何之라는 제목의 글이 있습니다. 과연 제목에서 말한 소는 어디로 갔을까요?"

강희 일행은 이광지의 말에 하나같이 크게 웃음을 터뜨렸다. 오늘 명주의 집에 도착했을 때 주인공 고사기가 보이지 않은 탓에 하인들이 총동원돼 앞뜰과 뒤뜰을 발칵 뒤집다시피 하면서 그를 찾았던 정경을 떠올린 것이다. 그를 꼬집겠다는 느낌이 물씬 묻어나고 있었다. 그런 일이 있었다는 사실을 알 턱이 없는 그가 정색을 하면서 대답했다.

"이 선생! 《맹자》孟子라는 책에 보면 '하지'何之라는 단어는 모두 두 번 나옵니다. 그중 하나는 방금 얘기한 '우하지', 다른 하나는 '선생하지'先生何之예요. 선생에서의 '선'자를 잘 관찰해 보면 소牛가 발길질을 하는 모양을 하고 있다는 사실을 알 수 있습니다. 또 '생'자 역시 눈을 씻고 보면 소가 쪽걸상에 앉아 있는 모양을 하고 있지 않습니까? 따라서 우牛와 선생先生은 둘이면서 하나, 하나이면서 둘이라고 볼 수 있는 겁니다. 굳이 소가 어디로 갔다고 얘기를 할 필요가 있을까요?"

일말의 빈틈도 없는 고사기의 대답에 장내에는 박수갈채가 터져 나왔다. 이광지는 '소가 발길질을 한다'는 것과 같은 문장과 '쪽걸상'에 앉았다는 표현에 풍자가 섞여 있다는 사실을 모르지 않았다. 하지만 달리 반박할 여지가 없었다. 이광지는 더 이상 고사기와 겨뤄볼 의지를 상실하고 말았다. 완패라고 할 수 있었다.

명주는 조금 전까지만 해도 고사기에 대해 이를 부득부득 갈면서 단단히 벼르고 있었다. 하지만 색액도와 이광지가 연신 꼴이 우습게 되는 모습을 지켜보면서는 완전히 달라졌다. 고소한 나머지 십 년 묵은 체증이 쑥 내려가는 것처럼 기분이 좋아졌다. 연신 크게 웃으면서 기분 좋아하는 강희의 모습을 보면서는 자신이 썩 괜찮은 식객 겸 참모를 뒀다는 자부심에 입이 귀에 걸렸다. 그가 좌중의 사람들을 향해 음식을 권했다.

"폐하께서 하사하신 황하의 물을 먹고 자란 잉어요리가 다 식겠어요. 어서들 드세요! 수천 리 길을 달려왔는데도 얼마나 싱싱하던지 잉어가 살아서 펄쩍펄쩍 뛰었다니까요. 그런데 규서야, 움막 안에서 가지절임을 꺼내온다더니, 왜 여태 소식이 없는 거냐?"

두 손을 공손히 앞으로 드리우고 서 있던 규서와 성덕이 아버지의 물음에 재빨리 몸을 돌리더니 동시에 움막 쪽으로 달려갔다. 얼마 후 규서가 돌아왔다.

"곧 가져올 겁니다, 아버님. 그런데 움막에 가보니 팻말에 가지 '가' 茄자가 풀 '초'艸 변이 아닌 대나무 '죽'竹 변으로 돼 있었습니다. 고쳐야겠습니다."

고사기는 짐짓 태연한 척하고 있었으나 강희를 계속 은근히 의식하고 있었다. 시간이 얼마 남지 않은 것 같아 그 사이에 자신이 박학다식하다는 사실을 드러내 보이기 위해 뭔가 더 입을 열 상황을 만들려고 노력하고 있던 차였다. 그랬으니 그가 갑자기 찾아온 기회를 놓칠 까닭이 없었다. 약간 억지스럽기는 했으나 바로 규서의 말꼬리를 잡았다.

"규서야, 네가 잠시 착각한 것 같구나. '초'艸 변 밑의 '가'家자는 《역경》의 '내가 동몽童蒙(어린 아이)에게 구하는 것이 아니라 동몽이 나에게 구하는구나'라는 구절에 나오는 '몽'蒙자야!"

목자후가 고사기의 말에 고개를 잠시 갸웃거렸다. 글자를 고작 몇 개밖에 모르는 자신이 보기에도 고사기가 뭔가 착각하는 것 같았던 것이다. 그가 술을 따라주면서 말했다.

"고 선생, 취했나 봅니다. 저 공자가 말한 것은 집 '가'家자가 아닙니다."

"아! 그런가요? 그러고 보니 좋을 '가'佳자였구나. 이 글자는《춘추》春秋에서 유래됐죠. '초'艸자 밑의 '가'자는 '정鄭나라에 도둑이 많아져 환부崔符의 못 일대에서는 인명을 빼앗는 일이 있었다'라는 글에 나오는 그 글자입니다. 이런 멍청한 인간 같으니라고. 벌을 받아도 싸!"

고사기는 자신의 이마를 탁 쳤다. 그러면서 자꾸만 틀리는 것이 안타까운 듯한 모습을 보였다.

"그것도 아니네요! '초'艸 변 밑에 갈고리 모양과 삐침이 있고, 그 옆에 입 구口자가 있는 글자죠!"

강희가 웃으면서 다시 지적을 했다. 고사기가 뻔히 알면서 일부러 재미있게 하느라고 그러는 것을 모르지 않는 듯했다. 그러자 고사기가 강희가 말한 대로 글자를 손바닥에 그려보더니 탁자를 치면서 웃음을 터트렸다.

"그건 구차하다는 의미를 가지는 '구'苟자네요!《예기》禮記의 맨 첫 장을 펴 보면 이런 말이 있습니다. '재물을 마주함에 있어 구차하게 얻으려고 하지 말라. 위험에 직면했을 때는 구차하게 대충 피하려고 하지 말라'는 구절이 있죠."

이광지를 비롯한 좌중의 사람들은 자존심이 강한 사람들답게 고사기에게 쉽게 항복을 하지 않았다. 계속 그를 끈질기게 물고 늘어졌다. 나중에는《시경》詩經,《금강경》金剛經,《도덕경》道德經 등의 고전까지 총동원되면서 설전이 이어졌다. 그러나 강희 일행이 완전히 인해전술로 나섰음에도 고사기를 꺾는 것은 역부족이었다.

이 정도 되면 강희가 고사기에게 매료되지 않는 것이 오히려 이상할 정도였다. 강희가 크게 웃으면서 자리에서 일어서더니 명주를 향해 말했다.

"대단한 학자인 것이 분명하군! 그런데 자네는 어째서 이렇게 훌륭한 분을 꼭꼭 숨겨 놓고는 조정에 천거할 생각도 하지 않은 것인가?"

좌중의 사람들은 강희가 스스로 자신의 신분을 밝히자 바로 자세를 달리 했다. 자리에서 벌떡 일어나 공손하게 뒷걸음쳐 두어 발자국이나 물러났다. 명주가 아첨기가 다분한 웃음을 지으면서 대답했다.

"소인은 명을 받고 공부하는 김에 고 선생에게 며칠 더 가르침을 받고자 욕심을 냈던 것일 뿐이옵니다. 제가 이렇게 하고 있다고 하더라도 고 선생은 언젠가는 학문에 목말라 하는 폐하의 사람이 될 것이 아니옵니까?"

명주가 강희를 슬쩍 치켜세우는 척하면서 변명을 늘어놓았다. 그러면서 얼빠진 사람처럼 앉아 있는 고사기를 툭 건드렸다.

"이분은 황제 폐하이시네! 오늘 고 선생을 만나기 위해 일부러 행차하신 거야. 왜? 그렇게 흘러넘치던 오만함과 풍류는 어디로 사라져 버렸는가?"

"폐하!"

고사기는 처음부터 강희에 대한 느낌이 남달랐다. 그래서 혹시 황제일지도 모른다는 생각은 하고 있었다. 그러나 자신의 혹시나 하는 생각이 사실로 증명되자 제정신을 차리지 못했다. 갑자기 눈앞이 가물거리는지 허둥지둥대기만 했다. 그러다 흐리멍덩한 표정으로 무작정 엎드려 머리부터 조아렸다. 방금 전의 청산유수 같은 언변은 어느새 완전히 자취를 감춰버렸다. 천하의 고사기라고 해도 역시 황제 앞에서는 고양이 앞의 쥐가 분명했다. 그가 더듬거리면서 겨우 입을 열었다.

"소인 고사기…… 밖에서 술을 너무 마신 탓에…… 폐하께 불경을 저질렀사옵니다. 결코 용서받을 수 없는 죄를…… 지었사옵니다. 어떤 처벌이든지…… 달게 받겠사옵니다!"

그러자 강희가 껄껄 웃었다.

"일어나게! 자네에게 무슨 '용서 받지 못할 죄'가 있겠는가? 내일부터 상서방으로 나오게. 조서를 작성하는 일을 보도록 하게!"

상서방에 들어가 일하는 것을 두고 계급이 아주 높은 관리가 할 일이라고 하기는 어려웠다. 그러나 밖에 있는 육부六部 관리들의 입장에서 볼 때는 그 의미가 달랐다. 상서방으로 들어갔다는 것 자체가 바로 조정의 심장부로 향하는 첫걸음을 내디뎠다는 상징적 의미를 가지고 있었기 때문이다. 색액도와 명주, 걸서와 마찬가지로 조정의 일에 관여할 권한을 가지게 된다는 얘기라고 할 수 있었다. 이는 이광지가 아직도 상서방에서 일하지 못하는 것만 봐도 잘 알 수 있었다. 색액도가 그를 상서방으로 데려가려고 안간힘을 쏟았는데도 그랬다. 그런데 별 볼 일 없어 보이는 거인 고사기는 불과 한두 시간 만에 그 넘기 어려운 용문龍門으로 날렵하게 몸을 날려 들어갔다. 좌중의 사람들은 너 나 할 것 없이 적이 놀라지 않을 수 없었다. 하지만 이럴 때일수록 표정 관리를 허술하게 해서는 안 될 일이었다. 색액도는 그런 생각이 들자 바로 웃음을 지어 보이면서 아뢰었다.

"폐하의 혜안은 여전하시옵니다. 고 선생은 그야말로 보기 드문 기재奇才임이 분명하옵니다. 그러나 시기적으로 북위와 박학홍유과 두 시험을 앞두고 있는 만큼 고 선생도 다른 선비들 틈에 섞여 형식적으로라도 시험을 보는 것이 어떨까 하옵니다. 그래야 나중에 뒤에서 수군거리는 것을 미연에 방지할 수 있지 않겠사옵니까?"

고사기가 색액도의 제안에 안 될 것 없다는 듯 대답했다.

"소인, 시험을 보겠사옵니다. 공정한 시험을 거쳐 당당하게 합격함으로써 천하 선비들의 사기도 고취시키겠사옵니다. 또 개인적으로도 시험을 보고 싶은 마음이 있사옵니다. 만일의 경우 떨어지더라도 오늘 용안을 뵐 수 있었던 것만 해도 삼생의 행운을 누린 것으로 생각하겠사옵니다. 저 같은 선비로서는 대단한 영광이 아니겠사옵니까. 그것으로 만족하겠사옵니다!"

고사기의 말은 틀리지 않았다. 강희로서는 자신에게 고사기가 반드시 필요하다는 생각을 더욱 확고하게 굳혔다. 강희는 솔직히 고사기를 보면 볼수록 기분이 좋았다. 하기야 그럴 수밖에 없었다. 앞으로 자신을 위해 조서를 대필해주는 것은 기본이고, 정무政務에도 참여해 도움을 줄 수 있을 것이 확실해 보였던 것이다. 어디 그뿐인가. 때로는 조금 전처럼 재미있는 얘기보따리도 풀어 가끔씩 밀려드는 무료함을 달래줄 수 있을 것도 같았다. 더욱 중요한 것은 색액도와 명주가 거의 독재하다시피 하는 조정의 권력 구도를 확 바꿀 수 있게 됐다는 사실이었다. 잠시 후 강희가 말했다.

"박학홍유과는 자네들 몇몇 대신들이 답안지를 채점하게 되어 있네. 북위는 서건학 등이 점수를 매길 것이고. 그렇다면 짐은 즉석에서 인재를 선발할 수 없다는 얘기인가? 다른 말로 하면 짐이 자네들보다 못하다는 얘기가 아닌가!"

좌중의 사람들은 얼굴에 웃음을 머금기는 했지만 보이지 않는 화살을 쏘아대는 강희의 말에 가슴이 뜨끔해졌다. 끽소리도 못한 채 일제히 그 자리에 무릎을 꿇으며 머리를 조아렸다.

"그렇게들 긴장할 것은 없어. 짐의 말은 시험을 통해 자신의 능력을 남김없이 발휘하기는 어렵다는 뜻이네. 평소에는 실력이 있는 사람들도 시험을 잘 보지 못하는 경우가 없지 않거든. 만약 고사기도 시험을 봐서 혹시 실수라도 하든가 하면 어떻게 하겠나? 또 고사장에 들어가 갑자기 병이라도 난다든지 하면 그때 가서는 정말 곤란하지 않겠어? 짐이 시험에 떨어진 둔재를 기용했다는 구설수에 오르는 것을 보고 싶다는 것인가? 색액도가 방금 한 얘기는 못 들은 걸로 하겠네. 짐은 처음 말했던 대로 진행하겠네."

13장
박학홍유과博學鴻儒科

    드디어 세상의 모든 이목을 집중시키던 박학홍유과 시험일이 다가왔다. 역사적으로 기록될 이 날은 강희 18년 3월 19일이었다. 시험에 응시하려는 홍유들은 날이 희뿌옇게 밝아오자 태화문太和門으로 하나둘씩 모여들었다. 나중에는 길이 온통 새까맣다는 표현이 과하지 않을 정도로 늘어났다. 그러나 움직임은 혼란스럽지 않고 절도가 있었다. 도착과 동시에 태화문 앞에 엎드려 대기하며 경건한 자세를 유지했다. 총관태감인 장만강 역시 손에 절월節鉞(황제를 상징하는 도끼. 황제를 대신한다는 의미를 가짐)을 든 채 태화전 입구에 서서 강희를 기다리고 있었다.

    바로 그때였다. 경양종景陽鍾이 울렸다. 동시에 그다지 요란하지 않은 폭죽소리가 세 번 울려 퍼졌다. 곧이어 천가天街(황제가 다니는 길)에서 북소리가 가늘게 울려 퍼지는가 싶더니 잠시 후에 강희가 36인이 메는 난여鑾輿(천자가 타는 가마)에 앉아 보화전保和殿 쪽에서 서서히 다가오는 것이 보였다. 마치 기다렸다는 듯 장만강의 우렁찬 목소리가 하늘을 향해 울려 퍼졌다.

"폐하께서 납시었다!"

순간 술렁대던 장내는 물 뿌린 듯 조용해졌다. 강희는 가마에서 내렸지만 서둘러 궁전 안으로 들어가지 않았다. 우선 아침햇살을 마주하고서는 깊은 심호흡을 하면서 팔다리를 움직여 몸을 풀었다. 그리고는 기분이 상쾌한 듯 궁전 앞을 천천히 거닐면서 다시금 우뚝 서 있는 태화전太和殿을 바라봤다. 지진으로 상당 기간 제 구실을 못했던 태화전은 몇 개월 동안의 수리와 단장을 함으로써 전보다 더 멋있게 변해 있었다. 그 주변에 놓인 영구靈龜, 향정香鼎, 선학仙鶴, 서수瑞獸 등 대형 향로들의 뱃속에서는 백합향百合香이 솔솔 피어올랐다. 또 품급산品級山(관리들의 품계를 적은 표석들) 옆의 여덟 쌍의 코끼리와 낙타 등에서는 보병寶瓶이 눈부신 빛을 발하고 있었다. 이 모든 것들은 상서로운 기운을 뿜어내고 있었다. 강희는 기분이 좋아졌다. 그래서였을까, 영주楹柱(전각 앞의 큰 두 개의 기둥)에 붙은 새로운 대련對聯이 유난히 눈에 확 들어왔다. 그는 궁금증을 이기지 못하고 대련 앞으로 가까이 다가갔다. 필체가 범상치 않았다.

햇빛 찬란하고 산은 붉은데, 깃발이 펄럭이니 봉황의 날개런가.
자금성에는 행운이 깃들려 하고, 눈부신 용광龍光이 궁문을 비추는구나.

강희는 그 글이 고사기의 필체라는 것을 단번에 알아챘다. 어딘가 힘이 느껴질 뿐 아니라 날렵함이 돋보이는 필체였다. 그의 얼굴에 만족스런 미소가 번졌다. 곧이어 강희가 자신의 옆에 무릎을 꿇고 있는 웅사리 등을 향해 웃어 보이면서 말했다.

"고사기가 짐에게 모태주를 얻어 마신 값을 톡톡히 하는군. 며칠 내로 삼대전三大殿(태화전, 중화전, 보화전을 일컬음)과 건청궁乾淸宮의 모든 대련을 다 바꾸라고 해야겠어."

강희의 말이 채 끝나기도 전에 예부禮部의 사관司官들이 목자후의 인솔하에 200명 가까운 홍유들을 인솔해 계단을 올라오기 시작했다. 강희 역시 가볍게 머리를 끄덕여 보이고는 큰 걸음으로 궁전 안으로 들어가 금빛 찬란한 '천하제일좌'天下第一座에 앉았다. 용이 둥지를 틀고 봉황이 날아가는 것 같은 모양의 옥좌였다. 평소 잘 앉지 않는 자리에 앉은 탓일까, 강희는 평소보다 훨씬 더 위엄이 있어 보였다.

얼마 후 목자후가 홍유들을 궁전 입구까지 데려다 주고는 허리를 굽혀 인사를 올렸다. 그런 다음 뒷걸음질을 치더니 한편으로 물러섰다. 그러자 웅사리, 명주, 색액도 세 명의 대신이 기다렸다는 듯 홍유들을 데리고 안으로 들어왔다. 200여 명 가까운 그들은 궁전 안으로 들어서자마자 바로 무릎을 꿇으면서 만세를 외쳐댔다. 막 보수작업을 마친 태화전이 또다시 무너져 내릴까 염려스러울 정도로 소리가 우렁찼다. 만세 소리가 끝나자 바로 웅사리가 아뢰었다.

"내각대학사內閣大學士·영시위내대신領侍衛內大臣·태자태보太子太保 신臣 웅사리, 색액도, 명주 등은 황명을 받고 박학홍유과 사인士人 일백칠십구 명을 인솔해 황제 폐하를 고견叩見하러 왔사옵니다!"

강희가 눈앞에 도착한 홍유들을 천천히 일별했다. 역시 기대했던 인물들은 보이지 않았다. 그는 자신도 모르게 가볍게 탄식을 내뱉었다.

'고염무, 부산. 이 둘은 끝내 응시를 거부하는구나! 인심을 돌리는 것이 하루아침에 뜻대로 되는 것은 아니로구나!'

강희가 잠시 생각을 하는가 싶더니 손을 천천히 들어 올렸다. 그러자 색액도가 황급히 행렬에서 나와 남쪽 방향을 향해 돌아섰다. 이어 조서를 펴들고 읽기 시작했다.

봉천승운奉天承運(하늘을 받들고 순리에 따른다는 의미) 황제皇帝 조왈詔曰: 자고로 나라가 흥하면 박학홍유들이 문운文運을 진흥시킨다. 또 경사經史를 천발闡發할 뿐만 아니라 글도 윤택하게 다듬게 된다. 이렇게 되면 고문저작顧問著作을 편찬하는 데도 큰 도움을 받을 수 있다. 우리 대청大淸은 사직을 세운 이후 유학을 숭상하고 도학을 귀중히 여기면서 인재양성에 심혈을 기울여 왔다. 사해四海에 옛사람들을 능가할 뛰어난 인재들이 어찌 없으랴? 학문과 인품을 두루 겸비한 인재라면 관직에 있든 없든 모두 발굴해 중임을 맡겨 기용해 왔다. 북경에 있는 인재들에게는 하나같이 삼품三品 이상의 직급을 내렸다. 또 지방에 있는 이들에게는 총독과 순무의 자리를 맡겨 왔다. 이것은 모든 거인들도 다 익히 아는 바이다. 이번에 짐은 직접 시험을 관장해 인재를 기용할 것이다. 앞으로도 유능함이 인정된 인재들은 북경에서는 이부吏部, 지방에서는 그곳 총독과 순무들이 적극 천거하기를 바란다. 여러분들은 인재발굴에 심혈을 기울여 현자賢者를 갈구하는 짐의 마음을 헤아려주기 바란다. 이상과 같이 포고한다!

강희는 색액도가 조서를 읽는 동안 자리에서 미동도 하지 않았다. 그저 강렬한 눈빛으로 널찍한 대전을 휩쓸었을 뿐이었다. 홍유들은 저마다 숨을 죽이고 엎드려 성유聖論를 경청했다. 물론 성유는 그들이 모집된 날부터 수도 없이 들어온 것이기는 했다. 하지만 오늘 스물여덟 살의 젊은 제왕 앞에서 들으니 성스럽고 숙연한 느낌이 한결 더한 모양이었다. 그들은 색액도가 조서를 다 읽고 나자 일제히 우레와 같은 소리로 외쳤다.

"폐하의 크나큰 은혜에 감사를 드리옵니다!"

"여러분! 삼번의 역란逆亂을 잠재우고 이제는 무사武事가 점차 사그라지고 있소. 바로 문운文運이 흥할 때이오. 짐은 여러분이 성도聖道를 제창하고 더 나아가 각자 학문과 능력을 남김없이 발휘해 나라에 기여하기를 바라오. 짐은 직접 시험을 주관하면서 오늘 이 자리에서 했던 간곡한 당부를 여러분들이 저버리지 않기를 바라는 마음뿐이오."

홍유들의 외침이 끝나자마자 바로 강희의 카랑카랑한 목소리가 궁전 안에 쩌렁쩌렁 울려 퍼졌다. 곧이어 홍려시鴻臚寺(외빈 접대나 조회 등의 의례를 관장하던 기관)의 정경正卿인 불륜佛綸이 자리에서 나왔다. 그와 동시에 금 쟁반에 뭔가가 적혀 있는 종이 한 장을 받쳐들고는 강희에게 공손히 내밀었다. 그러자 강희가 주필朱筆로 눈 깜짝할 사이에 시원스럽게 휘갈겼다. 불륜은 허리를 굽히고 물러선 다음 명주에게 그것을 넘겨줬다. 명주는 기다렸다는 듯 큰 소리로 종이에 적혀 있는 내용을 발표했다.

"어시御試의 제목이다. 첫 번째 문제는 진주구슬 옥玉으로 시를 짓는 것이다. 둘째 문제는 경작耕作에 관한 시를 한 수 짓는 것이다. 웅사리와 색액도, 명주는 응시자들을 인솔해 체인각體仁閣으로 답안 작성을 하러 가라. 사시巳時에 시험지를 거둬들인 다음 오시午時에 체인각에서 연회가 이어지겠다. 이상과 같이 포고한다!"

명주가 발표한 포고의 마지막 내용은 정말 파격에 다름 아니었다. 시험이 끝나고 연회가 베풀어지는 것은 전시殿試(황제가 직접 시험문제를 내는 과거)나 관시館試(초급 과거시험)에 합격해 한림원翰林院의 서길사庶吉士(초급 관리)로 임명돼도 받지 못하는 특별한 대우였다. 사람들은 흥분과 기대에 부풀었다. 급기야는 서로 뜨거운 눈빛을 주고받으면서 자리를 떴다. 용좌에서 내려온 강희는 손짓으로 목자후를 부른 다음 물었다.

"어제 근보에게 입궁하라고 명령을 내렸지? 도착했는가?"

목자후가 황급히 대답했다.

"방금 소인이 폐하의 시중을 들기 위해 태화전으로 올 때 보니 근보가 건청문 밖에서 대령하고 있었사옵니다!"

강희는 목자후의 말이 끝나기를 기다린 다음 그 자리에서 한 바퀴 빙 돌아봤다. 그러더니 방금 전의 분위기가 남아 있는 곳을 떠나기가 몹시 아쉬운 듯한 표정이었다. 그러나 아무리 지고무상의 보전寶殿이라고 해도 태화전은 정무를 논하기에는 적합하지 않은 곳이었다. 강희는 그 사실을 깨닫고는 바로 웃는 얼굴로 말했다.

"들라고 해. 짐이 중화전에서 기다릴 테니까!"

강희는 태화전 후문에서 나와 중화전 앞까지 걸어갔다. 저 멀리서 근보가 부랴부랴 걸어오는 모습이 보였다. 강희가 얼굴에 미소를 띤 채 말했다.

"격식을 차릴 것은 없어. 어서 들어와 얘기를 나누세. 저쪽 체인각에서는 지금 홍유들이 시험을 보느라고 정신이 없을 거야. 우리는 여기에서 치수에 대해서 얘기해 보자고."

"예, 폐하! 폐하께서는 불철주야 정무를 부지런하게 보시는 틈틈이 옥체의 건강에 신경을 쓰셔야 하옵니다."

근보가 가쁜 숨을 고르면서 대답했다. 종종걸음으로 달려오다시피 해서 힘든 듯했다. 강희의 뒤를 따라 들어간 그가 곧 두 손을 모으고 강희의 옆에 공손히 섰다.

"그래 부임은 언제 하려고 하는가?"

"폐하께 아뢰옵니다. 폐하께서는 소인이 올린 상주문을 열람하셨사옵니까? 떠나기 전에 폐하를 뵙고 훈육의 말씀을 듣고 떠나려던 참이었사옵니다."

근보가 몸을 앞으로 숙이면서 대답했다. 강희가 머리를 끄덕였다. 그런 다음 태감이 올린 꿀물을 들더니 약간 혼란스러워 하는 듯한 근보에게 주었다.

"이걸 좀 마시게. 요 며칠 북경에 있으면서 무슨 소문을 못 들었나?"

근보는 느닷없는 강희의 물음에 어리둥절한 표정을 지었다. 그러다 조심스럽게 되물었다.

"성의聖意를 잘 모르겠사옵니다."

"이광지와 진몽뢰에 관한 소문 말이야. 이 둘에 대해 뒤에서는 뭐라고 하는가?"

강희가 담담하게 말했다. 근보는 전혀 예상 못한 강희의 갑작스런 질문에 잠시 머뭇거렸다.

"효렴들 몇몇을 비롯한 선비들이 폐하께서 그 둘을 크게 벌하시지나 않을까 싶어 굉장히 불안해 했다고 들었사옵니다. 진몽뢰는 복건성의 유명한 학자이옵니다. 남방 선비들의 존경을 한 몸에 받고 있사옵니다. 남방학계의 자존심으로 기둥역할을 하는 위치에 있다고 해도 좋사옵니다. 그랬으니 선비들이 불안해 할 수밖에 없었겠죠. 그러나 죄는 지었어도 증거가 부족한 것 같았사옵니다. 다행히 폐하께서 너그러운 관용을 베풀어주신 것에 대해 사람들은 깊은 감동을 받았다고 하옵니다. 이런 천자를 만난 것은 천하 선비들의 복이라고 하옵니다!"

강희가 근보를 한참이나 뚫어져라 쳐다봤다. 그러더니 웃음을 지었다.

"듣기 좋은 말만 골라서 하지 말게. 손가락질하는 자들도 없지는 않을 테니까! 이 일에 대해서는 짐도 나름대로 생각이 다 있어. 물이 너무 맑으면 물고기가 살지 못한다는 말이 있어. 그러니 뻔히 알면서도 일부러 멍청한 척하는 거지. 짐은 무슨 일이 있어도 인재만은 짓밟지 않는다는 것이 원칙이야. 자네도 사실은 남들의 수군거림에서 자유롭지 못한 사람이야. 아닌 밤중에 홍두깨 내밀 듯 이 얘기를 꺼낸 것은 자네에게 할 말이 있어서였어. 자네에 대한 좋지 않은 소문과 함께 고소장이 들어와 있는 것을 알기나 하는가? 이제 보니 자네는 헛똑똑이인 것 같아. 어떻게 국고國庫에 손을 대면서까지 권세에 아부할 생각을 했는가?"

근보는 순간 등으로 식은땀이 주르륵 흘러내리는 것을 분명히 느꼈다. 긴장한 나머지 황급히 뭐라고 변명을 하려고 했다. 그러나 강희는 웃으면서 손을 가로저었다.

"하지만 그들의 고소장은 짐이 서랍 속에 넣어버렸어. 그리 알고 불필요한 고민은 하지 말게. 짐은 국고의 은을 빌리는 것이 화모은자火耗銀子를 공공연하게 올려 받아 백성들을 착취하는 것보다는 낫다고 생각하네. 자네는 앞으로 치수 업무의 총책임을 지면서 강물같이 많은 은을 만지게 될 거야. 짐이 자네를 각별히 아끼는 마음에서 주의를 환기시켜준 것이네. 진정으로 자네를 믿고 아끼지 않는다면 이런 얘기는 하지 않았을 것이 아닌가! 그건 그렇고 자네가 올려 보낸 내용 중 수리水利에 관해 짐이 이해가 잘 가지 않는 부분이 있어. 한번 물어봐야겠어. 또 앞으로의 계획도 들어보고 싶네. 짐이 큰 틀은 잡아줄 테니까 말해보게."

근보는 강희의 애정이 담긴 따끔한 충고의 말을 들으면서 감격의 눈물을 흘렸다. 머리를 숙이면서 황급히 눈물을 닦았다. 동시에 그가 소매 속에서 그림 한 장을 꺼냈다. 진황이 북경에 도착해 밤을 새워가면서 그린 지도였다. 강희가 손을 내밀어 지도를 받아 책상 위에 올려놓고는 근보에게 하나씩 차근차근 설명하게 했다.

"폐하! 이번에 소인은 크게 두 가지로 나눠 일을 진행하려고 하옵니다. 전체적으로는 치수를 기본으로 하겠사옵니다. 동시에 조운 문제의 해결, 즉 치조治漕에도 보조를 맞추려고 하옵니다……."

근보가 강희에게 너무 가까이 다가서는 게 부담스러웠는지 긴장을 풀지 못하고 숨을 길게 내쉬었다. 그런 다음 손가락으로 지도를 가리키면서 다시 말을 이었다.

"……첫 번째로 해야 할 일은 무엇보다 황하의 터진 둑을 전부 막는 작업을 서둘러 동쪽에서 서쪽으로 점점 나아가는 식으로 하는 것이옵니다. 말하자면 황하의 하도河道를 복구시키는 것이라고 할 수 있사옵니다. 여기에서 큰 공정 다섯 개를 해야 하옵니다. 첫 번째 공정은 청강포淸江浦에서 운제관雲梯關을 거쳐 해구海口에 이르는 하도를 깨끗이 쳐내는 것이옵니다. 그런 다음 고가언高家堰 서쪽에서부터 청구淸口 구간의 흙모래를 퍼내 소통을 원활히 해야 하옵니다. 이어 고가언에 높고 견고한 제방을 쌓아 이 일대의 안전을 도모할 필요가 있사옵니다……. 이 몇 가지 공정이 끝나면 황하가 바다로 들어가는 길이 막히지 않게 되고, 그러면 일단 큰 사고는 피할 수 있사옵니다. 그런 다음 나중에 힘을 모아 자주 터지는 둑들을 찾아내 견고하게 땜질을 하면 다시 범람할 위험은 없사옵니다……."

근보가 장황하게 이어가던 말을 잠깐 중단했다. 강희의 눈치를 살피는 듯했다. 그러나 강희는 전혀 피곤한 기색을 보이지 않았다. 오히려 초롱초롱한 눈빛으로 물길을 이리저리 복잡하게 그려 놓은 지도를 열심히 내려다보고 있었다. 근보가 용기를 얻었는지 황급히 말을 이어나갔다. 황하를 따라 물꼬를 터서 물살이 가장 센 중류의 물길을 다른 곳으로 빼내자는 제안도 자신 있게 내놓을 수 있었다. 사실 그 모든 것은 평소에 진황과 충분히 검토를 한 것들이었다. 때문에 긴장은 했으나 말은 술술 잘 쏟아져 나왔다.

강희는 연신 머리를 끄덕이면서 긍정적인 반응을 보였다. 근보의 말을 자를 생각도 하지 않았다. 강희는 손을 이마에 올려놓고 눈을 지그시 감은 채 잠시 생각한 다음 입을 열었다.

"들어보니 괜찮은 대안인 것 같군. 그러나 짐은 수리에 대해 아는 게 별로 없어. 직접 현장에 가서 조사도 해보지 않았어. 그래서 감히 어떤 것이 좋고 나쁜지 왈가왈부할 수가 없네. 첫 번째 공정만 완성되면 조운이 일단 황하의 피해를 입지 않게 된다니, 실로 반가운 일이 아닐 수 없네그려. 그런데 시간은 얼마나 걸리겠나?"

"폐하께 아뢰옵니다. 십 년을 예상하고 있사옵니다!"

"십 년은 너무 길어. 칠 년 안에 안 되겠나?"

"소인이 최선을 다해 보겠사옵니다."

"좋아! 돈은 얼마나 필요한가?"

"해마다 사백만 냥 정도가 필요할 것 같사옵니다."

강희는 순간 너무 놀란 나머지 숨을 크게 들이마셨다.

"짐이 구태여 말하지 않아도 자네도 잘 알고 있을 거야. 나라의 재정 수입이라고 해 봤자 일 년에 이천오백만 냥밖에는 안 돼. 게다가 아직은 군대를 더 키워야 하는 입장이야. 그러니 나라 살림이 궁핍하기 이를 데 없지. 그나마 위동정이 해관海關의 수입으로 매년 천오백만 냥을 보태주기에 망정이지 그렇지 않았다면 아마 국고의 바닥이 보였을 거야. 일 년에 사백만 냥은 정말 곤란하네."

근보 역시 조정이 직면한 어려운 재정 사정을 모르는 것은 아니었다. 그러나 그렇게 하지 않으면 안 된다는 것도 변함없는 사실이었다. 호부戶部에서 치수에 필요한 경비를 제대로 조달해준 적이 없었기 때문이었다. 말하자면 그는 그런 상황을 다 감안해 실제 필요한 액수보다 조금 더 높이 요구한 것이다. 그가 잠시 생각을 하더니 천천히 입을 열었다.

"소인이 요즘 듣기로는 오세번吳世璠의 수천 병졸들도 비실비실하면서 며칠 지탱하지 못할 것이라고 하더군요. 그러면 계속 병력을 동원하는 일도 곧 끝날 것이 아니옵니까? 치수는 천하만세天下萬世에 이로운 큰일이옵니다. 폐하께서는 웬만하시면 치수에 예산을 조금만 더 쓰시옵소서."

"그건 틀린 말이네!"

강희가 근보의 제안을 듣자마자 바로 고개를 저었다. 그런 다음 창 밖
으로 우뚝 솟은 태화전을 바라보면서 느릿느릿 말을 이었다.

"병력을 동원하는 일은 끝나가는 것이 아니야. 솔직히 말하면 지금
부터가 시작이라고! 짐이 칠 년 안에 치조를 마치라고 한 것이 한시 바
삐 대만으로 쳐들어가기 위해서라는 것을 왜 모르는가! 군함으로 수군
을 실어 날라야겠어. 또 갈이단이 서북, 러시아가 동북에서 우리를 약
올리고 있잖아. 그것들도 손을 좀 봐줘야겠어. 그러니 군대가 또 필요
할 것 아닌가! 또 식량도 조선漕船을 이용해 북으로 옮길 거야. 산동 일
대의 토구土寇인 유철성의 잔여 세력들이 설치고 다니는 것도 그냥 못
본 척할 수 없어. 그러기에는 꽤나 시끄럽게 군다고. 자네 같으면 가만
히 봐 두겠나? 짐이 보기에는 아직 이십 년 정도는 크고 작은 전쟁을
각오해야 해!"

근보는 전혀 예상하지 못한 강희의 말을 듣고는 깜짝 놀랐다. 최근 조
정에서 유지諭旨를 내릴 때마다 무사武事는 그만 하고 문화적인 측면을
많이 강조해 왔기 때문에 세상이 태평성세로 향하고 있다고만 생각했
던 것이다. 그러나 강희의 말대로라면 아직 총칼을 휘둘러야 할 일은 많
이 남아 있었다. 그는 분위기 파악을 못하고 있었다는 사실에 스스로
다시 한 번 놀라면서 강희를 힐끗 쳐다보고 아뢰었다.

"폐하의 심모원려를 소인이 어찌 따라갈 수 있겠사옵니까? 하지만 치
수의 공정은 돈이 많이 들어가는 것에 비해 효과가 바로 나오지 않사옵
니다. 공을 세워도 표시는 나지 않고, 혹 실수라도 하게 되면 엄청난 비
난을 각오해야 하옵니다. 폐하께서 부디 잘 살펴주시기를 바라옵니다.
자금이 부족하면 일이 진행되지 않사옵니다."

"짐이 자네 얘기를 들어보기에 앞서 나름대로 대충 계산은 해봤네. 우선 지금 당장은 해마다 이백오십만 냥을 지원하겠네. 이것도 호부로서는 상당히 힘에 부칠 거야. 하지만 삼번을 완전히 평정하면 그때 가서는 삼백만 냥이나 삼백오십만 냥으로 올려주도록 하겠네. 그러면 대략 맞아떨어질 거야. 자네가 방금 황하를 따라 물꼬를 트는 공사를 한다고 했지. 거기에 얼마나 필요한지는 그때 가서 얘기를 해. 그러면 원하는 대로 주지. 하하! 자네같이 착한 사람도 짐을 속여 먹으려고 하다니, 참 나!"

강희가 얼굴에 웃음을 띤 채 말했다. 근보는 강희의 말에 마음이 한결 가벼워졌다. 250만 냥이면 약간 부족하기는 하지만 황제의 입에서 직접 확답을 받았으므로 최소한 받지 못할 것에 대해서는 걱정할 필요는 없다는 생각이 든 것이다. 하기야 생각을 해 보면 250만 냥으로도 요긴하게 쓸 수 있는 곳은 한두 곳이 아니었다. 그가 소리 없이 웃으면서 뭐라고 입을 열어 말하려고 할 때였다. 느닷없이 색액도가 들어와 강희에게 아뢰었다.

"사시巳時이옵니다. 연회가 곧 시작될 예정이옵니다."

색액도가 말을 마치기 무섭게 근보를 힐끔 째려봤다. 근보는 등골이 오싹해지는 기분을 떨칠 수가 없었다.

"이렇게 하도록 하지! 자네, 참 잘하고 있는 것 같아. 이제는 짐도 치수라는 것이 어떻게 돌아가는지를 대충 알겠어. 그러니 다시 아뢰기 위해 들어올 것 없이 이대로 부임지로 떠나게. 돌아가서 보름마다 한 번씩 치수 공정에 대한 상황을 상세하게 보고하게. 또 인재를 유심히 살펴보게. 확실한 사람을 주위에 많이 심으라고. 짐은 개봉에서 괜찮은 사람을 발견했으나 아쉽게도 놓쳐버리고 말았네."

강희가 근보에게 마지막 당부의 말을 진지하게 건넸다. 그런 다음 서둘러 자리를 떴다.

체인각에서는 홍유들이 질서정연하게 자리하고 있었다. 탁자는 모두 50개로, 두 줄로 가지런히 나뉘어져 있었다. 각 탁자마다 서너 명이 앉아 있었다. 음식은 광록시光祿寺(외빈 접대를 맡아보는 관청)에서 준비하고 상을 차린 듯했다. 그래서 그런지 상차림이 예사롭지 않았다. 무엇보다 열두 가지의 요리가 고급스런 도자기 그릇에 듬뿍 담겨 있었다. 또 가운데 네 개의 큰 접시에는 사과와 포도 등 제철 과일이 높이 쌓여 있었다. 술시중을 들기 위해 파견 나온 관리도 있었다. 바로 예부禮部에서 파견 나온 과도사科道司의 관리였다. 사실 과거시험 응시생들에게 이런 대접을 해주는 것은 그야말로 파격이었다. 홍유들은 전혀 기대하지 않았던 광경이 눈앞에 펼쳐지자 너 나 할 것 없이 흥분을 금하지 못했다. 때문에 술을 마시기도 전에 하나같이 얼굴이 울긋불긋해져 있었다. 일부는 눈동자까지 몽롱해졌다. 술 취한 사람들이 따로 없었다. 그런 와중에도 자기네들끼리 머리를 맞댄 채 열심히 대화를 나눴다. 가장 많이 오간 얘기는 바로 탈락하더라도 황제가 친히 하사한 영광스런 자리에 있었다는 사실에 대한 것이었다. 나중에 죽어 무덤에 묻히더라도 묘비명에 쓸 수 있는 자랑거리가 생겼다고 생각하는 것 같았다.

"폐하의 명령이시다. 격식에 구애받지 말고 즉각 연회석에 앉도록 하라!"

홍유들이 기쁨에 들떠 이런저런 생각을 하고 있을 때 강희의 명령이 떨어졌다. 그러자 그들은 즉각 일제히 자리에서 일어나 공수를 하고는 하늘을 향해 천은天恩에 감사를 표했다. 그런 다음 엉거주춤 자리에 앉아 조심스럽게 젓가락을 들었다. 그 중에는 몰래 다과 종류를 주머니에 챙겨 넣는 사람도 있었다. 집에 돌아가서 자랑을 하거나 가족, 친지들과 나눠 먹으려는 심산인 듯했다. 강희가 황태자인 윤잉胤礽(강희의 둘째 황자)과 큰황자인 윤제胤禔를 데리고 들어선 것은 여러 가지 음식이 오르내리고 마지막으로 만두와 분식이 올라왔을 때였다. 홍유들은 입안 가득한 음식을 씹을 엄두도 내지 못한 채 당황할 수밖에 없었다. 당연히 강희는 그들에게 격식을 차리지 말고 편히 먹으라고 누차 권유를 했다. 하지만 그들의 입장에서는 음식이 제대로 넘어갈 리가 없었다. 강희는 분위기를 화기애애하게 만들기 위해 일부러 자리에 앉지 않고 여기저기 돌아다니면서 인사를 건넸다.

"오래간만이오, 우산愚山 선생! 지난번에는 풍의원豐宜園의 낡은 정자 밑에서 만났지 않았소? 그때는 왕완汪琬, 송옥숙宋玉叔, 오삼계吳三桂의 아들 오응웅吳應熊, 또 누가 있었지……."

강희가 왼쪽으로 네 번째 음식상으로 가서는 누군가에게 말을 걸었다. 상대는 선성파宣城派 사단詞壇의 태두泰斗로 손꼽히는 시윤장施潤章이었다. 강희가 한참을 생각하더니 가볍게 이마를 치면서 덧붙였다.

"……맞아! 왕사정도 있었지! 지금은 형부 상서로 있고."

시윤장은 강희가 자신을 알아보고 독대해 주자 너무나 황송해 했다. 그가 발그레한 얼굴로 대답했다.

"폐하께서는 그 당시 미복 차림이셨사옵니다. 벌써 육 년이 흘렀습니다. 폐하께서는 전보다 조금 살이 빠지신 것처럼 보이나 혈색은 더 좋아지신 것 같사옵니다!"

강희가 껄껄 웃었다.

"짐은 아직 젊으니까 그대들보다야 낫지 않겠소! 그대는 가난한 관리일 뿐이고. 선생은 전에 청강에서 관직을 그만 둘 때 친구가 선물한 관선官船까지 팔았다고 하지 않았소! 짐의 기억으로는 그 당시 그대가 산동의 포류선蒲留仙이라는 인재의 재주가 뛰어나다고 칭찬한 것 같은데, 그 사람은 어떻소?"

강희의 기억력은 확실히 비상했다. 시윤장은 속으로 탄복했으나 애써 속마음을 감춘 채 황급히 대답했다.

"편지 왕래는 자주 하고 있사옵니다. 어제도 시 한 수를 보내왔더군요. 학식은 뛰어나나 운이 따라주지 않는 것 같사옵니다. 아직까지 과거에 합격하지 못하고 있사옵니다."

"아, 시 말이오? 가지고 있소?"

시윤장은 말을 마치고는 잠시 머뭇거렸다. 그러나 곧 결심을 한 듯 장화 속에서 편지 한 통을 꺼내 강희에게 두 손으로 받쳐 올렸다. 강희가 편지를 받아 쥐면서 말했다.

"상당히 기대되는 내용일 것으로 생각하오. 하지만 나중에 읽어보도록 하겠소."

강희가 이번에는 윤잉을 불렀다. 윤제가 옆에 있다가 황급히 손가락으로 가리키면서 말했다.

"아바마마, 태자는 저기 있사옵니다."

강희는 윤제가 가리키는 방향으로 시선을 옮겼다. 그러다 하마터면 웃음을 터뜨릴 뻔했다. 황태자 윤잉은 북쪽을 향한 구석자리에 있는 탁자에 한쪽 무릎을 반쯤 꿇다시피 한 채 앉아 있었다. 그리고는 고사리 같은 손으로 고기를 찢어 누군가의 밥그릇에 한사코 얹어주고 있었다. 말할 것도 없이 손에는 기름이 번지르르했다. 사실 그 사람은 강희가 들어서면서 200여 명의 홍유들이 거의 동시에 젓가락을 내려놓다시피 했을 때도 전혀 미동조차 하지 않았다. 그저 반듯하게 앉은 채 태연하게 음식을 먹었다. 아마 그 모습이 어린 윤잉의 눈에 강렬한 호기심을 불러일으킨 모양이었다. 강희가 머리를 돌려 색액도를 힐끗 바라봤다. 누구냐고 묻는 것이 분명했다. 그러자 명주가 황급히 강희에게 다가가 아뢰었다.

"탕빈湯斌이라는 사람이옵니다."

강희가 명주의 말을 듣고는 곧장 빠른 걸음으로 탕빈을 향해 걸어갔다. 그리고는 큰 소리로 태자를 제지했다.

"장난치지 마라! 그러면 안 된다고 교육을 받지 않았느냐?"

"저군儲君(황태자라는 뜻)께서는 소인을 사랑하셔서 그러시는 겁니다."

탕빈은 강희가 다가오자 자리에서 일어섰다. 그런 다음 미소를 지으면서 덧붙였다.

"군주께서 하사하시니 신하로서는 감히 사절할 수가 없사옵니다. 죽음을 내리시더라도 달게 받을 터인데, 맛있는 음식을 주시는 것을 어찌마다하겠사옵니까?"

강희가 탕빈을 아래위로 훑어보았다.

"그대의 고명한 이름은 익히 들었네. 강남江南에서 지방 관리로 일할 때 경내에 있는 오통묘五通廟에 불을 지른 사람이 그대인가? 옥중의 범인이 탈옥하는 바람에 관직을 그만 됐다고?"

탕빈이 즉각 대답했다.

"예, 폐하! 범인은 관리 소홀로 도망간 것이 아니옵니다. 소인이 일부러 풀어주었사옵니다."

"오! 그래?"

"그 사람은 큰 죄를 지어서 옥에 갇힌 것이 아니었사옵니다. 소작료를 내지 못해 땅주인에게 소송을 당했던 것이옵니다. 게다가 집에는 눈 먼 칠순의 아버지와 여섯 살짜리 아이도 있었사옵니다. 한 사람을 옥에 가둠으로써 세 목숨이 왔다 갔다 하는 상황이었사옵니다. 저는 당시 폐하께서 인자함과 효도를 천하를 다스리는 근본, 인仁의 정치를 왕도王道를 닦는 원칙으로 삼고 계신다는 것을 알았사옵니다. 그래서 용기를 내서 무리한 결정을 내린 것이옵니다!"

탕빈이 안색 하나 흐트러뜨리지 않은 채 대답했다. 강희는 할 말이 없었다. 국법國法과 정리情理가 서로 어울리지 않는 사건이 어디 한두 가지인가? 하지만 탕빈이 자신의 안위를 걸고 정의를 위해 발을 벗고 나섰다는 사실만은 정말 갸륵했다.

'이렇게 마음이 따뜻하고 의리가 있는 사람에게 태자를 맡겨 교육을 시킨다면 인효仁孝의 덕목을 잘 기를 수 있을 텐데. 웅사리 역시 잘하기는 할 테지만 너무 바쁜 것이 흠이라면 흠이지 않은가!'

강희는 그런 생각이 들자 시원스레 웃으면서 말했다.

"그 일은 너무 충동적으로 처리한 것이 아니었나 싶네. 가벼운 벌을 줘서 며칠 동안만 감옥에 가두었다가 좋은 말로 상사上司와 의논해 내보냈을 수는 없었을까? 그대가 관직을 그만 뒀을 때 백성들이 사흘 동안 집회를 열어 탄원서를 냈다면서? 또 돈을 모아 자네의 복귀를 도우려고 했다더군. 짐도 웬만한 것은 다 알고 있네. 앞으로도 잘 생각해서 좋을 대로 하게!"

강희는 탕빈과의 대화를 마친 다음 황태자와 큰황자를 데리고 나오면서 여러 유생들을 향해 머리를 끄덕여 보였다. 그런 다음 바로 체인각 밖을 향해 걸음을 옮겼다.

강희가 막 체인각을 나섰을 때였다. 고사기가 소덕문昭德門 쪽에서 기운 없이 걸어오는 모습이 보였다. 강희가 발걸음을 멈추고 물었다.

"어디 가서 박혀 있다가 이제야 나타나는 것인가? 오늘같이 중요한 날에는 짐을 도와줄 생각을 해야 하지 않겠는가!"

고사기가 황급히 황태자를 대동한 강희에게 머리를 조아렸다. 또 황태자와 큰황자에게도 격식을 갖춰 인사를 올리고는 대답했다.

"오늘 하루 휴가를 주시지 않았사옵니까. 아마 폐하께서 깜빡하셨는가 보옵니다! 아침부터 하계주 그 노인께서 세상을 떠난 부인에게 바치는 제문을 써 달라면서 소인을 불렀사옵니다. 할 수 없이 거기 잠깐 갔다가 왔사옵니다. 그렇지 않아도 폐하께서 찾으실 것 같아 왕희지王

羲之의 《난정집서》蘭亭集序에 나오는 내용을 대충 참고해 휘갈겨 놓고 왔사옵니다."

강희는 고사기의 말을 듣다 별 생각 없이 그의 손으로 눈을 돌렸다. 웬일로 여러 번 매듭을 지은 것 같은 비단 조각이 그의 손에 들려 있었다. 강희가 손을 내밀어 슬쩍 받아쥐고는 한참 들여다 본 다음 물었다.

"이건 뭔가?"

"예. 하 노인의 부인인 아쇄라는 분이 세상을 떠나기 직전에 만들어준 것이라고 하옵니다. 그 분은 이 매듭을 풀 수 있는 사람은 단 한 사람뿐이라고 했다고 하옵니다. 또 이것을 풀어줘야 영혼이 하늘나라로 올라갈 수 있다고 말했다고 하옵니다. 하 노인은 그러나 안간힘을 다했음에도 이 매듭을 풀지 못했사옵니다. 행여나 소인이 가능할까 싶어 부탁했으나 저 역시 속수무책이기는 마찬가지이옵니다!"

고사기가 한숨을 쉬었다. 강희는 그의 말에 호기심이 동해 걸음을 옮기면서도 유심히 매듭을 들여다봤다. 모두 일곱 개의 심장 모양을 한 빨간 매듭이었다. 물을 묻힌 다음 매듭을 만들고 나중에 기름을 바른 것 같았다. 얼핏 봐도 아예 풀기를 포기하는 쪽이 나을 것처럼 단단했다. 강희 역시 그렇게 생각한 듯 비단 매듭을 고사기에게 도로 던져주면서 말했다.

"아쇄라는 그 여자, 기상천외한 면이 있었군. 그렇지 않아도 가슴이 아플 남편에게 세상을 떠나면서까지 이렇게 어려운 문제를 내놓고 가다니! 그래 《난정집서》에는 제문에 쓸 만한 내용이 있던가?"

"있었사옵니다. 그러나 시간이 촉박해 그냥 대충 썼사옵니다."

고사기가 말을 마치자마자 바로 제문의 내용을 읊었다.

같이 했던 세월은 짧으나 영원을 기약했던 만큼 마음속에 길이길이 간직하겠소. 떠나보내기 아쉬워 울었으나 당신 같은 사람을 만나 같이 살았다는 것이 행운이었다고 생각하오. 시간이 흐르면 당신을 잃은 고통도 담담해지겠죠. 하루하루가 갈수록 추억이 되어가는 당신을 그리면서 여생을 살아가겠소. 옛사람도 삶과 죽음은 큰일이라고 했으니, 어찌 비통하지 않으리오!

강희는 고사기가 읊은 내용을 가만히 속으로 음미했다. 나름 가슴을 아프게 하는 명문이었다. 그러자 세상을 떠난 황후 혁사리씨 생각이 갑자기 간절해지기 시작했다. 그는 그녀가 남겨 놓은 혈육인 태자 윤잉을 쳐다보았다. 어미 없이 불쌍하게 자랐는데도 멋모른 채 껑충껑충 뛰어다니는 모습이 더욱 애처로워 보였다. 그는 순간 "하루하루가 갈수록 추억이 되어간다"라는 말이 가슴에 너무나 와 닿았다. 더불어 씁쓸함을 금할 수가 없었다. 참으려고 애를 썼으나 이미 그의 눈에는 눈물이 가득 고였다.

14장

권력의 핵심으로 진입하는 고사기

색액도가 박학홍유과 시험 감독과 뒤풀이를 끝내고 집으로 돌아왔을 때는 저녁 일곱 시가 다 된 시각이었다. 문 앞에서 초롱불을 들고 이제나저제나 하고 기다리던 늙은 하인 채대는 그의 수레가 도착하자 부리나케 달려가서 맞이했다.

"늦으셨네요, 어르신. 오늘 각 부의 사관司官들이 어시御試가 끝났다면서 오후부터 결과를 물어보겠다고 몰려들었다가 이제 막 돌아갔습니다. 이광지 대학사도 방금 돌아갔습니다. 어르신께서 도착하기 바로 직전이었습니다."

색액도는 별 내색을 하지 않은 채 안으로 들어갔다. 이어 길게 하품을 했다.

"알아서들 잘 갔네 뭐. 아니면 한바탕 혼이 났을 텐데 말이야! 오늘 시험이 끝났는데, 어떻게 벌써 결과를 알 수가 있겠는가? 보나마나 아부를 하러 온 것이겠지!"

채대가 색액도의 볼멘소리에 꼬불꼬불한 자갈길을 앞서 걸으면서 말했다.

"대인의 말씀이 지당하십니다. 하지만 서쪽 화원에 아직 한 사람이 기다리고 있습니다. 대인께서 피곤하시면 갔다가 내일 오라고 전하겠습니다."

"누군가?"

색액도가 갑자기 발걸음을 뚝 멈추면서 물었다. 어둠 속이라 그런지 채대의 모습은 흐릿했다. 채대가 대답했다.

"멀리서 오신 손님입니다. 강남 총독 갈례 대인의 사촌동생인 동보侈寶라는 분입니다. 왕 어른과 두 진씨 형제분도 같이 얘기를 나누고 있습니다."

채대는 색액도의 말투가 이상하다는 것을 바로 눈치챘다. 어조가 더욱 조심스러워지고 있었다. 색액도는 아무런 말없이 서쪽 화원으로 발길을 옮겼다. 채대가 따라오자 그가 뒤돌아서며 지시했다.

"자네는 따라올 필요 없네. 주방에 가서 술상이나 봐 오라고 하게. 많이 차릴 것은 없고 그저 간단하게 몇 가지 음식만 준비하면 되네."

색액도는 발걸음을 재촉했다. 화청花廳에는 담배연기가 자욱했다. 네명이 연신 곰방대를 빨아대니 그럴 수밖에 없었다. 색액도는 문을 열고 들어서다 그만 지독한 담배연기에 숨이 막혀 기침을 하고 말았다. 희미한 등불 아래 앉아 있던 좌중의 사람들은 색액도가 나타나자 자리에서 일어섰다. 색액도가 신경질이 나는 듯 이마를 잔뜩 찌푸리고 손을 내저으면서 명령조로 말했다.

"창문을 열어 통풍이라도 조금 시키게. 동보는 언제 북경에 도착했는가?"

동보는 서른 살 안팎의 비교적 젊은 나이였다. 작은 키에 얼굴이 온통 주근깨투성이인 것이 특징이었다. 그러나 그의 작은 두 눈은 색액도의 질책에 그닥 반응을 보이지 않으면서 예리하게 빛나고 있었다. 관복은 입지 않고 두루마기 위에 조끼 하나만 걸친 그가 곧 숙련된 동작으로 한쪽 무릎을 꿇었다.

"소생이 셋째 어르신께 인사 올립니다! 그제 도착해서 형님들이신 첫째 심유心裕 어른, 둘째 법보法保 어른을 만나 뵈었습니다. 제 가형家兄 갈례 총독이 반드시 셋째 어른에게 말씀드려야 할 일이 있다고 하셔서 제가 왔습니다. 둘째 어른께서 늦더라도 기다리라고 해서 앉아 있던 중입니다. 서신으로는 말씀드리기가 다소 곤란한 일입니다."

"남경 쪽의 일은 나중에 얘기하지. 북경의 일만 해도 골치가 너무 아파! 진경晉卿(이광지)이 상서방으로 오는 것이 아무래도 어려울 것 같아. 다 된 밥에 코 빠뜨린 격으로 말이지. 명주 그 망할 자식이 끼어들어 고사기인가 뭔가 하는 자를 데리고 오는 바람에 그렇게 됐어. 이럴 줄 알았더라면 왕 선생에게 박학홍유과 시험을 보게 했어야 하는 건데 그랬어. 그랬더라면 조정에 내 사람이 하나라도 더 생겼을 텐데 말이야!"

색액도가 식은 차를 마시면서 말했다. 몹시 피곤한 듯 그 자리에 털썩 주저앉았다.

"제가 원하지 않아서 시험을 보지 않은 것 아닙니까. 또 대인께서는 조정에 사람이 없는 것이 아니라 한데 뭉치지 못할까 봐 걱정을 하시는 것 아닙니까? 폐하께서 명주 무리들의 농간에 넘어가지 않을 뿐만 아니라 황태자를 세웠던 그때 그 마음이 변치만 않는다면 대인의 입지는 곧 굳건해질 것입니다."

왕명도가 눈빛을 반짝거리면서 대답했다. 그러자 색액도가 말을 받았다.

"태자를 세운 것을 후회할 리는 없죠. 지난번 이부에서 나를 일등공一
等公으로 봉했을 때도 폐하는 달리 반대 의견 없이 통쾌하게 윤허하셨어
요. 조금만 있어 봐요. 내가 명주를 어떻게 후려잡는가 볼 수 있을 테니."

바로 그때 술상이 올라왔다. 색액도 등 네 명은 서둘러 술상 앞에 마
주앉았다. 색액도는 굳이 지킬 비밀도 없었으나 시중을 드는 하인들은
모두 내보냈다.

"여산廬山의 진면목을 알지 못한다는 말은 바로 그 속에서 살기 때문
이라고 하지 않습니까! 대인의 얘기를 듣고 보니 갑자기 강희 팔 년의
일이 떠오르는군요. 그 당시 오배도 일등공으로 봉해진 그 다음 날 위
동정에 의해 육경궁에서 잡히지 않았습니까."

동보가 음식을 먹으면서 얼굴에 웃음을 머금고 말했다. 그러나 그의
속마음은 전혀 그렇지 않았다. 색액도의 표정을 훑고 지나가면서 아무
렇지도 않은 것처럼 의연하게 앉아 있기는 했으나 손에 든 술잔 너머
로 그의 눈치를 계속 살폈다. 아니나 다를까, 색액도는 속이 뜨끔해지
는 모양이었다. 얼굴이 하얗게 변하고 있었다. 그러자 왕명도가 진철가,
진석가 두 명의 제자를 바라본 다음 껄껄 웃더니 젓가락을 내려놓으면
서 말했다.

"동 선생의 말이 약간 무거운 느낌은 없지 않으나 일리는 있습니다. 제
가 냉정하게 옆에서 지켜본 바를 말씀드리겠습니다. 대인께서는 정확히
강희 십 년부터 점차 폐하의 냉대를 받기 시작했습니다. 그 당시 대
인은 오삼계와의 협상을 제안했다가 여러 차례 면박을 당한 적이 있지
않습니까. 그 이후 한림원 학사인 고팔대顧八代가 대인의 눈 밖에 난 적
이 있습니다. 그때 대인께서는 그의 직급을 낮춰 내쫓으려 했습니다. 그
러다 오히려 대인 자신이 폐하에 의해 직급이 두 등급이나 강등되는 불
운을 겪었습니다. 그뿐만이 아니었습니다. 위상추魏象樞라는 자는 상주

문을 올려 대인이 '직권을 남용해 탐욕을 일삼는다'라고 탄핵을 한 적도 있었고요……"

색액도는 좌중의 말에 애써 태연한 척했다. 그러나 이번에는 왕명도가 사정없이 그의 아픈 상처에 소금을 뿌렸다. 그는 어찌할 바를 몰랐다. 하지만 곧 조정의 내로라하는 능구렁이답게 바로 오만한 표정을 지으면서 계속 분위기를 이어가려는 왕명도의 말을 단호하게 막아버렸다.

"위상추 그 버러지 같은 자식! 하남河南에서 일어난 지진을 구실 삼아 나를 밀어내려고 했었지! 하지만 폐하께서는 나를 감싸 주셨잖소. 나는 역시 그 어떤 자식도 감히 범접 못할 상대가 아니겠소?"

"그 당시 폐하께서는 이렇게 말씀하셨던 것 같습니다. '지진은 짐의 실덕失德에 대한 하늘의 응징이다. 짐의 반성이 먼저 선행돼야 한다!' 또 다음 날에는 대인과 명주 대인을 불러 따끔하게 충고한 것으로 알고 있습니다. '자네들은 이번 일을 계기로 오장육부를 깨끗이 씻고 공과 사를 분명히 하고 충성을 다하라. 둘 다 임용이 된 이후부터 집안 살림이 많이 폈다는 얘기를 들었다. 이것은 분명히 정당한 노력을 기울이지 않고 공적 재산에 손을 대 자기 주머니를 몰래 채웠기 때문이라고 짐은 알고 있다. 사실로 드러나는 날에는 국법이 절대 용서치 않을 것임을 분명히 한다!'라고 말입니다. 대인, 폐하께서 이런 얘기까지 하셨습니다. 그래도 폐하께서 대인을 믿고 계신다고 할 수가 있겠어요?"

동보가 은근히 색액도의 말을 비꼬았다. 그러자 진철가가 한마디 덧붙였다.

"그야말로 군주가 신하를 대신해 벌을 받는다는 격이로군요. 셋째 어른을 폐하께서 감싸주셨다고는 하나 오배를 제거할 때 세운 공로를 봐서 은혜를 베풀어주신 것이 아니겠어요? 그 공로를 다 우려먹고 나면 폐하께서는 대인에게 더 이상 남다른 대우를 해주지 않을지도 몰라요."

이번에는 동생인 진석가까지 형의 말에 맞장구를 쳤다.

"폐하께서는 영명하시고 그 생각의 깊이를 헤아릴 수 없는 분이에요. 물론 고사기가 얕은수를 써서 의도적으로 폐하께 다가가기는 했습니다. 또 폐하께서 이광지를 중용하지 않으면서 진몽뢰의 죄를 가볍게 묻는 데 그쳤다는 것도 조금 석연치 않은 것 같지 않습니까?"

동보는 사실 남경을 떠나기 전에 총독부에서 사촌형인 갈례와 깊은 비밀 얘기를 나눈 바 있었다. 당연히 갈례의 말 한마디 한마디는 조심스러웠다. 그럼에도 그는 갈례의 말에서 분명한 진실 하나를 확실히 깨달을 수 있었다. 색액도가 어떤 놀랍기 이를 데 없는 큰일을 갈례에게 맡겼다는 사실을 말이다. 그건 다른 것이 아니었다. 그 자신이 손아귀에 거의 움켜잡았던 주삼태자를 "잘 교육을 시켜 이로울 수 있다면 이용해 먹으라"는 권고였다. 색액도는 아무도 몰래 비밀 편지를 보내 그렇게 권유했다. 동보가 이번에 북경으로 온 것 역시 도무지 알 길이 없는 색액도의 그런 비밀스런 속마음을 엿보기 위해서였다. 꼭 그래야 하는 이유는, 멋모르고 시키는 대로 했다가 나중에 일이 터진 다음 머리가 떨어져 나갈 때 왜 그런지도 모르는 비참한 처지에 놓일 수도 있기 때문이었다. 그는 색액도의 진의를 알아보기 위해 노심초사했다. 더구나 색액도가 묘한 말을 해놓고는 책임을 자신들에게 떠넘길 것이 두려웠다. 그는 오늘 이 자리에서 색액도 주변의 사람들이 너무나도 거침없는 말로 색액도를 몰아세우다시피 하는 모습을 보니 그제야 뭔가 감이 잡히는 것 같았다. 하지만 그는 자신과 사촌형의 운명이 색액도의 안위와 직결돼 있다는 사실도 알고 있었다. 그가 속으로 한참이나 생각을 굴린 다음 색액도에게 물었다.

"오늘 홍유들을 만나는 자리에 폐하께서는 태자를 데리고 가셨습니까?"

"그렇네. 패자貝子 윤제胤禵도 데리고 왔었네."

색액도가 약간 정신이 혼란스러운 반응을 보였다. 그러자 왕명도가 바로 말을 이었다.

"셋째 윤지胤祉도 패자의 작위를 가지고 있는데, 왜 안 데리고 왔습니까?"

왕명도의 질문에 색액도가 눈빛을 번뜩이면서 대답했다.

"세 살밖에 되지 않은 아이 아니오. 너무 어려서 안 데리고 왔을 수도 있고, 건강이 안 좋아 그랬을 수도 있고. 혹시……."

색액도가 말을 하다 말고 갑자기 몸을 가볍게 떨더니 입을 다물었다. 이내 흐리멍덩해진 시선으로 넋 나간 듯 촛불을 뚫어지게 바라봤다. 왕명도가 길게 한숨을 내쉬면서 의미심장하게 말했다.

"엄마 없는 아이는 옆에서 아무리 잘해준다고 해도 불쌍한 겁니다. 또 의붓어머니가 있으면 곧 의붓아버지도 생기는 법입니다. 역사적으로 본처가 죽고 나서 그 자식의 권한을 빼앗아버린 경우가 얼마나 많습니까? 한나라 때 마馬황후가 세상을 떠나자 등극을 한 아들 건문제建文帝가 밀려나고 말았던 것처럼 말입니다. 지난 일을 잊지 않음으로써 훗날의 스승으로 삼는다고 하지 않았습니까! 때문에 황태자 옆에도 믿음직한 스승이 없으면 안 됩니다. 대내적으로는 훌륭한 재상이나 대신이 보필하고, 대외적으로는 훌륭한 장군이 든든한 방패가 돼 줘야 합니다. 그렇지 않은 경우에는 어느 누구도 상상치 못할 일이 발생할 수 있습니다!"

"훌륭한 재상이나 대신…… 뛰어난 장군이라……."

색액도는 왕명도의 말을 천천히 곱씹어봤다. 그러다 얼굴이 갑자기 파랗게 변했다가 하얗게 됐다 하기를 반복했다. 이른바 훌륭한 재상이나 대신은 다른 사람이 아니었다. 바로 그 자신을 가리키는 것이 분명했다. 그러나 관건은 조금 전 좌중의 몇몇이 따끔하게 일깨워준 것처럼 강희가 자신을 얼마나 믿어주느냐 하는 것이었다. 그는 새삼 그것이 다시 궁금해졌다. 물론 훌륭한 재상이나 대신의 조건을 갖춘 인물로는 웅사리도 있었다. 그 역시 황태자에 대해 나쁜 마음을 품지는 않고 있다고 할 수 있었다. 그러나 강희에게 더욱 충성하는 사람이었다. 황제가 변심하면 따라서 돌변하지 말라는 보장이 없었다.

거기에까지 생각이 미치자 그는 자신도 모르게 밖에 있는 뛰어난 장군들을 떠올렸다. 우선 낭심狼瞫이 뇌리를 스쳤다. 그러나 그는 요령遼寧성 객좌喀左에서 군사를 거느리고 있기는 해도 워낙 약아빠져 흙탕물에서 놀려고 하지 않을 것이 분명했다. 위험을 무릅쓰는 일을 기대할 수 없을 터였다. 또 조양동趙良棟은 병이 들어 이미 세상을 떠났다. 채육영蔡毓榮의 경우는 몰래 오삼계의 손녀를 마누라로 삼으려다 들통이 나 북경으로 압송되는 중에 있었다. 도해도 그랬다. 섬서에서 무원대장군으로 있기는 하나 늙고 중풍까지 걸렸다는 소문이 파다했다. 그 외에 광동 총독이었던 오육일은 상지신에 의해 독살당해서 이미 이 세상 사람이 아니었다. 한마디로 쓸 만한 사람이 보이지 않았다. 색액도는 계속 이 사람 저 사람 저울질했다. 그러다 갑자기 의자등받이를 탁 치면서 어이가 없다는 듯 내뱉었다.

"내가 왜 주배공을 생각하지 못한 거야! 그가 황후가 세상을 떠나기 전 병상 앞에서 시를 읊지 않았더라면 누가 태자가 됐을지 몰랐을 것이 아닌가! 왕 선생, 오늘은 그만 하도록 합시다. 그리고 번거롭겠으나 내일 중으로 주배공에게 편지 한 통을 띄워 주시오. 열 개 영營의 한군 녹영병漢軍綠營兵을 더 보내줄 것을 폐하에게 상주 올려 윤허를 받은 상태라고 말입니다. 나머지는 간단하게 언급하고 지나가도 괜찮아요. 그 친구는 워낙 똑똑하니까 잘 알아서 할 거예요."

"절묘한 생각이네요! 그 사람은 폐하의 최측근 심복입니다. 또 오늘의 태자를 있게 한 유공자입니다. 게다가 문무를 겸비한 인재일 뿐만 아니라 밖에서 군대까지 지휘하고 있죠. 앞으로 요긴하게 쓰일 것 같아요. 셋째 어른께서는 참으로 비상하십니다. 그런데 주배공이 봉천으로 간 다음 그곳의 수토水土에 잘 적응하지 못해 병이 났다고 하더군요. 사실인지는 모르겠습니다만!"

동보가 손바닥을 치면서 말했다. 그러자 색액도가 그게 아니라는 듯이 입을 비죽거렸다.

"풍토가 몸에 맞지 않는다고? 그런 것은 아니지. 명주 그 자식이 주배공과 죽고 못 사는 사이였던 아쇄를 다른 곳으로 시집보내버렸잖아. 그래서 화병이 도진 거라고."

색액도가 서둘러 말을 마친 다음 껄껄 크게 웃었다. 그러나 좌중의 다른 사람들은 서로 얼굴만 번갈아 바라볼 뿐이었다. 색액도가 언급한 것에 대해서는 전혀 아는 바가 없었으니 당연했다. 잠시 후 왕명도가 화제를 다른 쪽으로 돌리려는 듯 입을 열었다.

"아까 이광지가 왔더군요. 그래서 서재에서 한참 얘기를 나눴습니다. 그 사람 겉으로 보기에는 거만하고 잘난 척하는 것 같아도 속은 무척 따뜻한 것 같았습니다. 명주가 진몽뢰를 돌봐주는 것에 대해서는 속으로 불만이 많은 것 같았어요. 제 생각에는 대인께서 방법을 강구해 그를 끌어들이는 것이 좋겠습니다. 음…… 또 대인에 대해서는 할 말이 좀 있습니다. 해도 되는지 모르겠습니다!"

"뭡니까?"

"휴가를 핑계로 모든 직무에서 손을 떼십시오. 그렇게 하면 잠시 먼 발치에서 냉정하게 조정의 상황을 지켜볼 수 있을 것입니다. 확실히 그게 좋을 것 같습니다!"

왕명도의 전혀 뜬금없는 제안에 좌중의 사람들은 하나같이 경악을 금치 못했다. 하지만 색액도는 달랐다. 오히려 그다지 놀란 기색 없이 눈동자를 부산하게 움직이면서 뭔가를 열심히 생각하고 있었다. 그러자 참다못한 진석가가 몸을 앞으로 기울이면서 말했다.

"선생님께서 어째서 그런 말씀을 하시는지 저는 이해가 잘 되지 않습니다. 저는 오히려 중당 대인께서 지금 할 일이 너무 적은 것이 한스럽습니다. 솔직히 이것저것 맡고 있는 것이 많고 권력이 클수록 감히 범접 못하게 되는 것이 아닌가요? 이런저런 일을 찾아다녀도 시원찮을 판에 제 발로 상서방을 나오다니요?"

"역시 왕 선생께서는 자타가 인정하는 전략가로 부족함이 없습니다! '권력이 너무 크면 주군이 경계한다'라는 말이 있습니다. 만약 중당 대인이 자리를 비워주면 큰 욕심이 없다는 것을 폐하께 보여드릴 수가 있습니다. 나아가 혼자 권력을 움켜쥐고 있다고 비난하는 무리들의 입을 틀어막을 수도 있게 됩니다. 이렇게 되면 이목이 자연히 명주에게 쏠릴 수밖에 없죠. 자연스럽게 명주는 난로 위에 놓인 오징어 신세가 될 겁니다. 저는 그건 시간문제라고 생각합니다. 그러니 일석삼조의 효과를 얻을 수 있는 묘안임에 틀림없습니다!"

동보가 눈을 칼날같이 예리하게 한 채 듣고 있다가 자기의 견해를 밝혔다. 색액도가 동보의 말을 듣고는 바로 자리에서 일어나 실내를 서성거렸다. 이어 갑자기 돌아서면서 말했다.

"아니야. 일석오조라고 해야지! 우선 시간적 여유가 생긴 탓에 태자와 정을 돈독하게 나눌 수가 있지. 또 누가 나에게 진심으로 대하는가를 잘 살펴볼 수도 있고 말이야. 흥! 이제 살판이 났으니까 명주에게 폐하 앞에서 열심히 아부를 떨어보라고 하라고! 마른 장작을 등에 지고 불구덩이로 뛰어드는 격인 줄도 모르고 말이지!"

처음부터 이어지던 어둡고 탁하던 분위기가 색액도의 말 몇 마디로 갑자기 활기를 띠기 시작했다. 좌중의 사람들은 그제야 앞에 차려진 음식들이 꽤나 맛깔스럽다는 것을 알았다. 술 생각 역시 동했다. 그들은 밤늦게까지 술을 마시면서 흥에 겨워 노래를 부르다가 헤어졌다. 그러나 동보는 얼마 후 몰래 다시 돌아와 색액도를 집안의 셋째 대문 앞까지 바래다주면서 나지막이 물었다.

"셋째 어른, 저의 형이 편지에 쓴 내용을 보셨습니까? 그것을 어떻게 처리해야 할까요?"

색액도는 동보의 은밀한 질문을 받고 선뜻 말이 없었다. 동보에게는 그저 싸늘하게 불어오는 차가운 저녁 바람소리만 들려올 뿐이었다. 한참 후에야 색액도가 비로소 가벼운 한숨과 함께 입을 열었다.

"아무리 봐도 영 종잡을 수 없고 믿을 수 없는 자식이야. 하지만 이제는 뛰어봤자 벼룩이지. 굳이 칼에 피를 묻힐 필요까지는 없겠어. 또 아직은 그나마 쓸 만하니까 당분간은 그대로 내버려둬. 물론 그 자식을 껴안고 있는 것은 불장난 같은 위험한 일이기는 하지. 그러니 갈례에게 조심하라고 해. 직접 나서서 만나고 다니지는 말고 내 말에 따라 움직이라고 해!"

색액도가 둘끼리만 통하는 말로 슬그머니 대답했다. 그때 채대가 등불을 밝혀 들고 몇 명의 하인들을 거느리고 나오고 있었다.

"태황태후마마의 생일이 다음 달이야. 명주가 무슨 선물을 준비했는지 알아보라고 하지 않았나? 알아 봤는가? 명색이 조정의 인척인데, 다른 사람에게 뒤쳐지지는 말아야 할 것 아닌가."

"어르신께 아룁니다. 우리 다방茶房의 황씨 부인이 명주 대인의 집 창고에서 일하는 장張 관사管事의 언니라고 합니다. 그래서 쉽게 알아낼 수 있었습니다. 명주는 금과 옥으로 만든 여의如意 두 개와 남산南山처럼 장수하라는 의미를 지닌 대리석 그림을 그려 준비해 놓았다고 합니다. 태황태후마마께서는 독실한 불교신자이시니까 전에 강령江寧 염도鹽道가 보내온 칠백 냥 무게의 금 관음상을 보내주시는 것도 괜찮을 것 같습니다. 이젠 고 대신(고사기를 일컬음)이라는 한 사람이 더 생겼으니, 그가 뭘 더 준비했는지는 모르겠습니다."

채대가 장황하게 설명을 했다. 그러나 색액도는 고사기를 언급한 그의 대답이 못마땅했는지 짜증을 냈다.

"됐어! 그쪽은 걱정 안 해도 돼. 이제 상서방에 들어온 지 며칠 되지도 않았어. 관품官品이 낭중郎中밖에 안 되는 사람이 주머니에 돈을 챙겨 넣었으면 얼마나 넣었겠어. 하루 이틀 만에 우리를 쫓아올 수가 있겠어? 어림도 없지."

색액도는 말을 마치자마자 바로 방으로 들어가 편안히 쉴 준비를 마쳤다. 간만에 마음이 편하고 기분이 좋았다.

색액도는 하루를 푹 쉬었다. 그러나 시험이 치러진 지 사흘째 되는 날은 조정에 나가봐야 했다. 답안지를 돌려보는 날이었다. 아침 일찍 일어나자마자 급하게 서두른 것도 그 때문이었다. 그가 서화문에서 내려 패찰을 건네고 대내로 들어가려 할 때였다. 마침 안에서 나오는 이광지와 맞닥뜨렸다. 그가 물었다.

"일찍 왔군요! 그런데 그렇게 급히 어디를 가는 거요?"

이광지는 기본적으로 격식을 차리지 않기로 소문이 자자한 사람이었다. 하지만 색액도 앞에서까지 그래서는 곤란했다. 그가 공수를 하면서 대답했다.

"어제 저녁 폐하께서 시랑施琅에게 보내는 조유詔諭의 초안을 작성하라고 명령을 내리셨습니다. 그러나 저는 군사軍事에 대해서는 잘 모르지 않습니까. 그래서 문화전에서 사적史籍을 열심히 뒤적거렸죠. 날이 거의 밝아서야 겨우 마쳤습니다. 나중에 다시 부를 테니 잠시 들어가 쉬라고 배려해 주셔서 나오는 중입니다."

색액도가 이광지의 말에 잠깐 어리둥절한 표정을 짓다가 곧 정신을 수습하고는 물었다.

"이렇게 이른 시각에 폐하께서 벌써 나오셨다는 말이오? 대신들도 다 오고?"

"중당께서는 건청문에 가실 필요는 없을 것 같습니다. 폐하께서는 오늘 양심전에서 답안지를 읽어 본다고 말씀하셨습니다. 어제 중당께서 오시지 않으셔서 고사기와 명주, 웅사리 어른이 폐하를 모시고 창춘원暢春園을 다녀오시기도 했습니다. 폐하께서는 위동정에게 해관海關에서 거둬들인 몇 백만 냥을 더 보내라고 명령을 내릴 것이라고 했습니다. 그 돈으로 창춘원을 다시 멋지게 꾸민 다음 태황태후마마의 휴식처로 만들 것이라고 하셨습니다."

이광지가 웃음 머금은 얼굴로 말했다. 색액도는 이광지의 말을 듣자 하루 동안 자리를 비운 것이 못내 후회스러웠다. 그러나 일부러 내색하지는 않았다.

"요즘 내가 너무 피곤해 하는 것 같다면서 폐하께서 하루 휴가를 주셨소. 그런데 그대도 따라간 거요?"

이광지가 즉각 대답했다.

"그렇습니다. 사신행을 비롯한 몇몇 한림들이 폐하께서 적적해하시지 않을까 싶어 시도 읊어드리고 했습니다."

그때 고사기가 뭔가를 든 두 명의 하인을 앞세우고 들어오는 모습이 보였다. 색액도가 물었다.

"나는 또 나 혼자만 늦어서 어떡하나 했더니! 그런데 이건 뭐요? 노란 비단으로 덮어씌우기까지 하고!"

색액도의 질문에 고사기가 웃으면서 대답했다.

"태황태후마마의 만수무강을 빌기 위해 바칠 예물입니다. 주머니 사정이 안 좋은 가난한 선비 출신이라 꽃이니 풀이니 하는 것뿐입니다. 굳이 보시지 않는 것이 좋겠습니다. 대인이나 명 대신과는 비교가 안 될 것입니다."

고사기는 말을 마치자마자 노란 비단이 씌워져 있는 화분을 들고 색액도를 따라 양심전으로 들어갔다. 이광지는 가마를 타고 집으로 돌아갔다.

양심전은 마치 쥐 죽은 듯 조용했다. 고사기는 조심스레 화분을 붉은 돌계단 위에 내려놓았다. 그런 다음 나지막이 색액도에게 말했다.

"대인과 명 대신은 어제 횡재를 했다는 사실을 아셔야 합니다! 저와 웅사리 대신은 폐하께서 창춘원에서 돌아오시자마자 답안지를 검토하라는 명령을 내리시는 바람에 아주 늦게까지 일했습니다."

색액도는 명주도 답안지 검토에 참가하지 않았다는 말에 적이 안심했다. 그러나 내색하지는 않고 그저 빙긋 웃기만 했다. 고사기가 바로 눈앞에 드리워져 있는 발을 거뒀다. 이어 두 사람은 안으로 들어갔다.

강희는 명단이 가득 적혀 있는 종이를 들고 이맛살을 찌푸린 채 뭔가를 생각하고 있었다. 책상 위에는 깔끔하게 정리된 세 무더기의 답안지가 한쪽에 놓여 있었다. 아래쪽에는 웅사리와 명주가 나무 걸상에 똑바로 앉은 채 강희의 질문을 기다리고 있었다. 강희가 먼저 색액도와 고사기가 들어서는 모습을 보았다.

"색액도, 잘 왔네. 엄승무嚴繩武의 답안지는 자네가 챙기지 않았나? 한 장이 없어진 것 같은데?"

"폐하께 아뢰옵니다. 엄 아무개는 시 한 수밖에 쓰지 않았사옵니다. 그래서 원래부터 달랑 한 장만 있었던 것이옵니다. 이렇게 중대한 일을 소인이 어찌 감히 소홀히 처리하겠사옵니까."

색액도의 대답을 들은 강희는 이번에는 웅사리를 바라보았다.

"어쩐지! 자네가 작성한 명단에 일등, 이등, 삼등 그 어느 자리에도 엄승무의 이름이 없다 싶었어."

그러자 명주가 말을 받았다.

"엄승무는 세상이 알아주는 유명한 유학자이옵니다. 그런데도 일부러 문제를 풀지 않았다는 것은 불경스럽기 짝이 없는 행위라고 해야 하옵니다. 웅사리가 그를 등수에 넣지 않은 것은 당연한 처사라고 생각하옵니다."

강희가 명주의 말을 듣고는 차 한 모금을 마셨다. 그러더니 답안지 하나를 꺼내 들고 말했다.

"짐이 답안지를 쭉 훑어봤어. 자타가 인정하는 소위 내로라하는 유학자라는 사람들이 시를 이 정도밖에 쓰지 못하는가. 글자가 틀린 답안지는 또 왜 이렇게 많아. 정말 실망스럽군! 당대의 홍유들이 시의 기본조차 모르는 것 같아. 그럴 리가 없을 텐데 말이야. 짐이 보기에는 그 실력을 충분히 인정받은 석유들일수록 더 한심하게 마구 갈겨 놓았더군! 이대로 합격자를 뽑는다면 당연히 뛰어난 인재들은 전부 그물을 빠져나가게 될 거야. 반면 어중간한 부류들만 남을 게 틀림없어. 그들은 장난을 치지 않고 열심히 적었을 테니까 말이야. 짐이 답안지만 가지고 당락 여부를 결정한다면 사정을 모르는 사람들은 짐이 무식해서 알맹이를 버렸다고 수군댈 것이 아닌가? 이 사람들은 어찌됐든 참 고약한 발상을 한 것이 틀림없어."

강희는 충격을 받은 듯했다. 잠시 이마를 감싸 쥔 채 생각하더니 기운 없는 목소리로 말을 이었다.

"아무리 생각해봐도 한 차례의 시험만 가지고는 이들을 완전히 내 사람으로 만들 수가 없을 것 같군!"

명주가 화가 나서 욕설을 내뱉었다.

"버림받은 개새끼를 불쌍하게 여겨 품어줬더니, 대소변을 마구 싸버리는 격이 아닌가 싶사옵니다! 관보官報를 통해 각 성으로 이것들의 답안지를 보내 얼굴을 쳐들고 다니지 못하게 공개해 버려야 할 것 같사옵니다!"

색액도 역시 명주의 주장에 맞장구를 쳤다. 하지만 웅사리는 한숨을 쉬면서 속으로 달리 생각하고 있었다.

'정말 그렇게 한다면 떠들썩하게 나라를 후끈 달구고 기대를 모았던 박학홍유과는 뛰어난 인재는 없고 중하中下 일색의 인재들만 몰려든 잔치였다고 자랑하는 꼴이 될 것 아닌가!'

고사기 역시 말없이 침묵을 지켰다. 그러자 강희가 물었다.

"고사기, 자네 생각은 어떤가?"

"모든 것을 떠나서 전부 합격시키자던 당초의 계획을 번복하지 말았으면 하는 게 소인의 생각이옵니다. 처음부터 한사코 드러누운 채 오지 않겠다는 것을 우격다짐으로 끌고 와 시험을 보도록 강요한 것이 아니옵니까? 그러니 당사자 입장에서는 시를 쓰고 싶은 기분이 생겼을 리가 만무하옵니다. 그렇다고 모두 탈락시키면 박학홍유과를 치르지 않은 것과 다름이 없지 않겠사옵니까? 그러면 이걸 준비하느라 쏟은 심혈이 모두 헛수고가 되고 말 것이옵니다. 물론 설사 이들을 고향으로 돌려보내도 공공연히 폐하를 욕하고 다니지는 못할 것이옵니다. 그러나 폐하께서 인재도 제대로 못 알아본다는 어처구니없는 오명을 쓰게 되는 것은 피할 수 없게 되옵니다. 그러므로 다른 시험의 응시생들과는 구분해 처리했으면 하옵니다. 시험에 응한 태도가 좋고 나쁜 것을 떠나 전부 합격시키는 것이 바람직하옵니다. 또 등수에 오르지 못했을지라도 관직에 앉히는 것이옵니다. 관직이 싫다고 해도 일단 주고 바로 휴식에 들어가 게 하는 것으로……."

고사기가 눈을 가늘게 찌푸린 채 아뢰었다. 강희가 그러면 그렇지 하는 식으로 흐뭇하게 고사기의 말을 듣고 나서는 얼굴에 미소를 지었다.

"좋은 생각이기는 해. 그러나 그렇게 하면 자기네들끼리는 우리의 속 내를 모르고 짐을 한바탕 비웃을 것이 아닌가? 빤한 오류투성이를 발 견하지도 못했다고 비웃으면서 말이야. 하기는 그런 데까지 신경 쓸 필 요는 없겠지!"

고사기가 강희의 말에 즉시 의견을 피력했다.

"천만의 말씀이옵니다! 잘못된 부분을 짚어내고 평가의 말을 달아준 답안지를 본인들에게 보여주면 되옵니다. 생각이 있는 사람들이라면 탄 복을 할 것이 아니겠사옵니까?"

"좋아, 그렇게 하지! 짐은 선비를 존중하는 군주가 되겠네!"

강희가 결단을 내린 듯 책상을 내리치면서 말했다. 고사기가 다시 강 희의 말을 받았다.

"권세를 좇으면 나라가 쇠하고, 선비를 좇으면 세상이 흥한다! 이런 말 이 있사옵니다. 폐하께서 이렇듯 훌륭한 생각을 품고 계시니 천하 신민 들의 복이 아닌가 싶사옵니다!"

고사기의 찬탄의 말에 강희가 기분 좋게 껄껄 웃었다.

"그러면 이렇게 결정이 난 것으로 하겠네! 고사기 자네는 다시 한 번 답안지를 훑어보고 잘못된 부분은 손톱으로 표시를 해놓게. 또 잘 된 부분은 주필朱筆로 확연하게 구분이 가도록 동그라미를 그려두게. 명령 을 전하라! 고사기를 박학홍유과 시험의 일등 합격자 명단에 추가한 다!"

15장
객이객몽고 토사도 칸의 딸

고사기의 해결 방법은 정말 대단했다. 강희는 말할 것도 없고 평소에 그가 너무 거칠고 경박하다면서 핀잔을 주던 웅사리도 눈을 비비고 다시 볼 정도였다. 웅사리가 말했다.

"폐하께서 고사기의 제안을 받아들이셨으니 소인이 내일 중으로 전체 홍유들을 문화전으로 부르겠사옵니다. 또 등수도 발표하겠사옵니다. 이어 알려줄 것은 알려줘서 건청궁에서 폐하를 뵙도록 하겠사옵니다!"

좌중의 군신들은 박학홍유과에 응시한 선비들에 대한 처리 문제가 결론이 나자 바로 화제를 바꿨다. 운남성과 귀주성의 군사 문제에 대해서도 이런저런 얘기를 나누기 시작했다. 강희는 기분이 좋은지 피곤한 줄도 모르고 입을 열었다.

"오세번이 자살을 했다는군. 내가 그 소식을 듣자마자 그자의 머리를 잘라 북경으로 가져오라고 명을 내렸어. 그런데 날씨가 너무 더워 오는 길에 썩지 않을까 걱정이 되네. 정말 아깝군그래!"

강희의 말에 좌중의 사람들은 약속이나 한 듯 웃음을 터뜨렸다. 하지만 웅사리만은 늘 그렇듯 다른 사람들과는 달리 정색을 하고 이맛살을 찌푸렸다.

"조정에서 이미 수복한 땅에는 관리를 파견해 잘 돌보는 것이 시급하옵니다. 그곳은 병란이 일어났던 땅이기 때문에 풀 한 포기 살아남지 않은 벌거벗은 민둥산이라고 해야 하옵니다. 굶주린 백성들이 악에 받쳐 무슨 일을 저지를지 모르옵니다. 때문에 지방관 없이 우왕좌왕하게 해서는 아니 되옵니다. 특히 일부 몰지각한 병사들의 약탈과 만행이 이어지게 해서는 절대 아니 되옵니다!"

"그거야 당연하지."

강희가 웅사리의 말에 기본적으로 찬성한다는 입장을 밝혔다. 그런 다음 명주를 보면서 말했다.

"이부에 전해서 가능한 한 빨리 정직하고 일 잘하는 주현州縣의 관리들을 뽑아 운귀로 보내게. 짐한테 보고 올릴 것도 없이 바로 지부知府 등의 자리에 앉히라고. 특히 현관縣官은 이번 북위에 참가한 진사들 중에서 선발하게. 또 지금 당장 관찰사 한 명을 뽑아 병부와 이부의 감합勘合(청나라 시대에 관리가 소지하는 신분증명서)을 교부하도록 하게. 운귀의 군대와 백성들의 상황이 어떤지를 살피게 하라는 거야. 나쁜 도둑무리들은 그 자리에서 처단해도 된다고 하게!"

"지금 당장 처리하라는 말씀이옵니까?"

명주가 느닷없는 강희의 명령에 어안이 벙벙한 표정으로 물었다.

"그래, 지금 당장 하라고! 이런 일은 생각났을 때 바로바로 처리해버려야 하는 거야. 걸서가 복건성에서 군사 작전을 하면서 남겨 놓은 민정民政이 얼마나 골치 아픈지 모른다고. 요계성姚啓聖이 직접 부하들을 거느리고 도둑떼를 물리치고 백성들도 보호해주고 했잖아. 이런 전철을 두 번 다시 밟지 않도록 하기 위해서는 운귀 쪽에서만큼은 침착하게 일처리를 해야 해. 이것은 자네 이부에서 알아서 해야 할 일이잖아!"

강희가 흥분한 듯 눈빛을 반짝거렸다. 명주는 그러나 숨 돌릴 틈조차 주지 않고 닦달을 하는 강희 앞에서 얼른 묘안이 떠오르지가 않았다. 쉽지 않다는 표정으로 이맛살을 찌푸리면서 골똘히 생각에 잠겼다. 물론 그의 수하에 적임자가 없는 것은 아니었다. 3품 이상 관리들 중에서 찾으려면 당장 열몇 명은 가볍게 추천할 수 있었다. 하지만 관찰사로 선발해 변경으로 보낼 관리는 4품관이 돼야 했다. 당연히 5품이나 6품들 중에서 찾아야 했다. 문제는 명주가 그 정도의 하급 관리들에 대해서는 잘 모른다는 사실이었다. 평소에 대충 어느 부서의 사람이라는 것 정도밖에 모르고 지냈던 그로서는 그게 당연했다.

그는 당장 떠오르는 이름이 하나도 없자 머리를 쥐어뜯었다. 그렇게 고민하던 중 갑자기 서구임이라는 이름 석 자가 번개처럼 뇌리를 스치고 지나갔다. 그러나 편안한 표정으로 앉아있는 고사기를 보는 순간 잠깐 잊고 있었던 그 일이 다시 떠올랐다. 그는 약이 올랐다. 되도록이면서 아무개를 천거하지 않으려고 다시 한 번 굳게 마음을 다졌다. 그러나 아무리 머릿속을 휘저어도 서구임 외에는 떠오르는 인물이 없었다. 그는 그 사실에 잠시 절망감을 느꼈다. 그는 강희의 시선이 두 번째로 자신을 향했을 때 어쩔 수 없이 마른침을 삼키면서 머리를 끄덕였다.

"북경에서 대기 중인 오품관은 삼십여 명이 있사옵니다. 하지만 하나같이 병이 들거나 노환을 앓고 있사옵니다. 그렇지 않은 경우도 이정吏情에 밝지 않사옵니다. 아무리 생각해 봐도 가장 적임자에 근접한 이는 서구임이라고……."

명주는 자신이 알고 있는 서구임의 약력을 거의 줄줄 외우다시피 하면서 강희에게 들려줬다. 그리고는 끝에 한마디를 덧붙였다.

"솔직히 이 사람에 대해 소인도 잘 모르기는 하옵니다. 그러나 고사기가 천거한 인재이옵니다. 틀림이 없을 것으로 생각하옵니다."

고사기는 서구임을 모를 까닭이 없었다. 아니 모든 것이 자신의 뜻대로 돼 가는 광경을 흐뭇하게 지켜볼 정도로 그에 대해 잘 알고 있었다. 고사기가 자신에게 화제의 중심이 넘어오자 황급히 입을 열었다.

"명주 대인의 댁에서 알게 됐사옵니다. 만나서 얘기를 나누다 우리가 서로 친척 사이라는 사실을 알게 됐사옵니다."

"자네는 전당 사람이잖아. 반면 서구임은 아성阿城 사람이라고 했고. 그런데 어떻게 친척이 될 수 있는가?"

강희가 여전히 날아갈 듯한 표정으로 물었다. 고사기의 말을 들으면 들을수록 기분이 좋은 모양이었다. 사실 그는 고사기를 처음 만난 날부터 그에게 반했다. 당연히 이유가 있었다. 무엇보다 남다른 풍류와 재치가 돋보이는 것이 너무나도 보기 좋았다. 또 우울하고 적적한 날에는 반드시 필요한 사람이라는 생각도 한몫을 했다. 실제로 고사기는 강희의 생각처럼 뛰어난 능력이 있었다. 바람을 마주하면서 시 한 수 읊어주는 정도의 능력은 기본이었다. 달밤에 술잔을 기울인 채 한바탕 웃음거리를 만들어주는 것 역시 말할 필요가 없었다. 그럴 때면 속이 시원하게 웃어젖힐 수가 있었다. 하지만 고사기의 진가는 그 정도에서 그치지 않았다. 강희는 그 사실이 놀랍고도 즐거웠다. 일찍이 자신을 일깨워줬던 스승이었던 오차우와 비교하자면 그에게는 멋스러움과 풍류가 있었다. 반면 외골수로 빠지는 아집은 없었다. 명주와 비교할 경우 약삭빠름과 지혜는 있으나 범속함은 없었다. 웅사리와 비교해도 정직함과 시원하고 소탈함은 있으나 흐리멍덩함은 전혀 가지고 있지 않았다. 그러나 그는 찢어지게 가난하고 어디 비빌 언덕 하나 없는 사람이었다. 강희는 적어도 그렇게 들었다. 그런데 그런 고사기가 북경에 관리로 일하는 친척이 있다니!

"친척은 친척인데 조금 머웁니다. 아직 시집을 오지 않은 소인 마누라의 육촌 남동생의 오촌 조카이옵니다."

고사기가 태연하게 농담을 했다. 강희는 순간 고사기에게 놀림을 당했다고 생각하고는 너털웃음을 지었다. 그러면서 그에게 손가락질을 했다.

"오냐, 오냐 했더니 갈수록 버르장머리가 없어지는군! 조정의 심장부에서 말장난을 하지를 않나……. 그런데 자네의 마누라는 도대체 어느 집 규수인가? 짐이 결혼을 주재할 테니 말해보게!"

강희가 밉지 않다는 어조로 살짝 고사기를 질책한 다음 그의 결혼에 관심을 가졌다. 고사기가 그답지 않게 얼굴을 붉히면서 대답했다.

"폐하께서 제 결혼을 주재하시겠다니, 조상 대대로 덕을 쌓은 덕분에 찾아온 가문의 영광이 아닌가 생각하옵니다. 그 여자는 명문가의 규수는 아니옵니다. 그저 풍대에 있는 꽃집의 딸일 뿐이옵니다. 그러나 그 집에서는 조상 덕에 소인이 하늘에서 내려주는 눈을 가졌다면서 오히려 더 좋아하고 있사옵니다. 태황태후마마께서 만수萬壽를 누리고 계신다고 했더니, 이번에 직접 선물을 챙겨 주었사옵니다."

좌중의 사람들은 명주만 빼고 모두들 하나같이 깜짝 놀랐다. 어느 누구도 고사기가 꽃집의 딸을 정실로 맞아들일 것이라고 예상하지 못한 모양이었다. 그러나 강희는 전혀 놀라지 않았다.

"옛말에 '부유해지면 조강지처를 버리고, 존귀해지면 친구를 버린다'라는 말이 있지. 그런 일이 심심찮게 발생하는 것이 요즘 세상이야. 그런데 자네는 처음 먹은 마음 변치 않고 여전히 사랑하고 있는 것 같군. 그렇게 할 수 있다는 것이 얼마나 대단한 거야! 사람은 누구나 빈천할 때 같이 고생했던 친구를 잊지 말아야 한다고. 쌀겨를 같이 나눠 먹었던 조강지처를 버려서는 절대로 안 되지. 짐은 자네에게 높은 점수를 주고 싶군!"

강희의 칭찬에 웅사리도 머리를 끄덕였다. 얼굴에는 옅은 미소도 슬쩍 스치고 지나갔다.

사실 명주의 장화 속에는 어사인 여국주余國柱가 고사기를 탄핵하는 내용의 상주문이 들어 있었다. 내용은 크게 틀린 것이 아니었다. 역관에 들어 방값을 내지 않은 것과 부녀자를 간음한 내용은 분명 그랬다. 게다가 정혼까지 한 방란을 자신에게 시집을 오도록 계략을 꾸몄다는 내용도 어느 정도 사실에 부합했다. 명주는 원래 적당한 기회를 노려 그 상주문을 강희에게 보여주려고 단단히 벼르고 있던 차였다. 하지만 말끝마다 고사기에 대한 흐뭇한 심경을 털어놓는 강희를 보면서 그럴 용기를 완전히 상실하고 말았다. 그때 강희가 고사기에게 물었다.

"자네 처가에서 보냈다는 선물이 뭔가? 짐에게 보여주게."

고사기는 예비 며느리를 빼앗긴 호씨 집안에서 순천부에 자신을 고소했다는 소문을 익히 들어 알고 있었다. 행여나 어사들을 통해 강희의 귀에 들어가지 않았을까 하고 내심 걱정도 했다. 그러나 강희의 말을 듣는 순간 걱정할 필요가 없다는 사실을 분명히 알았다. 그는 모든 고민이 한꺼번에 훌훌 날아가는 홀가분함을 느꼈다.

"예, 폐하!"

고사기가 대답과 함께 머리를 조아리고는 밖으로 나갔다. 그런 다음 바로 화분을 안고 다시 들어왔다. 그가 곧 조심스레 화분에 씌워져 있던 비단 천을 풀었다. 세 줄의 철사로 꽁꽁 묶은 화분이었다. 화분은 기름칠을 수도 없이 한 듯 호박처럼 투명하게 빛나고 있었다. 늘씬한 꽃잎들은 상태가 더 좋았다. 푸른 물을 한껏 머금은 듯 살이 통통하게 오른 채 싱싱하게 사방으로 뻗어 있었다. 고사기는 화분을 잘 내려놓은 다음 정색을 한 채 강희에게 말했다.

"태황태후마마의 만수무강을 비는 잔치에 즈음해 폐하의 희기喜氣를 빌어 이 꽃을 삼가 올립니다!"

고사기는 그러면서 선물이 그냥 보기에는 길가에서 흔히 볼 수 있는 풀처럼 보인다는 겸양을 잃지 않았다. 좌중의 사람들은 그의 말에 너나 할 것 없이 깜짝 놀랐다. 그들의 선물과는 너무 차이가 났기 때문이었다. 늘 조금씩 짜게 논 탓에 인색하기로는 둘째가라면 서러울 정도가 된 웅사리조차 동향광董香光의 서예 작품과 부채 등 약 200냥어치의 선물을 해왔으니까 말이다. 명주 역시 색다른 선물을 바치느라 신경을 상당히 쓴 듯했다. 금으로 만든 복숭아 100개를 가져왔다. 색액도라고 질 수는 없는 일이었다. 거의 백은白銀 1만 냥을 호가하는 선물을 준비했다. 그런데 이제는 그다지 궁하지도 않을 법한 고사기가 어디에서 풀 한 포기를 가져다 선물이라고 내놓다니! 좌중의 사람들은 분명히 그렇게 생각하는 것 같았다. 그러나 강희는 여러 사람의 비아냥거리는 듯한 시선은 아랑곳하지 않은 채 화분을 유심히 들여다보면서 물었다.

"이름이 뭔가?"

고사기가 큰 소리로 대답했다.

"만년청萬年靑이라고 하옵니다, 폐하! 소인은 금옥주패金玉珠佩가 없기에 이 상서로운 풀로 우리 대청제국의 만년, 만만년의 건강과 장수를 아울러 기원하는 바이옵니다!"

"아, 이게 만년청이로군!"

강희가 고사기의 대답을 듣자마자 자리에서 벌떡 일어섰다. 그런 다음 뒷짐을 지고 가까이 다가가서 화분을 들여다봤다. 이내 자못 즐거운 표정으로 입을 열었다.

"자네는 역시 남다른 데가 있어. 마음에 쏙 든단 말이야!"

강희는 기분이 좋은 모양이었다. 웅사리도 따라서 즐거워하면서 앞으로 다가와 만년청을 바라봤다. 그의 입에서 곧 찬탄을 금치 못하는 말이 튀어나왔다.

"정말 볼수록 가슴이 시원해집니다! 좋은 이름을 하나 붙여줘야 할 텐데……. 황실에 올리는 선물이라면 '천광만년청'天光萬年靑이라고 부르는 것이 어떻겠사옵니까?"

색액도는 혀를 내둘렀다. 작은 선물이라도 제법 멋스럽게 포장해 내는 고사기의 능수능란한 수법에 두 손 두 발 다 들어버린 것이다. 그는 이번만큼은 한바탕 돈을 들여 얼굴 한번 내밀어 보자고 단단히 벼르던 차였다. 그러나 예기치 않게도 고사기가 완전 독주를 했다. 그로서는 대단히 유감스러운 일이었다. 하지만 불행 중 다행히도 명주도 같은 신세가 되었기에 그나마 일말의 위안을 얻을 수 있었다. 그는 웅사리가 꽃에 이름을 지어주자고 제안하자 바로 흥미를 느끼면서 대화에 끼어들었다.

"천광이라는 두 글자만으로는 어쩐지 조금 부족한 느낌이 드는군요. 제 생각에는 건곤만년청乾坤萬年靑이라고 부르는 것이 어떨까 싶사옵니다!"

"그것도 시원치는 않사옵니다. 천지인天地人을 삼재三才라고 부르니까 삼재만년청三才萬年靑이 좋지 않겠사옵니까?"

명주가 한참 머리를 쥐어짜는가 싶더니 이마를 툭 치면서 말했다. 강희는 여러 신하들이 신이 나서 얘기꽃을 피우는 모습이 보기에 좋았던지 흐뭇해 하면서 멋진 이름 하나를 구상하기 위해 골똘히 생각에 잠겼다. 그때 고사기가 다시 입을 열었다.

"여러분들께서 머리 아파하실 것은 없을 것 같습니다. 제 처가 될 사람이 이름을 대충 붙여 놓았습니다. 처음 들으면 촌스럽고 무식해보이지 않는 것은 아니나 듣기에는 나름 괜찮기도 합니다. 지금 폐하께 말

쓸드리고자 하옵니다. 그 사람은 철고일통만년청鐵箍一桶萬年靑이라고 했사옵니다!"

고사기의 말에 가장 먼저 반응을 보인 사람은 웅사리였다. 흥분을 감추지 못하고 손뼉을 쳤다.

"야, 정말 대단한 재주꾼들이네요! 철고일통만년청鐵箍一統萬年淸이라니……. 음, 아무리 생각해 봐도 대단히 훌륭한 이름이네요!"

고사기의 부인이 될 방란이 이름을 붙인 '통'桶과 웅사리가 나름대로 알아들은 '통'統은 발음이 같았다. 물론 학문의 깊이가 대단한 그가 두 글자를 구분하지 못할 리는 없었다. 그저 '청'淸나라가 전 대륙을 통일해 영원히 이름을 빛낼 것이라는 식으로 해석을 하고 싶었던 것이다. 일종의 아부였다.

그러나 강희는 웅사리의 아부의 말에도 웃지 않았다. 그냥 말없이 다가가 두 팔을 벌려 화분을 감싸 안은 채 잎사귀에 머리를 묻고는 은은한 청향淸香을 맡았다. 그는 그 상태로 오랫동안 가만히 있었다. 한참 지난 후에야 강희가 만년청을 들어 자신의 책상에 올려 놓았다. 답례로 뭔가를 주고 싶었으나 마땅한 것이 떠오르지 않았다. 그러다 책상 위에서 매화 그림과 옥 여의를 하나씩 들어 고사기에게 주었다.

"그림은 자네에게 주는 거야. 여의는 자네 미래의 처한테 주는 것이고."

강희가 그런 다음 고개를 돌려 크게 외쳤다.

"내무부에 전하라! 일통만년청一統萬年淸을 이제부터는 해마다 대내로 공진貢進하는 것을 정례화 한다!"

그렇게 명한 강희는 자리로 돌아오고 나서도 계속 감개무량한 표정을 지었다.

"'일통'이라는 두 글자가 이 시기에 절묘하게 들어맞았어! 진시황秦始

皇이 육국六國을 통일했기 때문에 한漢나라가 번영을 누릴 수 있었지. 나라가 통일되니까 백성들이 즐겁게 일을 하고 편안하게 살 수도 있었고. 모든 분야가 생기를 되찾은 것은 더 말할 것이 없었지. 그 때문에 장형張衡이 지구의地球儀를 만들 수 있었다고. 또 채륜蔡倫이 종이를 발명하는 것도 가능했지. 한마디로 일통이 결과적으로 세계적인 문명을 낳았잖아. 물론 위진魏晉 시기에 팔왕八王의 난이 일어났을 때는 또 천하가 뒤죽박죽이 되기는 했어. 하지만 그것도 나중에 당唐나라가 통일을 이룩해서 또다시 활력을 되찾게 만들었어. 그러다 오대五代의 난을 맞으면서 백성들의 삶은 다시 황폐해졌지. 처참한 방랑의 세월도 이어졌고. 역사적으로 죽 훑어보면 결론은 하나야. 나라가 부강하고 백성들이 부유해지려면 일통이 돼야 한다는 것이지! 바로 이거야! 짐은 여덟 살에 즉위한 후 열다섯 살에 오배를 사로잡았어. 열아홉 살에는 철번을 결정했지. 당시 의견도 분분했어. 반대세력은 더 만만치 않았고. 나라꼴이 그처럼 울상을 지을 수밖에 없었던 이유는 할거분자들이 코앞에서 설쳤기 때문이었어. 세상에 살인마가 아닌 이상 피를 보는 것을 좋아할 사람이 어디 있겠는가? 짐이라고 편안한 것이 싫어서 괜히 떠들고 일어났겠어? 자네들은 모두 짐의 팔다리와 다름없는 대신들인 만큼 짐과 보조를 같이 해야 해. 생사고락을 함께 할 수 있는 자세를 가져야 하는 것은 두 말할 나위가 없지. 우리는 합심해서 당나라 때의 정관貞觀의 치세와 같은 역사에 길이 남을 강희의 치세 시대를 열어야 해. 천하의 백성들과 후세의 청사靑史는 자네들을 결코 잊지 않을 거네! 항상 일통대업을 위해 노력하는 여러분이 되기를 바라는 마음이네!"

강희는 솔직하게 가슴에서 우러나는 말을 토해냈다. 있는 그대로를 남김없이 털어놓은 것이다. 그래서일까, 흥분한 듯 얼굴이 약간 붉어졌다. 아무려나 여러 대신들은 일제히 무릎을 꿇으면서 우렁차게 대답했다.

"황제 폐하 만세!"

웅사리와 명주, 색액도 등이 고사기와 함께 양심전에서 물러나왔을 때는 이미 오후 다섯 시가 다 된 시각이었다. 그들은 서화문을 나올 때까지 조금 전 강희가 했던 말을 곰곰이 되새기고 있었다. 누구 하나 먼저 입을 열 생각을 하지 않았다. 얼마 후 어둠이 깃들기 시작했다. 하루 종일 피곤하게 일하고 집에 돌아가는 새들의 지저귐이 자금성 밖의 민가 굴뚝에서 모락모락 피어오르는 연기 속에 녹아들었다. 그 모습은 저녁 짓는 연기와 더불어 세상을 더없이 평온하게 느껴지게 만들었다. 그때였다. 명주의 눈에 익숙한 누군가의 모습이 들어왔다. 서화문 북쪽에서 여국주처럼 보이는 사내가 서성거리고 있었던 것이다. 명주는 사내가 탄핵안에 대한 소식을 기다리는 여국주라는 확신이 생기자 가벼운 한숨을 내쉬면서 멀리서 그를 불렀다.

"거기 그쪽은 여국주가 아닌가? 누굴 기다리는 거요?"

"색 대인을 기다리고 있습니다."

사내는 마흔 살 가량의 나이에 네모난 얼굴을 하고 있었다. 가슴팍에는 털이 더부룩하게 나 있었다. 첫눈에 봐도 건장해보였다. 그러나 체구에 걸맞지 않게 뾰족하고 앙증맞은 엉덩이는 어딘가 조금 우스꽝스럽게 보였다. 그가 명주와 고사기가 함께 나오는 것을 보고는 무슨 영문인지 모른 채 황급히 말했다.

"강남 순무 장백년張伯年과 그 아버지가 북경에 압송돼 온 지도 달포가 지났습니다. 지금 형부의 옥신묘獄神廟에 갇혀 있다고 합니다. 게다가 그 노인네는 병이 들어 골골하고 있습니다. 그게 안타까워서 색 대인에게 보석 신청을 한번 부탁하려던 참이었습니다."

여국주는 엉뚱한 얘기를 그럴싸하게 꾸며댔다. 명주는 그런 그의 모습에 웃음이 터져 나왔다. 그가 색액도를 힐끗 쳐다보면서 말했다.

"장백년의 사건은 아직 완결되지 않았어요. 폐하께서 어떻게 처리를 하실지는 누구도 몰라요! 색 대인의 생각은 어떠십니까?"

"내가 보기에는 이번 일은 갈례가 만주족이라는 사실을 내세워 무리하게 한족관리를 괴롭힌 것이 아닌가 싶어요. 물론 장백년 자신도 꼬투리 잡힐 일을 하기는 했겠죠. 그러나 병이 났으면 의원을 옥신묘로 부르면 되지 않습니까. 뭐가 어려울 것이 있겠어요!"

색액도가 별것 아니라는 투로 대답한 다음 다시 웅사리를 쳐다보며 말을 이었다.

"동원, 이 시간에 집에 가도 멀뚱멀뚱 심심할 것 같으니까 아예 이 기회에 우리 명 대인과 같이 고사기의 집으로 쳐들어가 보는 것이 어떻겠소이까? 새로 하사받은 저택이 여기 어디 가까운 데 있다고 들었어요. 가마를 타고 갈 것도 없을 것 같네요."

웅사리가 머리를 끄덕였다. 그러자 명주가 여국주에게 말했다.

"자네도 같이 가지. 고사기가 오늘 이래저래 기분 좋은 날이야. 한턱 우려먹고 오자고!"

다섯 사람은 저마다 다른 생각을 품고 웃고 떠들면서 고사기의 집으로 향했다. 그들이 채가蔡家 골목까지 왔을 때는 이미 날이 어두워져 있었다. 길가 저쪽에서는 웬 개가 뼈다귀를 열심히 핥고 있었다. 그러나 인기척이 들려오자 꼬리를 빳빳하게 쳐들고는 걸음아 날 살려라 하고 도망을 쳤다. 명주가 그 모습을 보고는 흠칫 놀라 뒤로 물러섰다. 이어 고사기의 옷자락을 움켜쥐고 물었다.

"시랑시구是狼是狗(늑대냐? 개냐?)?"

명주가 조금 전 봤던 개를 늑대라고 생각할 리는 없었다. 그럼에도 그가 그렇게 물은 것은 다 이유가 있었다. 시랑是狼은 시랑侍郎과 발음이 같다. 듣기에 따라서는 시랑시구侍郎是狗로 들을 수도 있었다. 이를테면 시랑은 개라는 뜻이었다. 시랑이 된 지 얼마 안 된 고사기에게 하는 욕이 분명했다. 색액도를 비롯한 다른 사람들도 명주의 생각을 모르지 않았다. 고사기는 더 말할 필요가 없었다. 하지만 그는 담담하게 웃으면서 대답했다.

"개 아닙니까?"

색액도가 물었다.

"어떻게 알 수 있소?"

"늑대와 개는 다른 점이 두 가지가 있습니다. 일단 꼬리만 보면 알 수가 있습니다. 꼬리가 축 드리워진 녀석은 늑대입니다. 하지만 상수上竪(위로 올라갔다는 뜻. 상서尙書와 발음이 같음)가 된 녀석은 개입니다. 먹는 것을 봐도 아는 수가 있습니다. 늑대는 고기만 먹지만 개는 고기를 보면 고기를 먹고 우시遇屎(똥을 발견한다는 의미. 어사御史와 발음이 같음)하게 되면 똥을 먹기도 하죠."

고사기가 아무런 표정 변화도 없이 여유 있게 대답했다. 그러나 그가 입에 올린 말이 뜻하는 바는 아주 고약했다. 명주와 색액도, 웅사리는 상서였고, 여국주가 어사였으니 말이다. 한마디로 고사기는 그들을 한데 줄줄이 꿴 채 욕사발을 퍼부은 것이다. 모두들 당하면 가만히 있지 않는 고사기의 성질을 모르지 않았다. 결국 화를 내기는커녕 껄껄 웃어넘기고 말았다. 물론 뒤따르고 있던 여국주는 나름 켕기는 구석이 있는 터라 눈썹을 슬그머니 한가운데로 모으면서 속으로 이를 갈았다.

이 무렵 근보와 진황 일행은 북경에 갔다 황량몽진으로 돌아와 있었다. 한류씨는 기다렸다는 듯 자신의 집 마당에서 잔치를 크게 열어 둘을 환영했다. 근보가 데려온 수십 명의 친병들 역시 대단한 환대를 받

았다. 장소가 비좁아 음식상을 들고 포도밭 아래로 가기는 했으나 질펀
하게 마셔대는 데는 별로 부족함이 없었다. 한류씨는 고사기와 진황이
떠나간 다음 아수를 살살 꼬드겨서 겨우 몽고의 혼인풍속에 대해 알아
낼 수 있었다. 그러나 아수의 고향 몽고 초원에는 혼인풍속과 예의범절
이 거의 없다고 해도 좋았다. 처녀가 나이를 먹으면 스스로 시집을 갈
상대를 구하고 시댁 어른을 찾아뵙는 것 정도가 그나마 새롭고 신기한
풍속이라고 할 수 있을 정도였다. 때문에 아수에게 "부모의 명령에 따르
고, 중매쟁이의 말을 듣는다"는 중원의 혼인풍속은 우습게 느껴질 수밖
에 없었다. 당연히 한류씨는 몽고의 방식이 중원에서는 절대 용납될 수
없다는 사실을 아수에게 귀띔해 주었다. 그녀는 또 진황이 떠나간 이후
에 마치 혼이 나간 사람처럼 안절부절못하는 아수를 가까이에서 안쓰
럽게 지켜본 터라 다시 한 번 혼사에 대해 얘기를 꺼내보기로 단단히
마음을 먹었다. 게다가 이번 기회를 놓치면 자신도 크게 후회할 것 같
다는 생각이 들었다.

"진 선생! 늙은이가 주책인 것 같지만 한 가지만 묻고 싶소."

한류씨가 근보와 봉지인이 다른 데 신경을 쓰고 있는 틈을 이용해 진
황에게 다가가서는 살그머니 물었다. 진황이 젓가락을 내려놓더니 웃으
면서 말했다.

"고사기와 저는 친한 친구 사이입니다. 아수도 여기에서 신세를 지고
있고요. 때문에 저는 꼭 제 친어머니 같다는 느낌이 들어요. 그런데 왜
괜히 서먹해지게 진 선생이라고 부르십니까? 그러지 마십시오. 또 하실
말씀이라는 것은 무엇입니까?"

"그렇다면 좋아. 그렇게 하지. 아수와는 어떻게 안 되겠나? 자네가 떠
난 이후 아이가 완전히 넋이 나간 것처럼 안절부절못하는 것이 보기에
너무 딱해서 말이야. 자네, 정말 장가간 것이 맞는가?"

한류씨가 눈을 껌벅거리면서 물었다. 진황은 아수가 여전히 자신을 못 잊어 고통스러워한다는 한류씨의 말에 마음이 아팠다. 자신을 뚫어지게 쳐다보는 그녀의 모습에서는 진실을 강요하는 것 같은 느낌도 받았다. 그가 한참 고민 끝에 한숨을 내쉬면서 입을 열었다.

"솔직히 장가는 가지 않았습니다. 그러나 어머님도 아시다시피 아수는 저하고 신분이 다르지 않습니까? 아수하고 결혼한다는 것 자체가 국법에 어긋나는 행위입니다. 더구나 그렇게 결혼을 하면 사내대장부로서 큰 포부를 지니고 하도河道에 목숨을 건다는 것이 우스워지지 않겠습니까? 법도 안 지키는 놈이 무슨 나라를 위해 일을 하느냐고 사람들이 수군거릴 거라고요. 죄송하지만 아수에게 전해 주세요. 아수하고 영원히 좋은 친구로 남고 싶다고요. 다음 생애에도 인연이 닿는다면 같이 살자고 해 주십시오."

진황도 안타까운 모양이었다. 어느새 눈시울이 붉어져 있었다. 그 역시 마음이 아픈 것이 분명했다.

반면 근보와 봉지인은 달랐다. 기분이 몹시 좋은 상태였다. 술도 어지간히 마신 탓에 취기가 본격적으로 오르고 있었다. 이유는 간단했다. 북경에 가서 봤던 모든 일들이 예상 외로 술술 잘 풀렸던 것이다. 게다가 색액도와 명주도 그들의 꼬투리를 잡고 괴롭히지 않았다. 오히려 그들을 가까이 하려고 안간힘을 쏟기까지 했다. 그 뿐만이 아니었다. 우연이기는 했으나 치수에 능한 인재인 진황을 참모로 끌어들여 같이 일을 할 수 있게 된 것도 그들을 기분 좋게 만들었다. 두 사람 모두 북경에 가 있는 동안 몸무게가 조금씩 불어난 것에는 다 이유가 있었다. 근보가 진황을 붙잡고 소곤거리면서 얘기를 나누고 있는 한류씨에게 말했다.

"무슨 비밀이 그렇게 많습니까? 질투가 나 죽겠네요! 어머님, 길에서 들으니까 어머님은 두건을 두르지 않은 대장부라고 하던데, 진 선생한테 도움을 청해야 할 일도 있습니까?"

한류씨는 입이 닳도록 얘기해봐도 결과가 만족스럽지 않던 터였다.

"근보 대인, 무슨 말씀을요! 늙은이가 쑥스럽네요. 여자는 능력이 있어 봤자 아무 소용 없어요. 그런데 이 늙은이가 정말 대인들에게 부탁하고 싶은 일이 있기는 해요……."

"무슨 일인데 그러십니까?"

"내가 스무 살이 된 딸아이를 하나 데리고 있는데 말이에요. 생김새는 그림에 나오는 애들처럼 빼어나지는 않아요. 그러나 괜찮은 아이예요. 대인 같은 봉강대리가 나서서 진 선생과 맺어지도록 중매를 서주는 것이…… 어떨까 싶네요?"

한류씨가 얼굴에 계속 웃음을 띄우면서 말했다. 그러자 근보 역시 기분 좋게 나섰다.

"좋은 일에는 당연히 발 벗고 나서야죠. 진 선생은 도대체 어떤 생각인지요……."

하지만 근보의 말이 끝나기도 전에 진황이 황급히 그의 입을 막아버렸다.

"술이나 마시세요! 이 일은 천천히 생각해 보도록 하고요."

진황의 표정은 예사롭지 않았다. 근보로서는 그런 그의 말을 무시할 수가 없었다. 바로 어색하게 웃으면서 술잔을 들어 단숨에 입 안에 털어넣었다. 그러자 봉지인이 옆에서 한마디 거들었다.

"이것 봐요 진 선생! 형님이 옆에 안 계셔서 함부로 대답할 수 없다는 겁니까? 그러나 선생만 좋다면 형님이 뭐라고 하겠어요? 또 근보 어른도 옆에 계시는데요, 뭘! 선생은 책도 많이 읽었으면서 '미인과 향초를 사랑하지 않는 군자가 어디 있으랴?'라는 말도 못 들어봤습니까? 송광평宋廣平은 굉장히 목석 같은 남자였지만 매화를 보면서 여자를 그리워하는 시를 읊었다고요! 그뿐인 줄 아세요? '세상의 걱정은 남보다 앞서서 걱정하고, 세상의 즐거움은 한 발 물러서서 즐거워한다'라는 말을 남긴 유명한 범문정范文正도 '애끓는 마음에 술 한 잔 녹아드니, 그리움이 눈물을 타고 흐르는구나!'라고 솔직히 자신의 입장을 밝히는 글을《벽운천》碧雲天이라는 작품에 남기지 않았습니까!"

봉지인은 신이 나서 옛 사람들의 이름을 들먹이면서 얘기보따리를 풀어놓았다. 그러다 갑자기 입을 다물었다. 아수가 발을 걷어 올리고 들어와 말없이 서 있는 것을 발견한 것이다.

아수는 옷차림에 신경을 쓴 흔적이 역력했다. 화장도 가볍게 한 것 같았다. 그래서일까, 평소와는 달리 대단히 예뻐 보였다. 좌중의 사람들이 취기몽롱한 눈을 한 채 넋을 잃고 쳐다볼 정도였다. 그러나 진황은 이내 고개를 숙이고 말았다. 그 모습을 지켜보던 아수가 담담한 표정으로 입을 열었다.

"오빠가 여기를 다시 찾아주시니 정말 고맙고 반가워요."

"공주!"

진황이 얼떨결에 아수를 부르면서 자리에서 일어났다. 얼굴에는 어색한 웃음이 사라지지 않고 있었다.

근보와 봉지인은 느닷없는 '공주'라는 말에 깜짝 놀랐다. 순식간에 술이 확 깨고 말았다. 아수가 그렁그렁 눈물이 맺힌 두 눈을 들고는 진황과 근보를 번갈아 바라봤다. 그런 다음 근보를 향해 말했다.

"그렇게 놀라실 것은 없습니다. 제가 바로 객이객몽고 토사도 칸의 딸인 토사도 보일용매예요!"

근보가 아수의 얼굴을 뚫어지게 쳐다봤다. 그 역시 토사도 칸의 비운에 대해서는 익히 들어 알고 있었다. 그러나 그 딸이 이렇게 예상치 못한 엉뚱한 자리에 나타날 것이라는 생각은 전혀 하지 못했다. 더구나 생각도 못한 옷차림과 모습을 하고 있었으니 더욱 그랬다. 그가 잠시 동안 뭔가를 다시 한 번 생각하더니 봉지인에게 방문을 닫으라는 눈짓을 하고는 더듬거리면서 물었다.

"토사도 칸의 공주라고 하셨는데……, 외람되나 무슨 증거라도 있으신지요?"

아수가 잠시 생각을 하더니 앞으로 나섰다. 그러더니 팔목을 걷어 올려 좌중의 사람들에게 보여줬다. 근보가 턱을 내밀고 자세히 살펴봤다. 그것은 다름 아닌 용 모양의 새문璽文(옥새의 글)이었다. 주사朱砂로 팔에 새긴 것이었다. 그러나 근보는 만주어와 몽고어 두 가지로 새겨진 작은 글자들을 한참 들여다 보다 머리를 저었다. 알아보지 못하겠다는 뜻이었다. 그러자 진황이 바로 나섰다. 그는 그나마 몽고어를 조금 알고 있었던 것이다. 아수의 팔에는 과연 그녀가 공주라는 사실을 증명하는 글이 적혀 있었다.

천자의 성명聖命을 받고 객이객을 세수世守(대대로 지켜 내려온다는 의미)하는 토사도 칸

진황이 즉각 근보에게 글의 내용을 번역해줬다. 그러자 아수가 이번에는 안주머니에서 핏자국이 말라붙어 있는 노란 비단 손수건을 꺼내 보여줬다. 거기에는 한자가 깨알같이 적혀 있었다. 객이객 내 세 부족의 난이 일어나게 된 경위와 갈이단에 의해 아수의 가족이 짓밟힌 자초지종, 또 조정에서 천병天兵을 보내 반란을 일으킨 난신들을 소탕해 달라고 청원하는 글들이 구구절절 적혀 있었다. 맨 밑의 주인朱印에는 유독 눈에 띄는 글자도 적혀 있었다.

御賜土謝圖之寶

(황제가 토사도에게 하사한 옥새)

"불경을 저질렀습니다. 용서하십시오! 어머님께서 공주를 모시고 앉아 계십시오. 제가 큰절을 올리겠습니다!"

근보가 창백한 얼굴을 한 채 자리에서 일어나면서 진짜 절을 하려고 했다. 아수는 근보가 너무나도 진지하게 나오자 그예 그동안 참고 있던 눈물을 주르륵 흘렸다. 이어 눈물을 닦을 생각은 하지도 않고 떨리는 목소리로 말했다.

"갈이단이 우리 땅을 빼앗았습니다. 그것도 모자라 우리 백성들을 무자비하게 죽였어요. 그런 다음에는 아예 후안무치하게 조정에 공로를 인정해 달라는 글을 올렸어요. 그런데도 폐하께서는 암묵적인 허락을 하셨어요. 상으로 차茶도 주셨고요! 폐하와 조정은 우리를 잊었어요. 버렸다고요! 공주라는 말은 다시는 꺼내지 말아주세요. 오늘의 저는 진선생에게 구애할 자격조차 없는 사람이에요. 누구든지 발로 툭툭 걷어찰 수 있는 거지라고요. 누구 하나 관심을 보이지 않는 연약한 여자일 뿐이에요……"

16장

신하들과 어울려 시를 짓다

    진황은 마치 바늘에라도 찔린 듯 움찔했다. 얼굴도 하얗게 질렸다. 그가 부랴부랴 상체를 깊숙이 굽히면서 말했다.

"소인이 어찌 감히……."

근보 역시 마찬가지였다.

"공주, 분명히 아셔야 합니다. 소인이 이번에 북경에 갔을 때 폐하께서는 저를 세 번씩이나 불러주셨어요. 그런데 그중 연이어 두 번이나 객이객에 대해 언급하셨죠. 동남쪽이 어지러워 당장은 서북을 손 볼 여력이 없기 때문에 어쩔 수 없이 갈이단과 표면상으로나마 잘 지내는 척한다고 말입니다. 폐하께서는 몇 년 내에 황하를 완전히 길들이고 조운의 길을 정상적으로 개통하려고 하십니다. 우선 소인에게 시급한 식량의 운반에 차질이 없도록 하라고 지시도 하셨어요. 아마 대만을 수복한 다음에는 곧바로 서북쪽으로 쳐들어갈 계획을 갖고 계시지 않나 싶습니다! 준갈이와 몽고의 여러 번藩들은 조선朝鮮이나 남양南洋의 여러 나라들과는 달리 수천 년 동안 우리 중화의 영토였는데, 역신 갈이단이 사사로이 할거하는 것을 용납할 수 있겠습니까?"

"그게…… 사실인가요?"

아수의 목소리가 심하게 떨렸다.

"제가 어찌 감히 망언을 퍼뜨리고 다니겠습니까? 폐하께서는 이미 저에게 서쪽을 정벌하기 위한 전략과 관련한 계획서를 작성해 놓으라고 밀유密諭를 내리셨습니다. 올해 겨울이나 내년 봄쯤이면 폐하께서는 직접 봉천奉天을 순시하실 것입니다. 더불어 막남漠南의 여러 몽고의 왕들을 불러 대사도 논의할 것입니다……."

근보가 천천히 자리에서 일어나 목소리를 낮춰 말하더니, 갑작스레 입을 다물었다. 자신이 군사기밀에 속하는 얘기를 함부로 하고 있다는 것을 그제야 깨달은 것이다. 실제로 강희는 그에게 자신이 한 얘기를 제3자가 알지 못하도록 하라고 신신당부를 한 바 있었다. 하지만 아수가 너무 가여워 위로한답시고 그만 너무 많은 비밀을 누설하고 말았다. 아수는 그런 사실을 아는지 모르는지 눈물을 머금은 채 머리카락을 뒤로 쓸어 넘기면서 말했다.

"갈이단은 준갈이에서 수많은 황금을 캐내 동몽고의 여러 왕들에게 인심을 썼습니다. 때문에 그쪽도 너무 믿어서는 안 된다고 폐하께 말씀을 드려 주세요!"

근보가 대답했다.

"당연히 상주문을 올리도록 하겠습니다. 공주께서 여기에서 겪으신 모든 것도 아는 데까지 말씀 올리겠습니다."

아수가 복수를 할 수 있게 됐다는 사실에 고무됐는지 입술을 잘근잘근 씹었다. 동시에 원망스런 시선으로 어쩔 줄 몰라 하는 진황을 바라보면서 말했다.

"저에 대해서는 잠시 말씀드리지 말아 주세요. 진 선생과의 사이가 다소 진전이 있을 때 말씀드려도 늦지는 않을 테니까요!"

"이 일은 너무 서둘러서는 안 될 듯합니다. 천천히 노력해 보십시오……."

근보는 말을 마치자마자 바로 밖으로 나왔다. 봉지인과 한류씨 역시 조용히 그 뒤를 따랐다.

밖에는 보슬비가 내리고 있었다. 방 안에는 진황과 아수 두 사람만 남게 됐다. 아수는 말없이 차를 마시고 있었다. 진황은 가시덤불 위에 앉은 것처럼 불안할 수밖에 없었다. 참기 어려운 침묵이 오랫동안 이어졌다. 마침내 아수가 그 침묵을 깨고 먼저 입을 열었다.

"진 선생님……, 언제 남쪽으로 내려가실 거예요?"

"아이고, 이것 참! 황송합니다."

탁자 너머에 앉아 있던 진황이 황급히 몸을 굽히면서 말했다. 아수가 자신을 선생님이라고 부르는 것이 몹시 부담스러운 모양이었다. 그가 다시 말을 이었다.

"내일 떠나려고 합니다. 보잘것없는 궁색한 선비가 공주를 만나 뵐 수 있는 행운을 얻었습니다. 저는 그 감격을 가슴 깊이 아로새기고 살겠습니다. 이제부터는 서로 멀리 떨어져 있을 텐데……. 공주, 부디 건강하셔야……."

아수가 진황의 말이 끝나기도 전에 바로 말허리를 잘라버렸다. 목소리에는 노기가 묻어났다.

"말끝마다 공주라고 하시는 것이 조금 듣기 그렇군요. 민망해요! 솔직히 말해 중원에 와 있는 몇 년 동안에 저도 점차 이곳에 대해 많은 것을 알게 됐어요. 섬서에서 진 선생께서 나를 구해준 것은 인간의 정리 때문에 그랬다고 할 수도 있어요. 하지만 황량몽진에서는 같이 자기까지 했잖아요. 더구나 진 선생은 자꾸만 명예와 예의범절에 대해 강조하시는데, 나는 뭐 아무 생각이 없는 줄 아세요? 명예에 대한 욕구도 정조에 대한 애착도 나름 있다고요.”

진황이 듣고 보니 아수의 말이 틀린 것은 아니었다. 때문에 그 역시 마음이 편할 리가 없었다. 결국 그가 감개무량한 나머지 드디어 자신의 감정을 숨김없이 털어놓기 시작했다.

“사람은 초목이 아닙니다. 어찌 정이 없겠습니까? 저를 대해주는 일편단심에 저 역시 때로는 흔들릴 때가 있었습니다. 하지만 공주도 잘 생각해 보십시오. 우리가 만약 같이 산다면 제가 공주를 따라 몽고로 가겠습니까, 아니면 공주가 저를 따라 근보 휘하에 들어가 치수 사업을 하시겠습니까? 공주는 사사로운 정에 발목을 잡혀 복수를 잊어서는 안 되는 처지입니다. 저 역시 치수에 한평생을 건 이상 순순히 물러날 수는 없습니다. 물론 세상의 일은 완전무결하지는 않죠. 제가 생각했던 일이 잘 안 될 수도 있습니다. 하지만 꿈이 있고 야망이 있는 우리가 어찌 사사로운 감정에 모든 것을 걸 수가 있겠습니까? 저는 섬서와 황량몽진에서 있었던 일들은 이미 잊었습니다. 제 주위의 형제나 친구 어느 누구에게도 영원히 비밀을 지킬 것을 약속드립니다!”

아수는 진황의 결연한 표정을 계속 지켜봤다. 그러다 한참 침묵한 다음 냉정한 어조로 말했다.

“진 선생님은 정말 군자예요. 진정 자신의 말에 책임을 지는 분이라는 것을 믿어 의심치 않아요. 나 역시 진 선생님이 치마 두른 여자에게 사족을 못 쓰는 별 볼 일 없는 남자였다면 거들떠보지도 않았을 거예요. 하지만 한 가지만은 분명히 명심하세요. 선생님이 그 어느 하늘 끝까지

가든 나는 반드시 찾아 나설 거예요. 어떤 여자하고 사는지가 궁금해서라도 말이에요! 아무려나 폐하께서 천병을 동원해 역적들을 소멸할 계획을 갖고 계신다니, 한결 마음이 가볍기는 하네요.”

아수는 독하다는 느낌을 줄 만큼 정말 끈질겼다. 그러나 마음도 그런 것 같지는 않았다. 그녀의 눈에서 흘러내리는 눈물이 그 사실을 증명해주고 있었다.

진황은 뭐라고 말을 해야 한다고 생각했다. 그러나 당장 적당한 말이 생각나지 않았다. 방 안에는 또다시 무거운 침묵이 흘렀다. 밖에서는 찬바람이 서서히 일기 시작했다. 빗방울이 창문에 휘몰아치고 있었다. 마치 두 사람의 가슴 아픈 사랑을 대변하는 것 같았다. 무엇보다 남자는 일 년 열두 달 내내 흙탕물이 튄 옷을 입고 강을 오르내려야 하는 치수 전문가로, 따뜻한 가정을 꾸릴 생각을 하지 못하는 사람이 아닌가. 또 여자는 비록 왕족 혈통이기는 했으나 커다란 원한을 안은 채 고향을 떠나 걸식으로 살아온 처지가 아닌가. 물론 어느 날 우연히 만나 사랑을 느꼈던 두 사람의 인연도 나름 고귀하다고 말할 수 있었다. 하지만 칡넝쿨 같은 복잡한 인연의 소용돌이 속에서 이렇게 아픈 인연으로 남을 수밖에 없다는 사실은 분명해 보였다. 그 인연을 악연이라고 하기에는 둘의 사랑이 너무 깊기는 했지만.

진황은 그동안 무 썰 듯 싹둑 잘라버리면서 가슴속에 있는 말 한마디 하지 않았다. 그러나 오늘 저녁을 끝으로 앞으로는 더 이상 만날 기회나 이유가 없을 것이라고 생각하자 인간적인 비애를 느끼지 않을 수 없었다. 얼마 후 그가 자리에서 일어나 창문 쪽으로 가서는 비와 바람에 괴로워하면서 몸부림치는 화초들을 물끄러미 바라봤다. 그런 다음 고개도 돌리지 않은 채 천천히 입을 열었다.

“공주, 아니 아수! 나를 좋아해서 같이 살고 싶다고 했죠? 솔직히 그대의 감정만 그런 것이 아닙니다. 나 진황 역시 사람인 이상 어찌 그대를 사랑하는 감정이 없을 수가 있겠어요? 하지만 우리는 신분이나 포부, 경력 면에서 엄청난 차이가 있는 것도 사실이에요. 우리 둘은 마치 삼성參星과 상성商星(각각 서쪽과 동쪽에 서로 멀리 떨어져 있는 별) 두 별이 하늘에서 만나기 어려운 것 같은 운명이 아닌가 싶어요. 견우와 직녀가 은하수를 사이에 두고 바라볼 수밖에 없는 것처럼 말입니다."

아수는 견우와 직녀의 얘기에 대해서는 알고 있었다. 그러나 삼상은 그야말로 금시초문이었다. 그럼에도 그게 무엇을 뜻하는지 알 것 같았다. 얼마 후 그녀가 천천히 일어나더니 진황에게 다가갔다. 이어 그와 어깨를 나란히 한 채 서서 창밖을 바라봤다. 너무 낮게 드리워져서 마치 손에라도 닿을 것 같은 구름 장막에서 굵은 빗방울이 후드득 하는 소리와 함께 누군가의 눈물처럼 오동나무 잎 위에 떨어져 튕겨나가고 있었다. 진황은 점점 굵어지는 빗방울로 인해 뿌옇게 흐려지는 창밖을 바라보면서 쉰 목소리로 말했다.

"삼성參星과 상성商星은 하나는 동, 하나는 서로 마주 보고 있죠. 또 하나가 뜰 때는 하나는 져요. 당연히 하나가 질 때 하나는 떠오르고요. 그래서 영원히 서로 만나지 못한다고 하네요……."

너무나도 가슴이 아린 진황의 말에 아수의 눈에 또다시 눈물이 고였다. 그의 말이 다시 이어졌다.

"내하奈河에 대해 들어봤어요? 내하는 산 사람에게는 다리가 되어주지 않는다고 해요. 사람이 죽은 다음에야 비로소 건널 수 있도록 다리를 만들어 준다는 거죠. 나는 우리 둘이 마치 내하를 사이에 두고 마주보고 있는 사람들과 같다고 생각해요. 죽어서 다리를 건너 만날 수 있기를 바랄……."

진황은 그만 목이 메고 말았다. 계속해서 말하기는 했으나 끝까지 잇지는 못했다.

아수는 진황의 말에서 결연한 의지와 단호한 태도를 확인하고 마음이 갈기갈기 찢어졌다. 그녀는 눈물을 훔치면서 돌아선 다음 벽에 걸려 있던 공후箜篌(고대 현악기의 일종)를 꺼내 연주하기 시작했다. 목이 메어 노래는 부르지 못했다. 진황은 그 소리를 듣자 유명한 학자인 관한경關漢卿의 《황종미》黃鍾尾라는 작품에 나오는 글이 저절로 떠올랐다.

나는 삶아도 흐트러지지 않는다. 볶아도 터지지 않는다. 두드려도 절대로 깨지지 않는다. 나는 구리로 만든 완두콩이다. 내 이빨을 부러뜨려도 소용이 없다. 또 내 입을 비뚤어지게 해도 그렇다. 설사 내 다리를 절게 만들거나 손을 꺾어놓아도 하늘이 나를 필요로 하는 일이 있으니 가만히 있을 수가 없다.

진황이 자신의 감정을 그대로 드러낸 것 같은 글을 읊었다. 그러자 아수가 길게 탄식을 토했다.

"그렇게 치수에 대한 열망이 간절하니 나로서도 어쩔 수가 없네요. 그쪽에서 관한경의 작품을 읊었으니, 나는 〈양주제칠〉梁州第七이라는 작품으로 화답하겠어요."

아수는 곧바로 공후를 뜯으면서 가볍게 노래를 불렀다. 연인과의 이별을 절절히 아쉬워하는 내용이었다. 그녀가 연주를 다 끝내고는 공후에 얼굴을 묻은 채 한참을 흐느껴 울었다.

"이 악기에는 줄이 두 개 있어요. 공후라고 이름 붙인 악기의 영혼이라고 할 수 있죠. 우리 이것을 하나씩 간직하는……."

아수는 말을 채 다 잇지 못했다. 다시 어색한 침묵이 이어졌다. 공후의 공허한 소리 역시 허공을 맴돌았다.

"덩…… 덩……."

공후의 줄은 긴 여운을 남기며 파르르 떨었다. 그러나 얼마 후 아수에 의해 그만 끊어지고 말았다. 두 사람은 오랫동안 실내를 감돌면서 여전히 사라지지 않는 공후의 소리를 들으면서 서로를 오래도록 바라보았다.

명주가 근보의 편지를 받았을 때는 팔월 추석 무렵이었다. 편지는 우선 총독부를 옮겼다는 것에 대한 내용을 언급했다. 또 무너진 제방 중 하나인 귀인제歸仁堤를 완전히 복구했다는 내용도 담고 있었다. 말미에는 아수에 대해 자세하게 설명했다. 편지를 다 읽은 명주는 아수의 문제가 그리 쉽게 넘어갈 일이 아니라고 생각한 듯했다. 곧장 사람을 한단으로 보내 그녀를 데려오도록 조치했다. 그러나 그가 이틀 만에 입수한 소식은 실망스러웠다. 아수는 말할 것도 없고 한류씨의 일가도 총총진을 떠났다는 소식이 들려온 것이다. 마을 사람들 역시 더 자세한 내용은 알지 못했다. 그저 한류씨가 안휘성에 있는 장남에게 갔을 것이라는 사실 정도가 아는 것의 전부였다.

명주는 고민 끝에 편지를 들고 채가蔡家 골목에 있는 고사기의 집으로 향했다. 사실 그동안 고사기에게 놀아난 것이 기분이 나빠 이를 갈았던 그로서는 쉽게 떨어지는 발걸음은 아니었다. 하지만 고사기의 총명함이 자신을 능가한다는 사실을 인정할 수밖에 없었다. 게다가 그는 강희가 고사기의 능력을 다른 대신들에 비해 훨씬 높이 평가한다는 사실을 모르지 않았다. 약삭빠른 것에 관한 한 둘째가라면 서러울 그다웠다. 게다가 현실이 자신도 어쩔 수 없는 상황으로 돌아가고 있었다. 무엇보다 강희는 자신을 대신해 조서를 작성하거나 중대한 일에 관여하도록 고사기를 배려했다. 외견상으로는 웅사리의 일을 덜어주어 태자를 가르치는 시간을 더 많이 가지도록 하겠다는 명분을 앞세우기는 했다. 하지만 사실은 웅사리를 비롯해 색액도와 명주가 그동안 움켜쥐고 있던 권력을 절반 가까이 나눠준 것이나 마찬가지였다.

또 고사기는 학문만 뛰어난 것이 아니었다. 사람들이 까무러칠 다른 놀라운 재주가 하나 더 있었다. 하루 종일 먹거나 자지도 않는 것은 기본이고, 배설도 하지 않은 채 일에만 전념하는 절묘한 재주였다. 실제로 그는 손에 들어온 공문은 대충 훑고 지나가도 머릿속에 전부 다 기억을 했다. 황제의 곁을 한시도 떠나지 않으면서 시도 때도 없이 날아드는 질문에도 정확하고 신속하게 대답을 했다. 그 때문에 조정의 육부六部와 구경九卿의 관리들은 눈치 보고 줄 서는 데는 둘째가라면 서러운 인간들답게 그 앞에서 아부를 떠느라고 정신이 없었다. 일부 관리들은 아예 제멋대로 그를 고 승상丞相, 고 중당中堂이라는 별칭으로 부르고 있었다.

솔직히 말하면 영악스러울 정도로 사태 파악에 능한 명주 역시 크게 다르지 않았다. 무슨 일이 생기면 과거처럼 혼자서 낑낑거리면서 껴안고 있지 않은 채 종종 고사기에게 슬쩍 타개책을 묻고는 했다. 자존심을 접고 먼저 찾아가는 경우 역시 없지 않았다.

명주의 수레가 고사기의 집에 도착했다. 마침 그때 고사기가 조복朝服을 깔끔하게 차려 입고 발걸음도 가볍게 밖으로 나오고 있었다. 그가 명주를 발견하고는 먼저 읍을 했다.

"아이고, 승상 대인이 아니십니까! 어쩐 일로 이런 누추한 곳으로 행차를 나오셨습니까? 무슨 일이 있으면 불러만 주시면 제가 찾아가서 뵈었을 텐데 말입니다."

"담인, 툭하면 승상이니 뭐라고 할 겁니까. 앞으로도 정말 그러면 나는 쑥스럽기가 이를 데 없어요. 둘 다 상서방에서 같이 일하지 않습니까! 이제부터는 그냥 간단하게 명주라는 이름으로 부르세요. 그런데 어디 나가려던 참인가 봅니다?"

명주가 히죽 웃음을 지었다. 고사기 역시 허허 하고 웃으면서 대답했다.

"아직 모르고 계시나 봅니다. 방금 사신행이 와서 전하고 갔습니다. 폐하께서 서원西苑에서 홍유들을 위한 잔치를 마련하시면서 우리도 부르셨습니다. 아마 지금쯤이면 대인에게도 연락이 갔을 텐데요? 이왕 이렇게 만났으니 동행하는 것도 좋을 것 같습니다."

고사기는 말을 마치기 무섭게 즉각 하인들에게 말을 대기시키라는 지시를 내렸다. 두 사람은 곧바로 말을 타고 서원으로 향했다. 하인들 몇 명은 뒤따라오면서까지 시중을 들었다. 고사기는 말 위에서 저 멀리 보이는 풍광에 눈길을 돌렸다. 머리가 맑아지면서 가슴도 확 트였다. 더불어 자연을 감상하니 더욱 상쾌한 기분이 들었다. 게다가 수행하는 하인들도 많지 않아 다른 사람들의 시선이 부담스럽지 않았다. 명주는 그제야 고사기가 가마 대신 말을 고집하는 이유를 알 것 같았다.

"아무튼 그대는 작고 사소한 것에서조차 남달리 멋스러운 면이 돋보이는군요. 정말 부럽군요! 아…… 나는 이제 늙었어요."

"무슨 말씀을 그리 하십니까! 나이 마흔 살 정도는 한창 때라고 할 수 있습니다! 그런데, 늙었다니요? 진짜 늙은 분은 색 셋째 대인이라고 할 수 있죠! 사실 남의 떡이 더 커 보이는 법입니다. 말을 타고 가는 사람은 가마에 앉은 이가 편안할 것 같고, 가마를 타고 내다보는 이는 말 위에서 거들먹거리면서 가는 사람이 멋져 보이는 겁니다. 그게 인지상정이에요."

고사기가 무슨 말이냐는 어조로 말했다. 그러더니 명주가 올 때 타고 왔던 빈 가마를 가마꾼 네 명이 들고 따라오는 모습을 보면서 덧붙였다.

"저는 저 세 명의 가마꾼이 불쌍해서 가마에 타지 않습니다."

그러자 명주가 의아스럽다는 듯 물었다.

"아니 세 명이라니? 왜 넷이 아니고 셋입니까?"

명주의 질문에 고사기가 껄껄 웃었다.

"네 명의 가마꾼 가운데에서 맨 앞에 있는 사람은 마치 상서방의 대신과 다름없어 보이지 않습니까? 으쓱해 하면서 멋져 보이기도 하고 말이죠. 두 번째는 마치 어사인 것 같기는 하네요. 그러나 방귀도 마음대로 뀔 수 없는……."

고사기의 말에 명주가 너털웃음을 치면서 되물었다.

"왜 방귀도 마음대로 뀔 수 없다는 겁니까?"

"가마에 앉은 귀인하고는 제일 가까운 위치에 있지 않습니까. 안에서 냄새를 맡고 기절할까봐 그러죠! 세 번째에 서 있는 사람은 가마 뒤에서 따라가니까 가마가 막혀 앞이 잘 안 보일 겁니다. 그러니 마치 멍청한 한림翰林처럼 뭐가 뭔지 모르고 따라가는 겁니다. 끝에 따라가는 사람은 더욱 그렇습니다. 꼭 마치 각 부部의 사관司官들처럼 아무 생각 없이 왔다 갔다 하는……. 그러니 첫 번째 가마꾼만 빼고는 나머지는 모두 가엽지 않습니까?"

고사기가 명주를 힐끗 쳐다보면서 설명을 이어갔다. 명주는 의미심장한 고사기식의 비유에 머리를 끄덕이면서 생각에 잠겼다. 얼마나 지났을까, 명주가 드디어 입을 열었다.

"그렇게 보면 나는 가장 마지막 가마꾼에 해당되는 것 같네요. 아무 생각 없이 우왕좌왕 하는 것이 꼭 그렇잖소. 아 참, 이것은 근보가 보내온 편지입니다. 한번 읽어 보세요."

고사기가 말고삐를 잡아당긴 채 이맛살을 찌푸렸다. 대충 편지를 읽어보는가 싶더니 얼마 후 편지를 다시 명주에게 넘겨줬다. 그리고는 가타부타 말이 없었다. 잠시 후 그가 한숨을 내쉬면서 입을 열었다.

"두 사람은 결코 이뤄질 수 없지 않나 싶네요……."

"왜 그렇게 생각하시오?"

"그냥 그런 생각이 드네요. 이 일은 제가 보기에는 사람이 없을 때 몰래 대인께서 폐하께 말씀드리는 것이 좋을 것 같습니다. 조정과 갈이단과는 아직 조심스러운 단계예요. 폐하께서는 웬만하면 떠들고 싶어 하지 않으신다고요!"

고사기가 머리를 흔들어 보였다. 그러면서 계속 앞으로 나아갔다. 명주가 고사기의 조언에 잠시 생각하더니 입을 열었다.

"그러면 너무 서두를 것도 없겠군요."

두 사람이 주거니 받거니 얘기를 나누는 사이 말은 어느덧 서원의 금지구역에 도착했다. 저 멀리 초대받은 육부의 관원들이 새카맣게 모여 웅성거리는 모습이 보였다. 하지만 아무리 눈을 씻고 살펴봐도 색액도의 모습은 눈에 띄지 않았다. 두 사람은 말에서 내려 화원의 용정龍亭에 앉아 잠시 숨을 골랐다. 그 와중에 명주는 오늘 연회석상에서 강희가 신하들과 서로 시를 짓는 시합을 하자는 제안을 할 가능성이 높다는 생각을 갑자기 떠올렸다. 불안해지지 않을 수 없었다. 그러나 고사기는 달랐다. 담담하고 편안한 표정으로 주위의 경관을 살펴보느라 정신을 빼앗기고 있었다. 명주는 아무런 걱정을 할 필요가 없는 고사기가 얄밉고도 부러웠다. 드디어 그가 용기를 냈다.

"아이고, 오늘 또 괴로운 자리가 되지 않을지 모르겠네요! 시를 읊고 어쩌고 할 때면 실수라도 할 것 같아 그냥 죽을 맛이라고요!"

고사기는 명주의 말이 내포한 의미를 모르지 않았다. 미리 자신에게 도움을 요청하고 있음을 가볍게 눈치챘다. 그가 껄껄 웃으면서 말했다.

"괜찮다면 제가 막아드리죠. 하지만 폐하께서 오늘만은 대인을 난감하게 만들지 않으실 걸요! 지금 색 대인이 병을 핑계로 휴가를 냈잖아요. 그러니 모이는 대신이 전부 해봐야 가까운 사람 몇 명밖에 없을 거예요. 고마워서라도 난감하게 만들 이유가 없죠!"

명주는 색액도가 병가를 냈다는 말에 크게 놀랐다. 동시에 다그치듯 물었다.

"색 셋째가 왜요? 큰 병에라도 걸린 겁니까? 갑자기 병가를 내다니! 나는 왜 전혀 모르고 있었지?"

명주는 질문을 하면서도 마음이 형언하기 어려울 만큼 복잡해지는 것을 어찌지 못했다. 조금 전 고사기가 했던 말 중에서 '진짜 늙은 사람은 색 셋째'라는 말을 떠올린 것이다. 그것은 기쁨인지 놀라움인지 도무지 알 길이 없었다.

"저도 하계주한테 들었어요. 그러나 폐하께서 아직까지 윤허를 하지 않으신 상태라고 하더군요. 제가 보기에는 거의 허락을 하시지 않을까 싶네요. 방금 들어올 때 광록시, 호부, 형부, 공부의 사람들이 대인을 쳐다보면서 두려움에 찬 시선을 보내는 것을 느끼지 못하셨나요? 그들은 그동안 모두 셋째 밑에서 일했어요. 그러나 이제는 대인에게 충성해야 된다는 사실을 너무나 잘 알고 있어요. 그들은 지금 대인께서 아무리 어려운 일을 시켜도 끽소리 못하고 덜덜 떨면서 할 걸요?"

고사기가 장황하게 떠들더니 머리를 들어 하늘을 쳐다보면서 크게 웃었다. 그러나 명주는 고사기의 아리송한 말뜻을 제대로 알아듣지 못했다. 그때였다. 웅사리와 이광지가 공부 소속의 시랑과 몇몇 관리들을 데리고 오고 있는 모습이 보였다. 고사기는 그들의 아첨기 그득한 표정에서 명주와 요긴한 얘기를 하려 한다는 것을 알았다. 즉각 명주에게 자리를 내주고 용정을 나오려고 한 것은 바로 그 때문이었다. 그러던 그가 지나가는 관리 한 사람을 눈여겨보는가 싶더니 바로 불러 세웠다.

"순천부에서 한 번 본 기억이 나는 것 같네요. 혹시 송문운宋文運이라고 하는 형부의 원외랑員外郞이 아닙니까?"

"중당 대인의 기억력이 놀랍습니다. 소생이 바로 송문운입니다!"

송문운이라는 관리가 실눈을 뜬 채 대답했다. 고사기가 잠깐 생각을 하는가 싶더니 곧 입을 열었다.

"방란과 호씨 집안이 얽힌 사건이 어떻게 되어 가는지 궁금해서 말입니다. 이 일은 반드시 법에 따라 엄정하게 처리해야 합니다!"

송문운이 약간 어리둥절한 표정을 지었다. 아무리 졸지에 출세를 했어도 명색이 고관이라고 할 수 있는 대신이 자질구레한 민사소송에 관심을 갖고 묻는 것이 의아했던 것이다. 그가 손바닥을 비비면서 대답했다.

"그 사건은 아직 해결을 못 보고 있습니다. 호씨 집안의 영감이 워낙 완고해서 파혼은 절대 안 된다고 악을 쓰는 바람에 그렇게 됐습니다. 아들이 정혼을 한 다음 바로 폐병으로 죽었는데도 멀쩡한 유씨 집안의 딸을 데려다 귀신의 마누라로라도 삼겠다고 했지 뭡니까! 물론 유씨 집안은 어디 든든한 줄이라도 있는지 웬일로 배짱을 부렸고요. 당연히 호씨 집안의 영감은 순천부에 고소장을 제출했죠. 그러나 그때마다 고소장이 되돌아왔죠. 계속 그러니까 그만 화병으로 세상을 등지고 말았습니다……."

"솔직히 유씨 집안은 나를 믿고 용기를 얻은 거예요. 유방란은 멀쩡한 처녀예요. 그 어느 집안의 딸 못지않게 금이야 옥이야 귀하게 자란 유씨 집안의 딸이라는 말입니다. 그런데 자기 아들이 죽었다고 남의 집안에서 애지중지하는 딸을 불구덩이에 함께 처넣으려는 그릇된 생각을 할 수 있습니까? 용납할 수 없는 것 아니에요?"

고사기가 딱딱하게 굳은 얼굴로 냉정하게 말했다. 그러자 송문운이 약삭빠르게 그의 말에 적극 호응하고 나섰다.

"지당하신 말씀입니다. 그 일은 근본적으로 무지막지하게 천리天理를 어긴 호씨 집안의 잘못입니다! 원래는 시간을 끌 일도 아니었어요. 우리

당관堂官께서 조정의 대신과도 연관이 있는 사건이라고 하셔서…… 이제 보니 그 대신이 고 대인이셨군요. 우리 역시 사람들이 뒤에서 수군거릴지 모르기 때문에 차일피일 결정을 미뤄왔던 겁니다."

고사기가 가소롭다는 듯 냉소를 흘렸다. 그러자 송문운이 황급히 덧붙였다.

"지금은 그 영감도 저 세상 사람이 됐습니다. 그 집에서 뭐라고 떠들어봤자 돈 몇 푼 바라고 그러는 것이 아니겠습니까? 그 사람들만 잘 다독거려 놓으면 고소할 사람이 어디 있겠습니까? 대인께서는 걱정하지 마십시오. 제가 알아서 잘 마무리 짓고 조만간 연락을 드리겠습니다!"

고사기가 송문운을 향해 만족스럽다는 듯 미소를 보냈다. 눈치 빠르게 척척 움직여주는 그가 고마웠던 것이다. 그때 육궁의 도태감인 장만강이 손에 절월을 들고 안에서 나왔다. 동시에 문 앞에 서서 큰 소리로 외쳤다.

"성가聖駕가 당도하셨다. 여러 신하들과 박학홍유들은 차례로 들어가 문안을 올려라!"

고사기는 장만강이 외치는 소리를 듣자마자 송문운과의 대화를 끝냈다. 그런 다음 웅사리 등을 따라 서둘러 안으로 들어갔다.

안에 차려진 음식상은 첫눈에 봐도 푸짐했다. 체인각에서 연회를 베풀 때보다 양은 많지 않았으나 음식의 가짓수는 훨씬 많았다. 모두가 어선방의 유명한 요리사들이 만든 음식들이었다. 곧 고사기의 명령에 의해 총 80개의 탁자가 준비됐다. 각 탁자마다에는 여덟 명씩 앉게 돼 있었다. 얼마 후 금으로 도금한 커다란 그릇에 이름도 기상천외한 요리들이 멋과 향을 자랑하면서 차려지기 시작했다. 일반 백성들은 평생 한 번도 먹기 힘든 상어지느러미 요리와 오리고기, 제비집요리 등이 별로 희한한 요리로 보이지 않는 것을 보면 그야말로 세상에 있는 모든 요리가 전부 출동했다는 표현이 과하지 않았다.

강희는 황태자 윤잉과 자리를 같이 했다. 또 그 옆에 큰황자인 윤제가 배석하고 있었다. 세 번째와 네 번째 황자인 윤지와 윤진胤禛은 각자유모의 품에 안겨 잠깐 앉아 있다 나갔다. 잠시나마 대사大事에 얼굴을내밀었다는 것으로 충분하지 않았나 싶었다. 곧이어 실내에 음악이 울려 퍼졌다. 자리에 초대받은 600여 명의 시선은 일제히 강희에게 쏠렸다. 그러자 강희가 미소를 지으면서 젓가락을 들었다. 그제야 좌중의 사람들도 따라서 젓가락을 들고 조심스럽게 음식을 집었다. 고사기는 평생 한 번도 보지 못했던 어연御宴의 분위기를 통해 몇 가지 사실을 알수 있었다. 우선 아무리 엄숙한 어연일지라도 젓가락이 가기 전까지의순간들만 조심스럽고 격식에 얽매일 뿐 잠시 후면 그 색깔이 퇴색한다는 것을 확실하게 깨달았다. 또 그냥 차려진 풍성한 음식들과 그것들을먹는 사람으로만 잔치가 기억된다는 사실 역시 피부로 느꼈다. 그래서였을까, 강희 역시 위엄스런 표정으로 분위기를 한껏 무겁게 하다가도장내가 웅성거리자 크게 격식을 따지지 않는 것 같았다. 바로 주위 대신들과 편하게 얘기꽃을 피웠다. 분위기가 슬슬 무르익어 갈 무렵 강희가 자리에서 일어섰다.

"하늘은 높고 푸르군. 또 호수는 가슴 벅차게 아름답고. 게다가 이 자리에는 문단의 대가들과 석학들이 그득하지 않은가. 여러분들도 감상이남다를 거라고 믿어마지 않네. 어디 군신간에 시를 지어 겨뤄보는 시합자리를 한번 마련해 볼까?"

명주의 예상대로였다. 말을 마친 강희가 시흥이 북받친 듯 곧바로 입을 열어 시 한 소절을 읊었다.

금풍金風이 시원한 기운을 온누리에 실어 나르는구나!

명주는 겁을 덜컥 집어먹은 표정이었다. 도움을 요청하려는 듯 황급히 고사기에게 다가갔다. 다행히 웅사리가 먼저 입을 열어 시간을 벌어줬다.

태평성대의 소악韶樂 소리, 넘쳐나는 술잔에 출렁이니 성은에 감사하는 몸짓이 아닌가!

고사기는 웅사리가 끼어든 틈을 놓치지 않았다. 재빨리 목소리를 한껏 낮춰 명주의 귓가에 대고 속삭였다. 명주가 바로 큰 소리로 그것을 읊었다.

폐하의 업적이 길이길이 빛나니 측근 신하들의 앞길을 훤히 비추네!

"아무래도 명주는 누군가의 조언을 받은 것 같군!"
강희가 고개를 갸웃거리며 말했다. 그런 다음 이광지에게 눈길을 돌렸다.
"이광지, 이번에는 자네가 이어보게."
이광지는 강희가 수많은 사람들 중에서 유독 자신을 지명했다는 사실에 말로 형언할 수 없는 기쁨을 느꼈다. 그는 이런 영광이 또다시 있으랴 싶은 표정으로 황급히 앞으로 나섰다. 이어 허리를 굽혀 인사하면서 한 구절을 읊었다.

일통만년청一統萬年淸이 온누리에 상서로운 기운 발할 것이니!

강희는 이광지가 읊은 시 한 구절이 나름 괜찮다고 생각하는 것 같았다. 곧바로 크게 웃으면서 말했다.

"일통만년청은 모든 사람이 보는 앞에 있어. 그러나 그것을 자기 것으로 만드는 재주는 누구나 있는 것이 아니군. 술 한 잔을 하사한다!"

강희는 이광지에게 자신이 하사한 술을 마실 영광까지 주고 나서 다시 큰 소리로 명령을 내렸다.

"어느 누구든 좋은 시만 지어낸다면 짐이 푸짐하게 상을 내리겠다! 불안해 하지 말고 마음 편히 재주를 뽐내기 바란다."

좌중의 사람들은 강희의 말이 떨어지기 무섭게 분주해졌다. 저마다 천자의 마음에 쏙 드는 시를 지을 욕심이 앞섰던 것이다. 그때 강희가 시윤장을 불렀다. 그런 다음 체인각에서 연회가 있던 날 가져간 포류선의 원고를 돌려주면서 말했다.

"재주는 뛰어난 사람인 것 같은데, 전체적으로 분위기가 너무 우울해. 관직에 몸을 담을 사람은 아닌 것 같아. 짐이 보기에는 이 대목이 괜찮았네……"

강희가 손가락으로 원고의 한 부분을 가리켰다. 웅사리를 비롯한 고사기와 이광지가 황급히 머리를 내밀고 그 부분을 들여다봤다. 강희의 말대로 진짜 기가 막힌 내용이 적혀 있었다.

하늘도 흐리멍덩하고 땅 역시 어리벙벙하구나. 이래 가지고 어떻게 세상사의 이치들을 깨우쳐 주겠는가? 보지 못하는가, 군자가 소인을 족치니 마치 맨손으로 호랑이를 때려잡는 것과 같다는 사실을! 또 소인이 군자를 모함하니 마치 광풍이 흙먼지를 감아올리는 것보다 쉽지 않은가! 용이 지네에게 해코지를 당하고 코끼리가 생쥐에게 죽임을 당하니 실로 이해할 수 없는 일은 많기도 하구나!

"재미있어. 이전 왕조의 얘기겠으나 오늘의 치세治世에 적용한다 한들 어찌 필요한 말이 아니겠는가!"

옹사리는 언제 어디서나 치세에 대해 고민하는 강희의 말에 깊은 감명을 받았다. "솔직히 이런 황제가 있는 한 이 나라가 길들여지지 않을 리가 있겠는가?" 하는 독백도 했다. 그의 생각은 꼬리를 물고 계속 깊어졌다.

'황제는 늘 입버릇처럼 하는 말이 있었지. 군신간의 문제에 있어서 정도正道는 군자와 소인의 장단점을 정확히 가려 취해야 하는 것이라고. 이건 다시 말하면 군자가 모함을 당하는 것을 방지해야 한다는 얘기가 되지. 또 군자에게서는 찾아보기 어려운 소인의 재주도 십분 활용해야 한다는 점을 말하기도 하지. 색액도가 상서방을 떠나려는 시점에 황제가 저런 내용의 글을 남아 있는 사람들에게 보여주는 의도는 무엇일까? 나는 내 자신의 관리에 철저하고 성실과 정직을 표방하는 도학가이기는 하지. 그러나 몇 년 동안 색액도와 명주의 암투에 휩쓸리고 태자의 스승까지 겸하면서 정직하지 못한 부분도 없지는 않았어. 내 충성심에 대한 황제의 절대적인 신임이 없었더라면 철번에 반대를 했다는 이유만으로도 충분히 명주에게 밀려났을 수도 있었어……. 색액도가 상서방을 비우는 이유는 누가 봐도 권력의 따가운 눈총을 피하려는 것이야. 그렇다면 황제는 색액도의 병가 신청을 수락할 것인가? 며칠 전 색액도는 상주문을 올려 몇몇 봉강대리들을 탄핵했어. 여러 부원部院의 대신들도 바꿔치기하려고 했고. 그 중에는 군자는 말할 것도 없고 소인배도 있었을 거야. 하지만 황제는 번번이 색액도의 뜻을 받아줬어. 원하는 대로 내버려 뒀지. 이 모든 것을 과연 어떻게 해석해야 할 것인가…….'

옹사리가 이런저런 생각을 두서없이 하고 있을 때였다. 강희가 시윤장에게 당부하는 말소리가 그의 귀에 들려왔다.

"포 아무개는 그대의 학생이야. 그러니까 '군자는 천명을 받들어 마음을 편안하게 한다'는 옛말을 한번 해주게. 그대가 잘 다독거려 주라는 것이네. 또 산동성의 큰 우성룡에게 편지를 보내 이 사람을 잘 보살펴 주라는 부탁도 하게. 이건 짐의 뜻이라고 분명히 일러두고. 그렇게 하지 않으면 또 꼬투리를 잡아 탄핵안을 올릴 가능성이 높아. 우성룡은 말을 잘 듣는 사람이 아니지 않는가."

연회는 끝을 향해 달려가고 있었다. 웅사리와 시윤장은 볼일이 있어 먼저 물러갔다. 그러나 고사기는 여전히 강희의 등 뒤에서 난간에 기댄 채 먼 곳을 바라보면서 생각에 잠겨 있었다. 그가 그렇게 심각한 자세를 보이는 것은 다 까닭이 있었다. 최근 들어 조정에 그를 질투하는 세력이 만만치 않았고, 심지어 그가 실속 없이 약아빠지기만 했다는 등의 말을 널리 퍼트리는 이들이 많았다. 때문에 그는 아예 이참에 모두의 눈과 귀가 번쩍 뜨일 시를 지어 자신을 헐뜯고 다니는 이들의 입을 완전히 봉쇄해 버리겠다는 마음을 모질게 먹고 있었다. 그러나 욕심을 부릴수록 시흥은 따라주지 않았다. 그때 강희가 이맛살을 한껏 찌푸리고 있는 고사기를 뒤돌아보더니 입을 열었다.

"오늘은 자네 혼자 이목을 끌 여유를 내가 주지 않았지. 하지만 다른 임무를 자네한테 맡기겠네! 대내에 들어가 소마라고의 병세를 좀 보고 오게."

"진료를 하라는 말씀이시옵니까?"

고사기가 느닷없는 강희의 지시에 눈을 크게 뜨면서 되물었다. 강희가 촉촉하게 젖은 눈을 굳이 숨길 생각을 하지 않은 채 바로 코앞의 잔잔한 수면을 바라보면서 천천히 입을 열었다.

"자네도 들어서 알 거야. 짐한테 오차우라는 스승이 있었다는 것을 말일세. 지금은 어떻게 하다 보니 불문佛門에 출가까지 하게 됐지만."

고사기는 강희가 눈물까지 글썽이자 적지 않게 놀랐다. 곧바로 황급히 대답했다.

"그 분에 대해서는 소인이 하계주에게 조금 들은 바가 있사옵니다. 인품이 정직하고 학문이 바르고 깊은 분이라고 들었사옵니다. 폐하께서 성도聖道를 익힘에 있어 많은 도움도 주셨다고 하더군요. 또 나중에……."

"나중에 있었던 일은 알아도 얘기하지 말게. 그 분이 출가승이 된 데는 여러 가지 이유가 많아. 그러나 결과적으로는 짐이 어렸을 때에 옆에서 시중을 들던 소마라고 때문이라고 해야 하지. 지금은 혜진이라는 법명으로 궁내에서 수행정진하고 있다네."

강희가 고사기의 말허리를 바로 잘라버렸다. 고사기는 강희의 생각을 모르지 않았다. 오차우와 소마라고 사이에 잘 알려지지 않은 부분이 많을 뿐만 아니라 섣불리 왈가왈부할 수 없는 사연이 적지 않다는 사실 역시 너무나 잘 알고 있었다.

"예, 폐하께서 말씀하시는 것을 들으니 소인도 조금은 알 것 같사옵니다."

강희가 곧바로 무거운 표정으로 말했다.

"그대가 의술에 대해서도 일가견이 있다는 사실은 명주에게 들어 알고 있네. 지금 소마라고의 병세가 짙어. 위험에 처해 있다고. 짐은 자네가 가서 한번 진료를 해줬으면 해. 후유! 짐에게는 어려서부터 궁궐 안에서 제일 가까이 했던 사람이 두 명 있었지. 한 명은 위동정의 어머니, 다른 한 명은 바로 소마라고였어. 위동정의 어머니는 남경에 가 있기 때문에 자주 만나지 못해. 그런데 이제 소마라고마저 잘못 된다면 짐은 마음이 허전해서 어찌 살겠는가?"

고사기는 강희가 시킬 일이 진료를 하는 것이라는 사실을 안 순간부터 어느 정도 마음이 편해졌다. 천하의 그도 강희가 자신의 힘에 부치는 다른 일을 시키지 않을까 부담스러웠던 것이다. 그러나 고사기는 자신의 의술이 뛰어나다는 사실이 너무 많이 알려지는 것이 어쩐지 꺼림칙했다. 무엇보다 모난 돌이 정 맞는다는 말이 현실이 될 것 같은 불안감 때문이었다. 실제로 너무 잘 나가면 곳곳에서 날아오는 질투의 화살을 피한다는 것이 쉽지는 않을 터였다. 또 의원도 아닌데 문지방이 닳도록 찾아와서 진료해 달라는 다른 사람들의 성화를 당해내기도 힘들 것 같다는 생각 역시 없지 않았다. 그가 한참 동안 이런저런 생각을 하다 강희에게 아뢰었다.

"폐하의 명령이신데 어찌 최선을 다하지 않을 수가 있겠사옵니까? 하지만 소인은 막힌 기를 소통시키는 것 외에는 달리 아는 바가 크게 없사옵니다."

강희는 그 짧은 시간에 고사기의 생각이 한없이 굴러가고 있는 줄은 모르는 것 같았다. 계속 옛날 생각을 하는 듯한 표정을 보면 확실히 그래 보였다. 그가 곧 눈가의 눈물을 닦으면서 말했다.

"그만 가 보게. 무단에게 명령을 전하게. 자네를 데리고 종수궁鐘粹宮으로 들어가라고 말이네."

고사기는 강희의 말이 끝나자 바로 부랴부랴 용정을 나왔다. 그리고는 무단을 찾아 나섰다.

17장

불당에서 속세의 인연에 대해 말하다

    고사기와 무단 두 사람은 갈기가 붉은 말을 타고 서화문을 통해 황궁 안으로 들어갔다. 융종문 앞에서 말에서 내린 다음에는 영항永巷을 따라 곧바로 종수궁의 작은 불당으로 향했다. 고사기는 불전佛殿에 들어서서도 아무런 감흥을 느끼지 못했다. 그러나 무단은 그렇지 않았다. 마치 넋이 나간 사람처럼 멍해지고 말았다. 그는 강희가 궁 밖에서 공부를 할 때인 강희 8년에 보좌를 하면서 거의 매일이다시피 소마라고를 만나고는 했다. 그때의 소마라고는 진짜 예쁘장하고 영리했다. 감히 범접 못할 상대라는 인식을 주면서 뭇사람들의 시선을 사로잡았다. 그는 강희 12년 음력 12월 23일 한 치 앞을 가늠할 수 없었던 아슬아슬했던 그날 저녁 양심전에서 소마라고를 마지막으로 만났다. 이후 6년이라는 세월이 흘렀다. 그러나 6년 만에 다시 만난 소마라고는 그 옛날의 그녀가 아니었다. 우선 고작 서른네 살밖에 되지 않았는데도 머리가 온통 파뿌리처럼 하얗게 변해 있었다. 게다가 그 곱던 얼굴은 초췌하기 이를 데 없었다. 6년의 세월이 바꿔 놓은 것치고는 너무나도 엄청난 변화 앞에서 사람 죽이기를 벌레 짓이겨 죽이듯 했던 무단은 자신도 모르게 소름이 쫙 끼치는 기분을 느꼈다. 급기야는 땅바닥에 풀썩 주저앉더니 머리를 두 다리 사이에 파묻은 채 흐느껴 울기 시작했다.

소마라고는 정사精舍의 한 작은 방 구석 침대에 누워 있었다. 병이 깊은 듯했다. 그렇다고 고사기의 인사말과 이어지는 무단의 흐느낌 소리를 듣지 못할 정도는 아니었다. 하지만 그녀는 반응을 보일 기력도 없었을 뿐만 아니라 어느 누구에게도 아는 체를 하고 싶지가 않았다. 이미 웃음, 눈물, 감동도 없는 세월에 익숙해진 그녀였던 것이다. 심지어 그 옛날의 추억도 그녀에게는 무덤덤한 과거가 되고 만 듯했다. 그녀는 무단의 울음소리가 계속되고 있는 순간에도 눈길 한 번 주지 않았다. 그저 그 자리에 꼼짝 않고 누운 채 창문 저 멀리 점점 멀어져 가는 기러기 떼를 하염없이 바라보고 있었다. 평온하고 담담하기 이를 데 없는 그녀의 표정으로 볼 때 쓸쓸한 기러기의 울음소리가 싫지는 않은 모양이었다.

"혜진 대사님!"

고사기가 침대 가까이 다가가 나지막이 그녀의 법명을 불렀다. 그런 다음 침상 가까이에 더욱 바짝 다가가 그녀를 들여다 보았다. 그때 저 앞의 불당에서 종소리가 긴 여운을 남기면서 울려 퍼졌다. 고사기는 무단과 같은 감정이야 느낄 수가 없었다. 그저 조금 전 서원西苑의 호화로움과 법석거리는 분위기와는 완전히 차원이 다른 무겁고 조용한 심궁深宮 같은 오싹한 환경에 갑자기 처해졌다는 기분을 느낄 뿐이었다. 소마라고가 천천히 머리를 돌리더니 고사기에게 눈길을 보냈다. 그러자 그가 황급히 웃으면서 말했다.

"폐하께서 제가 의술에 일가견이 있다는 사실을 아시고 특별히 대사님의 건강을 돌봐달라는 부탁을 하셨사옵니다……."

소마라고가 누운 상태에서 고개를 갸웃거렸다. 아무리 자신이 있다고 할지라도 자기 스스로 "일가견이 있다"는 말을 서슴지 않았으니 그럴 만도 했다. 그녀는 마치 조금 정신이 이상한 사람을 보는 듯한 눈초리였다.

"마음대로 해요……. 아, 종소리의 여운이 새롭군요. 죽을 때가 되니 불조佛祖께서 나를 불러주시나 보네요! 세상만사가 뜬구름같이 덧없고 허무하네요. 나는…… 이제 길 떠날 준비를 다 했어요……."

고사기가 갑자기 맑고 또랑또랑해진 그녀의 말소리를 들으면서 말없이 의자에 앉았다. 곧이어 눈을 감고 맥을 짚었다. 밥 두어 숟가락 먹을 시간이 지났다. 고사기가 그제야 눈을 뜨더니 웃으면서 말했다.

"대사님, 제가 누구인지 아시겠습니까?"

소마라고가 고사기를 아래위로 훑어봤다. 그러더니 머리를 절레절레 저었다. 무단 역시 의아한 눈초리로 고사기를 처다봤다. 왕진을 온 의원이면 진료나 할 것이지 자신이 누구냐는 것은 물어서 뭘 하겠다는 거냐는 표정이었다.

"저는 성이 고씨, 자는 담인, 호는 강촌이라고 하는 사람입니다. 의술의 아버지인 화타나 장중경 수준은 아니지만 대사님의 병만은 넉넉히 고쳐드릴 수 있는 능력을 가진 사람입니다."

고사기가 소마라고의 손목에서 놓으면서 말했다. 죽음을 기다리는 사람 앞에서 하기 힘든 호언장담이었다. 소마라고가 실소를 흘리는 것은 당연했다. 그럼에도 그는 계속 큰소리를 뻥뻥 쳤다.

"제가 먼저 대사님의 증상을 말씀드리겠습니다. 만약 맞지 않다면 저를 당장 쫓아내십시오. 그렇게 되면 저는 앞으로는 영원히 의술의 '의'醫자도 입 밖에 꺼내지 않겠습니다. 대사님의 맥脈을 보면 관關이 무겁게 막혀 있습니다. 당연히 식욕이 부진할 수밖에 없죠. 또 간肝에 화火가 미치니 어지러워지게 됩니다. 그 정도가 마치 흔들리는 배 위에 있는 것 같을 겁니다. 게다가 밤에 잠은 오지 않고, 그렇다고 떠오르는 생각도 없습니다. 어디 그뿐이겠습니까. 기氣가 상해 사지에 기운이 없고 마음 대로 움직일 수도 없습니다. 그저 누워 있는 것이 제일 편하고……. 그렇지 않습니까?"

고사기가 다소 오만한 표정을 짓더니 냉정한 어조로 말했다. 소마라고 는 그가 입에 올리는 증세에 대해서는 귀가 아프도록 들어온 터였다. 거의 모든 의원들이 그렇게 말했으니까. 하지만 "밤에 잠은 오지 않고, 그렇다고 떠오르는 생각도 없다"라는 말은 처음 듣는 것이었다. 또 그것은 불행하게도 사실이었다. 그녀는 자신도 모르게 두 눈을 스르르 감았다.

"대사님은 지금 병이 들었다고 할 수도 없는 상태입니다."

고사기가 단정적으로 말을 마치고는 자리에서 일어났다. 그러면서 약간 으쓱한 표정을 짓더니 뒷짐을 진 채 실내를 거닐었다. 길고 치렁치렁한 머리채가 허리까지 드리워져 흔들리는 모습이 꽤나 멋있어 보였다. 무단은 여전히 영문을 잘 모르겠다는 듯 어리둥절한 표정으로 고사기를 쳐다봤다. 얼마 후 다시 고사기의 일장연설이 이어졌다.

"대사님은 속세를 벗어난 분입니다. 불교의 경전에도 대단히 정통한 것으로 알고 있습니다. 그런 만큼 무사無思, 무욕無欲, 무구無求가 불문의 수행에 있어 최상의 보리菩提(깨달음의 지혜) 경계境界라는 사실을 누구보다 잘 아실 겁니다. 그것은 대사님께서 지난 십 년 동안 일궈낸 성과라고 할 수 있습니다. 마치 거인이 진사 시험에 합격한 것과 같다고 볼 수도 있죠. 그런데 어찌 지금의 상태가 병이라고 할 수 있겠습니까? 외람된 말씀이지만 제가 보기에는 대사님은 아직 삼계三界(미혹한 중생이 윤회하는 욕계欲界, 색계色界, 무색계無色界의 세계)를 아직 완전히 돌파하지 못해 스스로 자신을 의심하는 개탄스런 결과를 낳고 말았습니다!"

"그대 말대로라면 나는 지금 어떤 지경에 이른 겁니까? 그런데 왜 나 자신을 의심한다는 겁니까?"

소마라고가 궁금증을 참지 못하고 물었다. 무단은 처음 봤을 때보다 훨씬 정신이 맑아 보이는 소마라고를 놀란 표정으로 쳐다봤다. 그 순간 고사기가 낭랑하게 웃으면서 대답했다.

"저는 의도에 근거해 불교의 이치를 말해봤던 겁니다. 대사님은 불가에 귀의하고 수행에 정진하셨기 때문에 이제는 무아지경에 들어간 상태입니다. 그런데 대사님께서는 당연히 찾아온 텅 빈 경지를 몸이 허약할 대로 허약해져 목숨이 경각에 달렸다고 잘못 알고 계신 겁니다. 때문에 공연히 밤을 두려워하고 먼 길 떠날 준비에 기력을 허비하고 있습니다. 그러면서 속에 화가 쌓였던 겁니다! 대사님, 전에는 밤마다 각혈을 했다가 지금은 괜찮아지셨죠? 그렇죠? 웃으셨습니다. 틀림없어요. 그것은 대사님께서 황련黃蓮의 덕을 톡톡히 보신 겁니다!"

소마라고가 고사기의 말에 크게 놀라는 표정을 지었다. 그런 다음 몸을 움찔거리는가 싶더니 억지로 일어나 앉았다. 동시에 그녀의 얼굴에 혈색이 조금씩 돌기 시작했다. 안면 근육 역시 많이 부드러워졌다. 무단은 그 모습을 보면서 놀라서 할 말을 잃고 말았다. 마술사의 최면에 걸렸다가 깨어난 느낌이었다. 고사기는 그에 아랑곳하지 않은 채 정색을 하면서 말을 이었다.

"황련은 세상에서 가장 흔한 약이면서 약효 역시 제일 뛰어난 약입니다. 하지만 안타깝게도 대사님께서는 그 약을 정확히 복용할 줄을 모르셨던 것 같습니다. 그것을 드실 때 무나 미나리를 곁들여 드셨더라면 기름기를 가까이 하지 않더라도 이 정도까지 되지는 않았을 것입니다. 잡곡 가운데에서 조밥을 많이 드십시오. 그렇게 하면 반년 사이에 원기를 회복할 것입니다!"

고사기는 갈수록 거침이 없었다. 담담하게 소마라고에게 약을 먹으면서 함께 먹어줘야 할 음식까지 알려주었다. 소마라고가 웃으면서 머리를 저어보이더니 말했다.

"뭐 그럴 것까지 있겠어요?"

고사기가 말없이 창가로 다가갔다. 이어 창문을 전부 열어젖혔다. 방안의 어둡고 침침한 기운은 순식간에 사라졌다. 대신 밝고 따스해서 나른한 햇볕이 고개를 들고 들어왔다. 고사기가 다시 머리를 돌렸다.

"대사님, 노란 들꽃이 만발한 대지와 가슴 시리게 푸르른 저 하늘을 보십시오. 빨간 단풍잎으로 단장한 산, 잔잔한 물결이 가슴을 적시는 저 호수도 한번 보십시오. 얼마나 아름답습니까? 이렇게 좋은 날에 노를 저으면서 흘러간 옛 노래를 불러보는 것도 더 없이 운치가 있지 않겠습니까?"

소마라고는 노랫말 같은 고사기의 말을 들으면서 밖을 내다봤다. 과연 하늘과 산, 그리고 물은 여전했다. 그러나 느낌이 여느 때와는 달랐다. 조금 전까지만 해도 단조롭기 그지없던 그녀의 눈에는 어느덧 감동의 기운이 넘실거렸다. 그녀가 한참 넋 놓고 창밖을 바라보다 길게 한숨을 내쉬었다. 이어 그새 굳은 결심이라도 한 듯 씩씩하게 머리를 끄덕여 보였다.

심리치료는 원래 치료에 응하는 환자의 기본적인 자질이 높을 때 효과를 보는 법이다. 또 말을 많이 하다 보면 환자의 의심을 사는 실수도 하게 된다. 고사기는 이 사실을 모르지 않았다. 목소리에는 자신감이 넘쳤으나 걱정을 많이 한 것도 다 그 때문이었다. 그러나 이제 그가 더 이상 걱정을 할 필요는 없을 것 같았다. 고사기가 자신의 치료에 만족을 했는지 소마라고의 침상에서 멀리 떨어진 책상 쪽으로 다가가더니 덧붙였다.

"대사님의 병은 약을 드실 필요가 없습니다. 제가 하라는 대로만 따라 주신다면 십 년 내에 머리카락이 까맣게 될 것이라는 것을 약속드립니다!"

고사기는 말을 마치자마자 바로 붓을 들었다. 그런 다음 멋지게 휘갈겼다.

육체를 보양하고 영혼을 살찌워 여생을 살아가려니,
무사無思와 무우無憂가 바로 불선佛仙이라.
육조六祖의 법法에 더욱 정진하기를 권하면서
음식에 소금 두 숟가락 넣는 것을 항상 잊지 말기를 바람!
처방: 밖에 나가 산책을 많이 할 것.

소마라고가 내용을 읽어보다 피식 웃음을 터트렸다. 이어 은근한 어조로 물었다.

"부처님이 소금을 먹는다는 것은 어느 불경에 나오는 말인가요?"

"불경에는 그런 것이 안 나옵니다. 지난달 태황태후마마를 따라 대각사大覺寺에 불공을 드리러 갔을 때였습니다. 하도 배가 고파 공양 음식을 하나 훔쳐 먹었는데, 짠맛이 나더군요!"

고사기가 짓궂게 웃으면서 대답했다. 무단이 그의 말에 배꼽을 잡고 뒹굴었다. 소마라고 역시 빙그레 미소를 지었다.

무단과 고사기가 나란히 밖으로 나왔을 때는 황혼 무렵이었다. 둘은 강희에게 보고를 올리려고 서원으로 향하다 시위들을 인솔하고 융종문에서 나오는 목자후를 만났다. 성질 급한 목자후가 먼저 대뜸 물었다.

"대사님은 좀 어떠신가요? 무단 자네의 표정을 보니까 걱정할 정도는 아닌 것 같군!"

고사기가 싫지 않은 얼굴로 대꾸했다.

"폐하께서는 어디에 계신가요? 지금 폐하를 만나 뵙고 드릴 말씀이 있으니, 나중에 얘기를 나누도록 합시다."

"폐하께서는 서원에서의 술자리가 끝난 다음 대신들을 접견하기 위해 양심전으로 가셨습니다."

목자후가 별생각 없이 대답했다. 둘은 그와 헤어져 곧장 양심전으로 향했다.

둘이 수화문에 들어서자 태감인 이덕전이 보였다. 그는 문 앞에서 새 장 안에 갇혀 있는 매를 훈련시키고 있는 중이었다. 고사기가 물었다.

"덕전, 자네군. 폐하께서는 지금 누구를 접견하고 계신가?"

"아, 고 대인! 무 대인!"

이덕전이 고사기와 무단을 발견하고는 바로 하던 일을 멈추고 황급히 달려와 인사를 했다.

"폐하께서는 지금 수사水師(수군) 제독이신 시랑 대인을 접견 중입니다. 제가 들어가서 아뢸까요?"

이덕전의 말이 채 끝나기도 전이었다. 안에서 강희의 목소리가 들려 왔다.

"고사기가 왔는가? 들어오게!"

두 사람이 앞서거니 뒤서거니 하면서 안으로 들어갔다. 둘의 시야에 명주와 웅사리가 왼쪽에 있는 걸상에 앉아 있는 모습이 먼저 눈에 들 어왔다. 또 오른쪽 걸상에는 땅딸막한 체구에 구레나룻을 기른 실눈의 50대 사나이가 자리를 잡고 있었다. 콧마루가 유난히 높은 그는 주름 살 가득한 얼굴을 하고 두 손을 무릎에 올려놓은 채 강희의 말에 귀를 기울이고 있었다.

"……왜 훈련을 그만 둔다는 것인가? 응? 대포 오십 문을 가지고도 부족하면 제포국製炮局에 당장 이십 문을 더 만들어 내라고 해야겠군!"

강희는 안으로 들어서는 고사기를 힐끔 쳐다보았지만 시랑에게 하는 말은 그치지 않았다.

"자네의 수군이 미산호微山湖와 동평호東平湖에서만 훈련을 해서는 아무런 소용이 없어. 그런 생각은 하지 않았나?"

시랑이 잠시 생각을 하더니 대답했다.

"대포를 추가로 제조하는 일은 소인이 이미 호부에 얘기를 해놓은 상태이옵니다. 그러나 그쪽에서는 유월에 보내준다고 해놓고서는 아직까지 미루고 있사옵니다. 도대체 무슨 사연이 있는지는 소인도 잘 모르겠사옵니다. 지금 당장 문제가 되는 것은 병사들의 사기가 높지 않다는 사실이옵니다. 호수에서 훈련하는 것과 바다에서 싸우는 것은 완전히 다르옵니다. 방금 폐하께서는 정말 지당하신 말씀을 하셨사옵니다. 소인 역시 이 두 곳뿐만 아니라 연대煙臺의 바다로 나가 훈련을 시도해보기도 했사옵니다. 그런데 병사들이 임전무퇴는커녕 훈련이 시작되기도 전에 도망을 가는 경우가 적지 않사옵니다. 심지어 미리 부모님에게 유서를 쓰는 병사들……."

"사기가 높지 않은 것이 아니라 지휘관들의 기백이 바닥인 것이겠지. 자네는 또 무슨 좋지 않은 소문이라도 들은 것은 아닌가? 짐이 자네를 탓하는 것은 결코 아니네. 육부의 사람들이 하라는 일은 하지 않고 기가 막힌 일을 꾸미고 있다는 사실을 짐은 잘 알고 있어. 전체 문무대신들 중에 전쟁을 주장하고 있는 사람은 이광지와 요계성 등 몇몇밖에 되지를 않아. 게다가 이번에는 색액도까지 병가를 냈으니 이광지도 따라서 밀려나는 것은 아닌가 하는 추측들이 무성한 것 같았어. 자네도 짐이 변심하지 않을까 걱정인 것이지?"

강희가 냉소를 머금었다. 그런 다음 한껏 굳어진 얼굴로 명주와 웅사리를 힐끔 바라봤다. 날카로운 눈빛이었다. 고사기마저 속이 뜨끔할 정도였다. 강희가 다그치자 시랑이 숨을 길게 내쉬더니 우울한 표정으로 입을 열었다.

"폐하께서 말씀하신 그대로이옵니다! 소인은 갑신년에 홀몸으로 대만을 뛰쳐나왔사옵니다. 성조聖朝에 충성하기 위해서라고 감히 말씀드리옵니다. 그러나 그 대가로 아버지와 형이 모두 변을 당하고 말았사옵니다. 그래도 소인은 피눈물 나는 원한을 안고 조양潮陽, 경주瓊州, 뇌주雷州 등의 전투에서 목숨을 걸고 싸워 그자들의 반란을 평정했사옵니다. 소인은 솔직히 나라를 위해 공훈을 세워 조정의 신임을 얻고 싶었사옵니다. 그런데 지금까지도 적잖은 사람들은 소인이 대만에 지인들이 많기 때문에 한번 가면 돌아오지 않을 것이라고 뒷말을 하옵니다. 조정을 위해 혼신의 노력을 다하는 소인으로서는 이런 불신과 배척이 얼마나 마음 아픈지 모르옵니다."

시랑이 평소 가슴에 품었던 생각을 솔직하게 털어놓자 강희가 위로를 했다.

"사람이 살다 보면 억울한 소리를 한두 번 듣는 것이 아니지 않겠나? 그렇다고 움츠러들면 되겠어? 한 가지 예를 들어보자고. 누군가 자네를 북두칠성의 일곱 번째 별이라고 빗대서 말한다면 자네는 그것을 가지고 괴로워하고 마음 아파할 필요가 없네. 그 위에 자미성紫微星이 있다는 식으로 생각을 긍정적이고 낙천적으로 가지면 되지 않겠는가? 짐은 자네가 자격이 있다고 확신하네! 다음에 누가 또다시 자네를 북두칠성의 일곱 번째 별이라고 할 때는 짐의 말을 전하게. 그것은 아무나 되는 것이 아니라고 말이야!"

"폐하……."

강희의 진심어린 말에 감명을 받은 시랑이 눈물을 흘렸다. 더 이상 말을 잇지 못했다.

웅사리는 사실 당초부터 대만에 출정하는 것을 반대했다. 다른 사람들이 생각하는 것처럼 대만은 있어도 그만 없어도 그만인 존재라고 판단했기 때문이 아니었다. 그보다는 연이은 전쟁에 찌든 나라 전체가 휴양생식休養生息(휴식을 취해 기운을 차림)을 해야 한다고 생각했기 때문이었다. 게다가 이광지가 색액도의 세력을 믿고 웬만한 사람의 의견은 완전히 깔아뭉개다 비로소 한풀 꺾이기는 했으나 앞으로는 또 어떻게 될지 모를 일이기도 했다. 웅사리가 시랑의 입장과는 반대되는 생각을 계속 하고 있는 바로 그때 분위기 파악 잘하는 명주가 끼어들었다.

"폐하께서도, 시 장군도 너무 상심하지는 마십시오. 앞으로 육부의 어느 누구라도 꾀를 부리기만 하면 소인이 된맛을 톡톡히 보여주겠사옵니다. 다행히 색액도가 큰 병은 아니라 곧 돌아오지 않을까 싶사옵니다. 그러면 모두들 자연스럽게 고분고분해질 것이옵니다."

"대만에 출정하는 것은 짐이 정한 국책이야. 오늘 자네를 부른 것은 한 가지 똑바로 일러둘 것이 있어서네. 자네를 뒷받침 해주는 사람은 이광지나 색액도도 아닌 바로 짐이라는 사실을 알아두게. 짐이 자네의 든든한 후원자라는 얘기네. 또 앞으로도 그럴 것이고! 대만 출정을 두고 대신들 사이에서 의견이 분분하다는 사실을 짐은 잘 알아. 물론 의견이 다른 사람의 생각도 궁극적으로는 이 나라를 위한 마음이 본바탕에 깔려 있기 때문에 짐은 무작정 나쁘다고 생각하지는 않네. 백이면 백 모두 똑같은 생각에 똑같은 얘기만을 하라고 강요할 수는 없지 않은가? 하지만 짐은 생각이 다른 사람은 용서할 수 있으나 협력을 하지 않는 자는 용서할 수가 없네. 여봐라! 호부상서 정사제鄭思齊를 해임하고 이상아伊桑阿를 그 자리에 앉히라. 최아오崔雅烏를 호부시랑으로 앉히고……, 이광지에게는 협판대학사協辦大學士를 겸하게 해서 시랑이 북경에서 필요한 모든 사무를 대신 돌봐줄 수 있도록 하라. 시랑이 전방에서 돈이 필요하면 돈, 사람이 필요하면 사람, 군비가 필요하면 군비를 지원해 주도록 하라!"

강희가 감히 범접 못할 엄숙한 표정으로 시랑에게 말했다. 강희의 말을 경청하고 있던 시랑의 얼굴에는 환희가 물결치고 있었다. 명주와 웅사리 등도 풀썩 그 자리에 무릎을 꿇더니 큰 소리로 대답했다.

"예, 폐하! 명령을 잘 받들 것을 맹세하옵니다!"

강희가 내친김에 얘기를 끝내야겠다고 작정한 듯 다시 입을 열었다.

"……그리고 사기를 진작시키는 것에 대해서는 말이야……. 호수나 강에서 수전을 벌이는 것과 해전은 분명 차원이 달라. 그것은 부인할 수 없는 사실이야. 해전이 훨씬 더 위험하지. 그런 곳으로 나라를 위해 싸우라고 내몰면 그만큼 대접을 잘해줘야 해. 세상에 부모자식이 없는 사람이 어디 있겠나! 시랑, 자네는 돌아가서 짐이 말한 대로 잘 전해주게. 무릇 해전에서 전사하거나 부상을 입은 병사들에게는 위로금을 두 배로 올려주겠다고 말이야. 또 전사할 경우에는 그 유해를 북경으로 옮겨 올 거야. 그러나 실제로는 그러기가 쉽지 않은 만큼 짐이 비석에다 그 이름을 새겨줄 것이야! 죽은 자에게는 천추에 길이 빛날 이름을 남기게 해주고 생환한 자에게는 물질적 풍요를 아낌없이 주겠다는 것이지. 이렇게 하면 사기가 진작되지 못할 이유가 없지 않겠나?"

시랑은 강희의 파격적인 말을 듣고는 그 자리에서 벌떡 용솟음치듯 일어섰다. 그러더니 우렁찬 목소리로 말했다.

"폐하, 소인은 당장 수군의 훈련을 그만두겠다고 올린 상주문을 돌려받고자 하옵니다!"

"오!"

강희가 그제야 희색이 만면한 모습으로 일어섰다. 그런 다음 시랑의 어깨를 툭툭 치면서 덧붙였다.

"자리에 앉아 짐의 얘기를 다시 한 번 들어보게. 자네는 어렸을 적에 무척이나 공부를 하기 싫어했다고 하더군. 그래서 검술을 배워 부지런히 연마한 결과 뛰어난 장수가 됐고. 정성공 부자가 자네를 모함해 내쫓은 것은 자네 세력이 커지는 것을 무서워해서가 아니었어. 그보다는 자네의 지모가 자신들을 훨씬 능가하는 것에 대해 겁을 집어먹었기 때문이었어! 그것은 그자들이 자네 같은 인재를 키울 만한 울타리를 만들어주지 못하는 위인들이라는 사실을 증명하는 거야. 한마디로 그릇이 작고 큰일은 하지 못할 사람들인 것이지. 짐은 자네가 대만을 수복하지 못하면 어떡하나 하는 걱정은 하지 않아. 하지만 짐에게도 고민이 있는 것은 사실이야. 그게 뭔지 아는가?"

시랑은 강희의 질문에 눈을 크게 뜬 채 강희와 웅사리를 번갈아 바라봤다. 명주와 고사기 역시 서로 마주보면서 시선을 교환했다.

강희가 천천히 자리에서 일어나더니 청석을 깐 마룻바닥에 신발 소리를 내면서 빙빙 돌듯이 거닐었다. 그러다 한참 후에야 입을 열었다.

"아직 이런 얘기를 하기에는 조금 이른 감이 없지 않으나 미리 듣고 잘 생각해 보는 것도 나쁘지는 않을 거네. 대만은 바다에 둘러싸여 있네. 내륙과는 백 리 바닷길을 사이에 두고 있지. 때문에 우리는 그쪽 민심을 잘 몰라. 또 그쪽 사정에 밝지 못하기 때문에 다스리기가 힘들 수밖에 없어. 또 정성공의 부하들 중에는 자네에게 은혜를 베풀었던 사람도 없지는 않을 거야. 반대로 그야말로 이가 갈리는 원수도 있을 테지. 한마디로 은원이 뒤엉키고 정세는 복잡해. 만약 해전을 거쳐 그들을 전멸시켜 버린다면 문제될 것은 없을 거야. 그러나 그렇지 않고 포로가 돼 투항을 요청해올 경우는 상황이 조금 복잡해질 수도 있어. 그에 대비해 짐이 자네에게 여덟 글자를 선물하겠네."

강희가 말을 마친 다음 시랑을 바라봤다. 시랑이 황급히 무릎을 꿇으면서 머리를 조아렸다.

"성유聖諭를 가슴 깊이 아로새기겠사옵니다!"

강희가 눈빛을 반짝이면서 시랑에게 한걸음 다가갔다. 이어 한 글자씩 또박또박 말했다.

"지가보은只可報恩, 불가보구不可報仇(은혜는 갚아야 하나 복수는 해서는 안 된다는 의미)라는 여덟 글자네!"

시랑은 강희의 말에 크게 숨을 들이마셨다. 그러고는 잠시 후에 입을 열었다.

"명심하겠사옵니다, 폐하! 은혜는 갚되 복수는 금물이다! 그 말씀 명심, 또 명심하겠사옵니다. 소인은 나라를 일통하는 위업을 최우선으로 하겠사옵니다. 절대 사적인 원한 때문에 큰일을 그르치는 일이 없도록 할 것을 맹세하옵니다!"

"그게 바로 진짜 사내대장부의 본색이야. 나라를 걱정하는 신하의 올바른 자세이기도 하고! 소인배들이 뒤에서 뭐라고 수군대면서 모함을 해도 절대로 신경을 쓰지 말게. 자네는 그저 맡은 임무에 충실하기만 하면 되네. 짐이 자네에게 부단히 힘을 실어줄 것이야. 복건 총독 요계성이 자네와 의형제 사이라고 했나? 짐이 그를 자네 군중의 군기軍機 참모로 기용할 생각이네. 더불어 그가 거느리고 있던 만여 명의 수군도 자네 밑으로 보내주겠네. 우리 군신이 합심하면 쇠도 녹일 수 있을 거야. 대사를 이룩하지 못할 이유가 없지 않은가!"

시랑은 강희의 전폭적인 지지에 감동하지 않을 수 없었다. 물러날 때도 얼굴에서 흥분을 지우지 못했다. 강희 또한 물러가는 그의 모습을 오래도록 지켜본 다음 비로소 얼굴을 돌려 고사기를 향해 물었다.

"그래, 갔던 일은 어찌 됐나?"

고사기가 입술을 적시면서 대답했다.

"당분간은 괜찮을 듯하옵니다."

무단도 옆에서 맞장구를 쳤다.

"고사기 대인이 너무 겸손한 것 같사옵니다. 이번에 약 한 제 쓰지 않고 얘기만 나눴는데도 혜진 대사를 병상에서 벌떡 일어나 앉게 했사옵니다. 소인은 그것을 보고 탄복하지 않을 수 없었사옵니다!"

"하오나 앞으로 남은 시간은 몇 년밖에 안 될 것이옵니다!"

고사기가 갑작스럽게 분위기를 깨는 말을 입에 올렸다. 그러자 좌중의 사람들은 하나같이 깜짝 놀라 움찔했다. 그가 다시 말을 이었다.

"소인이 힘을 드리기 위해 좋은 말을 해드리기는 했사오나 대사님은 기름이 거의 다 말라가는 등잔에 비유할 수밖에 없사옵니다. 다 아시는 바와 같이 세상 모든 육체의 병은 약으로 치료가 가능하옵니다. 그러나 마음의 병은 마음으로 치유할 수밖에 없사옵니다. 또 마음의 병은 온몸 어디에도 아픈 흔적은 없으나 그 아픔은 이미 세포 곳곳에 분포돼 있다고 할 수 있사옵니다! 소인은 알고 있는 모든 지식을 동원해 대사님으로 하여금 어느 정도 자신감을 회복하게 할 수는 있사옵니다. 또 몸에 맞는 음식을 들게 할 수도 있사옵니다. 그렇게 소인의 말만 따라주신다면 앞으로 오 년 정도는 생명을 연장시킬 수 있사옵니다. 더 이상은 어렵사옵니다. 감히 폐하를 기망할 수는 없사옵니다!"

강희의 얼굴이 순식간에 굳어졌다. 두 눈에 슬픈 빛이 가득했다. 고사기의 말을 전혀 의심하지 않는다는 표정이었다. 강희는 너무나 가슴이 아픈지 눈물 맺힌 두 눈을 들어 창밖을 내다보면서 나지막하게 중얼거렸다.

"만회가 불가능하다고……. 정말 그런가?"

고사기가 울먹이면서 대답했다

"예…… 소인은 할 수 있는 데까지 최선을 다했사옵니다. 이제 고통 없이 편안하게 가시도록 도와드리는 일밖에 남지 않았다고 생각하옵니다……."

명주는 한쪽 편에서 시치미를 뚝 떼고 있었으나 마음이 편치 않았다. 아니 갑자기 밀려오는 자책감에 마음이 너무나도 아팠다. 소마라고를 이 지경까지 몰고 온 장본인이 자신이라는 사실이 못 견디게 괴로웠다. 그는 고사기를 힐끗 쳐다보다 말고 짧은 턱수염을 만지작거리면서 조용히 머리를 숙였다. 어느덧 백발이 성성한 노인으로 변한 웅사리 역시 감회가 남다를 수밖에 없었다. 어려운 시절 먼발치에서나마 힘을 실어줬던 소마라고를 떠올리면서 눈물을 흘리고 있었다.

강희가 넋이 나간 듯 오랫동안 먼 산을 바라보다 갑자기 탁자를 내리쳤다. 이어 탄식을 내뱉더니 갑자기 이덕전을 소리쳐 불렀다.

"이덕전!"

"예, 폐하!"

강희가 눈물을 닦으면서 명령했다.

"내무부에 전하라! 혜진 대사에게 가마를 하나 마련해줘서 오성五城의 안팎과 어원御苑의 출입금지 구역을 포함한 그 어디든 원하는 곳이면 언제든지 출입할 수 있도록 하라. 여기에 관해서는 일일이 허락을 받을 필요가 없다!"

"예, 폐하!"

강희는 명령을 내리고 나서도 자리에 앉은 채 침묵했다. 아마도 속으로 날짜를 헤아려보고 있는 것 같았다. 얼마 후 그가 한탄하듯 내뱉었다.

"혜진 대사가 오래전부터 금릉에 여행을 가고 싶다고 했지. 그러니 짐이 남방 지방 순시를 떠날 때까지만이라도 살아줬으면 좋겠어! 후유! 근보가 하고 있는 치수 일은 언제쯤 마무리가 될는지……."

18장

청렴하고 유능한 관리

　세월은 빠르게 흘렀다. 근보와 진황이 눈코 뜰 새 없이 바쁜 나날을 보
낸 지가 어언 3년이 지난 것이다. 그 사이 호부에서는 당초 계획대로 매
년 250만 냥씩의 치수 사업비용을 계속 보내줬다. 혹시나 호부에서 온
갖 핑계를 대고 돈을 제대로 주지 않는 것이 아닐까 하는 걱정을 했던
근보와 진황으로서는 정말 다행이라고 할 수 있었다. 근보와 진황, 봉지
인 등은 이처럼 어렵게 확보한 돈을 제대로 요긴하게 사용하기 위해 고
민에 고민을 거듭했다. 그런 와중에도 낮에는 제방을 쌓는 공정을 진두
지휘하고, 저녁에는 지도를 그린 다음 표表를 작성해 강희에게 정확한
수치를 열흘에 한 번씩 직접 보고를 올렸다. 하나같이 진황이 작성하고
근보가 검열과 함께 도장을 찍어 올려 보냈다. 강희의 생각 역시 조정의
부서들을 거치지 않았다. 그가 보낸 측근이 직접 말을 몰고 청강淸江의
하독부로 달려와 전했다. 이처럼 군신간의 합심에 거추장스러운 중간

다리들을 제거해 버리자 일은 훨씬 능률적으로 진행되었다.

하독부를 청강으로 옮긴 것도 예상 밖의 효과를 거두었다. 이 관청은 원래 큰 우성룡이 관할하는 산동성과 엎드리면 코 닿을 제녕濟寧에 있었다. 말할 것도 없이 수리水利에 대해서는 일가견이 있다는 자부심에 넘치는 그의 무리한 간섭에서 자유롭지 못했다. 심할 경우는 사사건건 부딪쳐 마찰이 빚어지고는 했다. 물론 우성룡은 자타가 공인하는 청렴한 관리로 유명했다. 직급도 궁보宮保인 데다 대학사大學士라는 직위도 가지고 있었다. 한마디로 자존심이 대단할 수밖에 없었다. 게다가 그의 말이라면 죽는 시늉이라도 하는 사람들이 수도 없이 많았다. 어떨 때는 막무가내로 나오다시피 하는 이들도 없지 않았다. 때문에 역대의 하독들은 꽤나 머리를 썩여야 했다. 그러나 관청을 청강으로 옮기자 무엇보다 그런 골치 아픈 일이 사라져버렸다. 또 치수 현장과 가깝다는 사실도 큰 장점으로 작용했다. 다행히 강남 순무인 정락丁諾은 치수 사업에 크게 관여하지 않았다. 때문에 근보와 진황은 역대 하독들보다는 훨씬 편하게 일을 할 수 있었다.

아무려나 터진 제방을 긴급하게 막는 공정은 거의 성공리에 마무리가 되어가고 있었다. 근보와 진황은 자연스럽게 면밀한 검토를 거쳐 조운의 개통을 확보하는 일에 착수할 수 있게 됐다. 상주문을 올려 허락도 받았다. 두 사람은 이에 힘입어 강도江都쪽 조운의 제방을 수리하거나 새로 쌓기도 했다.

"이제야 숨통이 좀 트이는 것 같군요."

진황이 새로 만든 제방 위에서 꽤 홀가분한 표정으로 말했다. 그의 얼굴은 원래부터 하얗지는 않았으나 몇 년 동안 햇볕과 비바람 속에서 시달려서 그런지 더욱 새카맣게 그을려 있었다. 그가 바람을 맞받으면서 무슨 걱정이 있는지 눈을 가늘게 뜬 채 저 멀리 새로 만든 제방을 바라보고 있는 근보를 향해 말했다.

"그야말로 죽을 고생을 다 해서 이렇게나마 만들어 놓았는데, 폐하께서 조량漕糧을 문제 삼아 우리에게 곤장을 안기지는 않으시겠죠?"

깊은 생각에 잠겨 있던 근보가 머리를 끄덕였다. 그러나 말라 터져 피가 맺혀 있는 입술은 여전히 꾹 다물고 있었다. 진황의 질문에는 아예 대꾸할 생각이 없는 듯했다. 얼마 후 그가 고개를 돌리더니 봉지인에게 말했다.

"제방을 보호할 나무는 준비가 됐는가? 폐하께서 실수 없이 잘 하라고 누누이 지시하셨는데, 우선 어떻게 심을 것인지 충분한 검토부터 해야겠지?"

"나무는 실어왔습니다. 전부 아카시아와 버드나무입니다. 진 선생이 회화나무와 풀을 심자고 했으나 요즘 돈이 되지 않는다고 다들 취급하지 않는 바람에 못 구했습니다. 그게 아쉽습니다."

봉지인이 근보의 말에 눈물을 닦으면서 말했다. 바람만 맞으면 눈물을 흘리는 안질이 심해진 듯했다. 진황이 그의 말에 살을 붙였다.

"어쩌겠습니까. 먼저 사 온 나무라도 둑 주위에다 심어야겠습니다. 이런 키 큰 교목喬木(높이 자라는 줄기가 곧고 굵은 나무)들은 절대 둑 위에다 심어서는 안 됩니다. 새로운 관찰觀察(관찰사를 의미함)이 오면 그때 가서 나머지는 상의하도록 하는 것이 좋겠습니다."

진황의 말에 근보가 이빨 사이로 내뱉듯 퉁명스럽게 말했다.

"이미 부임했어요. 다름 아닌 우성룡입니다."

진황과 봉지인이 놀라는 기색을 보였다. 그러자 근보가 말을 이었다.

"그러나 산동성 궁보인 우성룡은 아닙니다. 그의 사촌동생 역시 우성룡이라고 합니다! 이름 짓기가 그렇게나 어려운지 어떻게 똑같이 이름을 짓나 그래. 사람을 혼란스럽게 만들고 말이야. 이 사람에 대해서는 내가 조금 압니다. 자기 형하고 성격이나 일하는 모습 등 모든 것이 쏙 빼닮았어요. 오자마자 위엄부터 부릴 게 틀림없어요!"

근보가 우성룡에 대한 칭찬인지 비난인지 모를 애매한 말을 하고는 한숨을 내쉬었다. 씁쓸한 웃음과 함께였다.

"올해 가을에는 물이 늘어나지 않았으면 좋겠네요! 그러면 우성룡과 사이좋게 지낼 수 있으련만……."

진황은 근보와 봉지인의 뒤를 따라가기만 했다. 깊은 생각에 잠겨 있는 듯했다. 한참 후 그가 입을 열었다.

"소가도蕭家渡의 제방이 이미 완공됐더라면 가을에 물이 아무리 불어나더라도 걱정을 하지 않을 텐데 말입니다. 제 생각에는 가을에 물이 불어날 때면 저쪽에 물꼬를 하나 터주는 것이……."

진황이 말을 하면서 손가락으로 멀리 움푹하게 들어간 부분을 가리켰다.

"절묘한 생각이오! 제방을 쌓기 위한 흙이 필요해 이쪽을 파 쓰다 보니까 여기는 완전히 웅덩이가 돼 버렸어요. 그러니 이번 기회에 흙모래가 많은 흙탕물을 잘 빼내면 평지로 변할 것이 아닙니까. 물이 빠져나간 후에는 가만히 앉아서 만여 경頃(1경은 10,000제곱미터에 해당)에 가까운 좋은 논밭을 얻을 수 있게 된다고요!"

근보는 진황의 말을 다 들어보지도 않고 손뼉을 치면서 흥분했다. 봉지인은 처음에는 어리둥절한 표정이었지만 근보의 말을 끝까지 다 듣고는 대략 무슨 뜻인지 간파한 듯했다. 기뻐하면서 맞장구를 쳤다.

"그렇게 되면 지세가 높아져 둑을 견고하게 해주는 역할도 할 수 있습니다. 또다시 둑을 보완할 경우에 흙을 쓰기도 편하고요. 완전히 일석삼조가 아닙니까?"

봉지인의 말에 진황이 머리를 저으면서 웃었다.

"두 분 다 제일 중요한 것을 빠뜨렸습니다. 여기에 물꼬를 만들면 운하로 흘러드는 황하의 물살을 완화시킬 수 있습니다. 그러나 가장 중요한 것은 역시 가을에 불어나는 물로 인해 조운이 중단되는 일이 없을 것이라는 사실입니다. 또 그리고 지금 얘기했듯 내년에는 만여 경이 넘는 좋은 논을 백성들에게 나눠줄 수 있습니다. 정말 좋은 일이죠. 우성룡이 아무리 성격이 괴팍하고 꼬투리를 잘 잡는다고 해도 진짜 청백리라면 이처럼 백성들에게 유리한 일을 많이 하는 우리를 공연히 괴롭히기야 하겠습니까?"

"다시 말하지만 정말 절묘하네요! 진 선생! 선생이 동진사에라도 합격했다면 내가 아마 하독으로 천거를 했을 겁니다! 하지만 선생은 사람을 다스릴 팔자는 아닌 것 같군요."

근보가 탄복을 금치 못했다. 그러나 진황과 봉지인은 입신양명에 대한 얘기가 나오자 약속이나 한 듯 바로 입을 다물었다. 특히 진황은 근보의 말을 애써 신경 쓰지 않는 척하면서 멀리 우뚝 솟아 장관을 이룬 제방을 바라보다가 한참 후에야 입을 열었다.

"나라와 백성들에게 이로운 일을 하고 군주의 은혜에 보답할 수 있으면 그것으로 족합니다. 저는 개인의 영달은 이 발밑의 한 줌 황토와 같다고 생각합니다!"

세 사람이 이런저런 얘기를 나누면서 걸어가던 때였다. 황하와 운하가 만나는 교차 지점에서 어떤 중년 남자가 뒷짐을 진 채 황하를 뚫어져라 쳐다보고 있는 모습이 보였다. 봉지인과 진황은 몰라봤으나 근보는 그를 한눈에 알아본 모양이었다. 바로 빠른 걸음으로 다가가 읍을 했다.

"아이고, 누구신가 했더니, 바로 진갑振甲 대인이군요! 나를 못 알아보시겠습니까? 근보라는 사람입니다! 이봐요, 봉 선생! 진 선생! 이 분이 바로 우 관찰이오. 부임하시자마자 바로 현장부터 찾아오셨지 뭡니까!"

그랬다. 우성룡, 바로 그였다! 막무가내로 조정의 식량을 빌려 난민들을 구제했던 현령으로 일하다 나중 영파寧波에서 도대로 승진해 다시 돌아온 우성룡이었다. 피골이 상접한 바짝 마른 얼굴을 한 그는 무명 두루마기를 입은 초라한 행색을 하고 있었다. 옷과 신발 모두에 흙탕물이 튀어 있었다. 외관은 별로 볼품이 없어 보였다. 하지만 불어오는 바람을 마주하고 서서 머리채와 두루마기 자락을 휘날리고 서 있는 그에게서는 뭐라 설명하기 어려운 위엄이 물씬 풍겨나고 있었다.

"근 대인! 제방을 이렇게 쌓아서 가을에 불어날 물을 견뎌낼 수 있겠습니까? 물길이 너무 좁아 위험하지 않을까요? 며칠 전 폐하의 성유를 황공하게 받아 읽었습니다. 성유에서 폐하께서는 나무를 심어 둑을 견고하게 하라고 명령을 하셨습니다. 그 분은 구중궁궐에 파묻혀 계시면서도 이런 자세한 부분까지 지적해 주시는데, 주변에 식객과 참모까지 두고 있는 우리 외관外官들이 제대로 일을 못해서야 되겠습니까!"

우성룡은 근보와 몇 마디 간단한 의례적 인사말이 오가자마자 바로 본론에 들어갔다. 그의 말투는 부드러웠다. 그러나 사람을 훈계하는 듯한 태도는 약간 귀에 거슬렸다. 무덤덤한 표정에 입가를 살짝 치켜 올리면서 말하는 모습이 상대방은 경멸하는 것 같기도 했다. 근보를 비롯한 일행은 큰 우성룡보다 상대하기가 더 힘들 것 같다는 생각을 하지 않을 수 없었다. 기분이 은근히 언짢아지면서 모처럼 홀가분했던 마음이 또다시 무거워지고 있었다. 특히 근보는 크게 화가 치밀었다. 하지만 내색은 하지 않았다. 그저 뒷짐을 진 채 하늘을 쳐다보면서 소리치면서 흐르는 황하의 물소리를 조용히 듣기만 했다. 억지로 기분을 꾹꾹 누르고 있는 것이 분명했다. 한참 후 그가 껄껄 웃으면서 말했다.

"우 관찰, 걱정하시는 부분은 이미 알아서 처리해 놓았습니다. '장군은 전쟁터에서는 군주의 명령을 어길 수도 있다'는 말이 있습니다. 관찰께서는 수레에서 내리자마자 우리 얘기는 들어보지도 않고 어찌 내가 황제의 명을 어겼다고 생각합니까? 또 이 제방을 보호하지 못한다고 어떻게 단언할 수가 있습니까?"

"대인! 내가 감히 치수 업무에 지나치게 관여하는 것은 아니라는 사실을 분명히 해두고 싶습니다. 다만 아셔야 할 것은 폐하께서 이 지역에 대한 권한과 책임을 나에게 주신 이상 이곳 관할 내에 있는 백성과 땅을 비롯해 나무 한 그루, 풀 한 포기 모두 나의 책임하에 있다는 것을 이해해 주시면 감사하겠습니다. 둑에 나무를 심지 않은 것이나 물길이 이렇게 좁은 것은 상식적으로 볼 때도 위험한 겁니다. 만약 둑이 터진다면 대인과 나 어느 누구도 책임을 면할 수가 없을 겁니다!"

우성룡은 격식을 차려 허리를 굽혀 보이면서도 관료적인 딱딱한 말투는 그대로였다. 근보의 얼굴이 시뻘겋게 달아올랐다. 봉지인은 그 모습을 보고 그가 곧 인내의 한계를 느끼고 화를 폭발시킬 것이라는 사실을 짐작하고는 재빨리 나섰다.

"두 분 대인께서 생각하시는 바는 결국엔 같은 것 같습니다. 사실 우리 셋은 방금 전까지도 나무를 심어 둑을 견고하게 하는 방안을 검토하고 있던 중이었습니다."

"그대는 조금 자중하는 것이 좋겠소이다. 나는 지금 근보 대인과 얘기하는 중입니다!"

우성룡이 표정 없는 얼굴을 하고 차갑게 봉지인의 말허리를 잘라버렸다. 그러자 근보가 냉소를 터트렸다.

"치수 사업에 조언을 하는 참모가 그런 말도 못합니까? 저 봉 선생은 발로 뛰고 몸으로 부딪치면서 열심히 일하는 조정의 당당한 오품관입니다. 녹봉이나 축내면서 밥값도 못하는 등신은 아니라고요!"

우성룡은 근보의 강경한 대응에 잠깐 움찔하더니 이어 담담하게 사과했다.

"그렇다면 내가 실수를 했네요. 그게 사실이라면 우리 백성들이 다행스럽게도 복이 있다는 얘기인데……."

우성룡은 사실 치수 사업에 대해서는 약간 신경질적인 자세를 취하는 경향이 없지는 않았다. 사촌형인 큰 우성룡이 일을 맡아 했다가 망신을 당한 것을 너무나도 잘 기억하고 있었던 것이다. 때문에 근보가 봉지인을 감싸고돌자 속으로 더욱 화가 치밀 수밖에 없었다. 하지만 그는 근보가 지위로 볼 때 자신보다 훨씬 위라는 사실을 모르지 않았다. 결국 어쩔 수 없이 화를 가라앉히면서 말했다.

"나도 근 대인에게 괜히 찾아와 이러는 것이 아니지 않습니까! 워낙 수많은 인명이 달린 중대한 문제인 탓에 관여하지 않을 수가 없습니다. 작년 가을 강물이 불어났을 때도 열몇 개의 마을이 휩쓸려 나갔습니다. 그때의 이재민들은 아직도 정상적인 생활을 못하고 있는 실정입니다. 그러니 신경을 쓰지 않을 수가 없습니다."

우성룡의 말은 틀린 것이 아니었다. 작년에 물이 불어났을 때 재력과 인력을 총동원해 조운의 확보를 위한 제방에 신경을 쓰다 황하 건너편의 둑이 터지는 것을 미처 막지 못했으니까 말이다. 이로 인해 청강현의 17개 마을이 물에 잠기는 큰 사고도 일어났다. 우성룡이 한 해 전의 일을 직접 거론하고 나선 이유는 분명했다. 나중에라도 근보를 탄핵하기 위한 빌미는 일단 마련해 놓아야겠다는 생각과 무관하지 않았다. 근보역시 그것을 알고도 남았다. 그가 잠시 생각을 하는가 싶더니 마른침을 삼키면서 성질을 죽인 채 말했다.

"치수에 대해서는 대인도 문외한은 아니라고 들었습니다. 그러나 이일은 분명 공자 왈 맹자 왈 떠든다고 해서 할 수 있는 일은 아닙니다. 우왕禹王도 치수에서 큰 성과를 내기 시작한 것은 자그마치 구 년이라는 시간이 흐른 다음이었습니다. 그 긴 시간 동안 둑이 무너져 피해를 입은 곳이 단 한 곳도 없었다고 생각하지는 않으시겠죠?"

분위기는 갈수록 살벌해졌다. 우성룡 역시 자신이 너무한다는 생각이 없지는 않았다. 그러나 그는 눈앞의 잘 나가는, 당당한 붉은 정자의 관리가 북경에서는 명주의 왼팔이라는 생각을 떠올리자 바로 생각이 달라졌다. 상대가 혐오스러운 나머지 냉소까지 번졌다.

"그렇다면 최소한 구 년이라는 시간이 필요하다는 얘기입니까? 구 년이든 십 년이든 그것은 하독께서 할 일입니다. 아무튼 나는 우리 지역이 앞으로 구 년 동안이나 홍수의 피해를 입게 할 수는 없습니다!"

"내 일이라고 하시면 말이 안 됩니다. 이 일은 나라와 백성들을 위한 큰일입니다."

근보의 반박은 매서웠다. 그는 늘 우성룡 같은 깐깐한 사람 앞에서는 손톱만큼의 꼬투리라도 잡혀서는 안 된다고 생각해왔기에 충분히 그럴 수 있었다. 그가 다시 말을 이었다.

"내가 우왕을 거론한 것은 사실이 그랬었다는 얘기일 뿐입니다. 결코 내 자신을 우왕과 비교하려고 한 것은 아닙니다. 그때는 그때의 사정이 있었을 것입니다. 또 지금은 그때와는 다릅니다. 치수 사업 자체가 그동안 완전히 썩어문드러져 있었는데, 고름을 짜내고 근본적인 치유를 해야 하지 않겠습니까? 나는 두 형제분의 청렴함에는 탄복하고 있습니다. 그러나 대인은 아무리 그래도 치수의 전문가는 아닙니다. 때문에 모르는 속사정도 많다는 것을 알았으면 합니다. 대인은 재작년에 이쪽에서 제방이 삼백 장ㄤ이나 터졌을 때 여기에 없었습니다. 대인의 어머니께서 현장에 계시기는 했죠. 믿지 못하겠으면 가서 여쭤봐도 좋습니다. 그때 우리가 노력을 하지 않아서 그렇게 됐겠습니까? 아니면 지방 관리들의 무사안일주의나 늑장 대처 때문에 그렇게 됐을까요? 대인 혼자만 백성을 아끼고 가슴 아파한다고는 생각하지 마십시오. 백성들이 수난을 당하면 발을 동동 구를 사람이 어찌 대인과 나뿐이겠습니까? 폐하께서도 몇 날 며칠을 뜬 눈으로 밤을 지새우실 겁니다!"

근보는 말을하면 할수록 흥분하는 것 같았다. 급기야는 진황과 봉지인의 손을 잡아끌고 와서는 우성룡에게 보이면서 덧붙였다.

"이 두 선생이 대인이 아까 말했던 이른바 식객이자 참모입니다. 내가 정성을 다해 키우는 분들입니다. 봉 선생은 올해 나이 마흔이 약간 되지 않았습니다. 진 선생 역시 스물아홉 살밖에 되지 않았어요. 하지만 이 손을 좀 보세요. 이게 어디 가만히 앉은 채 바둑을 두거나 한가하게 거문고 줄이나 뜯던 손인가 말입니다!"

우성룡이 격분에 떠는 근보의 기세에 놀랐는지 한 발 뒤로 물러섰다. 근보의 말은 나름 충분히 설득력이 있었다. 무엇보다 마흔 미만이라는 봉지인의 모습이 그런 사실을 말해주고 있었다. 환갑이 훨씬 더 넘은 노인 같아 보였다. 게다가 이마는 벗겨지고 뒤통수에 조금 남아 있는 흰 머리카락은 한 줌도 되지 않았다. 새카맣게 탄 진황의 얼굴 역시 크게 다르지 않았다. 마치 칼로 조각을 해놓은 것처럼 주름살이 그득했다. 다만 불이 타오르는 듯한 눈동자만은 그가 아직 한창 때라는 사실을 말해주고 있었다.

우성룡은 그제야 어느 정도 마음이 움직였다. 하지만 그것은 순간적인 충동에 불과했다. 그의 혈관을 타고 흐르는 태생적인 거만함이 바로 다시 그의 얼굴에 나타났다. 그가 알 듯 말 듯한 미소를 지으면서 말했다.

"대인께서 치수 업무로 인해 고생하는 것은 나도 잘 압니다. 하지만 우리 백성들이 당하는 고생과는 비교할 수 없습니다! 나라에서 군대를 출병시키거나 할 때 쓰는 전비戰費의 삼분의 일은 여기 강서와 절강에서 내는 세금입니다. 하지만 그런 공로를 세운 백성들이 굶주린 채 얼마나 힘들게 살고 있는지 압니까? 내가 부임하고 나서 마련한 육영당育嬰堂에서는 이미 사십여 명의 버려진 아이들을 데려다 기르는 중입니다. 부모가 자식을 버릴 때는 그 심정이 오죽했겠습니까?"

우성룡이 한참을 말하다 잠시 머뭇거렸다. 눈에 눈물이 그렁그렁 맺히면서 목이 메었던 것이다. 그는 그러나 더 이상 설전을 벌이고 싶지는 않은 모양이었다. 바로 저 멀리 복숭아나무 밭을 바라보는가 싶더니 읍을 하고서 뒤도 돌아보지 않은 채 왔던 길로 되돌아갔다.

근보는 화를 참을 수가 없었다. 관저로 돌아와서는 뿌드득 이를 갈면서 붓을 들었다. 무례하기 짝이 없는 도대道臺 우성룡을 탄핵하겠다는 생각을 굳힌 것이다. 그러자 봉지인이 황급히 나서면서 말렸다.

"독수督帥, 그러시면 안 됩니다!"

"독수는 무슨 얼어 죽을 독수야! 이건 사람이 할 짓이 아니야!"

근보의 입술은 파랗게 변해 있었다. 급기야 욱! 하고 치밀어 오르는 화를 참을 수가 없었는지 먹을 잔뜩 묻힌 붓을 저만치 냅다 던져버렸다. 그 바람에 진황의 몸에 먹물이 튀고 말았다. 마침 그때 한 달여 전 황하를 둘러보기 위해 떠났다가 돌아온 팽학인彭學仁도 보고를 올릴 일이 있어 들어서다가 깜짝 놀라 그 자리에 멈춰섰다. 곧 그가 정신을 수습한 다음 물었다.

"근 대인, 무슨 일이십니까?"

진황이 여전히 화가 나 있는 근보를 대신해 대답했다.

"새로 부임해온 우 관찰 때문에 화가 나셨습니다. 지금 탄핵안을 써서 올리려던 참입니다."

팽학인이 우성룡이라는 이름 석 자를 듣고는 가만히 한숨을 내쉬었다. 이어 조심스럽게 입을 열었다.

"대인, 제가 보기에는 그냥 내버려두는 것이 나을 것 같습니다."

봉지인 역시 팽학인을 거들고 나섰다.

"맞는 말입니다. 우성룡이 거만하기 이를 데 없으나 청백리라는 인상 때문에 백성들로부터 대단히 두터운 신망을 얻고 있습니다. 더구나 우리가 부리는 노동자들 대부분이 이 지역 사람들입니다. 잘못 건드렸다가는 누워서 침 뱉는 격이 되고 맙니다."

"그 자가 청백리라면 나는 그러면 탐관오리라는 말입니까? 설송雪松 (팽학인의 자) 그대도 과거 안휘安徽성의 현에서 관리를 한 적이 있으니 나를 잘 알 것 아니오. 또 봉 선생과 진 선생은 두말할 것도 없이 나를 모른다면 이상할 것이고. 내가 나 혼자만 잘 살겠다고 탐욕스럽게 구는 것을 봤소이까? 아니면 내 참모들 중에 우리 친척이 있나요? 나는 이십여 년 동안 관직에 있으면서 집에 경제적인 도움을 준 적이 없어요. 빚만 해도 만 냥 넘게 지고 있어요! 이런 사실을 우성룡 그 자식이 알기나 하겠어요?"

근보가 자꾸만 불쑥불쑥 치솟는 화를 참지 못하겠는지 언성을 높였다. 팽학인이 대충 사건의 전말을 이해한 듯 천천히 차 한 모금을 마신 다음 입을 열었다.

"우성룡은 대인께서 자신을 탄핵하기를 바라마지 않을 거예요. 그의 꼼수에 넘어가면 절대로 안 됩니다!"

"그게 무슨 말입니까?"

진황이 깜짝 놀라며 물었다.

"대인께서 지금 탄핵안을 올리시면 폐하께서는 당연히 어른의 손을 들어주실 겁니다. 또 대인께서 청백리라는 사실은 우리 모두 믿어 의심치 않습니다. 하지만 대인은 집안 대대로 내려오는 조정의 고위 관리 출신이라 아무래도 조금 걸리는 것은 어쩔 수 없습니다! 게다가 지금 치수 사업을 관리하면서 적지 않은 돈을 만지고 있습니다. 백성들은 대인의 청백함을 믿어주지 않을 겁니다. 하지만 우성룡은 다릅니다. 가난한 선비 출신입니다. 청강에 있는 삼 년 동안 어머니가 직접 농사를 지으면서 자급자족을 했습니다. 그러면서도 찾아오는 손님들은 하나같이 기쁘게 받아들였습니다. 그런가 하면 그의 부인은 폐하로부터 벼슬을 하사받았으면서도 검소하기가 마을의 일반 아낙과 별반 다르지 않다고 합니다. 그뿐만이 아닙니다. 그의 큰아들은 설날에 닭 한 마리를 잡아먹었다가 곤장 스무 대를 얻어맞은 적도 있어요! 솔직히 치수 사업에 지나치게 관여하려는 것만 빼고는 흠 잡을 데가 없는 청백리라고 해도 괜찮죠. 이번에 대인께서 그를 탄핵한다면 반드시 문제가 생길 겁니다. 이쪽 백성들이 그를 칭송하는 글을 새긴 우산인 만인산萬人傘을 든 채 떼거리로 몰려다니면서 집단 청원을 할 것이 분명합니다. 때문에 이런 사람일수록 탄핵을 받으면 얻는 것이 더 많아질 수 있습니다. 승진 역시 오히려 더 빠르게 되지 말라는 법도 없고요……."

팽학인은 확실히 관료 세계에서 산전수전 다 겪으면서 부침을 거듭한 관리 출신다웠다. 그 바닥의 생리를 정확하게 꿰뚫으면서 상황을 침착하게 분석해 나갔다. 근보는 팽학인의 일리 있는 말에 자신의 경솔함을 탓하면서 자리에 털썩 주저앉았다. 사실 과거 우성룡은 갈례에게도 탄핵을 당한 적이 있었다. 하지만 처벌을 받기는커녕 3년 동안에 무려 네 등급이나 관직이 뛰어올랐다. 지금의 도대가 된 것은 바로 그 탄핵 때문이라고 해도 좋았다.

'조정의 국구國舅(황제의 장인)이기도 한 갈례조차 높은 자리에 있으면서도 우성룡을 쫓아내지 못했어. 그런데 내가 무모하게 그의 전철을 밟을 필요는 없지 않은가!'

근보의 생각은 곧 가볍게 정리가 됐다. 그가 곧이어 실망스런 표정이 가득한 얼굴을 한 채 탄식을 내뱉었다.

"모질게 마음먹고 못된 짓을 하는 훌륭한 군자들은 소인배들보다 더 대처하기가 어려워!"

팽학인 역시 맞장구를 쳤다.

"맞는 말씀입니다. 우성룡은 타고난 성품 자체가 거만하고 천상천하 유아독존이기는 하나 백성을 사랑하는 마음 하나만큼은 진심입니다. 이번 기회에 시원하게 화해를 하는 것이 좋지 않겠습니까?"

봉지인도 머리를 쥐어짰다.

"우성룡의 말도 사실 틀렸다고 하기는 어렵습니다. 제가 보기에는 이번에는 그냥 개한테 물렸다고 생각하시는 것이 좋을 듯합니다. 이렇게 하는 것이 어떨까요. 미운 놈 떡 하나 더 준다고, 팔만 냥이 됐든 십만 냥이 됐든 돈을 조금 주면서 가난한 백성들을 구제하는 데 쓰라고 하면 서로가 좋지 않을까요?"

진황은 처음부터 치수 사업 용도의 돈을 사용하는 책임을 맡고 있었다. 때문에 봉지인의 말에 자신의 의견을 적극적으로 표명할 수 있었다.

"봄 기근도 참고 넘기기는 힘든 일입니다. 우성룡을 위해서가 아니라 백성들을 위해서라도 우선 오만 냥 정도 지원해주는 것이 좋을 것 같습니다!"

"우리가 가지고 있는 오십만 냥이 어떤 돈인데요? 누가 감히 거기에 손을 댄다는 말이오? 현재 우리 살림은 최대한 아껴 써도 빠듯해요. 그렇지 않아도 아직 당초 예산보다는 칠만 냥이 부족한데, 남는 돈이 어디 있다고 그러는 거요?"

근보가 이맛살을 찌푸렸다. 진황이 웃으면서 대꾸했다.

"청수담淸水潭 쪽에 둑을 쌓는 데는 솔직히 이십만 냥이면 충분합니다. 다른 곳에서 조금 아껴 쓰는 수밖에 없죠."

근보가 마치 꿈과도 같은 진황의 말에 다시 부정적 입장을 시사했다.

"내가 수도 없이 계산을 해봤어요. 모두 합해 오십칠만 냥이 없으면 정말 곤란해져요!"

진황이 물러서지 않고 다시 한 번 자신의 생각을 개진했다.

"대인을 비롯한 여러분들은 오랜 세월 동안 치수에 몸 바쳐온 경험을 가지고 있습니다. 그러니 지금 하신 말씀은 틀린 말은 아닐 겁니다. 솔직히 사람의 힘으로 둑을 쌓으려고 하면 오십만 냥 가지고도 진짜 빠듯하기는 합니다. 그러나 우리는 강물이 가져올 피해만 생각해서는 안 됩니다. 의외로 도움을 줄 때도 있다는 사실을 알아야 합니다."

진황이 자리에서 일어나 황하 주요 지역 일대를 대폭 축소해 만든 모형도 앞으로 가까이 다가가 청수담 일대의 지세를 가리켰다.

"여기는 황하의 하류에 위치한 곳으로 황하의 수위보다 두 장 삼 척 정도 더 낮습니다. 만약 황하의 불어난 물을 이쪽으로 끌어들인다면 흙모래가 쌓여 자연스럽게 둑이 만들어지게 돼 있습니다. 여기에서 우리는 얼마간의 돈을 절약할 수 있습니다."

세 사람은 모형도 옆에서 진황의 말에 귀를 기울였다. 동시에 저마다 머리를 끄덕이면서 기뻐했다. 근보 역시 생각지도 않은 가욋돈이 생긴다는 사실이 즐거운지 만면에 웃음을 머금었다.

"이 돈이면 우성룡을 다독거리는 데 쓰고도 남겠군요! 하지만 이번 일은 호부에서 알 수 없도록 각별히 조심해야 해요. 그것들은 돈 냄새만 맡으면 사족을 못 쓰는 흡혈귀들이에요. 이 사실을 알면 우리를 못 살게 굴 것이 확실해요. 우성룡에게도 일단은 빌려주는 것이라고 분명히 쐐기를 박아두자고요. 설사 나중에 못 받더라도 말이에요. 무슨 말인지 알겠죠?"

19장
백성들을 위해 화합하다

　다음 날 아침 진황은 하인 한 명만 달랑 데리고 말을 타고 길을 떠났다. 목적지는 청강의 성 안이었다. 과연 들은 대로 성 안은 활기와는 거리가 한참이나 멀었다. 길거리 역시 한산하기 그지없었다. 백성들의 남루한 옷차림과 굶주림으로 인해 누렇게 뜬 얼굴들이 현지의 상황을 말없이 보여주고 있었다.

　도대의 아문은 성 서쪽의 낡은 오통신묘五通神廟 안에 자리 잡고 있었다. 묘의 상징일 수도 있는 신상神像이 탕빈湯斌 재임 당시 이미 운하에 의해 휩쓸려간 곳이었다. 그래서인지는 몰라도 아문의 넓은 뜨락은 텅빈 느낌을 줬다. 하기야 우성룡이 부임하자마자 필요에 비해 일하는 사람의 수가 너무 많다면서 공짜 밥을 먹는 아역들 수도 절반으로 줄였으니 그럴 만도 했다.

　진황은 습관적으로 아문의 이곳저곳을 둘러봤다. 관청이라는 느낌이 전혀 들지 않았다. 그저 여전히 낡은 절이라고 하는 것이 더 어울릴 법했다. 그가 생각과는 다른 아문의 소박함에 놀라지 않을 수 없었다.

진황을 아문의 대전大殿으로 안내한 것은 문 앞에 앉아 있던 젊은 아역이었다. 그는 얼마 후 뜨거운 물 한 잔을 가져왔다.

"도대께서 잠시 후면 민사소송 사건을 처리해야 하기 때문에 손님을 맞이할 수가 없습니다. 괜찮으시다면 여기에서 잠시 기다려 주십시오. 두 건밖에 안 되기 때문에 곧 끝날 겁니다."

진황이 자리에 앉으면서 말했다.

"우 관찰께서는 백성들을 잘 다스리는 것으로 정평이 나 있더군. 오늘 와 보니 과연 그런 것 같군. 하루에 민사소송이 두 건밖에 없는 걸 보니 말이네!"

진황이 칭찬을 하자 아역이 사건들에 대한 더 자세한 정보를 입에 올렸다.

"한 건은 불효에 대한 죄를 묻는 겁니다. 현에서 공정한 심사를 못했다면서 재심을 하는 거예요. 다른 하나는 보시면 아실 겁니다."

아역은 말을 마치자마자 바로 밖으로 나갔다. 진황은 아무런 장식도 없고 간소하기 그지없는 대전을 획 둘러봤다. 특별히 눈에 들어오는 것은 없었다. 그저 한쪽 구석에 놓인 책상 위에 서류뭉치 등이 몇 개 보일 뿐이었다. 그나마 눈에 띄는 것은 벽에 걸려 있는 그림 정도였다. 그림은 유명한 산수화도 인물화도 아닌 끝없이 펼쳐진 배추밭이었다. 그 밑에는 다소 모호한 내용의 글이 적혀 있었다.

관리는 이 맛이 없으면 안 되고,
백성은 이 색깔이 보여서는 안 된다.

―어미 우방씨가 아들 성룡에게 보내는 부탁의 말

진황이 머리를 끄덕이면서 실내를 서성이고 있었다. 바로 그때 밖에서 심문을 시작한다는 외침이 들려왔다.

진황은 조용히 서재에 앉아 대당大堂(건물에도 등급과 격이 있는데, 대체로 전殿-당堂-합閤-각閣-재齋-헌軒-루樓-정亭의 순서임)으로 통하는 문을 열어젖혔다. 그리 멀지 않은 곳에서 지켜볼 심산이었던 것이다. 곧 그의 시야에 어제 막무가내로 나왔던 우성룡이 들어왔다. 사건을 판결할 판관답게 높은 자리에 앉은 채 명령을 내렸다.

"유장劉張씨가 고발한 자들을 끌고 오라!"

대당에는 순식간에 긴장이 감돌았다. 진황은 곧 엉거주춤한 자세로 들어와 차례로 무릎을 꿇는 네 사람의 모습을 목도할 수 있었다. 50세 전후인 것으로 보이는 두 명의 노인과 수려한 외모의 젊은 하인, 또 바람에 날려갈 것 같은 연약한 모습의 소년이었다. 그중 소년은 울상을 지은 채 진황과 가까운 곳에 무릎을 꿇고 있었다. 말할 것도 없이 불효를 저질렀다는 소년이 분명했다. 그들은 저마다 자신의 신분을 밝혔다. 두 명의 노인 중 한 명은 피고의 백부, 또 다른 한 명은 외삼촌이었다. 그러나 원고인 유장씨는 보이지 않았다. 진황이 어리둥절해 있을 무렵 심문이 시작된다는 신호인 목탁소리가 들려왔다.

우성룡이 물었다.

"유표劉標! 자네가 자네 마님을 대신해 유인청劉印靑의 불효에 대해 고소했는가?"

우성룡의 목소리는 대단히 부드러웠다. 바로 전날 제방 위에서 보여줬던 거만하고 불손한 모습과는 전혀 다른 모습이었다. 또 하나의 우성룡이라고 할 만했다. 진황은 훔쳐보는 것이 불편하기는 했으나 부드러운 목소리의 우성룡이 도대체 어떤 얼굴을 하고 있을지를 상상하면서 시선을 계속 고정시켰다.

"예."

젊은이가 머리를 조아리며 대답했다.

"아직 젊은 친구가 주인을 섬기는 태도가 가상하군!"

"소인은 배운 것은 없으나 남의 밥을 먹으면 주인에게 충실해야 한다는 사실은 알고 있습니다. 또 그것이 남의 집에 사는 자의 본분이라는 것쯤은 알고 있습니다. 청강에서 몇 년째 살아오고 있으나 저를 나쁘다고 하는 사람은 지금까지 없었습니다."

제법 그럴싸한 대답이었다. 우성룡이 잠깐 침묵하더니 다시 입을 열었다.

"그래 좋아. 이 불효자 아들의 죄상에 대해 솔직하게 고발해 보게!"

유표가 머리를 조아리면서 이러쿵저러쿵 말보따리를 풀어놓기 시작했다. 내용은 크게 복잡하지 않았다. 유표의 진술에 따르면, 우선 소년은 하라는 공부는 하지 않고 매일 밖으로 싸돌아다니면서 방탕한 짓만 일삼고 다녔다. 보름 전에는 통사정하면서 나가지 말라는 어머니에게 쌍스러운 욕까지 퍼붓고 머리로 치받아 넘어뜨리기도 했다. 참다못한 소년의 어머니는 유표를 통해 아들을 고발하게 됐다. 더 이상 개과천선이 불가능한 인간인 만큼 호적에서 파내 달라는 청원이었다…….

유표는 입가에 거품까지 물고 일장연설을 했다. 입담이 보통이 아니었다. 더구나 그는 손짓 발짓까지 해가면서 너무나도 진지하게 얘기를 했다. 그 바람에 주위 사람들은 피고인의 말을 들어보기도 전에 소년의 죄상을 믿어 의심치 않았다. 진황의 가까이에 엎드린 소년 유인청은 그 때문인지 창백하게 질린 얼굴로 몸을 덜덜 떨고 있었다.

곧 그가 머리를 들어 간절한 시선으로 우성룡을 바라봤다. 이어 입술을 실룩거리더니 바로 울먹였다.

"사, 사……실입니다. 소인은 변명할 말이 없습니다. 대인께서 곤장을 때리신다면 달게 맞겠습니다. 그러나 제발 호적에서 파내지는 말아주십시오……."

유인청의 말에 우성룡이 버럭 화를 내면서 벼락 치듯 소리를 질렀다.

"왕법은 무정한 거야. 몰랐나? 자네는 공부하는 선비이니 성현의 책도 읽었을 것 아닌가. 본 도대의 강학도 들었다고 하지 않았는가! 밖에서 하는 행실로 봐서는 썩 괜찮은 사람인 줄 알았는데, 아니었어. 집에서 홀어머니나 괴롭히고 그런 불효를 저지르다니……. 여봐라!"

"예!"

아역들이 우렁찬 대답과 함께 달려들었다. 곧바로 겁에 질린 나머지 한껏 오그라든 유인청의 두 팔마저 묶어버렸다. 유인청이 떨리는 목소리로 애걸했다.

"도……도대 어른, 선생님…… 딱 한 번만……."

"절대 용서할 수 없다!"

우성룡이 단호하게 외쳤다. 어찌나 목소리가 컸는지 실내가 쩌렁쩌렁 울렸다. 그러나 우성룡은 유표를 향해서는 바로 얼굴을 펴고 미소를 지은 채 말했다.

"자네는 충실한 노복에 좋은 사람이야. '남의 밥을 먹으면 그에 합당하게 충성을 다해야 한다'라는 도리도 아는 아주 똑똑한 사람이기도 하고. 그러면 자기가 모시는 도련님을 위해 곤장을 맞아줄 수도 있다는 얘기 아니겠나?"

우성룡이 갑자기 엉뚱한 소리를 내뱉었다. 너무나 갑작스런 태도의 변화였다. 당사자들뿐만 아니라 옆에서 구경하던 진황까지 깜짝 놀랄 수밖에 없었다. 그는 너무나 놀란 나머지 손에 들고 있던 찻잔까지 엎지르고 말았다.

"멍청하게 서서 뭘 하는 건가? 척장脊杖(등허리에 가하는 곤장) 마흔 대를 안기도록 하라!"

우성룡이 포효하듯 고함을 내질렀다. 그러자 아역들이 즉각 느닷없는 판결에 정신이 나가 있는 유표를 끌어다 출입문 입구에 엎어 놓더니 곤장을 내리치기 시작했다. 이윽고 유표의 돼지 멱따는 소리가 귀청을 찢듯 울려 퍼졌다. 한참의 시간이 흘렀다. 꼼짝없이 곤장 40대를 다 맞은 유표가 곧 허물어질 듯 다시 끌려와서는 무릎을 꿇었다. 곧이어 우성룡이 노인 중 한 명에게 호통을 퍼부었다.

"유덕량劉德良, 자네가 유인청의 백부가 맞는가?"

"소인…… 그렇습니다."

"조카가 불효를 저지르고 다니면 아버지나 다름없는 백부는 엄하게 타이르고 올바른 길로 인도해야 한다. 그렇게 하지 못한 죄를 묻지 않을 수 없네."

우성룡이 잠깐 숨을 몰아쉬었다가 다시 느릿느릿 덧붙였다.

"더도 말고 곤장 마흔 대를 안겨라!"

"대, 대, 대……인!"

"왜? 떨리는가? 매를 대신 맞아주는 충실한 노복이 대기 중인데, 뭘 그러는가? 여봐라! 충복을 끌어내 곤장을 대신 맞게 하라!"

우성룡이 차가운 얼굴로 말했다. 유표의 처량한 울부짖음이 또다시 들려왔다. 그래도 우성룡은 유표 쪽은 거들떠보지도 않았다. 뿐만 아니라 표정 하나 흐트러뜨리지 않았다.

유표의 등허리에서는 피가 질펀하게 배어 나왔다. 꼴이 말이 아닌 유표가 짐짝처럼 다시 끌려와 땅바닥에 쓰러진 채 신음을 토해냈다. 그러나 우성룡은 여전히 눈 한 번 깜빡 하지 않은 채 말을 이어나갔다.

"장춘명張春明! 자네는 그래 외삼촌이라는 사람이 조카가 망가지는 꼴이 가슴 아프지도 않았는가? 역시 그 죄를 물어 척장 삼십 대를 안긴다!

하지만 겁낼 것은 없다. 충복이 있는데, 무슨 걱정인가?"

유표는 이미 사색이 돼 있었다. 식은땀을 비 오듯 흘렸다. 급기야 모이를 쪼아 먹는 닭처럼 연신 머리를 조아렸다.

"대…… 대인, 살려 주십시오. 더 이상 견딜 수가 없어요!"

그러나 우성룡은 히죽 웃으면서 유표의 말은 들을 생각조차 하지 않았다.

"그러면 안 되지. 충복이 충성을 다하다가 그만 두는 법이 어디 있는가? 끝까지 가야지!"

우성룡이 다시 목청을 가다듬고 덧붙였다.

"매우 쳐라!"

유표의 몸은 낭자해진 피로 완전히 붉게 물들었다. 그의 입에서는 처음과는 달리 더 이상 신음소리도 나오지 않았다. 기진맥진이라는 표현도 사치일 정도였다. 곤장 소리 역시 처음과는 달리 푹! 푹! 퍼지기만 했다. 살이 뭉개지는 소리였다. 진황은 머리카락이 곤두서는 오싹함을 느꼈다. 세 번에 걸쳐 백 대 하고도 열 대를 더 맞은 유표는 겨우 목숨이 붙어 있는 것 같았다.

《대청률》312조에 의하면 유인청은 마땅히 곤장 마흔 대를 맞고 사흘 동안 감옥에 갇혀 있어야 한다. 그러나 그것도 유표가 작은 주인을 대신한다. 대신 매를 맞은 것처럼 주인을 대신하여 사흘 동안 갇혀 있게 된다. 그러면 그의 고생도 끝이 난다. 이 사건은 이것으로 끝내겠다. 유인청은 돌아가 유덕량의 엄격한 가정교육을 받으면서 개과천선하기 바란다. 호적은 그대로 유지한다!"

우성룡은 《대청률》을 거의 외우다시피 하고 있었다. 어쨌거나 뛰어난 판관이라고 할 수 있었다. 진황은 별로 길지 않은 한 시간 동안 손에 땀을 쥔 채 그런 그의 심문을 지켜봤다. 이윽고 두 번째 심문이 시작됐다.

우선 원고인 무과의 생원生員(지방 관리 시험 합격자인 수재秀才를 일컬음) 출신이라는 사람이 가슴팍을 내밀고 씩씩하게 걸어 들어왔다. 진황은 그의 뒤를 엉거주춤한 자세로 뒤따르는 노인을 눈여겨보다 그만 깜짝 놀라고 말았다. 피고가 확실한 그는 바로 진황이 치수에 열중할 때 당나귀에 물과 차를 싣고 와서 지원해 준 황 영감이었던 것이다. 그는 착하고 후덕한 성격 탓에 남에게 싫은 소리 한마디 안 하는 황 영감이 어쩌다 저런 생원을 화나게 했는지 알 수가 없었다. 곧 이어진 자기소개를 통해 진황은 생원의 이름이 섭진추葉振秋라는 사실을 알 수 있었다. 사건경위는 간단하기 그지없었다. 황 영감이 아침에 소똥을 퍼내다가 길을 가던 섭진추와 가볍게 부딪치는 바람에 그의 옷에 그만 소 분뇨를 약간 묻힌 것이다.

우성룡이 말했다.

"그건 내가 두 눈으로 똑똑히 봤어. 황 영감 잘못이었어."

황 영감이 우성룡의 단도직입적인 말에 부들부들 떨었다. 그러더니 머리를 조아리면서 더듬거렸다.

"늙어서 눈이 잘 보이지 않아 그랬지 고의적인 것은 아니었습니다. 대인……, 정말입니다……."

황 영감이 겨우 말을 마치고는 위엄이 넘치는 우성룡의 얼굴을 힐끗 한 번 쳐다봤다. 그러다 이내 기가 죽어 바로 머리를 수그렸다. 우성룡의 말이 이어졌다.

"나도 황 영감을 가엽게 생각해. 하지만 별것 아닌 것이라고 툴툴 터는 사람이 있는가 하면 그것을 꼭 문제 삼아야겠다는 사람도 없지 않아. 나로서도 어떻게 할 수가 없어. 황 영감은 곤장 맞는 것과 벌을 받는 것 두 가지 중에 어느 쪽을 택하겠는가?"

"맞는 것은…… 얼마나 맞고, 벌을 받는 것은…… 어떤 식으로 받는

지요?"

"곤장은 스무 대, 벌을 받는 것은 사죄의 뜻으로 백 번 무릎 꿇고 머리를 조아리기를 하는 것이야! 둘 중 하나를 선택하라고. 섭 선생, 어때? 괜찮소?"

섭진추가 손가락으로 코를 후비면서 대답했다.

"도대 어른의 체면도 있고 하니까 그렇게 하죠 뭐!"

그러자 우성룡이 말끝을 길게 늘어뜨리면서 차갑게 물었다.

"황 영감, 결정했어?"

황 영감이 어느 쪽이나 억울하기는 마찬가지라는 듯한 표정을 지었다. 그러나 곧이어 침을 꿀꺽 삼키면서 대답했다.

"소, 소인…… 벌을 받겠습니다. 아직 먹여 살려야 할 식솔들도 있고……."

우성룡이 바로 명령을 내렸다.

"의자를 하나 가져다 섭 선생에게 줘라. 절을 받으시오!"

섭진추가 입을 비죽거리면서 의자에 떡하니 앉았다. 황 영감이 부들부들 떨면서 무릎을 꿇는 모습을 즐기는 듯했다. 순간 진황은 마음이 괴롭기 그지없었다. 추운 날에는 따뜻한 차, 더울 때는 찬물 대접을 쭈글쭈글한 손으로 건네주던 황 영감의 모습이 떠오른 것이다. 그는 한마디 위로의 말도 건넬 수 없는 처지가 안타까워 차마 현장을 보지 못하고 고개를 돌렸다.

황 영감이 무려 70번째 무릎을 꿇은 다음 휘청거리면서 일어섰다. 그러자 우성룡이 숨을 들이마시면서 불쑥 입을 열었다.

"잠깐! 내가 조금 전에 깜빡 하고 묻지 않았소. 섭 선생은 문과 생원이오, 아니면 무과 생원이오?"

우성룡의 질문에 섭진추가 건방을 떨면서 대답했다.

"대인께 말씀드리겠습니다. 학생은 무과 생원입니다."

"아, 그렇다면 내가 잘못 판단했소! 문과의 생원에게는 백 번 무릎을 꿇어야 마땅하나 무과의 생원에게는 오십 번이면 족하오. 황 영감, 그만 됐어. 이미 지났네."

그의 말에 섭진추가 못마땅한 듯 거드름을 피우면서 자리에서 일어났다.

"그러면 저는 그만 가보겠습니다."

"가다니! 어딜 그냥 간다는 말이오?"

우성룡이 섭진추에게 물었다. 목소리가 탁하고 무겁게 들렸다. 섭진추가 아닌 밤중에 웬 홍두깨냐는 듯 우성룡을 바라보았다.

"우 관찰 어른, 달리 분부가 계십니까?"

"그런 것은 아니오. 하지만 빚을 졌으면 갚고 가야지! 선생은 황 영감에게 스무 번 큰절을 해야 할 빚이 있소. 어떻게 할까요?"

우성룡이 한껏 목소리를 내리 깔면서 말했다. 느닷없는 우성룡의 말에 좌중의 사람들이 놀란 표정을 지었다. 섭진추의 얼굴 역시 바로 붉어졌다. 목에는 핏대가 불거져서 무섭게 뛰고 있었다. 그가 가슴팍을 있는 힘껏 내밀면서 물었다.

"대인 얘기대로라면 제가 똥버러지 같은 영감한테 절이라도 해야 한다는 뜻입니까?"

"바로 그거요! 선생이 황 영감에게 더 받은 절 스무 번을 되돌려줘야겠소. 빨리 마치기 바라오. 나도 할 일이 많으니까 서둘러 주시오!"

우성룡이 무표정하게 대답했다.

"빌어먹을! 도대체 내가 누구인 줄이나 알고 지랄인 겁니까? 갈례 총독이 우리 매형이라고요. 알아요? 내 친척 누님이 그 분의 부인이라고요!"

섭진추가 거친 욕설을 퍼부으면서 본색을 드러냈다.

"건방진 자식 같으니라고! 좋아, 이 자리에서 네 수재 자격부터 박탈한다. 그리고 장관長官을 모욕하고 공당公堂에서 무례를 범한 죄를 반드시 묻겠다. 그러나 빚진 것은 반드시 갚아야 한다!"

우성룡이 마침내 크게 화를 내면서 탁자를 내리쳤다. 그러자 섭진추가 입을 비죽거린 채 웃었다. 그러더니 피골이 상접한 우성룡을 똑바로 쳐다보면서 비아냥거렸다.

"누구 마음대로요!"

"흥! 흥!"

우성룡이 같잖다는 듯 얼굴에 징그러운 웃음을 흘렸다.

"갈례 총독의 먼 처남뻘 되는 사람이 아니라 왕자라고 해도 마찬가지야. 내 손에 걸려들면 다 똑같아. 여봐라! 저자의 귀싸대기를 스무 대 갈겨라!"

아역들은 처음부터 섭진추를 아니꼽게 생각하던 터였다. 때문에 우성룡의 명령이 떨어지자마자 우악스레 달려들어 순식간에 그를 결박했다. 이어 수재를 상징하는 빨간 끈이 드리워진 모자를 벗겨 버리고는 뺨 스무 대를 시원스럽게 후려 갈겼다. 꼼짝없이 당한 섭진추의 얼굴은 가지색으로 변했다. 입가에는 피도 흘러내렸다. 그러나 그게 끝이 아니었다. 그는 다시 아역들에게 끌려 나와 억지로 황 영감을 향해 큰절 스무 번을 하지 않으면 안 됐다.

진황은 거의 두 시간 동안 연속된 긴장감 속에서 손에 땀을 쥐어야 했다. 반면 우성룡은 심문을 끝내고 아무 일도 없었던 것처럼 자리에서 내려왔다. 진황을 발견하고는 바로 시원스럽게 웃으면서 인사를 했다.

"일을 미룰 수는 없기에 처리하다 보니 본의 아니게 오래 기다리게 했네요. 실례가 됐소이다!"

진황이 황급히 자리에서 일어나 읍을 하고 대답했다.

"아닙니다. 관찰 대인의 결단성 있는 심문 과정을 지켜보면서 탄복을 금치 못했습니다. 저 같은 선비는 감히 상상할 수도 없는 일입니다!"

우성룡의 수척한 얼굴에 알 듯 말 듯한 미소가 스쳐 지나갔다. 진황의 칭찬이 싫지는 않은 눈치였다. 진황은 그의 표정이 부드럽게 변해가는 모습을 지켜보면서 궁금했던 것에 대해 직설적으로 물었다.

"우 대인, 두 번째 심문 결과는 이해가 갔습니다. 그러나 첫 번째는 아무래도 선뜻 이해가 가지 않았습니다. 너무 심했던 것 같기도 했습니다."

"심했다고요? 그 자식이 사흘 내에 안 죽고 멀쩡하면 다시 사흘을 처넣을 거예요. 주인을 우습게 아는 아주 고약한 자식이에요. 어찌 순순히 돌려보낼 수 있겠어요!"

우성룡이 히죽 웃으면서 대답했다.

"예?"

"이 사건은 드러난 것이 전부가 아니란 뜻이에요. 그 자식은 자기가 마름으로 있는 주인집의 마님과 사사로이 정을 통한 지가 이미 삼 년도 더 됐어요. 자기들이 놀아나는데 유인청이 방해가 되니까 없애버리려고 했던 거예요. 유인청이라는 아이는 내가 쭉 지켜봤는데, 극진한 효자였어요. 그 아이의 장래를 봐서 내가 이쯤하고 내버려두는 거예요. 아니었다면 발칙하게 간통을 일삼는 것들의 죄상을 그냥 백일하에 까밝혀 고개도 못 들고 다니게 할 생각이었어요!"

우성룡의 말을 들은 진황은 비로소 동감을 표했다.

"이 두 가지 사건만 보더라도 지방관이 얼마나 힘든 자리인지 알겠습니다. 청백리가 되는 것은 더 말할 필요도 없겠군요!"

우성룡은 자신에게 적극적으로 동조하는 듯한 진황의 말에 조금씩 마음을 열기 시작했다. 차를 가지고 오라고 지시하고는 한결 부드러운 어조로 말했다.

"별로 어려울 것도 없어요. 굳건하게 자기의 주장을 밀고 나가면서 있는 자들과 힘센 자들에게 굽실거리지만 않으면 됩니다. 작년에 어떤 도둑을 잡았는데, 그가 죽기 전에 했던 말이 아직도 기억에 생생하네요. 사람은 관모官帽를 쓰면 야수가 된다는 말을 하더군요! 비록 잘못을 용서할 수 없어 죽이기는 했으나 우리처럼 조정의 녹을 먹는 사람들이 근신하지 않고 정직한 성품을 지니지 못한다면 그 도둑이 말한 대로 되는 게 아니겠어요?"

우성룡이 그 말과 함께 칼날 같은 시선을 진황에게 돌렸다. 어떻게 생각하느냐는 무언의 질문이었다.

"대인, 걱정하지 마십시오. 저 진황은 절대로 그런 일이 없을 겁니다. 이번에 어르신을 찾아뵌 이유는 이렇습니다. 어제 하독부로 돌아가 저희들이 머리를 맞댄 채 고민을 해봤습니다. 그 결과 청강이 작년에 수재를 입었는데도 올봄에 다시 기근으로 인해 심각한 어려움에 허덕이고 있다는 사실을 저희가 온몸으로 느꼈습니다. 저희도 마음이 이렇게 아픈데 대인의 마음이야 오죽하겠습니까? 그래서 근보 대인이 저를 보내 대인과 이재민을 돕는 방안을 논의해 보라고 하셨습니다."

진황이 사람 좋게 웃으면서 대답했다. 우성룡은 가슴이 뜨끔했다. 매일 인상을 쓰고 다닌 이유가 바로 진황이 말한 것 때문이었으니까 말이다.

"그리 쉽지는 않을 거예요! 여기 있는 대부호들에게는 내가 쌀을 사재기 하지 못하게 미리 못을 박아놓았어요. 쌀값을 적정선에서 안정시켜 놓은 것이죠. 그러나 백성들의 수중에 돈이 없으니, 어쩔 도리가 없군요!"

"바로 그것 때문에 근보 대인께서 저를 보낸 것입니다!"

"선생의 뜻은……."

우성룡이 뭔가를 짐작한 듯 눈빛을 반짝거렸다. 진황이 지체없이 말했다.

"올해의 치수 공정 예산은 이미 다 쓸 곳이 정해져 있습니다. 그러나 작년에 아껴 쓰고 쪼개 쓰면서 남겨둔 비상금 오만 냥이 있습니다. 원래는 내년에 청수담을 수리할 때 요긴하게 쓰려고 했죠. 하지만 대인께서 급하시다면 먼저 어려운 고비를 넘기는데 쓰도록 하십시오. 나중에 사정이 호전되면 그때 갚으셔도 됩니다. 그렇게 하지 못할 경우는 노동력으로 갚으셔도 됩니다. 청강 입구의 강둑에 풀을 심는 일을 도와주시는 것이 어떨까 싶네요!"

우성룡은 진황의 말이 끝나기 무섭게 흥분한 모습으로 자리에서 벌떡 일어섰다. 이어 손바닥을 비비면서 환한 표정을 지었다. 그에게는 혹한에 숯불을 가져다주는 격이었으니 그럴 만도 했다.

"좋아, 좋아요! 칠만 냥이면 무려 십만 명이 무사히 봄 기근을 이겨낼 수 있는데, 오만 냥을 준다니 내가 무슨 걱정을 하겠습니까!"

진황은 흥분에 떠는 우성룡의 모습에 큰 감동을 받았다. 가슴속에서 뜨끈뜨끈한 그 무엇이 흐르는 것도 느꼈다. 그때 우성룡이 갑자기 돌아서면서 물었다.

"이자는 얼마나 되는가요?"

진황은 느닷없는 우성룡의 질문에 순간 어리벙벙한 표정을 지었다. 그러나 곧 얼굴 가득 웃음을 머금으며 대답했다.

"이자는 무슨 이자입니까! 그런 말씀은 하지 마십시오. 모두가 폐하를 대신해서 하는 일이니까 대인께서는 너무 민감하게 생각하지 않으셔도 됩니다."

우성룡은 진황의 진심 어린 말에 어제 근보와 말다툼을 벌였던 일을 떠올렸다. 미안한 생각이 들었다. 그가 웃으면서 사과했다.

"진 선생, 어제는 내가 심기가 너무 불편하다 보니 여러분에게 너무한 것 같네요! 솔직히 말해 청강에서 봄부터 지금까지 굶어죽은 사람이 백 명 하고도 여덟 명이에요. 엄청난 숫자라고 할 수 있어요! 까딱 잘못하면 백성들이 들고 일어날 수도 있는 상황이에요. 그러나 내가 무식하게 억누르기도 하고 여우처럼 다독거리면서 겨우 꾹 눌러놓고 있어요. 하지만 계속 그러기가 쉽지 않아요. 더구나 말로 해서 배가 부를 수 있다면 얼마나 좋겠습니까만 현실은 그게 아니잖아요? 그러니 내가 불가마 위에 오른 개미처럼 당황할 수밖에요! 아무튼 고맙습니다. 풀 심는 일은 제가 책임지고 떠맡겠습니다!"

진황이 바로 이때다 싶었는지 재빨리 덧붙였다.

"우 대인, 제방 위에는 큰 나무를 심어서는 절대로 안 됩니다! 큰 나무의 뿌리는 둑을 견고하게 해주는 효과가 있기는 합니다. 그러나 가을에 물이 불어날 때는 비바람이 몰아쳐 둑에 쌓인 흙이 딱딱하게 굳지 못하고 푸석푸석해집니다. 이때 나무줄기가 바람에 흔들리면 둑의 균열이 더욱 심해져 결국에는 터지게 됩니다. 제가 돌아다니면서 조사해 본 바로는 이런 경우가 정말 비일비재합니다. 대인께서 그에 대해 잘 살펴주시기 바랍니다!"

순간 우성룡의 얼굴에 갑자기 웃음기가 가셨다. 진황의 말이 자신의 생각과는 많이 달랐기 때문이었다. 확실히 두 사람은 치수의 방법론에 있어서는 생각이 다르고, 행하는 바 역시 여러 면에서 일치하지 않았다.

〈8권에 계속〉